[redacted]

Sam Carrington war nach ihrer Ausbildung zur Krankenschwester und einem Abschluss in Psychologie lange Zeit als Therapeutin im Strafvollzug tätig. Ihre Erfahrungen in diesem Bereich haben sie zum Schreiben inspiriert. »Saving Sophie« ist ihr Thrillerdebüt. Sam Carrington lebt mit ihrem Mann und ihren drei Kindern in Devon.

Sam Carrington

Saving Sophie

Ihr letzter Moment könnte auch Deiner sein.

Thriller

Aus dem Englischen
von Melike Karamustafa

PENGUIN VERLAG

Die englische Originalausgabe erschien 2016 unter dem Titel
»Saving Sophie« bei Harper Collins (Avon), London.

MIX
Papier aus verantwortungsvollen Quellen
FSC® C014496

Verlagsgruppe Random House FSC® N001967

PENGUIN VERLAG

1. Auflage 2018

Umschlag: Hafen Werbeagentur
Umschlagmotiv: © Mark Owen / Trevillion Images;
Pixelsatwork / GettyImages; Sakarin Sawasdinaka / shutterstock
Redaktion: Susann Rehlein
Satz: Buch-Werkstatt GmbH, Bad Aibling
Druck und Bindung: GGP Media GmbH, Pößneck
Printed in Germany
ISBN 978-3-328-10252-6
www.penguin-verlag.de

Dieses Buch ist auch als E-Book erhältlich.

In Erinnerung an meinen Dad, Norman, und meine Mum, Mary
Ich vermisse euch jeden einzelnen Tag.

Prolog

Samstag

»Sch-sch … Sei still!« Mit der linken Hand löst er den Riemen, mit dem der Gummiknebel befestigt ist. Mit der rechten greift er in ihr langes, lockiges Haar, zieht daran, wickelt es sich um die Hand, sodass sie ihren Kopf nicht mehr bewegen kann. So fest, dass sie keine Möglichkeit hat, von ihm abzurücken. So fest, dass ganze Strähnen ihrer schwarzen Extensions abreißen; jede mit einem leisen Ploppen, das seltsam laut in ihren Ohren klingt.

Der Knebel trifft mit einem dumpfen Klatschen auf dem Betonboden auf. Ein unschuldiges, beinahe sanftes Geräusch, vollkommen unpassend, angesichts der Funktion, die er eben noch erfüllt hat.

»Sei jetzt still. Ganz ruhig. Es ist bald vorbei.«

Er hält seine Stirn an ihre Schläfe. Sein Schweiß bedeckt ihre Haut, als er den Druck verstärkt, sich über ihre Stirn bewegt. Sein widerlicher Geruch steigt ihr in die Nase. Sie versucht, die Luft anzuhalten; ein Wimmern kommt über ihre Lippen. Ihr Mund ist trocken.

»Nein. Kein Laut, hab ich gesagt.« Seine Stimme ist rau, drohend.

Sie hat die vom Weinen geschwollenen Augen weit aufgerissen, frische Tränen glitzern darin; das Salz der getrockneten Tränen hat Schlieren auf ihren Wangen hinterlassen. Sie öffnet den Mund, nur ein klein wenig, um die stummen Worte in ihrem Kopf herauszuschreien: *Bitte, töte mich nicht*.

Er bemerkt die winzige Bewegung ihrer Lippen und presst sofort die Finger darauf; unterdrückt die Worte, noch bevor sie sie formen kann. Nur ihr Atem dringt durch die schmalen Schlitze zwischen seinen Fingern; ein ersticktes Ausatmen.

Ihr letztes.

1

Karen

Das Bellen des Hundes weckte sie, noch bevor die spätabendlichen Besucher klingeln konnten.

Gedämpftes Reden drang herein, als Mike die Haustür öffnete. Dann eine Stimme, die sie kannte. Karen sprang vom Sofa auf, nahm den Hund auf den Arm und rannte in den Flur. Das Bild, das sich ihr bot, traf sie vollkommen unerwartet. Eingekeilt zwischen zwei Polizeibeamten stand ein verwahrlostes Mädchen.

Sophie.

»Was ist passiert?« Sie stürzte zur Haustür und ließ den Hund auf den Boden fallen. Das Bellen verwandelte sich in ein Knurren. Sie ignorierte es, die Aufmerksamkeit ganz auf ihre Tochter gerichtet. Tränen hatten Spuren auf ihrem viel zu stark geschminkten Gesicht hinterlassen, der rote Lippenstift war um den Mund herum verschmiert.

»Keine Sorge, sie steckt nicht in Schwierigkeiten. Wir sind nur unserer Sorgfaltspflicht nachgekommen, indem wir sie nach Hause gebracht haben.« Der Polizist redete weiter, aber Karen hörte nicht mehr zu.

Was in aller Welt war ihr zugestoßen?

Sophie wirkte auf einmal viel jünger als die siebzehn Jahre, die sie war; ihr kleines Mädchen war kaum in der Lage, aufrecht zu stehen. Erschöpft lehnte sie am Geländer, das die

Veranda begrenzte, versuchte, den Mund zu öffnen, um einen zusammenhängenden Satz herauszubringen.

Es gelang ihr nicht.

Nur Fetzen dessen, was die Polizeibeamten sagten, drangen zu Karen durch, während sie ihre Tochter panisch von oben bis unten musterte. »... gefunden, als sie alleine die Hauptstraße entlanglief ...« Vorsichtig tupfte sie Sophies nasses Gesicht mit dem Ärmel ihres Pullovers ab. »... ganz in Schwarz gekleidet ... nicht sicher ...« Sie fasste Sophie bei den Armen und blickte ihr in die dunklen, erweiterten Pupillen. *Wie viel hatte sie getrunken?*

Sie standen noch immer auf der Veranda, die Tür hinter ihnen weit geöffnet, die Polizeibeamten – groß, offiziell – auf der Türschwelle. Bei den Nachbarn bewegte sich ein Vorhang. Mit zitternden Händen versuchte Karen, ihre Tochter zu stabilisieren, als sie mit den hohen Lackleder-High Heels auf dem glatten Fliesenboden ausrutschte. Sie sah Mike nicht an, nahm nur am Rande wahr, dass er sich bei den Polizisten bedankte.

»Warum warst du ohne die anderen unterwegs?«, rief Karen aus. »Haben sie dich wieder allein gelassen?« Es kümmerte sie nicht, was die Beamten oder die Nachbarn dachten oder was Mike ihr warnend zuraunte – all das verschwamm zu einem Hintergrundrauschen.

Sophie starrte ins Leere, einen fremden Ausdruck im Gesicht. Das sonst so lebhafte Hellblau ihrer Augen, das Karen so vertraut war, hatte sich verdunkelt; jegliches Gefühl schien daraus gewichen zu sein. Ausdruckslos starrte sie vor sich hin. Aber als ihre Mutter konnte Karen das verängstigte junge Mädchen dahinter sehen.

Das hier waren nicht nur die Auswirkungen von zu viel Alkohol.

Als die Polizisten weg waren, gingen sie wie unter Schock ins Wohnzimmer. »Was hast du dir dabei gedacht, Sophie?«, sagte Mike, nur Zentimeter von ihrem blassen Gesicht entfernt. »Du stinkst nach Alkohol.« Er trat kopfschüttelnd einen Schritt zurück.

»Ich weiß nicht, was sie getan hat …« Sophie sah auf, bemüht, den Blick zu fokussieren.

»Wer *was* getan hat, Liebes?« Karen stützte die schwankende Sophie, ihr Ton jetzt ruhiger, sanfter als Mikes.

»Ich weiß nicht, wer sie ist.« Ihre Stimme klang schwerfällig; die einzelnen Silben, die ihr über die Lippen kamen, schienen nicht zu ihrer Mundbewegung zu passen. »Woher soll ich wissen, warum Amy Amy sein wollte?«

»Hast du irgendwas genommen, Sophie?« Mike trat wieder einen Schritt vor, umfasste ihren Arm, zwang sie, sich auf das durchhängende cremefarbene Sofa zu setzen.

»Nein. Nein …«

»Mike! Sie ist viel zu betrunken, um zu verstehen, was du sagst.« Karen sah ihm suchend ins Gesicht. Er musste sich daran erinnern, dass sie selbst damals, zu ihrer Zeit, oft genauso betrunken gewesen waren. Das passierte allen Teenagern mal, oder etwa nicht?

»Und das macht es weniger schlimm? Karen, sieh sie dir an. Es ist halb elf. Sie ist vor gerade mal viereinhalb Stunden aus dem Haus gegangen.« Er stand auf, um im Wohnzimmer auf und ab zu laufen. Dann ließ er sich schwer auf das Zweisitzersofa gegenüber fallen, rieb sich über das Gesicht, fuhr sich mit beiden Händen durch die Haare. »Dir hätte alles Mögliche passieren können. Verstehst du, Sophie?« Er spie die Worte aus, das Gesicht wutverzerrt – ein hässlicher Ausdruck, den Karen nicht zum ersten Mal an ihm sah.

Das Lachen platzte in kurzen, abgehackten Salven aus ihr

heraus. Unnatürlich. Ganz anders als Sophies sonst so leichtes, ansteckendes Kichern. Dieses Lachen war unheimlich und nervtötend.

»Glaubst du etwa, das hier sei witzig?« Mike sprang auf die Beine und stürzte mit wenigen großen Schritten auf Sophie zu, die mehr auf dem Sofa hing denn saß, das Kinn auf die Brust gesunken. Wenn sie noch weiter vorrutschte, würde sie auf den Boden fallen.

»Bitte.« Karen hob die Hände, um Mike zurückzuhalten. Seine Wut machte alles nur noch schlimmer. Sie löste den Blick von ihm und wandte sich wieder ihrer Tochter zu. »Sophie, Liebes, warst du mit Amy zusammen?«

»Was spielt es für eine Rolle, dass sie Amy sein wollte?«, murmelte sie vor sich hin. Es war zwecklos; unwahrscheinlich, dass sie an diesem Abend noch irgendeinen zusammenhängenden Satz aus ihr herausbekommen würden.

Karen holte tief Luft, um den aufflammenden Zorn im Zaum zu halten. Sie war sich sicher, dass Sophies Freunde ohne sie weitergezogen waren. Es wäre nicht das erste Mal. Vor gerade einmal drei Monaten hatte Mike mitten in der Nacht einen Anruf erhalten. Sophie war ohne Geld in Torquay gestrandet, wo ihre sogenannten Freunde sie zurückgelassen hatten. Das übliche »So sind die Teenager heutzutage eben« reichte in diesem Fall als Erklärung nicht aus. Es war die reinste Selbstsucht, die diese Kinder antrieb.

»Ich muss aufs Klo.« Sophie versuchte, vom Sofa aufzustehen. »Ich muss ganz dringend pinkeln«, murmelte sie schleppend.

»Ich helfe dir.« Karen schlang ihr einen Arm um die Taille, den anderen hatte sie ausgestreckt, um die Balance zu halten, während sie ihre schwankende Tochter zum Bad im Erdgeschoss führte. Sie mussten aussehen wie zwei Kinder, die für ein dreibeiniges Rennen ihre Beine aneinandergebunden hatten.

Mike lief im Wohnzimmer auf und ab. Sein Gesicht war vor Wut rot gefleckt.

Die Stirn gegen die Tür der Toilettentür gelehnt, wartete Karen darauf, dass Sophie wieder herauskam. Es würde eine lange Nacht werden.

Sie hörte die Spülung, dann ein Poltern.

»Alles okay, Liebes?«

Ein Kichern, dann öffnete Sophie, halb schlitternd, halb fallend die Tür. Zusammen machten sie sich zurück auf den Weg ins Wohnzimmer.

»Sie muss ins Bett.«

»Was du nicht sagst.« Mike wandte den Blick ab.

Karen manövrierte Sophie in Richtung der Treppe, die in den ersten Stock hinaufführte. »Kannst du ihr bitte ein Glas Wasser holen?«

Mit einem unwilligen Schnauben verschwand er in der Küche.

Karen schleppte Sophie die Stufen hinauf, wobei sie Mühe hatte, den schwankenden Körper ihrer Tochter aufrecht zu halten. Der Tochter, die in der einen Minute lachen und in der nächsten weinen konnte, als würde eine ganze Welt zusammenbrechen; es war gerade einmal ein paar Stunden her, dass sie in einem neuen schwarzen Kleid, hübsch und sorglos, das Haus verlassen hatte.

Karen kniff die Augen zusammen. Sie durfte nicht weinen. Nicht jetzt. Dieses Mädchen war nicht ihre Sophie. Nicht die Sophie, die immer für ihre Freunde da war, sie aufbaute, wenn sie einen Fehler gemacht hatten, ihnen eine Schulter zum Ausweinen bot, sie nach Hause brachte, wenn sie sich betrunken hatten. Warum hatten sie sie in diesem Zustand alleingelassen? Oder war Sophie diejenige gewesen, die ohne sie weitergezogen war? Sie hörte nicht auf, irgendetwas über

Amy vor sich hin zu brabbeln; sie schien sich Sorgen um sie zu machen.

Auf einmal hatte Karen das Gefühl, keine Luft mehr zu bekommen.

Wo war Amy?

2

Karen saß mit angezogenen Knien, den Kopf gegen das weiche, samtbezogene Kopfteil gelehnt, auf dem Bett und tippte eine Nachricht in ihr Telefon.

»Was machst du?«, fragte Mike und ging um das Bett herum auf seine Seite.

»Ich schreibe Liz.«

»Herrgott noch mal, Karen, es ist Mitternacht. Lass es gut sein!« Er ließ sich auf die Bettkante fallen und zog sich die Hose aus. Ein paar Münzen fielen aus den Taschen und verteilten sich klackernd im ganzen Schlafzimmer. »Verdammt!«

»Ich muss wissen, ob Amy sicher zu Hause angekommen ist.« Karen bemühte sich um einen sanften, ruhigen Tonfall, in der Hoffnung, an sein Verständnis zu appellieren.

»Sophie ist doch viel zu besoffen, um sich zu erinnern, mit wem sie überhaupt unterwegs gewesen ist. Wer auch immer es war – sie hat sich von ihnen getrennt, und die anderen werden bis um drei in irgendeinem Club weiterfeiern. Du musst Liz deswegen nicht aufscheuchen. Geh einfach schlafen.« Er war müde. Gereizt. Karen wusste nur zu gut, wie sehr er es hasste, dass sie die Dinge nie einfach auf sich beruhen lassen konnte.

»Als könnte ich jetzt auch nur ein Auge zutun. Ich glaube nicht, dass sie bloß Alkohol getrunken hat.«

»Entspann dich.« Er warf sich auf der Matratze hin und her,

um eine bequeme Position zu finden, dann zog er sich die Decke bis über die Schultern und drehte sich auf die Seite. Von ihr weg.

»Mike«, insistierte sie. Sie weigerte sich, die Unterhaltung als beendet anzusehen. Da waren zu viele Dinge, die ihr durch den Kopf gingen. Verstörende Dinge. »Findest du nicht, dass sie aussah, als hätte sie Drogen genommen? Oder dass jemand sie unter Drogen gesetzt hat? Sie hat so komisch geredet …«

»Ist das dein Ernst?« Mike schlug aufgebracht die Decke zurück, sodass sein trainierter nackter Oberkörper zu sehen war, dann setzte er sich auf und starrte sie wütend an. »Glaubst du nicht, dass uns die beiden Polizisten informiert hätten, wenn ihnen irgendetwas in der Richtung aufgefallen wäre? Nur weil du mal mit einem Haufen verkorkster Krimineller gearbeitet hast, heißt das noch lange nicht, dass Sophie jedes Mal, wenn sie ausgeht, ins Visier irgendwelcher Vergewaltiger gerät.«

»Du warst derjenige, der Sophie angeschrien hat, dass ihr alles Mögliche hätte passieren können. Waren das nicht deine Worte, *alles Mögliche*?«, schoss Karen zurück.

Er rieb sich mit einem genervten Stöhnen die Stirn. »Ich meinte damit, dass jemand sie über den Haufen hätte fahren können, dass sie im nächsten Graben hätte landen können. Und ja, es ist mir durchaus auch in den Sinn gekommen, dass jemand ihren Zustand hätte ausnutzen können. Aber das ist ganz offensichtlich nicht geschehen. Du behauptest dagegen, dass sie unter Drogen gesetzt wurde. Mit Absicht. Ich habe keine Ahnung, was in deinem Kopf vorgeht. Und jetzt lass mich bitte schlafen. Wir reden morgen früh mit ihr. Das Ganze wird sich sowieso nur als irgendein bescheuertes Teenie-Drama herausstellen. Wahrscheinlich hat sie sich mit Amy gestritten.« Er drehte sich wieder auf die Seite, das Gesicht dem Fenster zugewandt, mit dem Rücken zu ihr.

Eine Träne rollte Karens Wange hinab und tropfte auf die Bettdecke. Einen Moment lang starrte sie auf den Mascara-Fleck auf dem Bezug, dann wischte sie mit einem Finger darüber. Wie konnte er so unsensibel sein? Hatte er vergessen, warum sie war, wie sie nun mal war? Der Angriff war fast auf den Tag genau zwei Jahre her.

Mit leerem Blick starrte sie auf den Fleck. Sie würde den Bezug waschen müssen.

Für einige Sekunden starrte sie den Hinterkopf des Mannes an, mit dem sie seit bald dreiundzwanzig Jahren verheiratet war. Dann tippte sie ihre Nachricht an Liz weiter.

Hi Liz, entschuldige, dass ich dir so spät noch schreibe. Hast du etwas von Amy gehört? Sophie ist von der Polizei nach Hause gebracht worden, sie war total betrunken. Ich habe keine Ahnung, warum sie nicht mit ihren Freunden zusammen war. Ich hoffe, den anderen Mädels ist es besser ergangen. Schreib mir bitte zurück, wenn du meine Nachricht gelesen hast.

Sie stellte das Handy auf Vibrationsalarm und schob es unter ihr Kopfkissen. Dann nahm sie den Blister mit den Antidepressiva vom Nachttisch, würgte zwei Tabletten ohne Wasser hinunter und stand auf, um noch einmal nach Sophie zu sehen.

3

Sonntag

Das Klappern von Tellern und das Klirren von Besteck drangen in Karens Schlaf. Wie spät war es? In der Ferne war das tiefe Läuten der Glocken zu hören, die zum Sonntagsgottesdienst riefen. Mal lauter, mal leiser, je nachdem, wie der Wind stand. Früher hatte sie das Geläute entspannend gefunden, beruhigend sogar. Doch irgendwann hatte es begonnen, ihr auf die Nerven zu gehen. Es war eine stetige Erinnerung daran, wie lang sie bereits in Ambrook lebte. Von der Stadt in die Abgeschiedenheit zu ziehen, in die Grafschaft Devon im Südwesten Englands, war ihnen vor zehn Jahren wie eine gute Idee erschienen. Eines der netten alten Cottages hatten sie sich nicht leisten können, stattdessen hatten sie eine moderne, sehr viel weniger charmante Doppelhaushälfte gekauft. Aber der Ausblick auf die wunderschöne Landschaft von Dartmoor hatte sie für alles entschädigt. Doch inzwischen interessierte selbst der sie nicht mehr. Sie hatten zu lange gezögert wegzuziehen, und nun ließ ihr Zustand eine so große Veränderung nicht mehr zu.

Das Geräusch tapsender Pfoten neben dem Bett ließ sie die Augen öffnen. Ein schweres Gewicht landete auf ihren Beinen, dann arbeitete sich Bailey bis zu ihrem Gesicht vor, um ihr einen Gutenmorgenkuss zu geben. Lustlos kraulte sie ihm den Bauch, bevor sie sich aufsetzte. Sie wandte sich zu Mikes Bettseite um. Leer. Dann war also er derjenige, der den Krach in der Küche veranstaltete. Ein Blick auf die Uhr verriet ihr, dass es bereits 8.45 Uhr war. Warum hatte er sie nicht geweckt?

Karen drückte Bailey unsanft beiseite und schob die Füße in die Slipper, die vor dem Bett standen, dann schlüpfte sie in ihren Morgenmantel und ging über den Flur in Richtung Treppe. Vor Sophies Tür hielt sie inne. Angestrengt horchte sie auf Bewegungen oder tiefe Atemzüge, die verrieten, dass ihre Tochter noch schlief.

Bitte, lass sie noch atmen. Lass sie nicht an ihrem eigenen Erbrochenen erstickt sein.

Karen hatte eine zitternde Hand auf den Türknauf gelegt. Während der vergangenen unruhigen Nacht hatte sie ein paarmal nach ihrer Tochter gesehen. Das letzte Mal vor drei Stunden.

Sie holte tief Luft und öffnete die Tür.

Sie lag auf dem Bauch. Ein Wust hellbrauner Haare bedeckte das Kissen und Teile ihres Gesichts. Sie lag genau in derselben Position da wie noch vor wenigen Stunden. Alles, was Karen hören konnte, waren ihre eigenen Atemzüge: hektisch, flach. Warum gab Sophie keinen Laut von sich? Sie streckte die Hand aus, ließ sie einen Augenblick in der Luft schweben, bevor sie sanft die Finger auf den Rücken ihrer Tochter legte. Sie war warm. Karen ließ die Schultern sinken. Gott sei Dank.

»Sophie«, flüsterte sie. Dann etwas lauter: »Sophie.«

Sie bewegte sich. Öffnete die Augen. Die Pupillen noch immer dunkel und erweitert, der Blick noch immer abwesend.

»Was ist?« Mit dem Handrücken wischte sie sich einen Speichelfaden aus dem Mundwinkel und setzte sich auf.

»Wie fühlst du dich?«

»Okay«, sagte sie mit einem Gähnen. »Müde.« Mit gerunzelter Stirn fuhr sie suchend mit einer Hand über die Matratze. »Hast du mein Handy gesehen?«

Karen hatte es auf der Arbeitsplatte in der Küche liegen lassen, wo sie es frustriert hingeworfen hatte, nachdem sie vergeblich versucht hatte, Sophies Nachrichten zu lesen. SMS, Anrufe, die ein wenig Licht auf die Ereignisse des vergangenen Abends hätten werfen können.

»Ja, es ist unten.«

»Oh …« Sophie sah verwirrt aus. Normalerweise bewegte sie sich ohne ihr Handy keine zwei Meter weit.

»Wie bist du gestern Abend nach Hause gekommen?« Karen hatte sich vorgenommen, die Unwissende zu spielen. Sie wollte es aus Sophies Mund hören; wollte, dass sie ein schlechtes Gewissen hatte wegen des ganzen Ärgers, für den sie verantwortlich war.

»Äh … mit dem Taxi?« Sie schwang die Beine von der Matratze, blieb aber auf der Bettkante sitzen, um sich im Zimmer umzusehen. »Wo ist meine Handtasche?«

»Sophie.« Karens Stimme hatte an Schärfe gewonnen. »Deine Handtasche ist auch unten. Hör zu, du hast kein Taxi nach Hause genommen. Kannst du dich denn gar nicht daran erinnern, wie du zurückgekommen bist?«

Sophie sah starr geradeaus und schwieg. »Dann wird mich jemand mitgenommen haben«, sagte sie schließlich mit einem Blick auf Karen. Ihr Gesichtsausdruck wirkte neutral; keine Anzeichen für Schuldgefühle oder eine plötzliche Erinnerung daran, dass sie von der Polizei nach Hause gebracht worden war.

»Verdammt noch mal, Sophie!« Karen verschränkte die Arme vor der Brust.

»Was? Ich kann mich eben nicht erinnern, das ist alles. Ich bin zu Hause, mir geht's gut. Oder etwa nicht?« Sophie ließ sich aufs Bett zurückfallen und zog sich die Decke bis unters Kinn hoch. »Ich bin müde. Ich will noch schlafen.«

»Aha.« Karen spürte, wie sie vor Wut rot anlief. Sie hatte sich

Mühe gegeben, sanft und verständnisvoll zu sein, doch Sophie ging ihr mit ihrer scheinbar unbeteiligten, trotzigen Haltung wahnsinnig auf die Nerven. »Soll *ich* dir erzählen, wie du nach Hause gekommen bist?«

»Oh, Mann, kannst du mich nicht bitte einfach in Ruhe lassen? Wir können doch später noch reden.«

Karen riss ihr die Decke vom Körper. »Nein, Sophie, wir werden *jetzt* darüber reden.«

»Verdammt, Mum, was soll das?« Sie setzte sich auf, um die Decke wieder über sich zu ziehen.

»Ich kann einfach nicht glauben, dass du dich nicht daran erinnerst.« Karen beugte sich zu Sophie hinunter, bis ihre Nasenspitzen sich beinahe berührten. »Die Polizei hat dich nach Hause gebracht, Sophie. Die *Polizei*!« Sie starrte ihre Tochter an, wartete auf eine Reaktion, auf das obligatorische »Sorry, Mum«. Aber es kam nichts. »Willst du überhaupt nichts dazu sagen? Dein Vater wäre beinahe ausgeflippt.«

Das Lächeln, das sich auf Sophies Gesicht ausbreitete, traf Karen wie eine Ohrfeige. Was fiel ihr ein, in dieser Situation auch noch zu lachen? Hatte Mike recht damit, dass sie die ganze Sache für komisch hielt?

»Okay, genug. Ich hab's kapiert. Ich hätte nicht so viel trinken dürfen. Offensichtlich hab ich dich und Dad ziemlich auf die Palme gebracht. Es tut mir leid. Nicht witzig. Aber ist ja schließlich nicht so, als wärst du noch nie in deinem Leben betrunken gewesen, oder? Kannst du mich jetzt also bitte in Ruhe lassen, damit ich meinen Kater ausschlafen kann?« Sophie starrte Karen herausfordernd an. »Oh, und hör auf, so bescheuert den Kopf schief zu legen, wie du es immer machst, wenn du glaubst, dass man dich anlügt ...«

Karen konnte es nicht fassen. »Im Ernst? Du meinst, das war *genug*? Ich habe noch nicht mal richtig angefangen. Das Ganze war kein Witz für uns. Glaub mir, *keiner* von uns hat gestern Abend gelacht. Und du hast uns auch nicht irgendwann mitten in der Nacht geweckt. Die Polizei hat dich um *halb elf* nach Hause gebracht. Wie in Gottes Namen hast du es bitte geschafft, dich innerhalb von ein paar Stunden in diesen Zustand zu versetzen?« Und bevor Sophie etwas erwidern konnte, fügte sie noch hinzu: »Vielleicht ist das der Grund dafür, dass mein Kopf so *bescheuert* reagiert.« Karen neigte den Kopf in einer übertriebenen Geste zur Seite. Dann schwieg sie, wartete auf eine Erklärung. Doch beim Anblick von Sophies schockiertem Gesichtsausdruck vergaß sie ihre Wut sofort wieder. Anscheinend konnte sie sich wirklich nicht an die Fahrt im Polizeiwagen erinnern. Karens Magen verkrampfte sich. Sanft schob sie ihre Tochter ein Stück beiseite, um sich neben ihr auf die Bettkante zu setzen. Dann nahm sie Sophies Hand. »Warum warst du allein? Wo waren deine Freundinnen?«

»Ich … ich bin mir nicht sicher. Ich kann mich nicht erinnern.«

»Versuch es. Bitte. Es ist wichtig.«

»Warum?«

»Das musst du wirklich fragen? Man hat dich aufgegriffen, als du mutterseelenallein und sturzbetrunken die Hauptstraße entlanggetorkelt bist. In der Nähe des Kreisverkehrs stadtauswärts. Und nachdem sie dich nach Hause gebracht hatten, hast du nicht aufgehört, irgendwelchen Unsinn über Amy vor dich hin zu brabbeln. Du hast immer wieder irgendwas wiederholt; dass du nichts darüber wusstest, dass sie Amy sein will …«

»Komisch.« Sophie ließ den Kopf sinken. »Ich verstehe nicht …«

»Geht mir genauso. Warum warst du ohne deine Freunde unterwegs? Bist du weggegangen, oder haben sie dich allein gelassen, so wie üblich?«

»Oh, Mann, fang nicht wieder damit an.« Sophie entzog Karen ihre Hand. »Lass mich kurz mal nachdenken. Ich kann mich nicht …« Sie rieb sich übers Gesicht. »Ich bin zu müde, um nachzudenken. Wenn ich noch eine Runde geschlafen habe, funktioniert mein Gedächtnis bestimmt wieder besser.« Sie ließ sich zurück aufs Kissen sinken und schloss die Augen.

Karen blieb noch eine Weile sitzen und blickte auf ihre Tochter hinab. Die ganze letzte Nacht hatte sie bereits eine dunkle Ahnung gehabt, dass es sich bei den gestrigen Ereignissen um mehr handelte als nur um ein paar harmlose, betrunkene Stunden.

Jetzt war sie sich sicher.

4

»Na, ist sie von den Toten auferstanden?« Mike hob kurz den Blick von seinem iPad, als Karen in die Küche kam, bevor er seine Aufmerksamkeit wieder auf das Display richtete. Wenn er an seinen freien Tagen nicht gerade fernsah oder sich in seinem Arbeitszimmer verkroch, starrte er normalerweise auf sein geliebtes Tablet. Karen hatte sich schon mehr als einmal gewünscht, es ihm damals nicht geschenkt zu haben.

»Ich habe sie geweckt.« Sie schob sich an Mike vorbei, um an den Wasserkocher zu kommen. »Möchtest du auch einen Kaffee?«

Keine Antwort.

»Mike«, sagte sie laut, »möchtest du einen Kaffee?«

»Nein, danke. Hab eben einen getrunken.« Er legte das iPad auf die Kücheninsel. »Und, was hatte sie zu ihrer Verteidigung zu sagen? Irgendwelche Erklärungen?«

»Sie kann sich an nichts erinnern …«

»Oh, natürlich nicht.« Er verdrehte die Augen. »War ja klar, dass sie so tun würde, als hätte sie alles vergessen.«

»Ich glaube, das ist es nicht. Sie scheint wirklich eine Gedächtnislücke zu haben.«

»Sei nicht immer so verdammt leichtgläubig.« Er schnaubte verächtlich – eine ärgerliche Angewohnheit, mit der er Karen in letzter Zeit immer häufiger herabzusetzen versuchte wegen irgendetwas, das sie getan oder gesagt hatte. »Sie weiß, dass sie Ärger kriegen wird, also versucht sie, sich das Leben mit diesem ›Ich kann mich nicht erinnern‹-Schwachsinn leichter zu machen. Das kaufe ich ihr nicht ab.« Wütend sprang er auf. Das Quietschen des Barhockers ließ Karen zusammenzucken.

»Was hast du vor?«

»Herausfinden, was letzte Nacht passiert ist.« Er war schon halb zur Küchentür hinaus.

»Nein, lass es. Du wirst sowieso kein Wort aus ihr rauskriegen.«

»Das werden wir ja sehen. Ihr Verhalten gestern Abend war vollkommen daneben. Sie muss wissen, was sie mit solchen Aktionen anrichtet, was sie dir damit antut.«

»Sie hat mir nichts …«

»Es reicht!« Er starrte sie mit finsterer Miene an. »Hör auf, sie zu verteidigen. Sie hat sich danebenbenommen, und sie muss lernen, dass ihr Verhalten Konsequenzen hat.« Damit verschwand er aus der Küche und polterte die Treppe hinauf.

Karen rührte in ihrem Kaffee, während sie sich ausmalte, was als Nächstes passieren würde. Mike würde Sophie anschreien, sie würde schmollen, dann würde er Karen die Schuld für ihre Reaktion geben; wie immer würde er jede Unzulänglichkeit ihrer Tochter auf Karen abwälzen, dann wäre er für eine Woche unerträglich, bevor er schließlich zerknirscht einsehen würde, dass er überreagiert hatte.

Karen seufzte und trank einen Schluck von ihrem Kaffee. Mit dem Becher in der Hand schlich sie zur Treppe. Kein Geschrei. Das war ungewöhnlich. Sie blieb noch eine Weile stehen und horchte angestrengt, doch alles, was von oben zu hören war, waren gedämpfte Stimmen.

Als die Tür zu Sophies Zimmer geöffnet wurde, stürzte Karen so hastig zurück in die Küche, dass heißer Kaffee auf ihre Hand spritzte. Verdammt. Sie hörte seine Schritte auf der Treppe und setzte sich schnell auf einen der Barhocker an der Kücheninsel.

»Und?«, fragte sie, als er hereinkam.

»Du hattest recht.«

Karen hätte vor Überraschung beinahe ihre Tasse fallen lassen. »Wie meinst du das?«

»Sie hat wirklich absolut keine Ahnung, was gestern Abend passiert ist, Karen.« Er ließ sich auf den Hocker ihr gegenüber sinken. »Aber ich kapiere nicht, warum. Wie um alles in der Welt konnte sie sich so schnell so heftig betrinken, dass sie keine Erinnerung an das hat, was nach sieben Uhr passiert ist? Das ist nicht gut. Das ist gar nicht gut.« Nachdenklich rieb er sich mit dem Zeigefinger über die Unterlippe.

Die Haare an Karens Armen stellten sich auf, ihre Haut prickelte. Das nagende Unbehagen in ihrem Magen verfestigte sich zu einem harten Knoten. Ihr fiel ein, dass sie ganz vergessen hatte, auf ihr Handy zu sehen. Vielleicht hatte Liz inzwischen geantwortet. Hastig sprang sie auf und lief hoch ins Schlafzimmer. Mit zittrigen Fingern versuchte sie, die Nachrichten-App zu öffnen.

Ihr Herz setzte einen Schlag aus. Liz hatte ihr schon vor ein paar Stunden geantwortet. Amy ist nicht nach Hause gekommen. Sie geht nicht ans Handy. Weiß Sophie, wo sie ist? Liz

Karen stürmte aus dem Schlafzimmer, die Treppe hinunter und in die Küche, wo sie Mike das Telefon vors Gesicht hielt.

»Ich habe dir gesagt, dass du ihr nicht schreiben sollst, Karen.«

»Im Ernst? Darüber willst du jetzt diskutieren? Hast du gelesen, was da steht? Scheiße. Sophie hat gestern Abend die ganze Zeit irgendetwas über Amy vor sich hin gebrabbelt, und jetzt ist sie verschwunden.«

»Verschwunden ist ein bisschen übertrieben, oder?« Sein

Tonfall war sarkastisch. »Sie hat wahrscheinlich nur bei irgendeiner Freundin übernachtet und schläft gerade ihren Rausch aus. Genau wie Sophie.«

Vermutlich hatte er recht. Nur warum wollte dann diese Unruhe, die von ihr Besitz ergriffen hatte, einfach nicht verschwinden? Wie sollte sie Liz erklären, dass sich Sophie an nichts erinnern konnte, was letzte Nacht passiert war, und dass sie vor allem keine Ahnung hatte, wo Amy war?

Sie las sich noch einmal Liz' SMS durch, bevor sie ihr antwortete.

5

Sophie

Warum fiel es ihr so schwer, den vergangenen Abend zu rekonstruieren? Sophie saß im Schneidersitz auf ihrem Bett. Mit geschlossenen Augen versuchte sie irgendwelche Erinnerungen an die Oberfläche zu zerren. Sie hatten bei Amy vorgeglüht – so viel wusste sie noch. Sie waren zu sechst gewesen, die übliche Mädels-Clique: sie selbst, Amy, Erin, Becks, Alice und Rosie. Dann waren noch ein paar der Jungs dazugestoßen – Dan, Jack und Tom. Sie hatten Shots gekippt und die Mädchen aufgefordert mitzumachen. Sophie hatte mindestens drei gehabt; das war nach dem Wein gewesen. Allerdings hatte sie die Flasche nicht ausgetrunken. Sie erinnerte sich, dass er irgendwie sauer geschmeckt hatte. Für die wenigen Stunden war das ziemlich viel Alkohol gewesen, aber sie hatte in der Vergangenheit schon viel mehr getrunken und trotzdem nie einen Blackout gehabt. Zumindest keinen, der sich über einen ganzen Abend erstreckt hatte.

Ihr Kopf tat weh. Ein stechender Schmerz direkt hinter den Augen. Sie rieb sich die Stirn und die Schläfen, in der Hoffnung, so den Druck zu lindern, doch es funktionierte nicht. Sie ließ sich zurück in die Kissen sinken, zog sich die Decke bis unter die Nase und schloss die Augen. Ihre Lider fühlten sich unglaublich schwer an. Igitt, warum hatte sie bloß diese Shots getrunken? Die waren eindeutig zu viel gewesen.

Immer wieder ging sie in Gedanken durch, was ihre Eltern am Morgen gesagt hatten. *Wie kann es sein, dass du von der Polizei nach Hause gebracht wirst und nichts mehr davon weißt?* Dass man sie alleine in der Nähe des Kreisverkehrs gefunden hatte, machte absolut keinen Sinn. War sie in dem Club gewesen, der sich dort in der Nähe befand? Aber eigentlich gingen sie nie vor Mitternacht dorthin. Ihr Vater würde mit seinen Fragen nicht lockerlassen. Aber wie sollte sie ihm von etwas erzählen, an das sie sich nicht erinnern konnte? Ihre einzige Hoffnung bestand darin, dass ihre Freunde ihr helfen konnten, die Lücken zu füllen.

Ihr Handy. Sie musste inzwischen mindestens eine Million Nachrichten haben. Was hatte ihre Mutter noch mal gesagt, wo es war? Oh, nein, verdammt. Unten. Mühsam setzte sie sich auf. Sie hatte das Gefühl, sich in Zeitlupe zu bewegen, als würde ihr Gehirn losgelöst von ihrem Körper existieren. Schwerfällig schleppte sie sich durchs Haus. Sie war alles andere als scharf darauf, ihren Eltern gegenüberzutreten, aber sie konnte ihre Stimmen in der Küche hören, und wenn sie ihr Handy haben wollte, würde ihr nichts anderes übrig bleiben. So langsam, wie sie sich fortbewegte, war nicht mal daran zu denken, dass sie in die Küche hinein- und hinausschlüpfen konnte, ohne bemerkt zu werden.

Als sie die Küche betrat, sprang ihre Mutter auf. »Amy ist letzte Nacht nicht nach Hause gekommen.«

Ihr Dad verdrehte seufzend die Augen.

»Ich wollte gerade nachsehen, ob ich irgendwelche SMS bekommen habe. Wahrscheinlich hat sie bei jemandem auf dem Sofa übernachtet.« Sophie fuhr mit dem Daumen über das Display, um es zu entsperren.

»Das versuche ich deiner Mutter auch schon die ganze Zeit klarzumachen«, sagte ihr Dad mit einem genervten Kopfschütteln.

Sophies Puls beschleunigte sich, als sie die Dutzenden Nachrichten überflog, die sie in der Zwischenzeit erhalten hatte. Vier stammten von Tom. Geht es dir gut, Süße? Wo bist du? Ich kann dich nicht finden, mache mir Sorgen. Und die Letzte: Amy hat gesagt, Erin hat dir ein Taxi gerufen, und sie haben dich reingeschoben, damit du nach Hause fährst, haha! Im Ernst, ich hoffe, dir geht's einigermaßen.

Sophie scrollte weiter, um zu sehen, ob Erin ihr auch geschrieben hatte. Hatte sie nicht. Wahrscheinlich hatte sie ihr Handy ausgeschaltet, weil ihr die ganzen Nachrichten auf dem Gruppenchat auf den Geist gingen.

Sophie sah auf. Ihre Mutter und ihr Vater starrten sie an, warteten darauf, dass sie ihnen Antworten lieferte. Was sollte sie ihnen erzählen? Dass die Mädels sie in ein Taxi verfrachtet hatten? Warum hatte man sie dann in der genau entgegengesetzten Richtung, am anderen Ende von Coleton, aufgegriffen? Großartig. Das bedeutete nur noch mehr Fragen.

In ihrem Kopf pochte noch immer ein dumpfer Schmerz, das typische Kater-Kopfweh, gepaart mit wachsender Angst. Sie holte ein paarmal tief Luft, bevor sie sagte: »Tom hat geschrieben, dass Amy und Erin mich in ein Taxi gesetzt haben, damit ich nach Hause fahre.«

Die Versuchung, einfach zurück in ihr Zimmer zu gehen und sich die Decke über den Kopf zu ziehen, war groß. Aber der seltsam stumpfe Ausdruck in den Augen ihrer Mutter hinderte sie daran. Die dunklen Augenringe ließen sie krank aussehen, gequält. Tiefe Falten hatten sich in ihre Stirn gegraben. Sie wirkte älter, abgespannt. Die sonst so lebhaften Locken fielen ihr schlaff und strähnig auf die Schultern. Sophie vermutete stark, dass sie nicht ganz unschuldig daran war, wie ihre Mutter heute aussah. Wahrscheinlich war sie die ganze Nacht wach gewesen und hatte sich Sorgen gemacht.

»Warum hat dich das Taxi dann nicht nach Hause gefahren?« Die Stimme ihrer Mutter zitterte.

»Keine Ahnung. Ich kann mich ja nicht mal daran erinnern, überhaupt in ein Taxi eingestiegen zu sein. Um ehrlich zu sein, kann ich mich an gar nichts erinnern.« Sophie vergrub das Gesicht in den Händen.

»Was ist mit Amy? Hast du irgendwelche Nachrichten von ihr bekommen?«

»Nur eine«, log sie. »Sie hat was Ähnliches geschrieben wie Tom. Dass sie hofft, dass ich okay bin, und dass sie mich morgen anruft.« Warum hatte sie das gesagt? Es war dumm, aber sie wollte nicht, dass ihre Eltern ihr weitere Fragen stellten.

»Schreib ihr zurück, Sophie. Liz macht sich Sorgen.«

»Wenn sie Liz nicht antwortet, wird sie mir auch nicht schreiben. Wahrscheinlich schläft sie gerade ihren Kater aus. Danach meldet sie sich bestimmt.«

»Es hat keinen Sinn, Karen«, warf ihr Vater ein. »Du weißt, wie die Kids drauf sind, nachdem sie eine Nacht unterwegs waren. Abgesehen davon, dass du überhaupt nicht trinken solltest, Sophie.«

Der Signalton von Sophies Handy ließ sie alle erschrocken zusammenzucken.

»Von wem?«, fragte ihre Mutter ungeduldig.

»Gib mir eine Sekunde, dann kann ich es dir sagen.« Sophie fummelte mit fahrigen Bewegungen an ihrem Telefon herum. Sie konnte die erwartungsvollen Blicke ihrer Eltern auf sich spüren, während sie die SMS las. Dann sah sie auf. »Das war Maxi. Von Andersons. Sie war gestern Abend nicht dabei. Sie will nur wissen, ob ich diese Woche arbeite oder College habe.« Sie spürte, wie das Gewicht ihrer Enttäuschung sie niederdrückte. »Sorry.«

Für einen Moment herrschte Stille, die nur vom unablässigen

Rauschen des Wassers in der Spülmaschine durchbrochen wurde.

Sophie wollte aus der Küche in ihr Zimmer flüchten. Langsam drehte sie sich um und ging auf die Tür zu.

»Wo willst du hin?«

»Zurück ins Bett. Ich bin echt kaputt.«

»Im Ernst, du willst wieder schlafen gehen, obwohl du nicht weißt, was mit deiner Freundin passiert ist? Machst du dir gar keine Sorgen um sie? Ich finde, du solltest auf Facebook nachsehen, ob sie vielleicht irgendetwas gepostet …«

»*Nein!* Hast du nicht gehört, was ich eben gesagt habe? Sie ist garantiert bei irgendwem zu Hause …«

»Nicht nur, um rauszufinden, wo sie steckt. Ich will auch wissen, welches Taxiunternehmen Erin angerufen hat. Ich will wissen, wie spät sie dich *angeblich* in das Taxi gesetzt haben.«

»Was soll das heißen, *angeblich*?«

»Also ich finde es ziemlich seltsam, dass sie behaupten, dir ein Taxi gerufen zu haben, mit dem du nicht zu Hause angekommen bist. Entweder die beiden lügen, oder irgendetwas ist während der Fahrt passiert. Ich will wissen, was da los war.«

»Warum sollten sie lügen? Ehrlich, Mum, du bist so was von nervig.« Sophie wandte sich ab und marschierte aus der Küche.

»Oh, ich weiß nicht, warum sie lügen sollten«, schrie ihre Mutter ihr hinterher. »Vielleicht weil sie schlechte Freunde sind, die sich nur gegenseitig decken wollen?« Sie folgte Sophie, ohne ihre Tirade zu unterbrechen. »Sie haben dich irgendwo allein gelassen. Und anstatt dazu zu stehen, haben sie sich eine Geschichte ausgedacht, weil sie wussten, dass du zu betrunken bist, um dich später an das erinnern zu können, was wirklich passiert ist.«

Sophie ging den Flur hinunter, ohne zu antworten. Dann schlug sie ihrer Mutter die Tür vor der Nase zu und warf sich aufs Bett. Alles drehte sich. Sie schloss die Augen. Hatte ihre Mutter recht damit, dass ihre Freundinnen sie irgendwo zurückgelassen und sich hinterher eine passende Story zurechtgelegt hatten? Ihr fiel kein vernünftiger Grund ein, warum sie so etwas hätten tun sollen. Okay, es war schon vorgekommen, dass sie sich irgendwann in der Nacht verloren hatten, aber es war nie so schlimm gewesen, wie ihre Mutter es darzustellen versuchte. Sie waren einfach zu betrunken gewesen, hatten sich mit anderen Leuten unterhalten und sich dabei aus den Augen verloren. Dass einer mal nicht ans Telefon ging, hieß noch lange nichts. In Pubs war es eben ziemlich laut. Nur ihre Mutter schien das einfach nicht kapieren zu wollen. Bei der nächsten »Zu meiner Zeit war das anders«-Geschichte würde Sophie sich übergeben müssen, so viel stand fest.

Natürlich hatte Erin ihr ein Taxi gerufen, sie hatte immer auf Sophie aufgepasst, schon in der Schule. Erin war die Vernünftige von ihnen beiden, und Sophie vertraute ihr hundertprozentig. Trotzdem, wieso war sie dann am anderen Ende der Stadt gelandet? Sophie versuchte, den vergangenen Abend noch einmal Revue passieren zu lassen. Aber es war sinnlos. Sie konnte sich beim besten Willen nicht erinnern, was geschehen war, nachdem sie von Amy zu Fuß in die Stadt losgegangen waren. Sie wusste nur, dass sie zu dem Zeitpunkt definitiv noch alle zusammen gewesen waren.

Ihr Handy vibrierte. Sie betete, dass es Amy war.

Die Nachricht kam von Dan. Der Schatz. Er passte immer auf sie auf. Schade, dass sie nicht auf ihn stand, sonst war er in jeder Hinsicht perfekt. Zu perfekt. Definitiv zu wenig Bad Boy für ihren Geschmack.

Guten Morgen, meine Schöne. Wie geht's deinem Kopf? xx

Trotz ihres dröhnenden Schädels und des stressigen Morgens musste sie lächeln. Sie tippte eine Antwort.

Nicht besonders. Was ist letzte Nacht passiert?

Sie wartete, den Blick fest auf das Display gerichtet. Betete, dass er eine Antwort parat hatte, die diesem ganzen Mysterium ein Ende bereiten würde.

Du warst ganz schön voll, Süße. Wolltest nach dem zweiten Pub nach Hause! Weichei ;-) xx

Okay, langsam kam Licht ins Dunkel. Wenn sie nach Hause gewollt hatte, musste ihr wirklich schlecht gewesen sein. Sie kannte ihre Grenzen, und wenn sie sie überschritt, ging sie nach Hause. Immer. Also war sie wirklich in ein Taxi gestiegen, so wie Tom geschrieben hatte. Das warf allerdings andere kompliziertere Fragen auf. Fragen, mit denen sie sich im Moment nicht beschäftigen wollte. Scheiße. Ihre Mum würde eine riesige Sache daraus machen. Garantiert würde sie zur Polizei gehen, um den Taxifahrer anzuzeigen. Das war unvermeidlich. Ihr Job hatte sie gelehrt, von jedem Menschen nur das Schlechteste zu denken.

Warst du bis zum Ende dabei? Wer ist noch geblieben?

Ihre langen Acrylnägel klickten gegen das Plastikgehäuse ihres Handys. Es dauerte beinahe zehn Minuten, bevor sie eine Antwort bekam.

Wir sind im Shafters gelandet, wie üblich. Die Jungs waren alle bis zum Schluss dabei, Amy und Erin haben wir irgendwann verloren. Lange bevor wir in den Club gegangen sind.

Das war ganz und gar nicht, was sie hatte lesen wollen. Sie nannten den Club, in dessen Nähe die Polizei sie aufgegriffen hatte, Shafters. Erin hatte wahrscheinlich irgendwann genug gehabt und war zu ihrem Dad nach Hause gegangen; sie war kein großer Fan von Clubs und hing lieber in Pubs ab. Aber die Tatsache, dass Amy die Jungs nicht begleitet hatte, machte Sophie Sorgen. Wo war sie hängen geblieben?

Es war nicht ungewöhnlich, dass sich Amy nachts irgendwann von der Clique trennte. Sie kannte jede Menge Leute und liebte es, im Mittelpunkt der Aufmerksamkeit zu stehen. Aufmerksamkeit, die sie normalerweise auch bekam. Jedes Mal, wenn sie ausgingen, war es, als handelte es sich bei Amy um den Hauptact beim Glastonbury-Musikfestival: Die Leute rissen sich geradezu darum, von ihr beachtet zu werden. Ihr wunderschönes, glänzendes, langes dunkles Haar, ihre ebenmäßigen Gesichtszüge, ihre lebhafte Art – andere Menschen fühlten sich von ihr angezogen wie Motten vom Licht. Sie war ohne Frage das beliebteste Mädchen in ihrer Clique. Sophie und sie hatten sich bei der Arbeit kennengelernt. Amy arbeitete im selben Kaufhaus wie Sophie, in der Make-up-Abteilung. Sie hatten sich von Anfang an blendend verstanden, obwohl Amy zwei Jahre älter war als sie selbst.

Wo hast du Amy das letzte Mal gesehen?

Nervös biss sie auf der Nagelhaut an ihrem Daumen herum. Warum brauchte er so lange, um zu antworten? Wenn das so weiterging, musste sie danach dringend zur Maniküre. Vielleicht sollte sie an die ganze Gruppe schreiben. Wahrscheinlich würde sie auf diese Weise schneller an die Antworten kommen, die sie so dringend brauchte.

Das Handy vibrierte. Endlich.

Ich habe mitbekommen, wie sie und Erin dich vor dem White Hart ins Taxi verfrachtet haben. Und danach ist sie, glaube ich, noch mit uns ins Farmer gekommen. Ich kann mich nicht erinnern, sie danach noch mal gesehen zu haben. Wahrscheinlich ist sie mit irgendeinem Kerl nach Hause gegangen. Du weißt ja, wie sie ist. xx

Ja. Sie wusste, wie Amy war. Und genau das war es, was ihr Sorgen machte.

6

Di., 19.00 Uhr
Wo bist du gewesen, meine Süße? Ich hoffe, du antwortest mir heute Abend. Ich habe genug davon, die ganze Zeit Nachrichten zu schicken, auf die ich keine Antwort bekomme. Ich vermisse unsere Unterhaltungen – es ist jetzt schon 2 Tage her! Ich will wissen, wie die Pläne für unser »Date« aussehen. Mir kommt es vor, als würde ich schon ewig darauf warten. Du weißt doch, ein Mann kann nicht ewig warten.
xxxxxx

Fr., 23.57 Uhr
Es tut mir so leid, dass ich bisher nicht geantwortet habe. Ich hatte wahnsinnig viel zu tun. Hier ist gerade so viel los, dass ich nicht weiß, ob ich es zu unserem Date morgen schaffe. Sieht so aus, als müsstest du dich noch ein wenig länger gedulden!
xxx

7

Karen

Eine Pushnachricht nach der nächsten ließ ihr Handy im Sekundentakt vibrieren. Karen entsperrte das Display und öffnete die Facebook-App. Augenblicklich sackte sie in sich zusammen. Da war sie, die Statusmeldung, vor der sie sich die ganze Zeit gefürchtet hatte:

> Hat irgendjemand Amy gesehen oder von ihr gehört? Sie ist letzte Nacht nicht nach Hause gekommen, und jeder Anruf landet direkt auf ihrer Mailbox. Bitte leitet diese Meldung weiter. Wir sind sehr besorgt.

Es hatte begonnen. Jetzt würden die unvermeidbaren Fragen folgen.

»Sophie? Sophie!« Karen rannte, zwei Stufen auf einmal nehmend, die Treppe in den ersten Stock hinauf.

»Was?« Sophie stand in ihrer Zimmertür.

Sie war ihnen den ganzen Tag aus dem Weg gegangen und nur nach unten gekommen, um sich etwas zu essen zu holen. Danach war sie jedes Mal so schnell wie möglich wieder in ihrem Zimmer verschwunden, bevor Mike sie weiter verhören konnte. Karen hatte sie in Ruhe gelassen. Es brachte nichts, sie weiter mit Fragen zu quälen, auf die sie ja doch keine Antworten hatte. Ihr Plan war gewesen, Sophies Freunde ohne ihr Wissen zu kontaktieren. Über die sozialen Netzwerke war das einfach: sich umhören, herausfinden, welches Taxiunternehmen die Mädchen angerufen hatten, und mit dem gewonnenen Wissen weitermachen. Doch Liz' Statusmeldung änderte alles. Jetzt war die Sache ernst.

»Liz schreibt auf Facebook, dass Amy nicht auf Anrufe oder Nachrichten reagiert, und fragt, ob irgendjemand von ihr gehört hat. Hast du?«

Sophie machte ein zerknirschtes Gesicht. »Nein. Nichts. Ich habe ihr bestimmt zwanzig SMS oder so geschickt. Und mehrere Nachrichten über den Gruppenchat. So wie alle anderen auch.«

»Alle anderen? Wer ist *alle anderen*?«

»Unsere Clique. Fast alle, die gestern Abend dabei waren. Niemand hat sie gesehen oder was von ihr gehört.«

»Was zum Teufel war letzte Nacht los? Irgendetwas *muss* passiert sein. Bitte, Sophie, du musst dich erinnern.«

»Ich kann nicht. Und dass du ständig wiederholst, ich muss mich erinnern, hilft auch nicht. Ich. Erinnere. Mich. Nicht. Kapiert?« Sie trat einen Schritt zurück und knallte die Zimmertür hinter sich zu.

Karen blieb stocksteif vor der Tür stehen. Diese ganze Geschichte entwickelte sich zu einem absoluten Albtraum. Sophie schien sich nicht halb so sehr zu sorgen wie sie selbst. Warum? Sie wäre außer sich vor Angst, wenn eine ihrer Freundinnen verschwunden wäre. Und sie würde alles dafür tun, zu helfen.

Karen versuchte, sich zu beruhigen. Vermutlich gab es zu diesem Zeitpunkt nicht viele andere Möglichkeiten, als zu versuchen, Amy über ihr Handy zu erreichen, und mit den anderen über den Gruppenchat in Verbindung zu bleiben.

Sie ging wieder nach unten ins Esszimmer und fuhr ihren Laptop hoch. Aus irgendeinem Grund machte es der große

Bildschirm noch schlimmer: mindestens dreißig besorgte Kommentare von Liz' Freunden und einigen der Teenager, die gestern Abend auf die Clique getroffen waren. Doch niemand wusste, wo Amy war. Mit zittrigen Fingern gab Karen bei Google *Vermisste Personen* ein. Ein paar Klicks später klappte sie den Laptop entsetzt zu. Vielleicht war es besser, nicht zu viel darüber zu lesen, keine voreiligen Schlüsse zu ziehen.

Wie lange wartete man ab, bevor man die Polizei informierte?

Karen wählte Liz' Nummer.

»Irgendwelche Neuigkeiten?« Mike hob den Blick von seinem iPad, als Karen hereinkam. Er hatte es also von der Küche bis ins Wohnzimmer geschafft. Ganze vier Meter immerhin. Er saß, mit dem Rücken gegen das Sofa gelehnt, auf dem Fußboden und balancierte das Tablet auf den ausgestreckten Oberschenkeln.

»Liz will noch eine Stunde abwarten, bevor sie die Polizei einschaltet. Ich begreife nicht, wie sie das aushält. Ich hätte schon längst dort angerufen.«

»Wäre ziemlich peinlich, wenn man seine Tochter als vermisst meldet und die ein paar Stunden später mit einem Kater zu Hause aufkreuzt. Kleinlaut, weil sie den ganzen Tag verschlafen hat.«

»Das wäre mir lieber, als eine Stunde untätig zu Hause rumzusitzen, um hinterher feststellen zu müssen, dass diese eine Stunde entscheidend gewesen wäre. Das könnte ich mir niemals verzeihen.«

»Dann sei dankbar, dass es nicht deine Tochter ist.«

»Verdammt, Mike.« Frustriert wandte sie sich ab. Sie sollte irgendetwas Konstruktives tun. Wenn erst die Polizei ins Spiel kam, würde Sophies Wissen über die Nacht essenziell sein.

»Was ist mit Erin? Hat sie dir gesagt, in welches Taxi sie Sophie gesetzt hat?«, rief Mike ihr hinterher.

»Nein, ich bin noch nicht dazu gekommen, sie zu fragen. Sophie hat nichts von ihr gehört, glaube ich.«

»Dir ist schon klar, dass es unter diesen Umständen ziemlich wahrscheinlich ist, dass die beiden Mädchen zusammen sind?«

»Das wäre gut. Ich hoffe wirklich, dass das der Fall ist. Ich rufe Rachel an, um rauszufinden, ob sie was weiß.« Karen ging in die Küche hinüber, während ihre Gedanken unaufhaltsam um die Frage kreisten, was Sophie gestern Abend passiert war. Und was Amy zugestoßen sein mochte. Sie stellte noch einmal den Wasserkocher an; ohne Kaffee konnte sie nicht denken. »Ich frage mich, ob Liz die umliegenden Krankenhäuser angerufen hat«, sagte sie, mehr zu sich selbst als zu Mike.

Während sie darauf wartete, dass das Wasser zu kochen begann, lehnte sie sich an die Küchenanrichte und öffnete noch einmal die Facebook-App auf ihrem Handy. Mehr Kommentare von Leuten, die »Umarmungen« schickten; einige hatten dieselbe Idee wie Karen gehabt und sich nach den Krankenhäusern erkundigt. Liz hatte bereits geantwortet, dass sie in den Kliniken angerufen hatte.

Die Polizei war eindeutig der nächste Schritt.

Es gab nicht viel, was sie im Moment hätte tun können. Sie würde die Facebook-App geöffnet lassen, und mit etwas Glück gab es vielleicht bald schon Neuigkeiten.

Sie seufzte. Die nasse Wäsche war noch immer in der Maschine – Mikes Ranger-Uniform, die er für die Arbeit morgen brauchte. Am besten steckte sie die Sachen in den Trockner. Er konnte auf keinen Fall mit feuchter Kleidung im Moor herumlaufen. Und gegessen hatten sie auch noch nichts. Sie war viel zu beschäftigt mit anderen Dingen gewesen, um auch nur eine Sekunde darüber nachzudenken, was sie kochen könnte.

Ihre Brust zog sich zusammen, und die gewohnte nervöse Unruhe ergriff erneut von ihr Besitz. Morgen würde es so viel zu tun geben. Sie hasste Montage. Abgesehen von der anstehenden Hausarbeit musste sie auch noch zu ihrer Therapiestunde. Um sich zu beruhigen, stützte sie die Handflächen auf die Arbeitsfläche und atmete tief durch die Nase ein, bevor sie kurz innehielt und den Atem langsam durch den Mund wieder ausströmen ließ. Atmen. Die Vorstellung, den Tag mit all den unbeantworteten Fragen anzugehen, war erschreckend, entmutigend.

Das Klingeln ihres Handys unterbrach ihre Gedanken. Es war Rachel. Vielleicht würde eine kurze Unterhaltung mit ihrer ältesten Freundin dabei helfen, ihre Stimmung ein wenig zu heben. Außerdem könnte sie sie bitten, Erin nach dem Taxiunternehmen zu fragen. Es war ein paar Wochen her, seit sie das letzte Mal richtig mit Rachel gesprochen hatte. Allerdings war es nicht ungewöhnlich, dass Wochen vergingen, manchmal sogar Monate, in denen sie sich nur mit vereinzelten Nachrichten bei der jeweils anderen erkundigten, ob es ihr gut ging. Ihre Bindung war stark genug, als dass sie dadurch hätte Schaden nehmen können. Rachel war Karens Fels in der Brandung, war es schon immer gewesen. Ohne ihre beste Freundin hätte sie die letzten zwei Jahre nicht überstanden.

Schnell wischte Karen mit dem Daumen über das Display, um den Anruf entgegenzunehmen. »Hey, Rachel. Du warst schneller – ich wollte dich auch gerade anrufen.«

8

Sophie

Sie fühlte sich noch immer benommen. Ein ganzer Tag, an dem sie so gut wie tot gewesen war – war es das wert gewesen? Jeder Knochen in ihrem Körper schmerzte von der Sitzposition, in der sie seit Stunden verharrte. Mit dem Daumen scrollte sie durch den Newsfeed auf Facebook, um nachzusehen, ob es irgendwelche Neuigkeiten gab.

Das *Ping* klang seltsam laut in ihrem sonst stillen Zimmer – ein anderer Ton als der, den sie normalerweise für Benachrichtigungen eingestellt hatte. Sie tippte auf den Bildschirm. Eine neue E-Mail. Es war eine ganze Weile her, dass sie eine bekommen hatte. Seit Monaten hatte sie nicht mehr in ihren Account gesehen.

Der unbekannte Absender hatte einen Link mitgeschickt. Sie sollte die E-Mail am besten sofort löschen; wahrscheinlich war es Spam, irgendein Virus. Sie wollte gerade auf Löschen drücken, als sie innehielt. Der Text in der Mail ließ sie zögern:

Das hier wirst du sehen wollen. Es werden mehr folgen. Erkennst du sie?

Ohne länger darüber nachzudenken, berührte sie den Link.

Das Foto war beschnitten worden. Der Kopf fehlte. Ein

schwarzes Kleid, hochgezogen, die nackten Beine entblößt. Am Knöchel war ein kleines Tattoo zu erkennen.

Sie schluckte. Ihre Kehle fühlte sich wie eingeschnürt an, schmerzte. Sie wusste sofort, wer das war.

9

Karen

»Weißt du, dass Amy vermisst wird?« Ein ängstlicher Unterton schwang in Rachels sanfter Stimme mit.

»Ich behalte schon den ganzen Tag Facebook im Auge, damit ich sofort mitbekomme, wenn es etwas Neues gibt. Weißt du irgendwas?«

»Ich hatte gehofft, dass du mehr Infos hast. Sie war gestern Abend mit Sophie unterwegs, oder?«

»Ehrlich gesagt drehe ich deswegen gerade vor Sorge beinahe durch. Du kennst mich, Rachel. Du weißt, wie ich in solchen Situationen reagiere …«

Ein trockenes, nervöses Lachen, und dann: »Na los, erzähl endlich!«

Karen berichtete ihrer Freundin von den Ereignissen des letzten Abends: den zwei Polizeibeamten, Sophies merkwürdigem Gefasel über Amy, ihrem kompletten Blackout. Karens Augen brannten, Tränen liefen ihr über die Wangen. Auf einmal rückten die Ereignisse viel zu nahe an sie heran. Darüber auf Facebook zu lesen, war eine Sache, darüber zu sprechen eine ganz andere. Plötzlich fühlte sich das alles zu real an. Da war keine Grenze mehr. Das hier passierte nicht irgendwelchen Leuten, mit denen sie nichts zu tun hatte, die sie nicht kannte. Es passierte hier, den Menschen, die sie liebte und um die sie sich sorgte.

»Mach dir bitte nicht zu viele Gedanken. Ich habe noch nicht mit Erin gesprochen, vielleicht weiß sie mehr. Wahrscheinlich ist alles ganz harmlos. Es wird eine vernünftige Erklärung geben.«

»Wie kann es sein, dass du noch nicht mit Erin gesprochen hast?« Das hätte sie als Allerersterstes tun müssen.

»Ihr Handy ist ausgeschaltet. Und sie übernachtet bei Adam … Wusstest du, dass er *bei ihr* eingezogen ist?«

»Nein! Es ist doch gerade mal vier Monate her, dass er dich verlassen hat. Oh, Rachel, das tut mir so leid! Ich war in letzter Zeit wirklich keine gute Freundin. Du hättest mich anrufen sollen …« Geistesabwesend rieb Karen mit Daumen und Zeigefinger über den Höcker auf ihrem Nasenrücken.

»Na ja, du hattest selbst genug um die Ohren. Wir reden ein andermal darüber – möglichst bei einer ganzen Flasche Wein. Oder auch zweien.«

»Was für ein Schlag ins Gesicht. Er ist wirklich ein Idiot.«

»Du konntest ihn noch nie leiden. Aber wie auch immer – das verdammte Haus steht mitten im Zentrum von Coleton, und das findet Erin natürlich geradezu brillant. Plötzlich ist ihr Dad die beste Sache auf der Welt seit der Erfindung des Smartphones. Denn schließlich gehört ihm jetzt ein Haus, das sich nicht nur in der Nähe ihrer Freunde befindet, sondern von dem aus sie außerdem viel schneller bei der Arbeit ist. Am Wochenende sehe ich sie kaum noch. Meist geht sie aus, in irgendwelche Clubs, und danach wankt sie nach Hause zu ihm. Und zu *ihr.*«

»Der Traum eines jeden Teenagers.« Karen schnaubte. »Aber für dich tut es mir natürlich leid. Das muss wehtun.«

»Als würde sie mir eine Klinge direkt ins Herz bohren. Du weißt, wie viel ich für diese Familie gegeben habe und dass ich Erin über alles liebe. Es bringt mich schier um. Er kennt diese

Frau kaum, und trotzdem ist er schon mit ihr zusammengezogen. Aber egal, wir sollten uns jetzt auf Amy konzentrieren.«

»Nach dem, was du mir gerade erzählt hast, denke ich, dass klar ist, wo die beiden stecken. Ich wette, Amy ist zusammen mit Erin bei Adam. Du musst ihn anrufen.«

Eine lange Pause entstand.

»Okay, wenn es unbedingt sein muss.«

»Ja, natürlich. Du musst dich darum kümmern, bevor die Polizei eingeschaltet wird. Falls Liz das nicht sowieso schon gemacht hat.«

»Wahrscheinlich hatte ich einfach gehofft, dass du inzwischen weißt, wo Amy ist, und ich mir die Peinlichkeit ersparen kann.«

»Es geht nur um einen einzigen kurzen Anruf. Frag, was du fragen musst, und dann leg schnell wieder auf. Ganz einfach. Es tut mir leid, dass ich dir keine größere Hilfe bin – hier bist du leider selbst gefragt, meine Liebe.«

Rachel lachte bitter. »Okay, ich sag dir Bescheid, wenn ich mehr weiß.«

»Danke. Aber ruf danach auf jeden Fall zuerst Liz an. Sie ist außer sich vor Sorge.«

»Natürlich. Klar. Ich bin mir sicher, es wird sich alles aufklären.«

Karen stieß erleichtert den Atem aus. *Nur noch zehn Minuten, dann ist diese Geschichte endlich vorbei*. Zumindest der Teil, in dem Amy vermisst wurde. Alles andere blieb ein Rätsel. Sie wussten noch immer nicht, was in den zweieinhalb Stunden passiert war, nachdem Sophie ins Taxi gesetzt und bevor sie von den Polizeibeamten zu Hause abgeliefert worden war. Irgendwie ahnte Karen, dass es nicht einfach werden würde, der Sache auf den Grund zu gehen.

10

Sophie

Das Foto zeigte sie. In den Sachen, die sie gestern Abend getragen hatte. Und es war kein Selfie.

Sophie warf das Handy aufs Bett, als hätte sie sich daran verbrannt. Dann starrte sie darauf und schüttelte ein paarmal den Kopf, rieb sich die Augen, versuchte, sich zu erinnern. Aber da war nichts. Wer hatte dieses Bild aufgenommen und wo? Was hatte er damit vor, und wie viele würden noch folgen?

Sophie stand wie paralysiert mitten in ihrem Zimmer, ballte die Hände zu Fäusten, bevor sie die Knöchel knacken ließ. Gewissenhaft zog sie an einem Finger nach dem anderen, bis sie beim Daumen angelangt war.

Was sollte sie tun? Sie zwang sich, das Telefon vom Bett zu nehmen. Ihre Hände zitterten. Das Foto war noch immer auf dem Bildschirm zu sehen. Sie musste sich damit auseinandersetzen, herausfinden, was es zu bedeuten hatte.

Mit zwei Fingern zoomte sie in das Bild hinein und zog es dann nach rechts und links, um herauszufinden, ob ihr irgendetwas an dem Hintergrund bekannt vorkam. Es sah so aus, als würde sie auf einem Stuhl sitzen, die Beine gespreizt. Der Winkel, in dem ihr Körper nach hinten gebogen war, ließ darauf schließen, dass sie den Kopf in den Nacken geworfen hatte; ihre Haare waren nicht zu sehen. Sophie drehte das Handy. Abgesehen von dem schwarzen Kleid und dem verschwommenen dunklen Bild auf ihrem Knöchel, das ihr Schlangentattoo sein musste, hätte das Foto jeden zeigen können.

Eine Welle der Erleichterung durchströmte sie. Vielleicht war sie doch nicht die Person auf dem Foto. Heutzutage hatte jedes junge Mädchen ein Tattoo, und es war auch gar nicht richtig zu erkennen, ob es sich um eine Schlange oder irgendein anderes Motiv handelte. Und wer bitte besaß kein kurzes, schwarzes Kleid? Irgendjemand erlaubte sich hier einen ziemlich kranken Scherz. Wahrscheinlich wollte einer der Jungs sie verarschen. Das Bild konnte genauso gut mit Photoshop zusammengebastelt worden sein. Optimistisch, dass es sich tatsächlich nur um einen bescheuerten Witz handelte, ließ sich Sophie auf ihr zerwühltes Bett fallen und öffnete noch einmal die Mail, um nach Hinweisen zu suchen, bei welchem ihrer sogenannten Freunde sie sich dafür bedanken konnte, dass er sie fast zu Tode erschreckt hatte.

Sie brauchte nicht lange, um herauszufinden, dass der Absender nicht zu identifizieren war. Die Adresse stammte von keinem Standard-Account. Der Name ergab überhaupt keinen Sinn; nichts daran kam ihr bekannt vor. Trotzdem würde es vermutlich nicht lange dauern, bis herauskam, wer von den Jungs dahintersteckte – keiner von ihnen war in der Lage, länger als fünf Minuten die Klappe zu halten. Wer auch immer es war, vermutlich juckte es ihm schon jetzt in den Fingern, eine SMS, Facebook-Nachricht oder einen Tweet zu schreiben, damit auch ja jeder erfuhr, wer sich den tollen Gag ausgedacht hatte. Diese kindischen Arschlöcher hielten sich anscheinend für verdammt witzig. Dabei war wirklich nichts Lustiges daran, vor allem da Amy noch nicht aufgetaucht war. Langsam fing Sophie an, sich Sorgen zu machen; es war halb sechs, und noch immer gab es keine Spur von ihr. Inzwischen hätte sie ihren Kater längst ausgeschlafen haben müssen.

Widerstrebend loggte sich Sophie bei Facebook ein. Hunderte Status-Updates, aber kein einziges davon stammte von Amy; keiner ihrer Freunde hatte geschrieben »Amy ist wieder da«.

Herrgott, Amy, wo zur Hölle bist du?

Als Sophie aufstand, hätten ihre Beine beinahe unter ihr nachgegeben, so erschöpft war sie. Langsam schlich sie die Treppe hinunter. Vielleicht hatte ihre Mutter inzwischen irgendetwas Neues erfahren.

»Hast du schon …« Ihre Mutter sprang auf, als sie den Raum betrat.

Augenblicklich fühlte sich Sophies Mund staubtrocken an. »Was?« Ihre Stimme brach. *Irgendetwas Schlimmes ist passiert.*

»Ich meinte, ob du schon was von Amy gehört hast?«

»Mum!« Sophie presste sich die Hand aufs Herz und stieß den Atem aus. »Du hast mich zu Tode erschreckt. Ich dachte, du meintest …«

»Oh, nein. Entschuldige. Ich habe gerade mit Rachel telefoniert. Sie hat mir erzählt, dass Erin in letzter Zeit am Wochenende oft bei ihrem Dad übernachtet hat. Du hast mir gar nicht erzählt, dass Erins Vater mit dieser neuen Frau zusammengezogen ist. Warum nicht?«

»Komm zum Punkt.« Ungeduldig verlagerte Sophie ihr Gewicht auf das andere Bein und verschränkte die Arme vor der Brust.

»Entschuldige. Also, ich gehe davon aus, dass die beiden wahrscheinlich zusammen sind. Ich meine Erin und Amy. Rachel hat gesagt, dass sie auch noch nichts von Erin gehört hat.«

»Das würde Sinn machen. Dan hat mir geschrieben, dass alle noch mit in den Club gegangen sind, nur Amy und Erin waren anscheinend nicht mehr dabei. Gut. Dann wird es so sein, wie du sagst.« Aber ihre Worte überzeugten sie selbst nicht.

Es gab keinen logischen Grund dafür, dass Amy bis zum Haus von Erins Vater lief, wenn ihr eigenes Zuhause näher lag. Außerdem war sie sich nicht sicher, ob Amy und Erin beieinander übernachten würden. Die beiden waren nicht gerade die dicksten Freundinnen. Amy – die Ältere – war erst nach der Schule zu ihrer Gruppe dazugestoßen und hatte Erin in gewisser Weise rausgekickt, indem sie Sophies neue beste Freundin geworden war. Erin war alles andere als begeistert gewesen. Aber im Moment *wollte* Sophie ganz einfach an die Theorie glauben, dass die beiden zusammen bei Erins Vater waren.

»Ja, das hoffe ich auch, Liebes. Allerdings bedeutet das nicht, dass du aus dem Schneider bist.«

Das hatte Sophie bereits befürchtet. In den nächsten Tagen würde ihre Mutter sie keine Sekunde in Ruhe lassen, ehe sie nicht herausgefunden hatte, warum Sophie sich an nichts von dem erinnern konnte, was am vergangenen Abend geschehen war; warum sie alleine die Straße entlanggelaufen war; ob der Taxifahrer ihr etwas angetan hatte. Es würde der reinste Albtraum werden. Aber solange keinem ihrer Mädels etwas zugestoßen war, würde sie das alles gern über sich ergehen lassen. Schließlich hätte es weit schlimmer kommen können.

Ein tiefes Knurren lenkte ihre Aufmerksamkeit auf die Haustür. Bailey hatte davor Position bezogen und begann im nächsten Augenblick, ohrenbetäubend zu kläffen. Sophie folgte ihrer Mutter durchs Wohnzimmer, um nachzusehen, was ihn so aufregte.

Schon wieder parkte ein Polizeiwagen vor dem Haus.

Was war los?

11

DI Wade

Der frische Wind wirbelte Schuttbröckchen auf, hob sie in die Luft und verteilte sie über dem weitläufigen Gelände. Selbst wenn man den leblosen Körper ausblendete, wirkte die Szenerie noch immer, als hätte hier gerade ein Angriff stattgefunden.

DI Lindsay Wade stand hinter dem Flatterband, dass den Tatort abriegelte, und ließ den Blick über das morastige Stück Land wandern. Leere Fast-Food-Verpackungen, Papier, Plastikflaschen, Essensreste – Abfall, den Menschen einfach so weggeworfen hatten. Der ideale Ort, um eine Leiche loszuwerden; und wie es aussah, war auch der Körper der jungen Frau so achtlos wie der Müll hier abgeladen worden. Man hatte sie hierhergeschafft, damit jemand anderes sich um ihre Beseitigung kümmerte, wie bei einem Essen, das geschmeckt hatte, bei dem es sich aber nicht lohnte, die Reste mit nach Hause zu nehmen.

Als Lindsay vor neun Stunden das Büro verlassen hatte, hatte ein Mord noch nicht auf der Liste ihrer neuen Fälle gestanden. Beruflich konnte dies eine Chance bedeuten, dem DCI zu zeigen, was sie draufhatte. Und in persönlicher Hinsicht, dass sie all ihre Zeit und Kraft in etwas anderes als in ihr katastrophales Privatleben stecken konnte.

Unbeweglich, die Hände in den Hosentaschen, stand sie vor der Absperrung und biss sich in die Wange. Bevor sie den weißen Papieranzug überstreifte, wollte sie sich die Zeit nehmen, sich ein Bild von der Umgebung zu machen. Das Soko-Team war gerade damit beschäftigt, den Tatort und mögliche Beweise zu sichern. Beweise, die die Macht hatten, eine Geschichte zu erzählen, die sie zu dem Mörder des Mädchens führen würde. Allerdings ließ die Aussage des Mannes, der die Leiche entdeckt hatte, als er mit seinem Hund in der Gegend spazieren gegangen war, darauf schließen, dass es sich bei dem Gelände nicht um den eigentlichen Tatort handelte. Lindsay war klar, dass sie die wichtigsten Hinweise dort finden würden, wo das Mädchen getötet worden war. Je schneller sie diesen Ort identifizierten, desto besser. Angesichts der Ausmaße des vor ihnen liegenden Brachlands, das sich an ein Industriegebiet anschloss, und angesichts der Wetterverhältnisse versprach sich Lindsay nur wenig von dem, was die Beweissicherung an diesem Ort zutage fördern würde. Wie es aussah, mussten sie ihre Hoffnungen auf die Obduktion der Leiche setzen.

Der wolkenverhangene Himmel wurde schnell dunkel. Immerhin konnten sie darauf vertrauen, das Opfer relativ schnell zu identifizieren. Die Beschreibung passte zu der Person, die, nur Minuten bevor sie an den Tatort gerufen wurde, als vermisst gemeldet worden war.

Schon bald würde eine Familie die schlimmste Nachricht erhalten, die man sich vorstellen konnte. Als Lindsay vor zehn Jahren ihren Polizeidienst antrat, hatte sie sich selbst für besonders stark gehalten; für jemanden, der nicht leicht aus der Fassung zu bringen war. Aber sie hatte schnell herausfinden müssen, dass das Überbringen einer Todesnachricht der härteste Teil ihres Jobs war. Ihr Magen krampfte sich zusammen. Nicht mehr lange, und sie würde der Familie des toten Mädchens die Nachricht überbringen, die für sie lebenslangen Schmerz bedeutete.

12

Sophie

Stocksteif, mit gerade aufgerichtetem Rücken saßen sie im Wohnzimmer. Ihre Mum hörte nicht auf, die Hände im Schoß zu wringen. Ihr Dad starrte stur geradeaus, mit leerem Gesichtsausdruck, die Augen weit aufgerissen. Sophie knackte mit den Knöcheln. Der Detective mit den langen Beinen kritzelte in sein Notizbuch und fragte hin und wieder nach, während Sophie ihm erzählte, was am Samstagabend passiert war – zumindest soweit sie sich erinnerte. Seine Kollegin machte sich ebenfalls Notizen, sagte aber die ganze Zeit kein Wort.

»Es tut mir leid, dass … dass ich keine große Hilfe bin«, stotterte sie und lief rot an. »Ich kann … ich kann mich an kaum etwas erinnern.« Sie ließ das Kinn auf die Brust sinken, vermied es, den Polizisten in die Augen zu sehen.

»Nach allem, was wir bisher wissen, sind Sie die letzte Person, die sie gesehen hat«, sagte der Mann, der sich als Detective Sergeant Mack vorgestellt hatte.

Sie sackte in sich zusammen, die Schultern nach vorne gebeugt, als wollte sie sich am liebsten ganz klein machen. *Die letzte Person, die sie gesehen hat.* Die Worte hingen wie eine Anklage zwischen ihnen in der Luft.

»Ich … ich glaube nicht, dass ich die Letzte war.« Sophie fummelte an ihrem Handy herum, dann streckte sie es dem Detective entgegen, damit er auf das Display schauen konnte.

»Hier. Sehen Sie?« Sie hatte die Nachricht geöffnet, in der Dan geschrieben hatte, dass sie Amy und Erin verloren hatten, lange bevor sie in den Club gegangen waren. »Aber das war, nachdem mich die beiden ins Taxi gesetzt hatten, also muss er Amy nach mir gesehen haben. Und Tom auch. Er hat gesagt, dass Amy mich ins Taxi verfrachtet hat. Ich habe eine Nachricht von ihm … in der steht, dass sie ihm das erzählt hat. Hier.«

Sophie ließ wieder den Kopf sinken. Ihre Worte klangen wie die eines Kindes, das mit dem Finger auf andere zeigte, um ihnen die Schuld an etwas zu geben, für das es in Wirklichkeit selbst verantwortlich war. Der Eifer, mit dem sie DS Mack zu überzeugen versuchte, dass sie nicht die Letzte gewesen war, die Amy gesehen hatte, hatte etwas Verzweifeltes an sich, das merkte sie selbst. Sie redeten hier über ihre Freundin, die im besten Fall verschwunden und im schlimmsten Fall tot war. Warum fühlte sie sich trotzdem so benommen, so distanziert? Als würde das alles sie nichts angehen. Der Gedanke daran, dass Amy tot sein könnte, schien nichts von dem Schrecken oder der Verzweiflung in ihr auszulösen, die eine solche Vorstellung normalerweise heraufbeschwören sollte. Warum nicht?

»Hm.« DS Mack zog stirnrunzelnd die Brauen zusammen. Dann hielt er das Handy hoch und sah Sophie fest in die Augen. »Ich werde das hier mitnehmen müssen.« Er ließ das Telefon in einen kleinen Plastikbeutel gleiten, den er neben sich legte, ohne auch nur für eine Sekunde den Blick von Sophie zu lösen.

Entsetzt starrte sie auf ihr Handy. Doch als sie den Mund öffnen wollte, um zu protestieren, wurde ihr klar, dass es zwecklos wäre.

»Könnte Amy mit Ihnen in das Taxi gestiegen sein?«

»Ich weiß es nicht. Ich kann mich nicht erinnern.« Das war alles, was sie dazu sagen konnte. Alles, was sie in den letzten vierundzwanzig Stunden gesagt hatte.

Sie schwiegen, doch die Luft um sie herum schien vor Anspannung zu vibrieren. Sophie blickte flehend zu ihren Eltern hinüber. Sie wusste, dass es nichts gab, was ihre Mum oder ihr Dad hätten sagen können, um ihr zu helfen. Sie hatten bereits alles erzählt, was sie über den vergangenen Abend wussten: dass sie von der Polizei nach Hause gebracht worden war, in welchem Zustand sie sich befunden hatte, ihr scheinbar zusammenhangloses Gebrabbel. Sie hatten den Detective gefragt, wie es sein konnte, dass den beiden Beamten die Situation nicht komisch vorgekommen war. Doch DS Mack hatte nur geantwortet, dass seine Kollegen nichts Ungewöhnliches hatten feststellen können. Sie war ein betrunkenes Mädchen alleine auf der Straße gewesen, das offensichtlich seine Freunde verloren hatte. Sie hatte keine sichtbaren Verletzungen gehabt. Sie hatte nicht um Hilfe gebeten oder von irgendwelchen Problemen berichtet. Sie hatte ganz einfach nur betrunken gewirkt.

Inzwischen sah die Sache allerdings ganz anders aus. Aus einer relativ harmlosen Situation war eine komplizierte, ernste Geschichte geworden. In Coleton war eine Leiche gefunden worden, auf die Amys Beschreibung passte. Fragen mussten gestellt, Antworten mussten gefunden werden.

»Weiß Liz Bescheid?«, fragte Sophie, die das Schweigen nicht länger aushielt. »Amys Mutter?«

»Sie wurde informiert.« DS Mack versuchte, eine bequemere Position auf dem viel zu weichen Sofa zu finden, dass seine Mitte geschluckt zu haben schien. Er sah aus, als würde er nur noch aus Kopf und Beinen bestehen. »Die Leiche wurde noch nicht offiziell identifiziert. Amys Eltern sind gerade auf dem Weg zur Gerichtsmedizin.«

»Wie schrecklich … Ich kann mir gar nicht vorstellen …«, murmelte ihr Dad vor sich hin und schüttelte den Kopf.

Sophie erwischte ihre Mutter dabei, wie sie ihm einen ihrer

»Hab ich es dir nicht gesagt«-Blicke zuwarf. Sie hatte offensichtlich recht damit gehabt, sich Sorgen zu machen, vom Schlimmsten auszugehen.

Ein Schauder durchfuhr Sophie. Ermordet? Wie konnte so etwas in einem verschlafenen Nest wie Coleton passieren? Dies war nicht London, wo man erwartete, dass solche Dinge geschahen. In Sophies Augen war der Ort, in dem sie lebten, vor allem langweilig und voller alter Menschen. Ja, natürlich konnte sie sich nur zu gut an das erinnern, was ihre Mutter immer wieder von den Leuten auf ihrer Arbeit erzählt hatte. Von den Kriminellen, die sie beaufsichtigt hatte; Männer, die schreckliche Verbrechen begangen hatten – einige davon sogar einen Mord. Aber nicht hier. Nicht in ihrer Heimatstadt. Sie wusste, dass es gefährliche Menschen gab, ihre Mutter war das Opfer eines schlimmen Überfalls geworden. Aber selbst sie, die Sophie den ganzen Tag lang mit ihrer Leier genervt hatte, dass sie sich Sorgen machte, Samstagnacht könnte irgendetwas Schlimmes passiert sein, hatte es nicht gewagt, das Wort in den Mund zu nehmen. *Mord*.

»Ich verstehe nicht ganz.« Ihre Mutter beugte sich vor, als wäre sie von einem Moment auf den anderen zum Leben erweckt worden. »Wenn die … der Körper … wenn Amy noch nicht identifiziert wurde, könnte es doch sein, dass es sich um jemand anderen handelt. Warum also …«

»Da haben Sie recht. Bis wir eine offizielle Bestätigung haben, reden wir von einer *vermissten Person*«, fiel DS Mack ihr ins Wort. »Trotzdem müssen wir uns mit allen unterhalten, die zuletzt mit Amy zusammen waren.«

»Natürlich. Verstehe.« Sie ließ sich wieder zurücksinken. Sophie beobachtete, wie der hoffnungsvolle Ausdruck aus ihren Augen verschwand.

Dabei gab es noch Hoffnung. Sophie musste daran glauben.

Vielleicht war es gar nicht Amy. Sie würde sich so lange an diesen Gedanken klammern wie möglich, denn jede Alternative war zu schrecklich, um sie auch nur in Erwägung zu ziehen.

Ein schriller Signalton verkündete, dass eine neue Nachricht auf Sophies Handy eingegangen war.

DS Mack wandte sich um und griff nach dem Plastikbeutel, in dem das Telefon steckte. Er hob die Augenbrauen. »Sie haben eine SMS bekommen.« Er senkte den Kopf, um den Namen auf dem Display zu lesen. »Von einem gewissen *Dan*.« Er blätterte durch sein Notizbuch. »Es handelt sich dabei nicht zufällig um Dan Pearce, oder?«

»Doch. Warum?« Ihr Ton hatte schärfer geklungen als beabsichtigt. Sophie registrierte, wie DS Mack und ihre Mum einen raschen Blick wechselten. Ihre Mum hatte fragend den Kopf schief gelegt. Sophie wandte sich ab.

»Sein Name steht auf unserer Liste ... Ist das der Dan, von dem Sie vermuten, dass er derjenige sein könnte, der Amy als Letzter gesehen haben könnte?«

»Äh, ja, genau der.« In ihren Ohren begann es zu rauschen.

»Sollen wir dann mal nachsehen, was er Ihnen geschrieben hat?« Der Detective war schon dabei, den Plastikbeutel zu öffnen, um das Handy herauszunehmen.

»Wie es aussieht, tun Sie es ja sowieso.«

»Sophie!« Ihr Vater lehnte sich vor. »Achte auf deinen Ton!« Er starrte Sophie verärgert an.

Mit Mühe rappelte sich DS Mack auf – das durchhängende Sofa war anscheinend noch nicht bereit, ihn kampflos wieder freizugeben –, dann reichte er Sophie das Handy und blieb neben ihr stehen, während sie die Nachricht öffnete.

Komm raus.

Das war kein gutes Timing. Sie hielt das Display so, dass der Detective die Nachricht lesen konnte.

»Wir wollten uns ohnehin mit ihm unterhalten. Warum schreiben Sie ihm also nicht einfach, dass er lieber reinkommen soll?« Er lächelte, machte aber keine Anstalten, sich zu bewegen. Geduldig beobachtete er Sophie dabei, wie sie Dan antwortete.

Ein paar Minuten vergingen. Dan schrieb nicht zurück. Und er kam auch nicht an die Tür.

DS Mack nahm ihr das Smartphone aus der Hand. »Okay, dann gehen Sie jetzt raus und suchen nach ihm.« Er spähte aus dem Fenster in die Dämmerung, dann ließ er sich auf der Lehne des Sofas nieder.

Bevor es sich der Detective noch einmal anders überlegen konnte, war Sophie bereits aufgesprungen und aus der Tür.

13

Sie war entkommen. Eine vorübergehende Gnadenfrist. Ihre Mum hatte angefangen zu weinen, ihr Vater war nervös auf und ab gelaufen. Sie fühlte sich wie betäubt. Die Enge im Wohnzimmer war zu viel für sie gewesen; nicht mehr lange, und sie wäre zusammengebrochen.

Die Kälte des frühen Abends wirkte wie ein Weckruf auf ihre Sinne; ihre Gliedmaßen begannen zu zittern. Gierig sog sie die kühle Luft in ihre Lungen. Ein … aus, ein … aus. Wie oft hatte sie ihre Mutter die einfache Atemübung in den letzten Monaten wiederholen sehen, um ihre Panikattacken in den Griff zu bekommen? Sophie fragte sich, ob sie sich in diesen Momenten genauso fühlte wie sie selbst sich jetzt.

Sophie saß auf der niedrigen Mauer aus roten Backsteinen, die das Grundstück ihrer Nachbarn von ihrem trennte, und wartete darauf, dass Dan auftauchte. In ihrer Straße standen lediglich fünf weitere Häuser: zwei direkt gegenüber, eins auf jeder Seite und eines am Ende der Straße. Sie war sich sicher, dass jeder einzelne Bewohner in diesem Moment aus dem Fenster gaffte, um herauszufinden, was bei ihnen vor sich ging. Es wunderte sie, dass Bill, das neugierige Arschloch aus der Nummer zwanzig, noch nicht herausgekommen war, um sich zu erkundigen. Als selbst ernannter Anführer der Nachbarschaftswache wollte er immer als Erster wissen, wer in ihrer Straße kam und ging, um anschließend ganz Ambrook darüber zu informieren. Das hier würde definitiv sein großer Tag werden.

»Hey, Sophie, alles klar?« Dan trat hinter ihrem Auto hervor.

»Wie lange bist du schon da?« Sophie sprang von der Mauer und ging auf ihn zu.

»Ich habe den Polizeiwagen gesehen. Was ist los?« Dans kantiges Gesicht war rot und fleckig – wie immer, wenn er nervös war.

Ein seltsamer Verdacht kreuzte ihre Gedanken: Er wohnte in Torquay, aber sein Auto war nirgendwo zu sehen. Wie war er hergekommen? Und warum hing er vor ihrem Haus herum?

»Sie sind wegen Amy hier.« Ihre Stimme klang tonlos.

Dan verlagerte das Gewicht von einem Fuß auf den anderen, starrte auf den Boden. »Sie wurde noch nicht gefunden.« Keine Frage, sondern eine Feststellung.

Was sollte sie ihm sagen? Dass sie glaubten, Amy oder besser gesagt ihren Körper gefunden zu haben? *Ach, und übrigens hab ich dem Bullen gesteckt, dass du wahrscheinlich der Letzte warst, der sie lebend gesehen hat.*

Stattdessen brachte sie nur heraus: »Der Detective will mit dir reden.«

Dan riss den Kopf hoch. »Mit mir? Warum mit mir?«

»Na ja, du warst einer der Letzten, die sie gesehen haben. Er will dir ein paar Fragen stellen. So wie mir gerade.«

»Was hast du ihm erzählt?« Er atmete plötzlich hektisch. Warum regte er sich so auf? Immerhin schien er sich im Gegensatz zu ihr noch sehr gut an den vergangenen Abend zu erinnern.

»Nichts.« Sie seufzte. »Ich habe keine Ahnung, was gestern Abend passiert ist. Meine letzte klare Erinnerung ist, dass wir alle bei Amy waren und getrunken haben.«

»Nicht dein Ernst.«

»Doch, mein Todernst.«

»Bist du dir sicher? Das kommt mir ziemlich … na ja, unwahrscheinlich vor.« Er vermied es, ihr in die Augen zu sehen, aber sein Tonfall verriet, dass er ihr nicht glaubte.

»Ja, ich bin mir sicher, Dan. Aber du weißt doch noch alles, oder?« Sie schüttelte den Kopf. »Am besten gehst du jetzt rein.«

»Auf keinen Fall.«

»Du musst. Der Bulle hat deine SMS gelesen. Außerdem kann er dich durchs Fenster sehen.« Sie hob den Arm, um in die Richtung zu deuten. »Ich bin schon viel zu lange draußen. Wahrscheinlich wird er misstrauisch und glaubt, dass wir unsere Geschichten abstimmen.«

»Was redest du da für einen Scheiß, Sophie? Geschichten abstimmen? Warum sollten wir das tun?« Mit festem Griff packte er sie bei den Oberarmen und schüttelte sie.

»Au! Lass mich los. Was ist dein Problem? Du benimmst dich total merkwürdig«, zischte sie ihn an.

Er ließ sie los. »Ich hab einfach keinen Bock auf diesen Scheiß, okay? Das ist alles.« Seine Stimme zitterte.

Er benahm sich tatsächlich seltsam. Andererseits, traf das nicht auch auf sie selbst zu? Sie musste zugeben, dass sie noch immer das Gefühl hatte, dass nichts von dem hier wirklich passierte. Ihre Reaktion auf die Ereignisse war ganz anders, als sie erwartet hätte. Und Dan hatte bisher noch nicht mal das Schlimmste erfahren – dass sie eine Leiche gefunden hatten, von der sie glaubten, dass es Amy war. Bittere Galle brannte in ihrer Kehle. Sie war nicht in der Lage, ihm von den Neuigkeiten zu erzählen.

»Komm schon.« Sie nickte Richtung Haustür. »Wir müssen reingehen. Die werden sich mit jedem unterhalten, der Samstagabend dabei war. Nicht nur mit uns.«

Dan stieß zischend den Atem aus. Dann folgte er Sophie ins Haus.

14

DI Wade

Sie ließ den Vorhang zurückgleiten, langsam, als ob es einen Unterschied machen würde. Um das Unvermeidbare noch einen Moment länger hinauszuzögern, dem Paar noch ein paar Sekunden mehr zu geben, bevor ihr Leben in das schwarze Loch der Trauer stürzen würde.

Sie hatte diese Situation schon erlebt. Gott sei Dank nur einmal in ihrer Zeit als DI; aber dieses eine Mal hatte eine klaffende Wunde in ihrem Bewusstsein hinterlassen, die sich nie wieder richtig geschlossen hatte. Noch immer konnte sie den schmalen Körper vor sich sehen – misshandelt, grau. Die Haut, die bereits angefangen hatte, sich zu zersetzen. Das Bild hatte sich in ihre Netzhaut gebrannt. Der Mörder war nie gefunden worden, der Fall inzwischen kalt. Lindsay Wade war nicht bereit, dies ein zweites Mal geschehen zu lassen.

Sie stand so dicht neben Liz Howard, dass sie ihr Zittern spüren konnte. Nicht nur ein leichtes Vibrieren der Gliedmaßen, ihr ganzer Körper schien von einem heftigen Tremor erschüttert zu werden. Ihr Mann hatte die Arme um sie geschlungen, damit sie nicht zusammenbrach.

Es war gerade mal ein paar Stunden her, dass sie zu ahnen begonnen hatten, dass ihre Tochter vermisst wurde. Ein furchtbares Gefühl: die Angst vor dem, was vielleicht geschehen war, die Ungewissheit, das ständige Ausschauhalten nach einem

Hoffnungsschimmer. Manche Menschen mussten Jahre damit leben, ohne dass ihre Liebsten gefunden wurden. Mussten sich die Eltern in diesem Fall glücklich schätzen, weil ihre Tochter gefunden worden war? Vielleicht war ihnen damit zumindest vergönnt, irgendwann eine Art Frieden zu finden. Doch dann kam die nächste Stufe: Wer hatte ihrer wunderschönen Tochter dies angetan? Und wenn derjenige niemals gefunden, niemals seiner gerechten Strafe zugeführt wurde, was war dieser Frieden dann wert?

Lindsay legte eine Hand auf Liz' Schulter. »Sind Sie so weit?« Die Worte klangen selbst in ihren eigenen Ohren absurd. Wie könnte man jemals bereit sein, eine Leiche zu identifizieren – eine Leiche, von der man glaubte, dass es sich dabei um die eigene Tochter handelte?

Die beiden nahmen sich bei den Händen, holten tief Luft und traten einen Schritt näher an das Fenster heran.

Lindsay schloss die Augen, wollte den Schmerz nicht sehen. Sie wartete auf den Schrei, von dem sie wusste, dass er kommen würde.

Ein kurzer, scharfer Klagelaut drang aus Liz' geöffnetem Mund, bevor ihr Mann sie losließ und ihre Beine unter ihr nachgaben.

15

Karen

Story mochte DS Mack überzeugt haben, Karen dagegen hatte ihre Zweifel. Die ganze Taxi-Episode erschien ihr lückenhaft, viel zu vage. Wie auswendig gelernt. Es war dieselbe Geschichte, an der auch die anderen festhielten: Amy und Erin hätten Sophie vor dem White Hart in ein Taxi gesetzt. Exakt dieselben Worte. Aber stimmte das? Oder plapperten sie einfach nur nach, was ihnen Amy erzählt hatte? Dummerweise gab es an dieser Ecke in der Stadt keine Überwachungskameras. Eine Tatsache, auf die DS Mack hingewiesen hatte, während er sich Notizen gemacht hatte.

Aber vielleicht spielte das im Moment auch gar keine Rolle. Sie sollte in Gedanken bei Amy sein und bei der armen Liz. Das schreckliche Gefühl, als sie Sophie gestern Abend in diesem furchtbaren Zustand gesehen hatte, verblasste vor dem Hintergrund dessen, was Liz gerade durchmachen musste. Als Karen das erste Mal mit ihr gesprochen hatte, hatte sie relativ ruhig gewirkt. Überzeugt, dass Amy bald zu Hause auftauchen würde und sie hinterher darüber lachen würden. Doch inzwischen war keinem von ihnen mehr zum Lachen zumute.

Karen kannte Liz erst, seit Sophie mit Amy befreundet war. Bisher hatte sie sie noch nicht persönlich getroffen. Der einzige Austausch zwischen ihnen hatte über das Telefon oder Textnachrichten stattgefunden. Karen hatte keine Vorstellung davon, wie Liz und ihr Mann mit der Situation umgehen würden oder ob sie Freunde hatten, die ihnen zur Seite standen.

Bevor DS Mack gegangen war, hatte er Karen seine Karte gegeben. Sie sollte sich melden, wenn ihr selbst oder Sophie noch irgendetwas einfiel. Als Karen nun in der Küche stand, drehte sie die Visitenkarte abwesend zwischen den Fingern. Es war unwahrscheinlich, dass sie ihn anrufen würden. Was sollten sie noch mehr zu sagen haben? Sophie war nicht in der Lage gewesen, sich an irgendwelche weiteren Details des vergangenen Abends zu erinnern, und auch Dan hatte nicht mehr hinzuzufügen gehabt als die paar Informationen, die bereits aus seinen Nachrichten an Sophie hervorgegangen waren.

Karen hielt die Karte vor die Pinnwand aus Kork und rammte einen grellroten Pin hindurch. Wie wollte die Polizei aus diesen wenigen Puzzlestücken den Abend rekonstruieren, um herauszufinden, was mit Amy geschehen war? Eine Gänsehaut breitete sich auf Karens Armen aus. Sie rieb mit beiden Händen darüber, um das unangenehme Kribbeln loszuwerden. Ihre Augen brannten, als sie sich erneut mit Tränen füllten.

»Alles okay?« Mike war hinter sie getreten und legte eine Hand auf ihre Schulter.

»Was glaubst du denn?« Sie schüttelte ihn verärgert ab.

»Ich mache uns einen Kaffee.«

»Für mich nicht. Ich werde bestimmt schon ohne das Koffein kein Auge zutun können.«

»Helfen die Pillen nicht?« Es war das erste Mal, dass er ihre Medikamente erwähnte. Bisher hatte er ihr keine einzige Frage dazu gestellt.

»Das sind keine Schlaftabletten«, fuhr Karen ihn an. »Sie helfen gegen meine verdammten Angstzustände. *Angst*, Mike. Nicht Mord.« Sie stürmte aus der Küche.

Dieser Idiot. Seit zwei Jahren nahm sie die Tabletten, und er wusste nicht mal, wofür sie waren? Und warum störte sie das so sehr? Karen lag auf dem Rücken im Bett und starrte durch das Oberlicht in den dunkler werdenden Himmel. Sie hasste dieses Oberlicht. Es war seine Idee gewesen. Um den Raum luftiger zu machen, größer wirken zu lassen als die knapp zehn Quadratmeter, die er tatsächlich maß. Doch am Morgen schien viel zu früh die Sonne herein, und in der Nacht warf das Mondlicht gespenstische Schatten an die Wände. Sie hatte Mike gebeten, ein Rollo zu installieren, doch bisher war nichts passiert.

Gedämpfte Stimmen drangen an ihr Ohr. Nachdem DS Mack gegangen war, hatten sich Dan und Sophie in ihrem Zimmer verbarrikadiert. Mike war alles andere als begeistert gewesen. Karen fragte sich, worüber sie sich unterhielten. Versuchten sie, die losen Fäden zu verbinden, um Amys Verschwinden zu erklären? Bot Dan Sophie eine Schulter zum Ausweinen, tröstete er sie, weil sie vielleicht gerade ihre beste Freundin verloren hatte? Karen konnte – *wollte* – nicht darüber nachdenken. Wenn es hier um Rachel ginge, die vermisst wurde, vielleicht sogar tot war, wie würde sie damit umgehen? Rachel war ein Fixpunkt in Karens Leben, schon immer gewesen, seit sie beide drei Jahre alt gewesen waren und ihre Mütter, ebenfalls unzertrennliche Freundinnen, sie zusammen in den Kindergarten gebracht hatten. Sie waren auch schon getrennt gewesen – während der Oberstufe und der Collegezeit –, aber wie zwei Magnete hatten sie immer wieder zueinander gefunden. Und dann waren sie zum selben Zeitpunkt schwanger geworden. Sophie und Erin waren nur wenige Wochen nacheinander auf die Welt gekommen – genau wie ihre Mütter. Drei Generationen. Und selbst wenn manchmal Wochen vergingen, in denen sie keine Zeit hatten, miteinander zu telefonieren oder sich zu treffen, wussten sie, dass die andere immer da war, wenn es darauf ankam.

Auf einmal fühlte sie sich schuldig. Sie war nicht für Rachel da gewesen, als ihr Ex mit seiner neuen Frau zusammengezogen war. Sie hatte zugelassen, dass das passierte, ohne dass sie Notiz davon genommen, *gefühlt* hatte, was für traumatisierende Ereignisse sich in Rachels Leben abspielten. Das musste sie unbedingt wiedergutmachen. Rachel war in der Vergangenheit immer für sie da gewesen. Besonders nach dem Angriff.

Ein Kreischen durchschnitt die Stille. Karen schnellte in die Höhe. Ihr Herz raste in einem unregelmäßigen Rhythmus. Das wilde Hämmern rauschte in ihren Ohren, als sie über den Flur zu Sophies Zimmer stürzte und die Tür so heftig aufstieß, dass sie gegen die Wand knallte.

»Was? Was ist passiert?«

16

DI Wade

»Sie … Das … ist … sie … nicht.« Jedes einzelne Wort ein Flüstern zwischen keuchenden Atemzügen. Tränen flossen. Tränen der Erleichterung?

»Sind Sie sich sicher?« Lindsay sah Mr. Howard an.

Er nickte, ein schwaches Lächeln auf den Lippen, als er Liz aufhalf.

»Es tut mir sehr leid, dass ich Sie hiermit belasten musste … Die Beschreibung passte auf Ihre Tochter.« Sie streckte den Arm aus, um Liz zu der Sitzgruppe im Wartebereich zu führen. »Geht es Ihnen gut?«

Liz zog ein weiteres Taschentuch aus ihrer Jackentasche und putzte sich die Nase. »Ja … Ja, ich denke, es geht schon.« Dann sah sie zu ihrem Mann auf und schluchzte. »Wo ist Amy?« Verzweifelt grub sie die Finger in seinen Ärmel. »Wo ist unsere Amy, Nathan?«

»Mr. und Mrs. Howard, die Polizei wird eine Ermittlung zum Verschwinden Ihrer Tochter einleiten. Ich werde meine Kollegen umgehend informieren, damit die Suche fortgesetzt werden kann. Wir werden sie finden.« Doch sobald die Worte ihren Mund verlassen hatten, bereute sie sie auch schon. Sie hatten wie ein Versprechen geklungen, von dem sie nicht wusste, ob sie es würde halten können.

Liz hob den Blick, um ihr in die Augen zu sehen. Der Ausdruck darin zeigte Erleichterung, aber auch Schmerz. »Es ist nicht Amy …«

»Ich weiß, Mrs. Howard, das ist gut …«

»Nein, ich meine, es ist nicht Amy, aber …«, sie schluchzte und benutzte das Taschentuch, um die frischen Tränen, die ihr über die Wangen rollten, wegzuwischen. »Aber ich weiß, wer sie ist.«

17

Karen

Karen musterte ihre Gesichter. Sie lächelten.

»Was? Was ist passiert?« Ihre Kehle fühlte sich wie zugeschnürt an, sie hörte, dass ihre Stimme hysterisch klang.

»Es ist alles gut. Jetzt ist alles gut!« Sophie und Dan umarmten sich erleichtert, dann löste sich Sophie von ihm, um zu Karen aufzusehen. »Die Leiche, die sie gefunden haben, … es ist nicht Amy.«

»Woher weißt du das?«

»Sie hat gerade geschrieben. Zeig es ihr, Dan.«

Mit zittrigen Fingern streckte ihr Dan sein Handy entgegen.

Karen riss es ihm aus der Hand und las die Nachricht, die vor wenigen Minuten über den Gruppenchat eingegangen war. Hey, Leute, tut mir leid wegen der ganzen Aufregung. Bin Jonathan über den Weg gelaufen und war die ganze Nacht auf einer Party. Hab den Tag verschlafen. ALLES OKAY!

»Wie könnt ihr euch so sicher sein, dass die Nachricht von ihr kommt? Ruf sie an. Ruf sie sofort an, Sophie. Bitte.«

»Natürlich kommt sie von ihr.« Sophie schenkte ihr einen ihrer typischen »Stell dich nicht so blöd an«-Blicke, die Karen jedes Mal wahnsinnig aufregten.

»Was, wenn der Mörder im Besitz ihres Handys ist und an ihrer Stelle geschrieben hat?«

Sophies Gesichtsausdruck wirkte beinahe feindselig. »Das hier ist kein Film, Mum.«

Karen machte sich trotzdem Sorgen. Ein totes Mädchen war gefunden worden. Ermordet. Das fühlte sich verdammt nach einem Film an. »Tu es einfach, okay? Bitte.« Abwartend hielt sie Dan das Telefon hin.

Er nahm es und fuhr mit dem Daumen über den Bildschirm. »Klar, Mrs. Finch, ich rufe sie an.«

Weitere Sekunden der Anspannung verstrichen, bevor Dan mit jemandem zu sprechen begann. Mit Amy.

Karen presste die Fingerspitzen gegen die Schläfen. Ihre Erleichterung verwandelte sich auf der Stelle in stechende Kopfschmerzen. »Oh mein Gott! Gut, ich kann euch gar nicht sagen, wie froh ich bin, dass es vorbei ist. Ich muss mich kurz hinlegen.«

Doch Sophie und Dan waren bereits so in ihre Unterhaltung vertieft, dass sie gar nicht mitbekamen, wie Karen den Raum verließ.

Sie ging zuerst nach unten, um Mike zu erzählen, dass Amy wieder aufgetaucht war. Er schien genauso erleichtert zu sein wie sie selbst. Vielleicht konnten sie jetzt endlich wieder in die Normalität zurückkehren. Zumindest zu dem, was für sie Normalität bedeutete.

Müde stieg sie die Treppe hinauf. Die siebzehn Stufen schienen kein Ende zu nehmen, so schwer fühlten sich ihre Beine an. Dann sackte sie auf dem Bett zusammen. Der permanente Angstzustand der vergangenen Stunden forderte seinen Tribut. Sie fühlte sich vollkommen erschöpft – mental und körperlich. Abgesehen von der Zeit nach dem Angriff auf sie selbst war dies der längste Tag gewesen, den sie je erlebt hatte.

Als ihr vor Müdigkeit die Sicht verschwamm, schloss sie die Augen. Eigentlich war sie nicht sonderlich religiös, aber jetzt, hier, mit dem Rücken auf dem Bett liegend, faltete sie die Hände zu einem stillen Gebet, um Gott dafür zu danken, dass Amy nichts zugestoßen war. Und dann betete sie für die Eltern des Mädchens, das ermordet worden war.

Denn auch wenn eine Familie von ihren schrecklichen Seelenqualen erlöst worden war, würde eine andere schon sehr bald zu ebendiesem Schmerz verurteilt werden. Das sollten sie bei aller Erleichterung nicht vergessen.

18

Sa., 01.06 Uhr

Meine Schönste,
ich kann es kaum erwarten, dich endlich zu treffen. Ich sehne mich mehr nach dir, als ich mit Worten ausdrücken kann! Was für ein Glück, dass ich dich habe, wenn auch nicht in körperlichem Sinne. Aber ich habe dich in meinem Geist und meiner Seele. Ich denke, der körperliche Teil kann warten. Doch hoffentlich nicht zu lange. Bitte, kann es möglichst bald so weit sein? Ich möchte dich in meinen Armen halten, deinen köstlichen Duft einatmen, mit dir zusammen sein. In dir sein. Der Moment, in dem unsere Körper eins werden – ich kann dir nicht sagen, wie sehr ich dich will. Ich habe das Gefühl, als würden wir uns schon seit Jahren kennen.
Ich weiß, dass du genauso empfindest. Antworte mir, so schnell du kannst, auf meine E-Mail. Ich bin hier. Ich warte.
xxxxxxxxxxxxxxxxxxx

19

Karen
Montag

»Erin ist tot.«

Der Schrei hallte noch immer in ihren Ohren nach. Die Worte wiederholten sich in einer Endlosschleife in ihrem Kopf. An nichts anderes hatte Karen in dieser Nacht denken können. Die Erleichterung, dass Amy gefunden worden war, verdrängt von neuem Grauen. Das Opfer war nicht Sophies beste Freundin; es war die Tochter von Karens bester Freundin. Sophies Freundin von Geburt an.

Der Anruf am vergangenen Abend, traumatisierend in seiner Unumstößlichkeit, hatte Karen vor Schmerz erstarren lassen. Sie war nicht in der Lage gewesen, auch nur ein einziges Wort des Trostes zu finden, um die schmerzhafte Leere zu füllen, hatte nur ein ums andere Mal wiederholt: *Es tut mir so leid*. Schwache, nichtssagende Worte ohne jede Bedeutung, die keinerlei Unterstützung boten. Es gab schlicht keine Worte, die der Situation angemessen gewesen wären.

Immer wieder ging Karen in Gedanken den herzzerreißenden Anruf durch, Rachels Verzweiflung, wie die Sätze aus ihr herausgebrochen waren. »Ich verstehe nicht …« Schluchzen, Keuchen, ein Ringen nach Luft. »Die Beschreibung … sie passte auf Amy, nicht auf Erin. Oh, Karen, sie hatte sich die Haare gefärbt … am Wochenende. Sie hatte sich Extensions machen lassen … Ich … ich hatte keine Ahnung …«

»Oh, Rachel! Rachel, meine Liebe …« Karens leere Worte. Nutzlos.

»Hilf mir, Karen. Bitte. Ich kann das nicht.« Verzweifeltes Schluchzen, nur unterbrochen vom keuchenden Ringen nach Atem. Ein grauenvolles Geräusch, das Karen das Herz zerriss. Ein alles umfassender Schmerz hielt sie fest im Griff. Wie hatte all das passieren können? Und warum? Wie konnte sie helfen?

Jetzt, nach ein paar Stunden unruhigen Schlafs, lehnte sie, in sich zusammengesackt, mit dem Rücken an der Küchenarbeitsfläche, während Mike sie anstarrte. Sie weinte. Ihre Freundin brauchte sie. Wie konnte sie Rachel unterstützen, wenn sie sich kaum vor die eigene Haustür traute?

»Du musst sie besuchen.« Mike zog sie in seine Arme.

Für ein paar Sekunden erlaubte sie sich die Nähe, den Trost, bevor sie ihn wegstieß. »Wie?«

»Ich fahre dich nach deiner Therapiestunde hin. Du schaffst das.« Es klang so einfach. Offensichtlich. Doch die Realität war sehr viel komplizierter.

»Ich glaube nicht, dass ich das kann …« Sie holte hastig ein paarmal tief Luft, um die aufwallende Panik in den Griff zu bekommen.

»Ach, komm schon, Karen. Du gehst jetzt seit Ewigkeiten zu dieser Therapie oder was auch immer das genau ist. Da sollte es dir doch möglich sein, das Haus zu verlassen, um Rachel in dieser Situation zu besuchen, oder?«

Seine Worte taten weh, aber sie bargen eine unangenehme Wahrheit. Sie *sollte* in der Lage sein, ihre Freundin zu besuchen. Sie starrte auf den Boden, um Mikes missbilligendem Blick auszuweichen.

»Sie würde keine Sekunde zögern, für dich da zu sein, das weißt du.«

»Rachel versteht, wie schwierig …«

»Sie versteht vielleicht, warum du es nicht zu einer Verabredung zum Kaffee schaffst. Aber ich bezweifle, dass dies auch für eine Situation wie diese gilt.«

Karen ahnte, dass das letzte bisschen Verständnis, das er für ihren Zustand noch hatte aufbringen können, dabei war, sich in Luft aufzulösen. Er hatte es nie verstanden, nicht wirklich. Das erste Jahr lang hatte er sie unterstützt, jede Besorgung erledigt, alles getan, damit sie nicht aus dem Haus hatte gehen müssen. Stundenlang hatte er mit ihr geredet, mit aller Nachsicht auf ihr widersprüchliches Verhalten reagiert. Aber sein Mitgefühl war rasch erschöpft gewesen, als sie sich nicht so schnell wie erwartet erholt hatte. Jeder hat seine Grenzen, dachte Karen, und er hatte seine erreicht.

»Ich habe ihr gesagt, dass ich gegen neun wieder anrufe.« Ihre Atemzüge waren flach und hektisch.

Mike schüttelte den Kopf und wandte sich von ihr ab. »Dann gehe ich jetzt arbeiten. Sag mir Bescheid, wenn du in der Lage bist, dich zusammenzureißen, damit ich dich zu deiner besten Freundin fahren kann, deren Tochter gerade umgebracht wurde.« Er knallte die Küchentür hinter sich zu.

Karen riss an den obersten Knöpfen ihrer Baumwollbluse, um besser Luft zu bekommen, aber das Gefühl der Enge ließ nicht nach. Unkontrolliert schnappte sie nach Luft. Flache Atemzüge in viel zu schneller Abfolge. Sie würde ersticken. Ihre Lippen begannen zu kribbeln. Wenn sie nicht bald reagierte, würde sie in Ohnmacht fallen.

Mit zitternden Fingern und verschwommener Sicht zog sie hektisch eine Schublade auf und tastete blind nach der Tüte. Sie faltete sie auseinander und stülpte sie sich über Mund und Nase, atmete ein und aus, während das Papier beruhigend knisterte, so wie es das immer tat.

20

Sophie

Die Erinnerung war flüchtig. Ein Bild, das vor ihrem inneren Auge aufblitzte, als sie gerade dabei war, sich unter der Dusche die Haare zu waschen.

Schwarze Extensions. Ein Stuhl. Erin. Die Worte: *Was spielt es für eine Rolle, dass sie Amy sein wollte?* Ihre eigenen Worte, im Vollrausch gelallt – zumindest behaupteten alle das –, wiederholten sich unaufhörlich in ihrem Kopf. Handelte es sich um eine reale Erinnerung? Oder um eine schreckliche Vision, die ihr Verstand konstruiert hatte, jetzt, nachdem sie wusste, dass der Körper – der tote, ermordete Körper – Erins war? Die Erinnerung verschwand so schnell, wie sie gekommen war. Je stärker sie sich anstrengte, sie zurückzuholen, einen Sinn darin zu sehen, desto hartnäckiger blieb sie verborgen.

Trotz des heißen Wasserstrahls zitterte Sophie am ganzen Körper. Irgendetwas war da, nagte am Rande ihres Bewusstseins. Angst stieg in ihr auf, drohte sie zu lähmen. Wie hatte sie solch eine Erinnerung aus dem Nichts heraufbeschwören können? Aber die Rückblende – falls es eine gewesen war – hatte sich bereits wieder in den Nebel ihrer Gedanken verzogen, außer Reichweite.

Sie entschied sich, zur Arbeit zu gehen. Trotz des Schlafmangels. Sie brauchte die Gesellschaft anderer Menschen, sie musste aktiv sein, um das Gedankenkarussell in ihrem Kopf zu stoppen. Die letzte Nacht hatte aus einer endlosen Abfolge schockierter Nachrichten, Kommentare und Fragen auf allen möglichen sozialen Netzwerken bestanden. Und die häufigste Frage war gewesen: Wer hatte Erin zuletzt gesehen?

Sie würde Amy bei der Arbeit treffen. Sie sehnte sich danach, mit ihr zu reden. Wenn sie ihre Mittagspause zur selben Zeit nahmen, könnten sie versuchen, den Samstagabend zu rekonstruieren, gemeinsam einige Erinnerungen ans Licht zu zerren. Echte Erinnerungen, hilfreiche Erinnerungen.

Es war nicht einfach gewesen, ihren Eltern an diesem Morgen aus dem Weg zu gehen. Ein tiefer Seufzer der Erleichterung kam ihr über die Lippen, als sie hörte, wie ihr Vater die Haustür hinter sich ins Schloss fallen ließ. Damit musste sie nur noch ihrer Mutter gegenübertreten. Bis zur letzten Minute zögerte sie den Zeitpunkt hinaus, zu dem sie ihr Zimmer verließ. Schuldgefühle nagten an ihr. Was für eine schreckliche Tochter sie doch war. Sie hätte ihre Mutter trösten sollen. Schließlich war es die Tochter ihrer besten Freundin – ihr Patenkind –, die brutal ermordet worden war. Wahrscheinlich würden die Nachrichten über nichts anderes berichten, und ihre Mutter würde den größten Teil des Tages alleine zu Hause verbringen, ihren Ängsten ausgesetzt.

Sophie wusste, dass die Montage besonders schlimm für sie waren. Therapietag. Jedes Wochenende wuchs der Druck von Neuem. Es begann normalerweise am Samstagnachmittag. Sie wurde immer angespannter, ihre Stimmung begann zu kippen, bis sie irgendwann vollkommen unvorhersehbar reagierte. Die unvermeidbare Panikattacke folgte meist am Sonntagabend. An diesem Wochenende war sie mit den Gedanken woanders gewesen, die üblichen Anzeichen waren von den Ereignissen überdeckt worden. Doch heute Morgen hatte sie ihren Panikmodus erreicht. Sophie fragte sich, ob sie es überhaupt zu ihrer

Therapie schaffen würde. Vielleicht würde sie stattdessen versuchen, Rachel zu besuchen, um bei ihr zu sein und sie zu unterstützen?

Sophie spürte, wie sich ihr Magen zusammenkrampfte. Gedanken daran, was als Nächstes passieren würde, jagten ihr durch den Kopf. Es würden noch sehr viel mehr Leute in diese Sache mit hineingezogen werden. Dies war nur der Anfang, die unmittelbaren Nachwirkungen des Bebens. Alles, was folgen würde, lag noch im Dunkeln. So etwas war hier zum ersten Mal passiert. Ein erstes Mal, das niemand hatte kommen sehen, eine unerwartete Dunkelheit, die keiner vorausgeahnt hatte. Und die Folgen waren unabsehbar.

Ein *Ping*. Eine Benachrichtigung auf ihrem Laptop. Eiskalte Angst packte sie. Eine neue E-Mail. Noch bevor sie die Nachricht öffnete, wusste Sophie, was sie beinhalten würde. Sie zögerte. Ihr Atem ging unregelmäßig, hektisch. Sie schluckte ein paarmal hart, dann klickte sie auf die Mail.

Ein weiteres Foto.

Damit gab es keinen Zweifel mehr. Sie war das.

Wer schickte ihr diese Mails?

21

DI Wade

Der Geruch war schrecklich. Lindsay Wade war überpünktlich in der Leichenhalle des Krankenhauses eingetroffen – damit hatte sie das zweifelhafte Vergnügen, einer weiteren Obduktion beizuwohnen, die vor der Autopsie ihres Mordopfers stattfand.

Vermutlich würde sie sich nie daran gewöhnen, auch wenn sie inzwischen ziemlich oft dabei gewesen war. Es war nicht nur der Gestank, sondern vor allem die Art und Weise, wie sie die Leiche auf der kalten metallenen Bahre hin- und herschoben. Wie der Kopf der Toten aufschlug, während sie auf den Brustkorb einhieben, wie sie die Zunge herauszogen. Das Übelkeit erregende Schmatzen, das jeden Handgriff in dem sterilen weißen Raum begleitete.

Sie schauderte. Es war barbarisch. Eine Erinnerung an ihren Dad blitzte auf. Wie sie sich gewünscht hatte, keine Ahnung von der Prozedur zu haben. Unwissenheit konnte auch ein Segen sein. Bilder des letzten Besuchs bei ihm schossen ihr durch den Kopf. Seine aschfahle Haut, die nach Sauerstoff zu schreien schien, den seine flachen Atemzüge nicht mehr in der Lage waren, durch die Adern zu pumpen. Ihre eigene blasse Hand, die seine hielt, während sie darauf wartete, dass der Notarzt eintraf. Ihre flehenden Worte, mit denen sie den Arzt angebettelt hatte, ihren Vater nicht aufzuschneiden, obwohl sie gewusst hatte, dass dies ein Kampf war, den sie nicht gewinnen konnte.

Sie blinzelte, um die Bilder zu vertreiben, in die Gegenwart zurückzukehren.

Ein weiteres schmatzendes Geräusch, als das Herz in einer Nierenschale landete. Nicht mehr lange, und der größte Teil der Organe dieses Mannes würde in einem schwarzen Müllsack stecken, der zurück in die leere Bauchhöhle gestopft wurde, bevor man ihn notdürftig wieder zusammennähte.

Lindsay biss sich in die Wange und wandte den Blick ab. Erin Malone war als Nächste dran.

Die erste Untersuchung der Leiche hatte auf Sauerstoffmangel als Todesursache hingedeutet; die Stichwunden in ihrem Unterleib schienen zu oberflächlich, als dass die Blutung einen Atem- oder Herzstillstand hätte herbeiführen können. Ein Detail, das der Öffentlichkeit vorenthalten werden würde, für den wahrscheinlichen Fall, dass irgendwelche Spinner auftauchten, die den Mord an dem Mädchen für sich reklamierten, um sich wichtigzumachen.

Sie beobachtete, wie ein Mann Erins leblosen Körper auf einer Bahre in den Raum rollte, dann wandte sie ihre Aufmerksamkeit der Tür zu. Sie könnte gehen. Könnte jemanden beauftragen, ihr später die relevanten Informationen zukommen zu lassen. Sie war sich nicht sicher, ob sie das hier durchstehen würde.

Aber die Hoffnungen der Familie ruhten auf ihren Schultern. Sie konnte unmöglich so früh aufgeben, sich vor der Verantwortung drücken. Es war ihr Job, dafür zu sorgen, dass Erins Mörder gefunden und seiner gerechten Strafe zugeführt wurde, damit die Familie irgendwann vielleicht ihren Frieden finden konnte.

Sie musste bleiben.

22

Karen

Sie hatte es nicht bis ins Badezimmer geschafft. Noch auf dem Weg dorthin hatte sie sich übergeben und nur knapp Bailey verfehlt, der neben ihr hergejagt war, weil er das Ganze für ein Spiel gehalten hatte. Sie hatten den armen Hund das ganze Wochenende über vernachlässigt.

Er schnupperte an dem Erbrochenen. Karen zog ihn am Halsband beiseite, bevor sie ins Bad ging, um Klopapier zu holen, mit dem sie es aufwischen konnte. Als sie wieder ins Erdgeschoss kam, sah sie aus dem Augenwinkel Sophie, die im Wohnzimmer stand und sie beobachtete.

»Du könntest mir helfen.«

»Sorry, Mum.« Sophie zog eine Plastiktüte aus der Tragetasche, die am Griff eines der Einbauschränke hing.

Karen stopfte das nasse Papier hinein und würgte, als ihr der saure Gestank in die Nase stieg. Sie bemerkte, wie sich Sophie mit angewidertem Gesicht abwandte. »Entschuldige. Nicht gerade das Erste, was man am Montagmorgen zu sehen bekommen möchte, was?«

»Aber auch nicht besonders überraschend.« Sophie schenkte ihr ein dünnes Lächeln.

Karen nahm ihr die Tüte aus der Hand. »Ich wasch mich schnell. Warte noch kurz, geh noch nicht zur Arbeit, okay?« Es klang wie ein Flehen.

Sophie nickte.

Karen genoss die Kühle des Wassers auf ihrem Gesicht und ihrem Hals. Dann nahm sie ihre Zahnbürste, um den letzten Rest des ekligen Geschmacks loszuwerden, bevor sie sich anzog und wieder nach unten rannte, in der Hoffnung, dass Sophie noch da war.

Sie hatte in der Küche auf sie gewartet.

»Wie geht es dir?«

»Ehrlich?« Karen legte sich eine Hand auf die Brust. Ihre Atemzüge klangen noch immer flach und abgehackt. »Nicht gut.« Mit aller Macht drängte sie die Tränen zurück. Sie wusste, wenn sie sich erst einmal Bahn brachen, gäbe es kein Halten mehr, und all die Gefühle, die sich in ihr aufgestaut hatten, würden sie überwältigen.

Sophie trat einen Schritt vor und legte ihrer Mutter eine Hand auf die Schulter.

Karen schlang die Arme um sie und zog sie an sich. Als sie ihren Griff ein wenig lockerte, um ihrer Tochter ins Gesicht sehen zu können, waren Sophies Augen rot und geschwollen. »Was ist mit dir? Wie fühlst du dich bei der ganzen Sache? Das muss ein Schock für dich sein. Erin war von Anfang an ein Teil deines Lebens.«

Sophie öffnete und schloss den Mund, dann schüttelte sie den Kopf und ließ den Atem in mehreren kleinen Stößen entweichen. »Ehrlich gesagt habe ich keine Ahnung, was oder wie ich mich fühlen soll. Komisch, oder? Das ist doch total falsch.«

»Liebes, nein. Nein, so darfst du nicht denken.« Karen berührte Sophies Wange, streichelte mit dem Daumen darüber, um eine dicke Träne wegzuwischen. »Es gibt keine Anweisung, wie man sich in so einem Moment fühlen *soll.* Wir alle gehen unterschiedlich damit um. Das Wichtigste ist, dass wir darüber reden. Füreinander da sind und miteinander reden.« Karen legte den Kopf schief. »Gibt es irgendetwas, was du gerne loswerden würdest?«

Sophie zuckte so heftig zurück, als hätte sie einen Stromschlag bekommen. »Nein. Warum fragst du mich das?«

»Entschuldige! Du wirkst nur so … ich weiß auch nicht … distanziert. Als würde dich etwas beschäftigen.«

»Ja, das stimmt. Erin ist tot. *Das* beschäftigt mich.«

»Das habe ich nicht gemeint …«

»Ich muss los. Ich bin sowieso schon spät dran.« Sophie drehte sich um, aber Karen hielt sie am Arm zurück.

»Warte.«

»Warum, Mum? Es geht mir gut. Du musst dir keine Sorgen um mich machen.«

Karen musterte sie aufmerksam. »Allein die Tatsache, dass du mir sagst, dass ich mir keine Sorgen machen soll, macht mir Sorgen.«

»Das ist doch Quatsch.« Die Worte klangen scharf. Sophie vermied es, ihrer Mutter in die Augen zu sehen. »Du solltest dich für die Therapie fertig machen. Oder fährst du zu Rachel?«

Karens Herz setzte einen Schlag aus. Keine schlechte Strategie, um die Aufmerksamkeit von sich abzulenken. »Ich … ich kann nicht hinfahren. Ich bin mir nicht mal sicher, ob ich es heute zur Therapie schaffe. Dein Vater kann mich nicht bringen. Und ich …« Das übliche Ziehen im Magen, die Enge in der Brust, die kribbelnden Lippen.

Sophie seufzte. »Wo ist deine Tüte?«

Karen deutete hinter sich.

Sophie nahm die braune Papiertüte von der Arbeitsplatte und reichte sie ihr. »Es tut mir leid, Mum, aber ich muss jetzt los. Setz dich hin und ruh dich ein bisschen aus. Und dann ruf Dad an. Du solltest auf jeden Fall entweder zu deiner Therapeutin oder zu Rachel gehen.« Ihr Lächeln war gleichzeitig freundlich und streng. »Eins von beidem *musst* du schaffen.«

Sophies Absätze klackerten auf den Fliesen, als sie aus der Küche ging und Karen zurückließ, die in sich zusammengesunken in die Papiertüte atmete.

Mit weit aufgerissenen Augen sah sie ihrer Tochter nach, bis die Haustür hinter ihr ins Schloss fiel. Dann setzte sie sich an die Kücheninsel. Ihre Atmung beruhigte sich langsam, ihr Herzschlag kehrte zu seinem normalen Rhythmus zurück. Doch ihre Gedanken fanden keine Ruhe. Wieder ging sie die Ereignisse des Wochenendes durch: Samstagnacht, Sophies merkwürdiges Verhalten, ihre Worte. So unzusammenhängend sie Karen in der Nacht erschienen waren, hatten sie sich nach der Nachricht von Erins Tod in ihrem Kopf zu einem ganzen Satz geformt. *Was spielt es für eine Rolle, dass sie Amy sein wollte?*

Rachel war schockiert gewesen, dass Erin sich über das Wochenende die Haare gefärbt und Extensions hatte machen lassen. Die Ähnlichkeit mit Amy musste frappierend gewesen sein. Warum hätte die Polizei sonst denken sollen, dass es sich um Amys und nicht Erins Leiche handelte?

Erins Leiche. Gefunden auf der Brache, die sich an das Industriegebiet anschloss. Nicht weit entfernt vom Club. Und von dem Kreisverkehr, an dem die Polizei Sophie aufgegriffen hatte.

Karen hatte immer glauben wollen, dass sie keine Geheimnisse voreinander hatten. Sie standen sich nahe. Oder etwa nicht? Sophie konnte ihr alles anvertrauen. Wenn es da etwas gab.

Karen schluckte schwer, aber der Kloß in ihrem Hals wollte einfach nicht verschwinden.

23

Sophie

Die Montage zogen sich generell in die Länge, aber an diesem Tag hätten sie das Kaufhaus genauso gut gleich wieder schließen können; es kamen kaum Kunden.

Mit müden Augen starrte Sophie auf die Verkäuferinnen im Erdgeschoss hinab. Jede von ihnen trug denselben abwesenden, leeren Blick im perfekt geschminkten Gesicht zur Schau. Sie legte den Kopf in den Nacken, verlagerte ihr Gewicht von einem Bein aufs andere und begann, mit der dicken goldenen Modeschmuckkette an ihrem Hals zu spielen. Sie stieß ein lautes Seufzen aus. Es war gerade mal Viertel nach zehn. Und Amy war auch noch nicht aufgetaucht. Der Make-up-Counter, an dem sie normalerweise arbeitete, war unbesetzt. Sie würde noch auftauchen; zumindest der Facebook-Nachricht nach zu urteilen, die sie gestern Nacht geschrieben hatte.

Bitte, mach, dass sie nur verschlafen hat! Sophie brauchte ihre Freundin.

Aus dem Augenwinkel sah sie, wie Irina auf sie zukam. Ihr schmaler Körper steckte in einem neuen Kleid der Modemarke, für die sie arbeitete und die sich nur ein paar Stände neben Sophies befand. An Tagen wie diesen schlugen sie die Zeit normalerweise mit dem Austausch von nichtssagendem Klatsch und Tratsch tot, doch heute war Sophie nicht in der Stimmung dafür. Jede Unterhaltung, die sie ab heute führte, musste dazu beitragen, herauszufinden, was am Samstagabend passiert war – das hatte sie sich vorgenommen. Bedeutungsloser Smalltalk wäre ganz einfach eine Verschwendung von Atemluft und wertvoller Zeit.

»Bist du verlaufen, Sophie? Du siehst so betäubt aus.« Sophie kannte Irina inzwischen so lange, dass sie ihren schweren osteuropäischen Akzent kaum noch wahrnahm. »Keine Amy?« Mit zwei Fingern zog sie ihre Mundwinkel zu einer übertrieben traurigen Grimasse nach unten.

Sophie schüttelte den Kopf. »Es würde nicht besonders gut aussehen, wenn sie jetzt erst auftaucht, oder?« Sie wandte sich Irina zu. Ein Teil von ihr wollte von Samstagnacht erzählen, um Irinas Gedanken dazu zu hören, doch der andere Teil wollte sie nicht mit in die Sache hineinziehen. Sie brauchte Amy, um darüber zu reden.

»Ist sie krank?«

»Vielleicht. Allerdings hat sie mir über Facebook geschrieben, dass sie kommt.« Sophie zerrte an ihren Fingern herum, bis Irina beim Knacken der Gelenke das Gesicht verzog.

»Los, erzähl Irina, was passiert. Etwas nicht stimmt mit dir heute.« Irina musterte sie forschend aus ihren dunklen Augen. Sie war zehn Jahre älter als Sophie und hatte einen guten Instinkt, was die Dechiffrierung von Sophies Gefühlen anging.

Sophie lächelte und legte ihr eine Hand auf den Arm. »Danke, aber ich kann nicht. Wenn ich dir davon erzähle, fange ich nur an zu weinen, und dann taucht garantiert ein Kunde auf.«

»Ha. Hast du nicht gesehen?« Irina gestikulierte wild um sich. »Alles tot heute.«

Wie sie das Wort ›tot‹ aussprach, ließ Sophie erschaudern. Sie schloss die Augen.

»Was ist los?«

»Das Wochenende war wirklich schrecklich, Irina.« Ihre

Stimme klang erstickt, Tränen traten ihr in die Augen. Schnell blinzelte sie sie weg.

»Oh, nein, sorry, Sophie. Was ist passiert?«

»Eine Freundin von mir ist … Meine Freundin …« Sophie fuhr sich mit dem Handrücken über die Nase.

Irina zog ein frisches Taschentuch aus dem Ärmel ihres Kleids und reichte es ihr. »Sauber.«

»Sie wurde umgebracht, Irina. Ermordet.«

Entsetzt schlug sich Irina eine Hand vor den Mund, dann presste sie sie auf die Brust. »Nein! Wie? Wann?«

»Hier. In Coleton. Sie wurde beim Industriegebiet gefunden.« Sophie schluckte schwer. »Du weißt schon, auf der Brache, in der Nähe des Kreisverkehrs. Nicht weit vom Shafters entfernt.«

»Nein!«, wiederholte Irina, die kreidebleich geworden war. »Welche Freundin?«

»Es war … Erin. Erin wurde ermordet.« Ein leises Schluchzen drang aus ihrer Brust und setzte die unvermeidbare Kettenreaktion in Gang.

Irina trat näher und zog sie an sich; schloss die dünnen, sehnigen Arme um ihren zitternden Körper.

»Vielleicht hättest du heute besser zu Hause bleiben sollen.« Beim Klang der heiteren Stimme fuhren die beiden auseinander.

Sophie riss den Kopf hoch und trat einen Schritt von Irina zurück. »Amy.« Ihre Stimme brach, und sie verzog das Gesicht, als neue Tränen aufstiegen. Amy wiederzusehen, nachdem sie geglaubt hatte, dass sie tot war, rief die Reaktion in ihr hervor, die sie eigentlich angesichts der Nachricht erwartet hatte, dass Erins Leiche gefunden worden war. Das war wirklich beschissen.

Als einige Kunden, die offensichtlich doch den Weg in das Kaufhaus gefunden hatten, auf sie zukamen, hastete Sophie in die Aufenthaltsräume für die Angestellten hinüber, um ihr Make-up zu überprüfen, bevor sie sich mit einem viel zu breiten, falschen Lächeln hinter ihre Theke stellte. Doch die potenziellen Kunden gingen dankenswerterweise an ihr vorbei und hielten auf Irinas Stand zu.

»Ich komme später wieder vorbei, um zu prüfen, wie dir geht.« Sie streichelte Sophie noch einmal tröstend über den Arm, dann ließ sie sie mit Amy alleine.

»Ich bin so froh, dass es dir gut geht.« Sophie legte sich erleichtert eine Hand auf die Brust. »Ich dachte … Jeder dachte, dass *du* diejenige bist, die tot ist, Amy.«

»Ich weiß, ich weiß.« Amy machte keine Anstalten, auf Sophie zuzugehen. Keine Umarmung, nicht die obligatorischen Wangenküsse zur Begrüßung. »Ich hatte keine Ahnung, was sich da für ein Drama abspielt. Du weißt ja, wie es manchmal läuft …« Sie lächelte vielsagend. »Nachdem du weg warst, bin ich zufällig Jonathan über den Weg gelaufen, und eins hat zum anderen geführt.«

»Jonathan von der Dating-Website?« Sophie versuchte, Amys Blick aufzufangen.

»Jep, genau der. Du lernst ihn bestimmt bald mal kennen.« Sie verzog die Lippen zu einem geheimnistuerischen Lächeln. »Aber jetzt muss ich schnell zu meinem Stand, bevor mich *Boss Man* zur Schnecke macht. Wir sehen uns später. Nach der Mittagspause.« Bevor Sophie noch etwas sagen konnte, war Amy bereits davongerauscht.

Ihr war nicht entgangen, dass ihre Freundin heute nicht ganz so perfekt gestylt war wie sonst. Die Sache schien sie also trotz des vermeintlichen Desinteresses nicht vollkommen kaltzulassen. Erin und Amy waren nicht gerade die engsten Freundinnen gewesen; zwischen den beiden hatte immer eine gewisse Spannung geherrscht. Aber Sophie war sich sicher, dass Amy wegen dem, was Erin zugestoßen war, genauso am Boden zerstört war wie sie selbst.

Erin. Ermordet. Sophie konnte es immer noch nicht fassen. Es fühlte sich geradezu surreal an, hier zu sein; genauso surreal wie der Gedanke, dass Erin tot war. Und dazu kam Amys Distanziertheit, ihr seltsames Verhalten. Nichts ergab mehr einen Sinn. Nichts passte zusammen.

24

DI Wade

Seit Erin Malones Obduktion ging Lindsay das Mädchen nicht mehr aus dem Kopf. Das würde wohl so bleiben, bis der Fall aufgeklärt war und der Mörder hinter Gittern saß. Und selbst dann würde Erin noch als ein permanentes Echo in Lindsays Gedanken widerhallen; ihr Gesicht würde eines von denen sein, die sich für immer in ihr Gedächtnis einbrannten.

Von den Fotos, die die Mutter zur Verfügung gestellt hatte, wusste Lindsay, dass Erin hübsch gewesen war. Doch im Tod hatte die Angst ihre Gesichtszüge zu einer Maske verzerrt. Die Fotos von der Autopsie zeigten eine andere Erin. Aus irgendeinem Grund waren es vor allem die blutunterlaufenen Augen, die Lindsays Aufmerksamkeit auf sich zogen. Der Mörder war die letzte Person gewesen, die sie mit diesen Augen gesehen hatte.

Lindsay ließ das Frühstück ausfallen, wie immer, Kaffee reichte ihr aus – am besten eine ganze Kanne Espresso. Sie stürzte den letzten Schluck hinunter und ließ sich auf ihrem überdimensionierten Sessel zurücksinken. Das einzige Möbelstück ihres Dads, das sie vor der Frau hatte retten können, die er in seinem letzten Lebensjahr geheiratet hatte. Die geldgierige Schnepfe hatte sich alles unter den Nagel gerissen, was er besessen hatte: Möbel, Geld, das Grundstück, sein Haus.

Lindsay beugte sich vor, um die Fotos auf dem Couchtisch neu zu arrangieren. Doch sie gaben nicht viel her. Die Obduktion hatte Ersticken als Todesursache bestätigt: die blutunterlaufenen Augen; die eingerissene Haut an den Mundwinkeln, die von einem bisher unbekannten Gegenstand verursacht worden waren, den man ihr in den Mund gestopft hatte; die violette Haut. Aufgrund des Wetters und des Ortes, an dem man die Leiche gefunden hatte – Erins Körper war nackt auf dem matschigen, sumpfigen Gelände abgelegt worden –, waren ihre Hoffnungen auf eine Sicherstellung von Fingerabdrücken oder anderen Spuren von Anfang an nicht besonders groß gewesen. Und als wäre das alles nicht schon schlimm genug, hatte der Pathologe Spuren eines Bleichmittels an der Leiche festgestellt. Der Mörder war vorsichtig gewesen, vorbereitet. Und auch wenn Lindsay froh war, dass man keine Anzeichen für sexuellen Kontakt hatte feststellen können, bedeutete das, dass sie keine DNA-Spuren finden würden.

Der einzige Silberstreif am Horizont waren die Faserreste unter Erins Fingernägeln. Es bestand eine kleine Chance, dass sie von dem Material stammten, in dem die Leiche vom Tatort zum Brachland transportiert worden war, vom Kofferraum eines Wagens oder der Kleidung des Mörders. Jede der drei Möglichkeiten würde ihnen etwas geben, mit dem sie weiterarbeiten konnten. Lindsay betete, dass die Fasern nicht von Erins eigener Kleidung stammten, die sie bis jetzt noch nicht gefunden hatten.

Sie hatten keine Hautpartikel unter den Nägeln sicherstellen können. Wie es aussah, hatte sich Erin also nicht gegen ihren Entführer gewehrt. Vielleicht war sie unter Drogen gesetzt worden oder ohnmächtig gewesen. Hoffentlich würde ihnen der toxikologische Bericht mehr Aufschluss darüber liefern.

Später am Tag würde Lindsay vor die Presse treten. Sie hofften, an weitere Informationen zu kommen, indem sie die

Öffentlichkeit um Mithilfe baten. Und dann war da noch die Gruppe Teenager, mit der Erin am Samstagabend unterwegs gewesen war. Einer von ihnen *musste* etwas wissen. Entweder über die Nacht selbst oder über Erins Background. Sie würden jeden Einzelnen von ihnen noch einmal vernehmen.

Bisher waren diese Spuren alles, was sie hatten. Zu wenig. Solange der Mörder frei herumlief, mussten sie schnell handeln.

25

Karen

Die Hände um den warmen Becher gelegt, nippte Karen an ihrem Kaffee. Die Wärme war tröstlich.

Panikattacke Nummer eins dieses Morgens war abgeklungen, aber es war wahrscheinlich, dass ähnliche folgen würden. Allein der Gedanke daran, den Rest des Tages noch vor sich zu haben, reichte aus, um sie an den Rand einer weiteren zu treiben.

Wie musste sich Rachel erst fühlen? Ein treuloser Ehemann, ihr einziges Kind tot, ihre Freundin eine nutzlose, an Agoraphobie leidende Verrückte, die es nicht mal schaffte, in diesen schweren Zeiten an ihrer Seite zu sein. Karen versuchte, sich an die Bewältigungsstrategien zu erinnern, die ihre Therapeutin ihr beigebracht hatte, aber aus irgendeinem Grund war ihr Kopf heute Morgen wie leer gefegt; sie konnte sich nicht eine einzige der Übungen ins Gedächtnis rufen. Es war absurd. Zwei Jahre Therapie, und sie konnte sich an nichts erinnern.

Eine neue Panikwelle baute sich auf.

Denk nach, denk nach!

Sie holte ein paarmal tief Luft, schloss die Augen und versuchte, sich den Ort vorzustellen, an dem sie am glücklichsten war. Genau. Das war eine der Übungen, die ihre Psychologin ihr beigebracht hatte.

Komm schon, Karen, du kannst das!

Mit zitternden Fingern nahm sie ihr Handy von der Tischplatte. Rachel hatte ihre Mailbox eingeschaltet. Beschämt angesichts der Erleichterung, die sie bei der elektronischen Ansage empfand, probierte sie es auf dem Festnetztelefon.

Eine erschöpfte Stimme meldete sich. »Ja?«

»Rachel, ich bin's.« Sie hörte, wie Rachel den Atem ausstieß. Karen krampfte die Hand um das Telefon, während sie auf eine Antwort wartete. Die Stille zog sich in die Länge. »Rachel?«

»Ja, ich bin noch dran.« Ihre Stimme klang schwer, monoton.

»Wie geht es dir?« Eine dumme Frage, aber Karen fiel keine bessere ein. Ihr fehlten die Worte, die *richtigen* Worte. Zum ersten Mal während ihrer jahrzehntelangen Freundschaft wusste sie nicht, was sie sagen sollte; *wie* sie es sagen sollte. Sie biss sich auf die Lippe, wartete darauf, dass Rachel sie anschrie, was ihr einfiel, eine so bescheuerte Frage zu stellen.

»Ich brauche dich.« Ein tiefer, kehliger Klagelaut. Dann Schluchzen.

Karen schluckte schwer, um den Kloß in ihrem Hals loszuwerden. Heiße Tränen liefen ihr über die Wangen. Sie zitterte am ganzen Körper. »Ich weiß, meine Liebe, ich weiß.« Mit aller Macht versuchte sie, ihre innere Stimme zu ignorieren, die nicht aufhörte zu wiederholen: *Ich kann das nicht. Ich kann das nicht.* Dann fragte sie Rachel, ob sie vorbeikommen wolle. *Feigling!* Von Rachel zu erwarten, zu ihr zu kommen, war unverzeihlich, schwach.

»Ich kann nicht fahren. Ich bin nicht in der Lage … Ich habe letzte Nacht Schlaftabletten genommen, um … um mich zu betäuben. Um es zu verdrängen.«

Natürlich. Karen wusste, wovon sie sprach. Sich nichts mehr zu wünschen als traumlosen Schlaf, und gleichzeitig zu wissen, dass man kein Auge zubekommen würde. Tiefer, bewusstloser, endloser Schlaf, um nicht wieder in den Albtraum zurückkehren zu müssen, zu dem die eigene Realität geworden war. Wie würde Rachel reagieren, wenn sie ihr vorschlug, ein Taxi zu nehmen? Würde sie wütend werden? Karen rutschte das Handy aus den schweißnassen Fingern. Hastig rieb sie die Handflächen an ihrer Jeans trocken.

»Ich … ich weiß nicht, was ich tun soll, Rachel. Ich will für dich da sein. Wirklich, aber …«

»Ich bin ganz alleine.« Rachel klang flehend.

»Was ist mit Adam? Bestimmt ist er …« Sie konnte den Satz nicht zu Ende bringen, als die Erinnerung an ihr letztes Telefonat mit Rachel sie wie ein Schlag traf. Er war bei *ihr* eingezogen. Wer auch immer *sie* war.

»Adam war hier und ist so schnell wie möglich wieder abgehauen. Er hat seine Pflicht getan, dann ist er sofort zu ihr zurück.« Die Verbitterung in ihrer Stimme war nicht zu überhören. »Es ist so furchtbar, Karen. Ich bin ganz alleine. Diese Leere macht mich fertig. Bitte, Karen, komm her. Ich … Du bist alles, was ich habe.« Ein erstickter Laut, gefolgt von einem tiefen, verzweifelten Schrei. Das ganze Leid eines Menschen, konzentriert in einem tierischen, gellenden Heulen.

Nicht in der Lage, das Geräusch noch länger zu ertragen, streckte Karen das Handy von sich und kniff fest die Augen zusammen. Sie hatte Angst, dass das Grauen sie sonst mit sich reißen, unter sich begraben würde.

Nach ein paar Sekunden hielt sie sich das Telefon zögerlich wieder ans Ohr. »Rachel, meine Liebe … Ich bin da. Du weißt, dass ich immer für dich da bin.«

Die hastig ausgestoßenen Worte, Rachels Antwort, unterbrochen von ersticktem Schluchzen, waren kaum zu verstehen. »Was … was, wenn es … Sophie … gewesen wäre?«

Ja, was, wenn es Sophie gewesen wäre? Die Erinnerung an Sophies plötzliches Auftauchen am Samstagabend in Begleitung der Polizei, die darauffolgende Nacht, in der sie beinahe verrückt geworden wäre aus Sorge, was ihrer Tochter in den Stunden, an die sie sich nicht erinnern konnte, zugestoßen war, waren noch frisch. Und mit großer Wahrscheinlichkeit würden sie Karen noch sehr lange beschäftigen. Aber wenigstens war Sophie nach Hause gekommen. Es ging ihr gut. Sie war nicht tot. Die arme Rachel würde ab jetzt für immer mit der Erinnerung an diesen Tag leben müssen; an dieses schreckliche, kaum vorstellbare Ereignis, das für alle Zeiten in ihr Gedächtnis eingebrannt war. Es würde keine neuen, schönen Erinnerungen an Erin geben, die sich davorschieben ließen. Niemals wieder. Was konnte schlimmer sein?

»Es tut mir so leid, Rachel. Ich weiß, dass du sofort an meiner Seite wärst … Ich … ich versuche wirklich, zu dir zu kommen …« Sie ließ die Worte in der Luft hängen in dem Wissen, dass sie nicht wahr waren. Zumindest nicht ganz.

»Könnte Sophie dich nicht fahren? Du könntest auf der Fahrt einfach die Augen schließen.«

Noch bevor sie den Vorschlag in Erwägung ziehen konnte, war ihr die Antwort bereits über die Lippen gekommen. »Sie muss diese Woche arbeiten.«

»Oh, ja, natürlich«. Fassungslosigkeit in der Stimme. »Sie muss diese Woche arbeiten …«

Karen wurde mit einem Mal klar, wie schmerzhaft all das für Rachel sein musste. Nicht nur der Verlust, sondern das Wissen darum, dass andere mit ihrem Alltag weitermachten. Karen war sich sicher, dass sie genauso empfinden würde. Nach dem Angriff auf sie war sie der Überzeugung gewesen, dass niemand so weitermachen konnte wie zuvor – nicht, nachdem ihre Welt stehen geblieben war und nichts jemals wieder so sein würde wie bisher. Warum ließen die Leute nicht alles stehen und liegen, um an ihrer Seite zu sein, um ihr zu helfen, mit dem klarzukommen, was sie durchlitten hatte?

Was um alles in der Welt tat sie hier? Was für eine Freundin war sie, Rachel zu bitten, in dieser Situation zu ihr zu kommen? Mike hatte jedes Recht, enttäuscht von ihr zu sein. Sie war eine Enttäuschung. Eine Versagerin.

Rachel hatte wieder zu weinen begonnen. Ihre Worte waren vom Schmerz verzerrt. »Sie war mein kleines Mädchen. Das wunderschöne, leuchtende Licht meines Lebens. Was soll ich denn ohne sie machen?« Dann ein plötzliches Aufflackern von Wut. »Welches *Monster* hat mein Baby umgebracht?«

Und, dachte Karen, wo war dieses Monster jetzt?

26

Es war noch nicht einmal Mittag, und der Montag war bereits dabei, im Chaos zu versinken. Nach dem Telefonat mit Rachel fühlte sich Karen zittrig, aufgewühlt, ängstlich – und schuldig. Ausgerechnet heute. Nach über einem Jahr, in dem sie keine einzige Therapiesitzung verpasst hatte, wurde ihre Routine durch die Ereignisse vollkommen durcheinandergeworfen. Ihre Krankheit zwang sie dazu, niemals von ihren Terminen abzuweichen, ihren Alltag so gleichförmig wie möglich zu gestalten. Sie musste sich darauf verlassen können, dass alles so lief wie gewohnt – auch in Bezug auf Mike und Sophie, ohne deren Unterstützung sie hilflos war. Routine beherrschte ihr Leben, und heute war diese Routine empfindlich gestört worden.

Sie fegte mit der Handfläche etwas Kaffeesatz in die Spüle und hielt einen Moment inne, um den Blick aus dem großen Fenster, von dem aus man den Garten überblickte, in sich aufzunehmen. Der Rasen musste gemäht werden. Sonst würde Bailey, wenn er sein Geschäft verrichtete, im hohen Gestrüpp verloren gehen. Allerdings war es heute zu nass. Nicht, dass sie sonst in der Lage gewesen wäre, nach draußen zu gehen. Die Aufgabe würde warten müssen, bis Mike Zeit hatte. Vielleicht am nächsten Wochenende.

Immer mal wieder schaffte sie es, genug Mut zusammenzunehmen, um durch die Hintertür in den Garten zu gehen, aber nur für eine kurze Zeit – Wäsche aufhängen war bisher das Einzige gewesen, das sie rasch hatte erledigen können, ohne in Panik auszubrechen. Von außen hatte das Haus eine alarmierende Wirkung auf sie. Zu viele Fenster, zu viele Orte, von wo jemand sie unbemerkt beobachten könnte. Und der fast zwei Meter hohe Zaun, der das Grundstück umgab, hielt potenzielle Eindringlinge vielleicht davon ab, hereinzukommen, aber sie konnten sich immer noch dahinter verstecken. Karen beobachten. Lauernd. Drinnen war es am sichersten. Hier hatte sie halbwegs die Kontrolle.

Da sie die Sitzung ausfallen ließ, sollte sie etwas anderes Konstruktives mit ihrer Zeit anfangen. Sie musste sich irgendwie von den schrecklichen, dunklen Gedanken an Erins Tod und Rachels Trauer ablenken.

Shopping. Ja, das würde funktionieren. Sie könnte sich auf der Tesco-Website einloggen und die Lebensmittel für diese Woche bestellen. Normalerweise tat sie das erst, wenn Mike am Montagabend nach Hause kam, aber unter den gegebenen Umständen schien es sinnvoll, sich jetzt damit zu beschäftigen.

Karen klappte ihren Laptop auf. Er stand auf dem rechteckigen gläsernen Esstisch, an dem sie immer saß, wenn sie im Internet surfte. Sie entschied sich für den Stuhl aus schwarzem Leder und Chrom nahe der hohen Glastüren, die auf die Veranda und den Garten hinausführten. Das große Fenster zum Garten befand sich am Ende des offen gestalteten Wohn- und Essbereichs links von ihr. Sie mochte die Helligkeit, das Gefühl, dass es dort draußen eine Welt gab, von der sie jedoch sicher getrennt war. Wenn sie es schaffte, sich in einem bestimmten Winkel hinzusetzen, konnte sie die Balance zwischen Schutz und Geborgenheit und der Illusion eines freien, sicheren Raums um sich herum erreichen.

Nachdem sie in Rekordzeit die Einkäufe für die Woche

zusammengestellt hatte, entschied sich Karen für einen Liefertermin am Abend. Bis dahin wären Mike oder Sophie da, um die Tür zu öffnen und die Sachen entgegenzunehmen.

Sie lehnte sich zurück und ließ den Kopf von einer Seite auf die andere rollen in der Hoffnung, so die Spannungen in ihrem Nacken ein wenig zu lösen. Ihre Tage hatten nichts mehr gemein mit der Zeit, in der sie als Bewährungshelferin gearbeitet hatte. Damals hatte sie kaum Zeit gehabt, aufs Klo zu gehen, ganz abgesehen davon, sich durchs Internet zu klicken oder auf Facebook zu scrollen. Ein Teil von ihr vermisste die Arbeit, die Kollegen, die Menschen, die sie betreut hatte; doch im Grunde wusste sie gar nicht mehr, wer die Frau gewesen war, die vor langer Zeit diese Rolle erfüllt hatte.

Wie schnell sich die Dinge verändert hatten.

Langsam und bedrohlich senkte sich die dunkle Wolke auf sie herab. An ihren Job zurückzudenken, hatte jedes Mal den gleichen Effekt auf sie: Ihre Glieder wurden schwer, und es fühlte sich an, als würde ein dichter schwarzer Umhang über ihr ausgebreitet, unter dem sie kaum noch Luft bekam, der ihr die Sicht nahm.

Einatmen … und ausatmen. Ein … aus.

Karen berührte das Trackpad, um den Desktop aufzurufen. Mit zitternden Fingern klickte sie auf das Symbol, das die nächste Panikattacke vielleicht im Zaum halten würde.

Auf dem Bildschirm erschien der virtuelle Chatroom. Schnell tippte sie den Namen ihrer Online-Freundin in der Selbsthilfeklinik ein und wartete. Hoffentlich war sie eingeloggt und sah ihre »rote Flagge«, die signalisierte, dass sie Hilfe brauchte.

27

»Bist du hingefahren?« Mike kam in die Küche, warf seinen Rucksack auf die Kücheninsel und beugte sich vor, um die Schnürsenkel seiner schweren Boots zu lösen.

»Ich glaube, du kennst die Antwort auf deine Frage. Warum sparst du dir den Mist also nicht und sagst mir einfach, was du davon hältst, dass ich Rachel im Stich lasse? Bringen wir es hinter uns.« Karen verschränkte die Arme vor der Brust und wandte sich ab, während sie auf seine Kritik wartete. Sie hatte das alles schon gehört, wenn auch unter anderen Umständen.

»Darf ich erst mal ankommen, bevor du mir an die Gurgel gehst?« Er trat sich so heftig die Schuhe von den Füßen, dass sie unter der Kücheninsel landeten und Matschspuren auf dem Boden hinterließen.

Karen runzelte missbilligend die Stirn. »Dann solltest du mich auch nicht gleich mit so fiesen Fragen attackieren, wenn du zur Tür reinkommst.«

Einen Moment lang schwiegen sie beide, während sich der Groll zwischen ihnen aufstaute. So war es schon seit Langem zwischen ihnen – schon vor Erins Ermordung, schon vor dem Angriff auf Karen. Sie waren auf Stand-by, während sie lauernd auf den nächsten Grund warteten, zum Schlag auszuholen oder in die Defensive zu gehen. Die Rollen, die sie sich selbst in dieser Ehe zugeteilt hatten. Immer wieder sickerte die

Feindseligkeit durch die schmalen Risse, wenn sie nicht aufpassten oder nicht die Energie aufbrachten, diese mit taktvollen, umsichtig gewählten Worten zu füllen.

»Das war keine fiese Frage. Ich wollte nur wissen, ob ich dich heute Abend zu Rachel fahren soll, falls du es tagsüber nicht alleine geschafft hast.« Offensichtlich war er im »Wir überspielen unsere Probleme, indem wir nett zueinander sind«-Modus.

Karen ließ die Arme sinken, bis sie kraftlos herabbaumelten. »Äh, na ja …« Eilig ging sie zum Regal mit den Tassen hinüber und begann, sie neu zu stapeln. »Ich muss gleich mit dem Kochen anfangen … und dann …« Es gab kein *und dann*, aber sie hörte trotzdem nicht damit auf, durch die Küche zu huschen, von einer Schublade zum Kühlschrank und dann zur nächsten Schublade, um ein Abendessen vorzubereiten, an das sie bisher noch nicht einmal einen Gedanken verschwendet hatte, in der Hoffnung, dass er das Thema fallen lassen würde.

»Karen.«

Sie ignorierte ihn, während sie nach der richtigen Pfanne für das unbekannte Gericht suchte.

»Karen! Hör auf damit.« Er trat neben sie, nahm ihr die Pfanne aus der Hand und zwang sie, sich zu ihm umzudrehen. »Sieh mich an!« Er legte zwei Finger unter ihr Kinn und hob es an.

»Was?« Sie vermied es, ihm in die Augen zu sehen.

»Ich werde dich hinfahren.« Die Worte sanft, mitfühlend, beinahe fürsorglich – so wie er in einem anderen Leben mit ihr gesprochen hatte.

»Ich sollte warten, bis Sophie nach Hause kommt.«

»Sophie ist alt genug, um auf sich selbst aufzupassen. Sie braucht dich nicht.«

»Sie braucht mich nicht? Was soll das heißen?« Sie entzog sich seinem Griff.

»Herrgott! Ich habe gemeint, dass sie sich selbst was zu essen machen kann, dass sie dich nicht dafür braucht.« Sein Mitgefühl hatte sich von einer Sekunde auf die andere in pure Verärgerung gewandelt – als hätte man einen Schalter umgelegt. Nur dass sie in diesem Fall diejenige gewesen war, die den Finger am Schalter gehabt hatte.

»Das weiß ich. Aber sie ist im Moment so verletzlich, und deswegen braucht sie mich. Sie braucht mich hier.« Karen sah ihn fest an.

Mike warf einen Blick auf die Pfanne, die sie wieder in die Hand genommen hatte. Langsam trat er einen Schritt zurück. »Sie braucht deine Unterstützung, ja. Aber zurzeit braucht Rachel deine Unterstützung noch mehr, meinst du nicht auch?«

»Hör zu, ich habe heute mit Rachel telefoniert. Sie versteht, dass ich nicht bei ihr vorbeikommen kann, und sie weiß, dass ich nur einen Telefonanruf entfernt bin. Sie kann sich jederzeit melden.«

»Und das soll reichen? Wie hättest du dich nach dem Angriff gefühlt, wenn Rachel dich nur angerufen hätte, anstatt vorbeizukommen?«

»Das war was anderes …«

»Und ob das was anderes war.« Er trat wieder auf Karen zu und stieß aufgebracht einen Finger in ihre Richtung. »Du warst das reinste Wrack. Sie hat damals keine Sekunde gezögert, sich ins Auto zu setzen und herzukommen. Die ganze Nacht war sie hier, hat deine Hand gehalten, dich getröstet. Und das, obwohl du nicht gerade deine Tochter verloren hattest, sondern nur ein Opfer warst.« Mikes Gesicht befand sich viel zu nah vor ihrem, ein feiner Sprühnebel aus Spucke befeuchtete ihre Wangen. Er sah ihr fest in die Augen, bevor er flüsterte: »Aber wie es aussieht, bist du *immer* das Opfer.«

Karen öffnete den Mund, brachte jedoch kein einziges Wort

heraus. Mit Wucht stieß sie ihm die Pfanne in den Bauch, bevor sie sich an ihm vorbeidrückte und ins Wohnzimmer stürmte.

Lautlos flimmerten die Bilder über den stumm geschalteten Fernseher. Karen schnappte sich die Fernbedienung und stellte den Ton an. Erins Gesicht war im Hintergrund zu sehen, der Reporter sprach mit ernster, gesenkter Stimme. Es war das erste Mal, dass Karen von offizieller Seite von dem Mord hörte. Sie würgte, konnte den Brechreiz jedoch unterdrücken. Die Galle brannte wie Säure in ihrer Kehle. Schnell schaltete sie den Fernseher wieder stumm. Sie war noch nicht bereit, mehr zu hören.

»Mike«, rief sie. Für einen Augenblick hatte sie seine schrecklichen Worte vergessen. »Komm schnell! Es ist in den Nachrichten. Erin …« Ihr versagte die Stimme. Sie holte ein paarmal tief Luft, bevor sie sich erschöpft aufs Sofa fallen ließ.

Mike kam ins Wohnzimmer, ohne Karen eines Blickes zu würdigen.

Sie schaltete den Ton wieder ein, und für einen kurzen Moment waren sie in ihrem Entsetzen, ihrem Schmerz vereint. Schweigend sahen sie zu, wie sich die Geschichte vor ihren Augen entfaltete. Man hatte Spuren des Ortes, an dem die Leiche abgelegt worden war, an Erins Körper gefunden. Die Polizistin – eine schmächtige rothaarige Person mit einer erstaunlich festen, starken Stimme – fasste die Fakten zusammen; verschwommene Bilder einer Überwachungskamera zeigten Erin, wie sie die Hauptstraße von Coleton hinunterging.

Karen keuchte auf. Auch wenn sie gewusst hatte, dass Sophie bei ihr gewesen war, erschütterte sie der vertraute Anblick ihrer Tochter, die neben Erin herging; ihre Tochter, zusammen mit einigen anderen Mädchen, die auf den körnigen Schwarz-Weiß-Bildern nur schwer voneinander zu unterscheiden waren, lief neben einem ermordeten Mädchen her.

Was war da passiert?

Dann folgte ein Aufruf an die Öffentlichkeit. Diese DI Wade bat mit monotoner, fester Stimme um die Mithilfe der Bevölkerung. Jeder, der Informationen zu der vergangenen Samstagnacht liefern konnte, jeder, der Erin gesehen hatte, wurde gebeten, sich mit der Polizei in Verbindung zu setzen. Offensichtlich gab es vom frühen Abend Aufnahmen von Überwachungskameras, aber keine, die Erin zeigten, nachdem sie das White Hart verlassen hatte. Das Pub, vor dem Sophies Freunde sie angeblich in ein Taxi gesetzt hatten.

DI Wade beendete ihre Ansprache mit den Worten: »Ich fordere jeden, der Hinweise hat, die zur Aufklärung des Falls beitragen könnten, dringend dazu auf, uns zu kontaktieren. Egal, wie unwichtig Ihnen die Information auch erscheinen mag, bitte lassen Sie uns darüber entscheiden, wie signifikant sie ist. Vielen Dank.«

Die Nummer der Hotline, die extra für den Fall eingerichtet worden war, wurde am unteren Bildschirmrand eingeblendet.

Mike wandte sich Karen zu. »Wow. Das ist wirklich furchtbar.« Und dann fügte er einen Satz hinzu, bei dem Karen vor Schreck das Blut in den Adern gefror. »Was, wenn er es wieder tut?«

Aus irgendeinem Grund war ihr der Gedanke bisher nicht gekommen. Nervös knetete sie die Finger im Schoß, während sie mit leerem Blick geradeaus starrte. Sie wollte nicht über diese Möglichkeit nachdenken. »Wir sollten beten, dass sie diesen Bastard schnell kriegen«, flüsterte sie.

Der Klingelton ihres Handys bohrte sich schmerzhaft schrill in ihre Gedanken. Sie streckte sich, um es von der Sofalehne zu nehmen.

Rachel. Ihr wurde augenblicklich eiskalt. Ein Schaudern ging durch ihren Körper.

Dies würde keine einfache Unterhaltung werden.

28

Sophie

Der Morgen hatte sich endlos in die Länge gezogen. Unzählige Male hatte sie auf die Uhr an der Wand über der Kasse geschielt, begierig darauf, dass es endlich Mittagszeit war und sie zusammen mit Amy Pause machen konnte. Sie hoffte, dass sie gemeinsam eine Art Zeitleiste erstellen und Erinnerungen an die Ereignisse ausgraben könnten; dass sie ihren Schmerz und ihre Ängste miteinander teilen könnten.

Doch egal, wie viele Fragen Sophie ihr auch stellte, nachdem sie sich gemeinsam im Aufenthaltsraum eingeschlossen hatten, Amy erzählte ihr dieselbe Geschichte, dieselben Details, die sie bereits vom Rest der Clique gehört hatte. Und jede Hoffnung, dass sie und Amy einander wieder näherkommen würden, schwand mit dem distanzierten Tonfall ihrer Freundin, mit dem sie ihr noch einmal berichtete, wie Erin und sie Sophie in ein Taxi gesetzt hatten.

Mit einem lauten Seufzen sackte Sophie auf ihrem Stuhl zusammen. Es wurde immer unwahrscheinlicher, dass ihr jemand würde helfen können, die Ereignisse zu rekonstruieren. Wenn die Polizei dieselben Schwierigkeiten damit hatte, würde Erins Mörder womöglich niemals geschnappt werden. Wie damit abschließen und seinen Frieden finden?

»Und wo seid ihr beide hingegangen, nachdem ihr mich ins Taxi gesetzt habt?« Sie war noch nicht bereit aufzugeben.

»Keine Ahnung. Kann mich nicht erinnern.« Amy zuckte mit den Schultern und stopfte sich den Rest ihres Sandwiches in den Mund.

»Wirklich nicht? Seid ihr zurück ins White Hart oder ins nächste Pub?«

Abgesehen von Amys lauten Kaugeräuschen war es im Pausenraum vollkommen still. Sophie wartete, dass Amy den Bissen herunterschlucken und ihr antworten würde. Ihr eigenes Mittagessen, ein Fertigsalat aus dem Supermarkt, stand unangetastet zwischen ihnen auf dem Tisch.

Der Moment zog sich in die Länge. Sophie knackte mit den Fingern.

»Igitt! Lass das, sonst wird mir schlecht.« Amy hob das Sandwich an den Mund, um erneut abzubeißen.

»Amy! Hast du gehört, was ich dich gerade gefragt habe?« Langsam wurde Sophie sauer; sie wollte Antworten.

»Ja«, schnauzte Amy sie an. »Aber wir haben nun mal nur eine halbe Stunde Mittagspause. Entschuldige bitte, dass ich in der Zeit was essen will.« Sie klang wie ein beleidigter Teenager.

»Ich mache mir Sorgen, Amy. Das alles ist ziemlich unheimlich. Hast du überhaupt keine Angst? Willst du gar nicht wissen, wo Erin hingegangen ist, wer sie umgebracht hat? Ist dir das alles egal? Wie kannst du so verdammt ruhig bleiben? Der Mörder läuft schließlich noch irgendwo da draußen rum!« Atemlos hielt sie inne und schnappte nach Luft.

Amy starrte sie mit großen Augen an, machte aber keine Anstalten, ihr Sandwich beiseitezulegen oder etwas zur Unterhaltung beizutragen.

»Ich halte das nicht länger aus.« Sophie stieß ihren Plastikstuhl zurück, schnappte sich den Salat und marschierte quer durch den Aufenthaltsraum, um ihn zurück in den Kühlschrank zu stellen.

»Hör zu.« Amy wischte sich den Mund mit dem Handrücken ab. »Wenn du glaubst, dass dir das hilft, lass uns morgen nach der Arbeit auf einen Drink irgendwohin gehen. Vielleicht fallen uns zusammen ein paar Antworten auf deine Fragen ein, okay? Immerhin sind zwei Köpfe schlauer als einer allein.«

Auszugehen war das Letzte, worauf Sophie Lust hatte, aber ihr schien nichts anderes übrig zu bleiben, wenn sie mit Amy reden wollte. »Okay.« Dann verließ sie den Aufenthaltsraum und die wenig hilfreiche Amy.

Sie musste einen anderen Weg finden, herauszubekommen, was geschehen war. Sie musste es tun – nicht nur für Erin, sondern auch für sich selbst. Jemand spielte mit ihr, schickte ihr diese Fotos, verhöhnte sie. Vielleicht handelte es sich nur um einen dummen Scherz, aber es konnte genauso gut ernst gemeint sein. Doch bevor sie damit zu ihrer Mutter oder der Polizei gehen konnte, musste sie sich an etwas erinnern. Sie wollte wissen, wo er die Fotos gemacht hatte, wer er war und warum er sie zu seinem Ziel gemacht hatte. Hoffentlich schickte er keine weiteren Bilder, dann musste niemals jemand davon erfahren. Sonst würde sie vor Scham sterben.

Wie abzusehen gewesen war, war der Tag tatsächlich in Zeitlupe vergangen.

Nachdem Sophie ihre Sachen aus dem Spind geholt hatte, griff sie in ihre Handtasche, um ihr Handy herauszuholen. Verdammt! Die Polizei hatte ihr versprochen, es sobald wie möglich zurückzubringen. Ohne ihr Telefon fühlte sie sich wie amputiert. Wenn sich die Detectives nicht beeilten, musste sie sich ein Prepaidhandy kaufen.

Als sie auf die Straße trat, hätte eine heftige Windböe sie beinahe von den Füßen gefegt. Sie blieb stehen und sog gierig die kalte Luft in die Lungen, während sie sich umsah. Das Kaufhaus

Andersons befand sich etwa in der Mitte der Einkaufsstraße, die sich in den letzten fünf Jahren kaum verändert hatte: Einige Ein-Pfund-Läden hatten eröffnet und wieder geschlossen, ein Supermarkt war durch einen Handyladen ersetzt worden, die Rolltreppe in die überdachte Markthalle hinauf war erneuert worden – der halbherzige Versuch eines modernen Faceliftings –, aber das war auch schon alles.

Sie erschauderte. Dies war ein kleiner, ruhiger Ort – und ihre Freundin war hier ermordet worden. Unfassbar. Sie hatte sich in Coleton immer sicher gefühlt, auch in der Nacht. Natürlich gab es ab und zu Ärger: Schlägereien, laut geführte Auseinandersetzungen, Schimpfworte, die aus den Pubs auf die Straße geweht wurden, Drogen. Aber aus irgendeinem Grund hatte nichts davon je dazu geführt, dass Sophie ihre Sicherheit infrage gestellt hätte. Doch jetzt, als sie ganz allein auf dem verlassenen Bürgersteig stand, tat sie es. Vielleicht hatte sie bisher ganz einfach Glück gehabt. Was, wenn dieses Glück inzwischen aufgebraucht war? Ein unangenehmes Gefühl breitete sich in ihrem Magen aus. Ein Prickeln kroch vom Ansatz ihres Nackens weiter nach oben, bis ihre ganze Kopfhaut zu kribbeln schien.

Das ist nur der kalte Wind.

Entschlossen setzte sie sich in Bewegung, um den Parkplatz anzusteuern. Alle paar Meter blieb sie stehen und warf einen Blick über die Schulter. Wonach hielt sie Ausschau? Sie beschleunigte ihre Schritte. Um diese Zeit waren nur noch wenige Menschen in der Einkaufsstraße unterwegs. Sophie konnte einige bekannte Gesichter ausmachen, Angestellte aus den umliegenden Geschäften, deren leuchtende Uniformen ihren Arbeitsplatz verrieten. Vor dem Pub an der Ecke standen die üblichen Raucher unter einer großen, nicht gerade stabil wirkenden Markise und schirmten ihre Zigaretten gegen den starken Wind ab. Selbst ein Hurrikan würde sie vermutlich nicht von ihrem Laster abhalten.

Sie lief weiter, überquerte eine Straße, ging an dem symmetrischen braunen Backsteingebäude vorbei, in dem sich das Schiedsgericht befand, bevor sie den Parkplatz erreichte, den alle nur den »Polizei-Parkplatz« nannten, da er sich in der Nähe des Polizeireviers befand. Er lag kaum zwei Minuten vom Kaufhaus Andersons entfernt, aber heute hatte sich der Weg länger angefühlt.

Während sie in ihrer Handtasche nach dem Parkticket wühlte, ging ihr Atem immer flacher. Sie sorgte stets dafür, dass sie genug Kleingeld für den Automaten dabeihatte. Mit zittrigen Fingern schob sie die Münzen in den dafür vorgesehenen Schlitz. Während sie darauf wartete, dass das Ticket wieder ausgespuckt wurde, sah sie sich nervös um. Da war niemand – zumindest niemand, der ihr verdächtig vorkam. Wieso zitterte sie also? Warum fühlte sie sich so unwohl? Als der Automat endlich die kleine weiße Papierkarte freigab, riss sie sie an sich und hastete zu ihrem Auto, froh darüber, dass sie immer so nah wie möglich beim Ausgang parkte. Nachdem sie die Tür hinter sich zugeknallt hatte, drückte sie hektisch den Knopf für die Zentralverriegelung.

Was war das bitte für eine Aktion gewesen? Sie entwickelte sich langsam, aber sicher zu einem paranoiden Nervenbündel, wie ihre Mutter eins war. Das durfte auf keinen Fall passieren. Sie musste sich zusammenreißen. Andererseits war es gerade mal einen Tag her, dass man ihre Freundin ermordet aufgefunden hatte, vermutlich war es also nur normal, dass sie ein wenig ängstlich war. Ganz und gar nicht normal war jedoch, dass die Panik sie fest im Griff hatte.

Erst nach ein paar Minuten hatte das Zittern so weit nachgelassen, dass Sophie das Auto starten und den Parkplatz verlassen konnte. Sobald sie auf der Straße war, eingekeilt im Feierabendverkehr, spürte sie, wie das Unbehagen langsam nachließ. Doch ihre Gedanken kreisten noch immer um dieselbe Frage: Was oder wer war da draußen, vor dem sie Angst hatte?

29

Karen

»Hast du es gesehen? Hast du die Nachrichten gesehen?«, fragte Rachel mit bebender Stimme.

»Ja, wir haben es gesehen. Es ist einfach unfassbar.«

»Wenn ich früher Leute sagen gehört habe, dass sie erwarten, dass … dass derjenige, der gestorben ist, jeden Moment zur Tür hereinspaziert kommt, dachte ich immer, das sei nur ein Klischee.« Sie stieß ein bitteres Lachen aus. »Wie es aussieht, bin ich jetzt das Klischee. Es vergeht keine Sekunde, in der ich nicht damit rechne, dass sie nach Hause kommt. Alle fünf Minuten vergewissere ich mich, dass sie nicht vor der Tür steht. Beim kleinsten Geräusch stürze ich zum Fenster.« Sie begann zu schluchzen. »Ich will einfach nur, dass mein kleines Mädchen nach Hause kommt. Ich will nicht, dass man ihr Gesicht im Fernsehen zeigt, dass irgendwelche Fremden über sie reden. Ich will nicht der Polizei dabei zuhören, wenn sie berichten, wie er …« Ein zerrissener Atemzug. »Wie dieser Bastard ihr wehgetan hat. Oh, Karen, was er getan …«

Tränen brannten in Karens Augen; sie versuchte, sie wegzublinzeln. Möglichst leise schniefte sie und wischte sich mit dem Ärmel übers Gesicht.

Mike reichte ihr eine Packung Taschentücher und formte stumm die Worte: *Ich fahre dich hin.* Sie schüttelte den Kopf und antwortete ebenso lautlos: *Ich kann nicht*. Er stand auf und ging in die Küche.

»Sie haben alles mitgenommen«, fuhr Rachel fort. Ihre Stimme war kaum noch ein Flüstern.

Für einen Moment war Karen versucht, Einspruch gegen das *Sie* einzulegen. Sie war sich sicher, dass es sich um einen Einzeltäter handelte. Doch dann wurde ihr klar, dass Rachel die Polizei gemeint hatte.

»Ihren Laptop, Dinge aus ihrem Zimmer, sogar Kleidung … Ich verstehe das alles nicht. Wofür brauchen sie die ganzen Sachen? Sie haben ihr Zimmer auseinandergenommen, auch das bei Adam.«

»Oh, meine Liebe, ich weiß, dass es wehtut. Aber sie machen das nur, um mehr über Erin herauszufinden – mit wem sie geredet, wen sie getroffen hat. Jede noch so kleine Information hilft ihnen dabei, den Bastard zu schnappen.«

»Ich halte das nicht aus. Ich habe sie verloren und jetzt ihre Sachen …«

»Sie werden alles zurückbringen, du hast sie nicht verloren.« Noch während sie den Satz aussprach, verzog Karen das Gesicht. Doch es war zu spät. Sie konnte die leichtfertig ausgesprochenen Worte nicht wieder zurücknehmen. Rachel *hatte* ihre Tochter verloren, und es bestand kein Zweifel daran, dass die Gegenstände in ihrem Zimmer durch ihren Tod eine neue Bedeutung für Rachel gewonnen hatten – jeder Einzelne von ihnen barg Erinnerungen, die mit jeder Sekunde wertvoller zu werden schienen. Die Tatsache, dass man ihr auch diese Dinge genommen hatte, musste sich für Rachel anfühlen, als würde man ihr auch die Erinnerung an Erin entreißen wollen.

Das Schweigen zog sich in die Länge. Karen wusste, dass sie zumindest versuchen sollte, an Rachels Seite zu sein. Es wurde von ihr erwartet. Und angesichts ihrer lebenslangen Freundschaft *sollte* Rachel es erwarten. Sie ließ Rachel im Stich, das wusste sie. Und Mike wusste es auch. Würde Rachel sie schon bald dafür hassen?

Dann stellte Rachel die Frage, vor der sich Karen die ganze Zeit über gefürchtet hatte. »Du hast gesagt, dass sich Sophie an nichts von dem erinnert, was am Samstagabend passiert ist. Aber inzwischen ist ihr doch bestimmt wieder etwas eingefallen, oder? Sie *muss* sich an etwas erinnern, an irgendetwas Hilfreiches.«

Karen schwieg. Sie musste vorsichtig mit ihrer Antwort sein. Das Wissen, dass Sophie die Letzte gewesen war, die Erin gesehen hatte, brachte eine große Verantwortung mit sich. Für Sophie und sie selbst. Andere Leute, besonders Rachel, würden annehmen, dass Sophie diejenige war, die Licht in das Dunkel der Ereignisse bringen konnte. Rachel würde von Karen erwarten, ihre Tochter unter Druck zu setzen, damit sie sich erinnerte. Karen wollte nicht, dass ihre Tochter den entscheidenden Schlüssel zur Lösung des Rätsels in Händen hielt; dass sie im Fokus der polizeilichen Ermittlungen stand; dass sie gezwungen wurde, sich eine Nacht in Erinnerung zu rufen, deren Puzzleteile sie schon viel zu oft versucht hatte, wieder zusammenzusetzen. Die Leute würden sie dazu bringen, sich schuldig zu fühlen. Karen hatte Angst davor, welchen Effekt das Ganze auf Sophie – auf sie alle – haben würde. Ihre kleine Familie befand sich bereits in einer äußerst prekären Lage; und diese Art von Stress würde nicht dabei helfen, sie zu verbessern. Karen hatte alles dafür getan, um sie zusammenzuhalten, und die Situation drohte, sie wieder auseinanderzureißen, die Risse zu verbreitern – bis sie nicht mehr zu reparieren waren.

»Hast du gehört, was ich gesagt habe, Karen?«

»Entschuldige. Ja, natürlich. Ich … ich fürchte, sie hat sich bisher an nichts erinnert.« Sie holte hastig Luft und fuhr fort, bevor Rachel etwas erwidern konnte. »Sophie hat sich wirklich Mühe gegeben, mit der Polizei gesprochen und mit ihren Freunden, du weißt schon, allen anderen aus der Clique, aber sie ist keinen Schritt weitergekommen … Es tut mir so leid, aber es gibt in der Hinsicht keine Neuigkeiten.« Gebannt hielt sie inne und wartete auf Rachels Reaktion.

»Oh.« Karen konnte die ganze Wucht der Enttäuschung aus diesem Laut heraushören. Sie mochte sich nicht vorstellen, wie schrecklich es für Rachel sein musste, nicht zu wissen, was Erin zugestoßen war. Irgendjemand musste den Schlüssel zu dem Ereignis in Händen halten, musste wissen, wo Erin hingegangen, was passiert war. Wer sie wo umgebracht hatte. Karen selbst hoffte, dass es nur eine Person gab, die all diese Details kannte: der Mörder selbst. Doch da war dieser nagende Zweifel, die wachsende Sorge angesichts der Tatsache, dass Sophie behauptete, sich an nichts erinnern zu können, und der Ort, an dem die Polizei sie aufgegriffen hatte. Sie konnte ihrer Tochter vertrauen, oder etwa nicht? Natürlich hatte sie sich in der Vergangenheit mit der einen oder anderen Notlüge beholfen; es hatte Dinge gegeben, die Sophie nicht mit ihren Eltern hatte teilen wollen – Partys, heimliche Verabredungen. Nichts Außergewöhnliches. Doch wenn es um etwas Ernstes ging, wie bei dieser Geschichte, würde sie die Wahrheit sagen. Oder etwa nicht?

30

Das Telefonat hatte mit etlichen Entschuldigungen von Karens Seite geendet. Das war alles gewesen. Sie hatte auflegen müssen, unfähig, sich selbst noch ein weiteres »Es tut mir leid« ins Handy stottern zu hören. Sie musste versuchen, Rachel zu besuchen; das schuldete sie ihr. Morgen würde sie früh aufstehen und sich sofort auf die anstehende Fahrt vorbereiten. Sie würde ihre Zeitschriften, die zahllosen Broschüren und Selbsthilfebücher raussuchen und eine Strategie ausarbeiten, die sie dringend brauchte, um es bis zu Rachel zu schaffen. Wenn sie einen richtigen Plan hatte, war es vielleicht sogar machbar. Immerhin gelang es ihr, jede Woche bei ihrer Therapiestunde aufzutauchen, auch wenn sie darauf angewiesen war, dass jemand sie hinfuhr. Warum also erschien ihr ausgerechnet diese Aufgabe so schwierig, beinahe unmöglich, zu bewältigen?

Rachels Haus befand sich nicht weit entfernt von der Praxis ihrer Psychologin in Torquay. Ein paar Kilometer hinter der Stadt, die zerklüftete Küste entlang. Früher hatte sie es geliebt, Rachel zu besuchen, und versucht, ihre Verabredungen zum Kaffee so zu arrangieren, dass sie sich bei ihr trafen. Von ihrem Haus hatte man einen wunderschönen Blick über das Meer, den Karen immer auf eine gewisse Art beruhigend gefunden hatte. Doch dieses Mal würde es sich um keine bedeutungslose Verabredung unter Freundinnen handeln und nicht um eine

Therapiestunde. Karen vermutete, dass die Schwierigkeiten, die sie hatte, sich die Fahrt dorthin überhaupt nur vorzustellen, mit dem *Grund* für den Besuch zusammenhingen. Sie hatte ein Angstlevel erreicht, mit dem sie es seit kurz nach dem Angriff nicht mehr zu tun gehabt hatte. Und damals war es um ihre eigene Erfahrung gegangen, ihr ganz persönliches Problem, mit dem sie hatte lernen müssen umzugehen. Nicht das eines anderen. Wie konnte man von ihr erwarten, dass sie damit zurechtkam? Hier ging es nicht um einen simplen Termin, bei dem sie eine Stunde über sich sprach; darüber, wie das Erlebte sie daran hinderte, die eigenen vier Wände zu verlassen. In diesem Fall wäre sie diejenige, die zuhörte, Trost spendete. Das klang so einfach. Aber in der Realität fühlte es sich an, als müsste sie den Mount Everest erklimmen – mit jedem Schritt wurde die Luft um sie herum dünner, saugte den Sauerstoff aus ihren Lungen. Karen fühlte sich nicht bereit, den Platz gegenüber der Couch einzunehmen. Ihre Rolle war es, darauf zu sitzen. Sie stieß geräuschvoll den Atem aus. Mike hatte recht, immer war sie das Opfer. Vielleicht war es an der Zeit, das zu ändern. Rachel hatte es verdient.

Das Knallen der Haustür riss sie aus ihren Gedanken. Sophie. Sie erinnerte sich an Rachels Worte: *Es vergeht keine Sekunde, in der ich nicht damit rechne, dass sie nach Hause kommt*. Karen presste die Finger in die Augenwinkel, um die Tränen zurückzuhalten. Wie würde sie sich fühlen, wenn sie nie wieder hören dürfte, wie Sophie hereinkam und dabei die Tür so laut hinter sich zuschlug, dass sie jedes Mal wütend wurde?

»Mum? Wo bist du?«

Karen rieb sich mit beiden Händen übers Gesicht und stand auf. »Ich bin hier, Liebling.«

»Dad kocht«, sagte Sophie und verzog das Gesicht, bevor sie ihre Handtasche aufs Sofa schleuderte. »Warum? Er kocht nie.«

»Hi, Mum, hattest du einen schönen Tag?«, antwortete Karen in sarkastischem Tonfall und hob die Augenbrauen. Sophie starrte sie mit zusammengekniffenen Augen an, ohne darauf einzugehen.

»Sei nicht so unhöflich, Sophie. Ich habe telefoniert, deswegen hat Dad schon mal angefangen, sonst würden wir vor neun nichts zu essen bekommen.«

»Mit wem hast du gesprochen?«

Karen hatte keine Lust, ihr Gespräch oder das, was in den Nachrichten gekommen war, noch einmal zu wiederholen. »Rachel«, sagte sie knapp und trat schnell einen Schritt auf Sophie zu, um sie in die Arme zu nehmen. »Wie war dein Tag?«

»Seltsam. Ich hab keine Lust, darüber zu reden.« Sophie hob die Schultern und schenkte ihr ein flüchtiges Lächeln. »Ich gehe hoch, duschen.« Sie drehte sich um und verließ das Wohnzimmer.

Sophie sah blass aus und müde, dachte Karen. Sie hatte nichts anderes erwartet. Aber da war noch etwas gewesen. Eine Distanziertheit, eine ungewohnte Stumpfheit, die ihre sonst so lebhafte Art zu ersticken schien. Sie wirkte gereizt und einsilbig, als wollte sie um jeden Preis vermeiden, mehr als nötig zu reden. Andererseits war Karen selbst nicht nach Reden zumute gewesen. Vielleicht sollte sie nicht zu viel in ihr Verhalten hineininterpretieren, der Schock musste tief sitzen, die Trauer um die Freundin, die sie gerade erst verloren hatte. Wie sollte man sich in so einer Situation denn angemessen verhalten?

Durch die dramatischen Ereignisse hatte Karens Fokus ganz auf Rachel, auf Erin gelegen. Sie musste sich wieder auf ihre eigene Tochter konzentrieren. Sie hatte immer das Gefühl gehabt, eine starke Bindung zu Sophie zu haben, doch diese Bindung war auf die Probe gestellt worden. Der Angriff, ihre Phobie nahmen sämtlichen Raum in ihrem Zuhause ein. Ihre Fähigkeit, eine gute Mutter zu sein, die ihr Kind in jeder Hinsicht unterstützt, hatte gelitten, weil sie ihre eigenen egoistischen Bedürfnisse an erste Stelle gestellt hatte. Das war ihr klar.

Wenn sich Sophie nicht an die Stunden erinnern konnte, in denen alles Mögliche passiert sein könnte, musste sie ihr helfen. Von dem Moment an, in dem Sophie von der Polizei nach Hause gebracht worden war, hatte sie gewusst, dass etwas nicht stimmte. Die Geschichten ihrer Freunde waren wenig überzeugend. Wenn man sie in ein Taxi gesetzt hatte, warum war sie dann nicht damit zu Hause angekommen? Der Polizei würde die Sache genauso seltsam erscheinen. Die Detectives würden zurückkommen, um weitere Fragen zu stellen. Sie mussten vorbereitet sein, Antworten finden. Aber wo sollten sie beginnen zu suchen? Die beiden Personen, die sie angeblich ins Taxi gesetzt hatten, waren Amy und Erin gewesen. Und dann gab es da noch die, die es gesehen hatten, beziehungsweise denen man davon erzählt hatte. Dan und … Wie war sein Name noch mal? Tom. Ja, genau, Tom.

Karen ging zum Esstisch und schaltete ihren Laptop ein. Sie war mit Amy auf Facebook befreundet; mit ihr würde sie anfangen.

31

So, 8.00 Uhr

Hey, meine Schöne, wie geht es dir heute Morgen? Ich hoffe, du bist mit Gedanken an mich aufgewacht! Ich habe von dir geträumt, wie immer. Meine Nacht war angefüllt mit Visionen davon, wie ich dich in meinen Armen halte. Als ich aufgewacht bin, hatte ich das Gefühl zu wissen, wie es wäre, dich zu berühren. Einen seligen Moment lang konnte ich deine Haut unter meinen Fingerspitzen spüren, mich an ihre Textur erinnern, deinen Körper an meinem fühlen, noch frisch. Es war unglaublich, und ich kann es kaum erwarten, dass all das Wirklichkeit wird. Ich bekomme es nicht aus meinem Kopf, es dominiert jeden wachen Moment und jeden unbewussten Gedanken.

Es sind Monate vergangen. Ich hatte wirklich gehofft, dass du dich inzwischen bereit fühlen würdest, dich mit mir zu treffen. Wir sollten zusammen sein, gemeinsam stünde uns eine unglaubliche Zukunft bevor. Ich weiß es. Du bist meine Seelenverwandte.

Wir sind füreinander geschaffen.

xxxxxxxxxxxxxxxxxxxxxxx

32

Sophie

Ein Handtuch lose um den Körper geschlungen, saß Sophie auf dem Bett, den aufgeklappten Laptop neben sich. Die beiden Fotos schienen sie zu verhöhnen. Es war beinahe so, als würde sie Bilder von einem fremden Mädchen betrachten. Dabei konnte das nicht sein – auf dem zweiten Foto war ihr Gesicht eindeutig zu erkennen. Hatte sie ihre Umgebung gesehen, hatte registriert, wer außer ihr dort gewesen war, *irgendetwas* wahrgenommen und sich dafür entschieden, es lieber zu vergessen? Das Gehirn konnte nur dann Informationen speichern, wenn man die entsprechenden Ereignisse wahrgenommen und sich bewusst gemacht hatte. Das war in einem ihrer Psychologiekurse vorgekommen. Sie hatte das Fach gar nicht so uninteressant gefunden, auch wenn sie sich später entschieden hatte, das Studium zu schmeißen und stattdessen eine Ausbildung zur Fachverkäuferin zu machen. Ihr kam es unwahrscheinlich vor, dass ihr Gehirn noch nicht mal die winzigste Information abgespeichert hatte. Sie hätte verstanden, wenn ihr bestimmte Details fehlen würden. Aber ein ganzer Abend? Es musste einen anderen Grund dafür geben – abgesehen vom offensichtlichen: Alkohol.

Zum x-ten Mal zoomte Sophie in das Foto hinein und bewegte den Cursor hin und her, um den Hintergrund zu betrachten. Dunkler Betonboden; ein Stuhl aus Holz, vermutete sie, es waren nur zwei Beine zu erkennen, der Rest wurde von ihrem Körper und dem schwarzen Kleid verdeckt. Sophie schluckte schwer, als sie mit dem Cursor weiter über das Bild fuhr, die feinen Härchen an ihren Armen stellten sich auf, ihre Haut fühlte sich auf einmal eiskalt an. Auf dem ersten Foto war etwas auf dem Boden zu erkennen. Sie beugte sich über den Laptop und starrte mit zusammengekniffenen Augen auf den Bildschirm. Neben dem Stuhl befand sich ein Objekt, die Mitte rund wie bei einem Ball, an beiden Seiten schmale Verlängerungen.

Ein Bild, scharf, traf sie so plötzlich und schnell wie ein Blitz: ein Knebel, ein Mann, der ihn mit Gewalt in Erins Mund zwingt. Ihn festzurrt.

Sophie stieß den Laptop aufs Bett. Die Hand vor den Mund gepresst, versuchte sie, den Schrei zu unterdrücken, der aus ihrer Kehle zu brechen drohte.

Auf keinen Fall. Auf keinen Fall. Das ist nicht möglich.

Sie war dort gewesen. Sie hatte den Mann gesehen, der Erin ermordet hatte. Hatte sie mit angesehen, wie ihre Freundin getötet worden war?

Plötzlich wünschte sich Sophie nichts mehr, als wieder zu vergessen, woran sie sich gerade erinnert hatte. Ihr Verstand war nicht in der Lage zu verarbeiten, was er gesehen hatte. Allein darüber nachzudenken, war zu viel. Sie hoffte inständig, dass keine weitere Erinnerung zurückkehren würde. Niemals. Sie würde sich dafür entscheiden, sich nicht länger damit zu beschäftigen, würde ihr Gehirn auf null zurücksetzen. Aber es war alles da, auf ihrem Laptop, verschwommen wie ihre Erinnerung, aber da. Was zur Hölle sollte sie tun?

Das laute Summen des Föhns schaffte es für den Moment, die schrecklichen Bilder aus ihrem Kopf zu verdrängen. Unnötig lange ließ sie die warme Luft in ihre Haare fahren, um den Augenblick hinauszuzögern, in dem sie wieder schutzlos ihren Gedanken ausgesetzt sein würde. Normalerweise kniete sie sich zum Föhnen vor den hohen Spiegel, aber heute Abend konnte sie ihren eigenen Anblick nicht ertragen.

Erst als ihr Haar sich wie Stroh anfühlte, schaltete Sophie den Föhn aus. Besser, sie ließ das Glätteisen heute im Schrank. Sie zog den Stecker und streckte sich auf dem Fußboden aus, wo sie mit den Füßen nervös verschiedene Gegenstände beiseitekickte.

In ihrem Zimmer herrschte das reinste Chaos. Ein halb nackter Justin Bieber blickte von der Kleiderschranktür auf sie herab, als wollte er sie für ihren fehlenden Hang zur Ordnung tadeln. Ihr Blick fiel auf die gerahmte Fotomontage, die über dem Schminktisch hing. Zwischen den anderen Gesichtern stach Erins Lächeln hervor. Sophie musste daran denken, wie sie sich gefetzt hatten, wer die besseren Künstler und wer die heißeren Typen seien – Justin oder One Direction. Eine kindische Unterhaltung. Aber sie hatte Spaß gemacht.

Vorbei.

Sie schüttelte den Kopf, wischte sich die Tränen von den Wangen und rappelte sich auf. Sie sollte sich anziehen, das Abendessen musste bald fertig sein. Die halbe Stunde, die sie miteinander am Tisch sitzen und sich anschweigen würden, versprach ein großer Spaß zu werden. Allerdings hoffte Sophie gleichzeitig, dass sie tatsächlich nicht reden würden, denn sie wollte nicht, dass ihre Eltern über Erin sprachen oder ihr mehr Fragen stellten. Vielleicht würde sie ihren Teller einfach mit in ihr Zimmer nehmen, um jegliches Risiko von vornherein auszuschließen.

Oder sollte sie ihnen doch von den Fotos erzählen? Augenblicklich wurde ihr schlecht. Nein. Das war eine furchtbare Idee, ihre Eltern würden komplett durchdrehen. Sie malte sich die

Folgen aus: ihre Mutter, die bei der Polizei anrief. Sie selbst, wie sie in einem stickigen kleinen Raum von den Detectives verhört wurde – sie auf der einen Seite des Tisches, die Polizisten auf der anderen. Wie sie Ausdrucke der Fotos in den Händen hielten und ihre Schlüsse daraus zogen. Sophie schauderte und blinzelte hektisch, um die Vision loszuwerden. Nein, sie konnte nichts sagen. Die Fotos waren für die Ermittlungen ohnehin nicht von Bedeutung. Immerhin war sie darauf zu sehen, nicht Erin. Und abgesehen von dem Knebel, dem Stuhl und dem Betonboden gab es keine Hinweise, wo sie aufgenommen worden waren. Außerdem konnte sie der Quelle, aus der sie stammten, nicht trauen, ganz abgesehen von ihrem eigenen Erinnerungsvermögen. Es gab keine Veranlassung, die Bilder zu erwähnen, nicht, wenn sie nichts zutage förderten, außer noch mehr Ärger mit ihren Eltern, speziell mit ihrer Mum. Sie würde komplett durchdrehen. Ihre Panikattacken würden vollkommen außer Kontrolle geraten, und ihre Phobie würde so schlimm werden, dass Sophie den ganzen Tag mit ihr zu Hause bleiben musste. Schon den Gedanken daran ertrug sie kaum. Und sie hatte keine Ahnung, wie ihr Vater reagieren würde. Sie traute sich nicht mal, es sich vorzustellen.

Das hier war wirklich ein Albtraum. Und was, wenn es erst der Anfang war? Die Person, die ihr die Fotos geschickt hatte, hatte angekündigt, dass mehr folgen würden. Plötzlich waren da jede Menge Fragen in ihrem Kopf. Warum schickte er ihr diese Bilder? Und wenn sie mit Erin dort gewesen war, warum hatte er sie nicht auch ermordet? Woher kannte er ihre Mailadresse? Was wusste er noch über sie?

Ihr Name drang die Treppe herauf. Das Essen war fertig. Doch Sophie war der Appetit vergangen.

33

Dienstag

Ihr Magen knurrte. Sie hatte das Frühstück ausfallen lassen, nachdem ihr allein beim Gedanken an Essen schlecht geworden war.

Der Wind vom vorherigen Abend hatte sich gelegt. Nur noch eine leichte Brise strich Sophie über die Wangen, als sie in die Kälte hinaustrat. Schade, dass sich ihr Gehirn nicht genauso beruhigen wollte wie das Wetter. Sie sprang in ihr Auto, schaltete den CD-Spieler ein und drückte die Forward-Taste am Lenkrad, um zu einem aufmunternden Song zu gelangen. Als Katy Perrys Stimme laut aus den Boxen schallte, legte sie den ersten Gang ein.

Dunkle Träume hatten ihren Schlaf gestört. Sie war mit Atemnot und einem Gefühl tiefster Verzweiflung aufgewacht. Ein Gefühl, das ihr sagte, dass sie mehr mit den Ereignissen von Samstagabend zu tun hatte, als sie angenommen hatte. Einzelne Bilder aus ihrem Traum waren ihr im Gedächtnis geblieben, verstörende Gedankenfetzen wie die Scherben eines zerbrochenen Spiegels. Jedes Mal, wenn sie sich an einen Splitter erinnerte, durchfuhr ein Schmerz sie, als ob sie sich daran geschnitten hätte.

Die seltsame Empfindung ließ sie glauben, dass Erins Tod etwas mit Schnitten oder Stichen zu tun gehabt haben musste. Es war, als würde ihr Gehirn die Ereignisse deswegen nur Stück für Stück in ihr Bewusstsein vorrücken lassen, weil es wusste, dass sie nicht in der Lage wäre, die ganze Erinnerung auf einmal zu ertragen. Sie hatte die Nachrichten zu ignorieren versucht, die nach Aufmerksamkeit heischenden Schlagzeilen; sie wollte die Details über Erins Tod nicht hören. Die Erinnerungen würden mit der Zeit auch so zu ihr zurückkehren – genau wie die Polizei. Wie lange würde es noch dauern, bis sie wieder vor der Tür stand?

Als Sophie auf den Parkplatz abbog, kam sie schockiert zu sich. Sie war wie auf Autopilot hergefahren, konnte sich nicht einmal entsinnen, die Einfahrt vor ihrem Haus verlassen zu haben. Sie schüttelte den Kopf und parkte auf ihrem angestammten Platz. Für eine Weile blieb sie vollkommen still im Auto sitzen, um sich zu sammeln. Auf der anderen Straßenseite befand sich eine Gruppe Schulkinder, die sich gegenseitig anbrüllten und herumschubsten. Sophie betrachtete sie mit einer Mischung aus Verärgerung und Neid. Es gefiel ihr nicht, dass sie so unbedacht miteinander umgingen. Ein Anrempeln im falschen Moment, und eines von ihnen würde vom nächsten Auto über den Haufen gefahren werden. Erst vor Kurzem war etwas Ähnliches tatsächlich passiert. Das Mädchen hatte verheerende Verletzungen erlitten, die sein Leben für immer verändert haben dürften. Doch abgesehen davon beneidete Sophie die Kinder um ihre Sorglosigkeit, ihre Naivität. Es war gerade mal ein Jahr her, dass sie selbst so sorglos gewesen war, und für einen Moment wünschte sie sich nichts mehr, als in diese Zeit zurückkehren zu können. In eine Zeit ohne Verantwortung, in der die einzige Sache, um die man sich hatte Sorgen machen müssen, die Wahl der trendigsten Jeans und T-Shirts gewesen war, des richtigen Make-ups und des besten Handys. Sie wünschte sich die Aufregung zurück, das Sehnen, nach dem Schulabschluss endlich rauszukommen. Doch die große, weite

Welt war lange nicht so verlockend, wie es ihnen vorgekommen war.

Sophie betrachtete sich im Rückspiegel. Zu blass. Sie nahm ihre Handtasche vom Beifahrersitz und förderte ihre Foundation zutage, von der sie eine weitere großzügige Schicht auf ihrem Gesicht verteilte. Orange war allemal besser als weiß. Ein rascher Blick auf die Uhr verriet ihr, dass sie spät dran war. Verdammt. Was sie gerade überhaupt nicht gebrauchen konnte, war Ärger mit dem Store Manager von Andersons. Er hasste es, wenn Mitarbeiter zu spät kamen.

Übermüdet und erschöpft öffnete sie die Wagentür und stieg aus. Während sie sich die Straße entlangschleppte, den Kopf gesenkt, ohne etwas von ihrer Umgebung wahrzunehmen, konnte sie an nichts anderes denken als an die Frage, ob sie sich Amy anvertrauen sollte. Sie war noch immer die einzige Person, die vielleicht ein wenig Licht ins Dunkel bringen könnte, aber angesichts ihres Verhaltens vom Vortag war sich Sophie nicht sicher, inwieweit sie ihr wirklich weiterhelfen würde.

Bevor sie das Kaufhaus durch den Mitarbeitereingang betrat, warf Sophie einen Blick über die Schulter. Das ungute Gefühl von gestern Abend war zurückgekehrt. Die Augen blinzelnd gegen die Sonne zusammengekniffen, die genau zwischen dem Kirchturm und dem daran angrenzenden Gebäude hindurchschien, konnte Sophie ein paar wenige Passanten erkennen, die zwischen den Geschäften hin und her liefen: ein Teenager mit einem schreienden Kleinkind an der Hand, eine alte Frau, die einen Einkaufstrolley mit Schottenkaro hinter sich herzog, ein junges Paar, das auf die Filiale von Costa Coffee zusteuerte. Niemand, der Sophie bekannt vorgekommen wäre.

Sie spürte den Puls an ihrem Hals schlagen. Jemand beobachtete sie. Sie kniff die Augen wieder zusammen. Nein, ihr Traum, ihre Erinnerungen hatten sie durcheinandergebracht.

Sie war zurzeit leicht aus der Fassung zu bringen, das war alles. Niemand hier sah auch nur in ihre Richtung. Sie benahm sich albern. Trotzdem konnte sie es plötzlich nicht mehr erwarten, endlich hineinzugehen, in die Sicherheit der hell erleuchteten Ladenflächen einzutauchen.

Amy stand bereits hinter ihrem Make-up-Counter, ein breites Lächeln im Gesicht. Das falsche Lächeln, das sie speziell für Kunden reserviert hatte. Als sie aufblickte und Sophie entdeckte, hob sie eine Hand.

Sophie erwiderte den Gruß, bevor sie sich ihrem Verkaufsbereich zuwandte. Sie warf einen Blick auf den Dienstplan hinter der Kasse. Bis zur Mittagspause war sie allein. Verdammt. Sie brauchte Kollegen, brauchte jemanden um sich. Die Vorstellung, den ganzen Vormittag mit ihren unberechenbaren Gedanken alleine zu sein, war kaum zu ertragen. Sie sah zu Irinas Bereich hinüber. Ein neues Mädchen stand hinter der Kasse und unterhielt sich mit einer Kundin. Schade. Also auch keine Irina, die sie ablenken konnte.

Sophie verstaute das Clipboard mit dem Dienstplan wieder hinter der Kasse und sah sich auf der Verkaufsfläche um. Wer auch immer zuletzt hier gewesen war, hatte den Bereich unaufgeräumt verlassen. Normalerweise hätte sie sich geärgert, aber heute war sie froh über das Chaos. Sie holte tief Luft und stürzte sich in die Arbeit.

Abwesend ging Sophie eine Stange voller reduzierter Artikel durch. Immer wieder zog sie einen Kleiderbügel heraus und drehte ihn herum, damit alles ordentlich in einer Reihe hing. Es war eine undankbare Aufgabe, aber so ziemlich die einzige, zu der sie heute fähig war. Trotz der Menschen um sie herum hatte sie sich noch nie so isoliert gefühlt. Ohne es zu merken, hatte sie zu weinen begonnen.

»Warum kontaktiert mich deine Mutter über Facebook?«

Sophie fuhr herum, eine Hand auf die Brust gepresst. »Du hast mich erschreckt.«

»Anscheinend warst du gerade in deiner eigenen Welt, was? Sorry.« Ihr Lächeln reichte nicht bis zu den Augen. »Aber jetzt mal im Ernst, ich weiß schon, dass wir auf Facebook befreundet sind und alles, aber ich hab nicht damit gerechnet, dass sie das ausnutzt, um mich zu verhören.«

Verdammt, Mum.

»Was meinst du mit *Verhören*?« Sie hatte Angst vor der Antwort.

»Sie hört nicht auf, mich nach Samstag zu fragen. Zum Beispiel danach, welches Taxiunternehmen dich mitgenommen hat. Ich kann mich nicht erinnern. Irgendein Taxi eben. Es hatte ein Schild auf dem Dach. Ich habe dich reingeschoben. Ende der Geschichte.«

»Sorry, Amy. Sie hat sich schon Sorgen gemacht, als ich Samstagabend nach Hause gekommen bin, aber seit der Sache mit Erin dreht sie richtig durch.« Sie schenkte Amy ein zaghaftes Lächeln und betete, dass ihre Mutter nicht noch weitergegangen war.

»Das ist total nervig. Ehrlich. Ist ja nicht so, als hätte die Polizei nicht schon genug Fragen.« Amy stützte die Hände in die Hüften und trat einen Schritt auf Sophie zu. Anscheinend war die Unterhaltung noch nicht beendet.

»Ich weiß. Noch mal, es tut mir leid. Aber sie ist meine Mutter, sie macht sich eben Sorgen.«

»Na ja, wahrscheinlich liegt's daran, dass sie nicht viel anderes zu tun hat. Als Gefangene in ihrem eigenen Haus langweilt sie sich wahrscheinlich zu Tode.«

Sophie trat einen Schritt zurück. »Vielleicht hat sie gar nicht so unrecht damit, sich Sorgen zu machen.« Ihr Ton verriet, wie sehr Amys schnippischer Kommentar sie getroffen hatte.

»Warum? Was um alles in der Welt glaubt sie denn bitte soll passiert sein?« Sie klang schrill. Einige Kunden in der Nähe wandten sich neugierig zu ihnen um.

»Schsch!« Sophie warf ihr einen warnenden Blick zu. »Wir sollten in der Mittagspause darüber reden.«

Doch Amy machte keine Anstalten, sich zu bewegen. Noch immer stand sie, die Hände in den Hüften, breitbeinig vor ihr.

So hatte Sophie sie noch nie erlebt, und sie hatte keine Ahnung, wie sie mit der Situation umgehen sollte. *Vielen Dank auch, Mum, dass du diese Sache noch komplizierter für mich gemacht hast, als sie ohnehin schon ist.*

»Ich gehe heute zum Essen raus«, sagte Amy schließlich. Sie warf einen Blick auf ihre Uhr – ein kostspieliges Geschenk von ihrem Freund. »Ich muss in einer Minute los. Vor dem Essen habe ich noch einen Termin.« Sie verschränkte die Arme vor der Brust, wartete.

Sophie runzelte die Stirn. Mittagessen außerhalb? Versuchte Amy etwa, ihr aus dem Weg zu gehen? »Sie macht sich nur Sorgen, dass …« Sophie hielt inne. Wie konnte sie Amy sagen, dass ihre Mutter an der Aufrichtigkeit ihrer Freunde zweifelte? Dass sie glaubte, dass sie sich eine Geschichte zurechtgelegt hatten, die sie nicht allzu schlecht dastehen lassen würde? »Sie findet es … seltsam, dass ich offensichtlich auf dem Weg aus der Stadt raus war, wo doch alle der Überzeugung sind, ich hätte ein Taxi nach Hause genommen.« Das hatte weder anklagend noch vorwurfsvoll geklungen. Eine simple Darstellung von Tatsachen.

Amy starrte sie schweigend an.

Um die Stille zu füllen, fuhr Sophie fort: »Sie glaubt, dass im Taxi irgendwas Schlimmes passiert sein muss.« Sie senkte den Blick. »Dass ich unter Drogen gesetzt wurde oder so was.« Die letzten Worte hatte sie nur noch geflüstert. Hier waren zu viele Menschen, die sie belauschen könnten.

»Sie meint, dass der Taxifahrer deine Situation ausgenutzt hat?« Amys Stimme hatte einen sanfteren Tonfall angenommen.

»Ja, so was in der Art. Hör zu, ich hatte wirklich gehofft, dass du die Nacht mit mir durchgehen würdest. Vielleicht kann ich mich mit deiner Hilfe an etwas erinnern.«

Amy schüttelte den Kopf. »Weißt du, vielleicht ist es gar keine so gute Idee, sich zu erinnern. Wenn die Bilder erst wieder da sind, kannst du sie nicht mehr löschen. Manche Dinge bleiben besser im Verborgenen, Sophie.« Dann drehte sich Amy abrupt auf dem Absatz um und lief davon.

»Unsere Verabredung für heute Abend steht aber, oder?«, rief Sophie ihr nach.

»Ja, ja.« Amy wedelte mit dem Arm über ihrem Kopf, ohne sich umzudrehen.

In gewisser Hinsicht ergab das, was Amy gesagt hatte, Sinn. Aber Sophie konnte nicht einfach weitermachen, vor dem Problem davonlaufen, wie ihre Freundin es offensichtlich tat. Sie konnte unmöglich die E-Mails und Fotos ignorieren, die sie geradezu anzuschreien schienen, sich so viele Details wie nur möglich ins Gedächtnis zu rufen. Irgendwo in einem verborgenen Winkel ihres Gehirns konnten die Erinnerungen an den Mord an ihrer Freundin versteckt sein, weggeschlossen, vielleicht aus Selbstschutz.

Der Mann, der Erin umgebracht hatte, musste gefasst werden, bevor er jemand anderem etwas antun konnte. Vielleicht hatte die Polizei schon einen Tatverdächtigen. Sophie betete, dass es so war, dass sie nicht auf das Wissen angewiesen waren, das offensichtlich in ihrem Unterbewusstsein schlummerte. Dann konnte sie alle Erinnerungen, die etwas mit diesem furchtbaren Samstagabend zu tun hatten, endlich für immer begraben.

34

DI Wade

Der Aufruf an die Öffentlichkeit, der am vergangenen Tag im Fernsehen ausgestrahlt worden war, hatte ihnen eine Schwemme an Informationen geliefert. Erin war angeblich in verschiedenen Pubs gesehen worden. Es gab Berichte über Menschen, die sich am Samstagabend verdächtig verhalten hatten, und über ungewöhnliche Aktivitäten auf dem Industriegelände. Sogar Namen von möglichen Verdächtigen waren unter den Hinweisen. Sie mussten sich mit viel Umsicht einen Weg durch die Flut an Anrufen, E-Mails und anonym verfassten Briefen bahnen, um herauszufinden, welche Informationen von Bedeutung waren, welchen sie sofort nachgehen mussten, welche sie an ein anderes Team zur Untersuchung weiterleiten wollten und welche sie gleich beiseitelegen konnten.

Ihr Team, das Senior Investigating Officer Bainbridge untergeordnet war, hatte seine Einsatzzentrale im Polizeirevier von Coleton eingerichtet. Es handelte sich um ein ziemlich kleines Gebäude, aber sie hatten zwei Zimmer nur für sich: ein großer Raum, in dem die meisten Aufgaben erledigt werden konnten, und ein kleinerer dahinter.

Lindsay liebte die Energie, die am Anfang jeden neuen Falls in der Luft lag. Mit einem Kaffeebecher in der einen und einem Bericht über die bisherigen Untersuchungsergebnisse in der anderen Hand saß sie auf der Kante ihres Schreibtisches und nahm die Atmosphäre in sich auf. Die Betriebsamkeit um sie herum, gepaart mit dem Koffein, ließ ihr Herz im wahrsten Sinne des Wortes schneller schlagen. Ein Adrenalinstoß jagte den nächsten. Das war es, wofür sie lebte.

Der Untersuchungsbericht war kurz. Im Moment gab es noch nicht viel zu sagen. Jeder hatte seine Aufgaben zugeteilt bekommen. Die nächsten Tage würden alles von ihnen fordern.

»Wir müssen diese Gruppe Teenager vorladen. Hast du die Liste?« Lindsay hatte ihre Frage an DS Mack gerichtet, dem es mit seinen ein Meter fünfundachtzig so gut wie nie gelang, sich vor ihr zu verstecken.

»Ja. Wir haben mit allen gesprochen, aber das hat nichts gebracht.«

»Inzwischen sind ein paar Tage vergangen.« Lindsay zuckte mit den Schultern und strich sich mit einer schwungvollen Handbewegung den Pferdeschwanz nach hinten. »Ich denke, es ist noch einen Versuch wert. Vielleicht haben sie sich inzwischen an irgendetwas Relevantes erinnert.«

Mack neigte den Kopf und blätterte durch seine Notizen. »Sophie Finch hat sich irgendwie merkwürdig benommen.«

»Merkwürdig in welcher Hinsicht?« Lindsay rutschte vom Schreibtisch und trat näher an Mack heran.

»Sie konnte sich an nichts von dem erinnern, was am Samstagabend passiert war. Alles, was sie zu sagen hatte, war, dass ihre Freunde ihr erzählt haben, dass sie das Pub, das White Hart, ziemlich früh am Abend verlassen hat und in ein Taxi gestiegen ist. Aber zwei der Kollegen von der Streife haben sie später am Kreisverkehr aufgegabelt, in der Nähe des Clubs. Sie muss sturzbetrunken gewesen sein.«

»Interessant. Der Club ist nicht weit entfernt von dem Gelände, auf dem die Leiche gefunden wurde, oder?«

»Ja, die beiden Orte liegen ziemlich nah beieinander. Sie kann sich allerdings nicht erinnern, dort gewesen zu sein; behauptet steif und fest, absolut keine Ahnung zu haben, wie sie sich von ihren Freunden getrennt hat, geschweige denn wie sie auf der anderen Seite der Stadt gelandet ist. Nach dem zu urteilen, was ich beobachten konnte, sind Sophies Eltern ziemlich verkrampft; und zwar nicht nur wegen der Situation, sondern generell. Kontrollfreaks. Irgendwie prüde. Sie waren total schockiert. Ich bin mir ziemlich sicher, dass sie nicht besonders begeistert waren, dass ihre Tochter mit siebzehn um die Uhrzeit alleine unterwegs war. Könnte mir vorstellen, dass sie sie sonst eher an der kurzen Leine halten.«

»Okay, danke, Mack. Aber der äußere Eindruck kann täuschen.« Lindsay wandte sich wieder ihrem Schreibtisch zu. »Unterhalt dich bitte mal mit den beiden Beamten, die sie aufgegriffen haben. Vielleicht erinnern sie sich ja noch an ein paar weitere Details. An irgendwas, das an ihrem Verhalten auffällig war.«

»Klar. Ich habe auch ihr Handy noch hier. Bin gerade dabei, ihre Nachrichten durchzugehen, um zu schauen, ob sich irgendwas Hilfreiches darunter befindet.«

»Super. Halt mich auf dem Laufenden.«

35

Karen

Es war offensichtlich, dass sie nicht mehr aus Amy herausbekommen würde. Die wenigen schroffen Antworten, die sie gestern Abend von ihr über Facebook erhalten hatte, hätten genauso gut *Verpiss dich, und lass mich in Ruhe* lauten können.

Karen hatte die Ellbogen auf den Tisch und den Kopf in die Hände gestützt. Abwesend starrte sie auf den Bildschirm. Sophie hatte am Morgen ohne ein Wort das Haus verlassen. Die Küche war sauber gewesen: keine verstreuten Cornflakes, keine Milchspritzer, keine benutzte Müslischale auf der Kücheninsel, bei deren Anblick Karen sie beinahe täglich ermahnte, ihr Geschirr in die Spülmaschine zu räumen. Auch am vergangenen Abend hatte sie so gut wie nichts gegessen – Mikes Curry hatte sie kaum angerührt. Wie wollte das Kind so den Tag überstehen?

Sie musste nachdenken. Versuchen, einige Fakten zu sammeln. Ihre Fingernägel klickten auf den Tasten, als sie zurückschrieb. Eine weitere Frage. Sie hoffte, dass sie Amy damit nicht so sehr in die Ecke drängte, dass sie sie blockte.

> Um wie viel Uhr hast du sie in das Taxi gesetzt? Hast du dem Fahrer gesagt, wo er sie hinfahren soll?

Karen wartete. Fünf Minuten vergingen. Eine Antwort von Amy blieb aus. Wahrscheinlich war sie inzwischen bei der

Arbeit. Wieder hackte sie auf die Tastatur ein. Neugierig, wo das plötzliche Geräusch herrührte, hob Bailey den Kopf von seiner Decke im Esszimmer, dann schnaubte er leise und ließ ihn wieder auf die Pfoten sinken. Er sah gelangweilt aus. Normalerweise ging Mike vor der Arbeit mit ihm eine Runde. Doch heute Morgen war er schon vor Sonnenaufgang zu einem Notfall raus ins Moor gerufen worden. Bailey hatte zu dem Zeitpunkt noch tief und fest geschlafen. Kein Spaziergang für ihn heute. Der niedergeschlagene Ausdruck in seinem kleinen Gesicht ließ darauf schließen, dass er etwas in der Art ahnte. Karen hatte Mike schon mehrmals gebeten, ihn zur Arbeit mitzunehmen – das war doch schließlich einer der Vorteile, die der Job als Ranger eigentlich mit sich brachte –, aber bisher hatte er ihren Vorschlag jedes Mal ignoriert.

Während sie auf eine Antwort wartete, die vielleicht niemals kommen würde, scrollte Karen durch Amys Freundesliste. Sie klickte jeden Profilnamen an, hinter dem sie eine der Personen wiedererkannte, die am Samstag mit der Gruppe unterwegs gewesen war. Eine Flut von Selfies erschien auf dem Bildschirm. Diese Teenager waren so unglaublich mit sich beschäftigt, dass sie vor Selbstgefälligkeit beinahe platzten. War ihnen überhaupt klar, dass *jeder* diese Bilder sehen konnte? Rosies Profilbild war der reinste Schocker, knapp an der Grenze zur Pornografie. Hatte sie überhaupt keinen Respekt vor sich selbst? Karen schüttelte entsetzt den Kopf. Doch dann musste sie sich eingestehen, dass dies vermutlich ganz normal für die heutige junge Generation war, in den Zeiten moderner Technologien und sozialer Netzwerke. Das Leben der Menschen spielte sich online ab; wenn sie keine Seite voller Selfies vorzuweisen hatten, Gruppenbilder, Fotos von sich und ihren Freunden in kompromittierenden Posen, bedeutete das, dass ihr Leben langweilig und uninteressant war. Und wenn man nicht über tonnenweise Likes zu jedem Foto verfügte, war man ein Niemand.

Aufgrund der Sicherheitseinstellungen waren die meisten Profile nur für Freunde einzusehen – abgesehen von Alices und Dans. Sie könnte sich durch ihre Seiten scrollen, nachsehen, welche Status-Updates sie in den letzten achtundvierzig Stunden vorgenommen hatten. Alice, ein unheimlich großes, schlankes Mädchen, war seit Ewigkeiten nicht mehr bei ihnen zu Hause gewesen. Auf ihre Nachfrage hin hatte Sophie erklärt, dass sie eine Ausbildung zur Krankenschwester mache und ihr Schichtdienst so gut wie jedes Sozialleben ausschloss. Am Samstagabend war sie das erste Mal seit Monaten wieder mit der Clique unterwegs gewesen. Während sie Alices Seite überflog, stellte Karen fest, dass sie seit ein paar Wochen nichts mehr hinzugefügt hatte. Eine Sackgasse also.

Enttäuschend. Weiter zum Nächsten.

Dans Profil war sehr viel interessanter. Seine Schilderung der Ereignisse am Samstagabend – hier, in ihrem Wohnzimmer – hatte sie bereits beunruhigt, und seine Statusmeldungen der letzten Tage lasen sich nicht weniger besorgniserregend. Aber am wichtigsten war, was er am Samstagabend gepostet hatte. Sie machte sich daran, die Meldungen in chronologischer Reihenfolge durchzugehen.

7. März, 18.32 **Prost, Mädels!**

Auf dem dazugehörigen Bild waren eine Reihe Shotgläser zu sehen – mindestens zwölf –, deren Inhalt in allen Farben des Regenbogens leuchtete, und vier Mädchen, die sie trinken wollten: Sophie, Amy, Erin und jemand, der mit dem Namen Becks getaggt war. Im Hintergrund waren zwei weitere junge

Frauen zu erkennen, eine davon Alice, die andere kannte Karen nicht.

Erins Anblick schockierte sie. Das letzte Mal, als sie Sophies Freundin gesehen hatte, hatte sie ihr braunes Haar schulterlang getragen und kaum Make-up im Gesicht. Auf diesem Bild wirkte sie vollkommen verändert. Sie ähnelte Amy. Lange schwarze Extensions fielen ihr über die Schultern, ihre Augen waren dunkel geschminkt und die Wimpern schwer von den Tonnen Mascara, die sie offenbar aufgetragen hatte. Sie wirkte älter, als sie war. Genau wie Rachel gesagt hatte.

Karen löste den Blick von dem Foto und widmete sich der nächsten Statusmeldung.

7. März, 19.01 **Meine Jungs. Verspricht, eine coole Nacht zu werden!**

Karen erkannte drei der jungen Männer wieder: Dan, der den Arm locker über Toms Schulter baumeln ließ, dessen Zunge wiederum in Dans Ohr zu stecken schien. Und Jack, der sein T-Shirt mit einer Hand hochgezogen hatte, sodass eine Brustwarze zu sehen war. Der Tisch hinter ihnen quoll von Shotgläsern und leeren Bierdosen über. Es war gerade mal sieben, und sie waren bereits voll wie die Haubitzen gewesen. Angesichts der Bilder erschien Karen ihre Behauptung, sie seien alle zu betrunken gewesen, um sich an etwas zu erinnern, plötzlich sehr viel glaubhafter. Trotzdem war sie noch nicht ganz überzeugt. Irgendetwas war passiert. Irgendjemand musste etwas wissen.

Die nächste Statusmeldung – die letzte vom Samstagabend – war ebenfalls mit einem Foto versehen. Karen beugte sich vor, um es besser erkennen zu können.

7. März, 20.13 **2 Pubs geschafft … haben noch 3 vor uns!**

Die beiden Personen auf dem Bild – Jack und Tom, vor einem Pub stehend – waren nicht das Interessante an dem Foto. Hinter ihnen, auf der anderen Straßenseite, parkte ein Auto. Karen konnte es kaum erkennen – das Bild war ziemlich dunkel, leicht verschwommen –, aber es schien sich nicht um ein Taxi zu handeln. Weder auf dem Dach noch an der Seite des Wagens war ein Schild befestigt. Karen kniff angestrengt die Augen zusammen. Vornübergebeugt vor dem Fenster auf der Fahrerseite stand Amy. Neben ihr erkannte sie Erin und Sophie, die die Arme um die Taille der jeweils anderen geschlungen hatten. Es sah beinahe so aus, als würde Erin Sophie stützen. Karen blinzelte. Zugegeben, die Personen auf dem Foto waren verzerrt, nur schwer zu erkennen, aber sie hätte gewettet, dass es die drei Mädchen waren. Sie warf noch einmal einen Blick auf die Uhrzeit, zu der die Statusmeldung gepostet worden war. Das musste um die Zeit gewesen sein, als sie Sophie ins Auto gesetzt hatten.

Vielleicht hatte es sich bei dem Wagen, in den sie Sophie gesetzt hatten, nicht um ein Taxi gehandelt. War Sophie bei einem fremden Mann eingestiegen? Nein, die Mädchen mussten ihn gekannt haben, sonst hätten sie das niemals zugelassen. Noch zwei Stunden und fünfzehn Minuten, bis die Polizei sie nach Hause gebracht hatte. Was zur Hölle war in dieser Zeit passiert? Und warum hatten alle ihre Freunde behauptet, sie in ein Taxi gesetzt zu haben? Waren sie zu betrunken gewesen, um zu realisieren, dass es sich um einen Privatwagen gehandelt hatte?

Sie musste der Polizei davon erzählen.

Karen stieß den Stuhl zurück, stürzte zur Pinnwand und riss die Visitenkarte herunter, die DS Mack ihnen dagelassen hatte. Sie hatte bereits begonnen, die Nummer zu wählen, als sie abrupt innehielt. War es vielleicht doch noch zu früh, die Detectives einzuschalten? Sie rekapitulierte die Informationen, die sie bisher hatte. Ein Foto mit einem Auto im Hintergrund, zu dunkel, um es richtig zu erkennen – keine Beobachtung, mit der sich sonderlich viel anfangen ließ. Aber bei der Polizei gab es Experten für Bildbearbeitung, die vielleicht in der Lage waren, mehr aus dem Bild herauszuholen. Immerhin hatten die Detectives im Fernsehen betont, dass man es den ermittelnden Beamten überlassen solle, die Signifikanz von Hinweisen zu beurteilen. Sie sollte es melden, alles Weitere der Polizei überlassen.

Karen begann, die Nummer noch einmal von vorne zu wählen. Ihr Finger schwebte über der Fünf. Wie dumm von ihr. Selbstverständlich würde die Polizei selbst auf die Idee kommen, die Profile der Clique auf den verschiedenen sozialen Netzwerken durchzugehen. Wahrscheinlich lag ihnen die Information längst vor. Außerdem hatte Rachel vermutlich genau dasselbe getan wie sie gerade.

Verdammt! Rachel.

Karen wurde heiß. Hastig warf sie einen Blick auf die Uhr. Es war beinahe Mittag; ihr Plan, die Broschüren und Selbsthilfebücher durchzugehen, um sich auf einen Besuch bei ihrer besten Freundin vorzubereiten, war bereits mehr als überfällig. Sie war so sehr in ihre Mission vertieft gewesen, dass sie völlig die Zeit vergessen hatte. Was war der nächste Schritt?

Sie ließ die Visitenkarte fallen und legte das Handy beiseite, bevor sie zum Bücherregal hinüberging. Das mittlere der drei Regale beherbergte eine ganze Sammlung von Ratgebern: *Wie Sie Ihre Ängste in den Griff bekommen / So überwinden Sie die Hürden in Ihrem Kopf / Ich mache dich selbstbewusst* und noch mindestens fünfzehn weitere, ähnliche Titel ordentlich nebeneinander aufgereiht. Aufgeräumt. Ganz im Gegensatz zu den Gedanken in ihrem Kopf. All die Ratschläge, Tipps, hilfreichen Strategien – und hier stand sie, immer noch eine Gefangene in ihrem eigenen Haus. Karen überflog noch einmal die Titel und entschied sich schließlich für *Agoraphobie: Praxisorientierte Lösungen*. Sie ließ sich im Schneidersitz auf dem Fußboden nieder und las die Kapitelüberschriften.

Ein *Ping* erscholl vom Esstisch. Eine neue Nachricht. Umständlich rappelte sie sich auf. Alte Knochen.

Eine Antwort von Amy. Sie klickte darauf.

Ich verstehe nicht, was Sie von mir wollen. Ich habe Ihnen schon gesagt, dass ich mich an keine Details erinnere. Sophie scheint mit derselben Entschuldigung ja ziemlich gut davonzukommen. Ich würde Ihnen wirklich gerne helfen, ehrlich. Ich weiß, dass es wichtig ist, aber zu dem Zeitpunkt war es das nicht, also habe ich auch nicht daran gedacht, mir das Kennzeichen des Taxis aufzuschreiben. Ich war mir sicher, das Richtige zu tun, indem ich Sophie – die sturzbetrunken war – ermöglicht habe, nach Hause zu kommen. Ja, vielleicht hätte ich mit ihr einsteigen sollen, um sicherzugehen, dass sie auch dort ankommt, wo sie hingehört. Im Nachhinein, mit dem ganzen Ärger, den die Sache verursacht hat, tut es mir sehr leid, dass ich das nicht getan habe.

Der pampige Unterton war nicht zu überhören, aber sie hatte begriffen, was Amy sagen wollte. Ohne näher auf das einzugehen, was sie geschrieben hatte, antwortete sie.

Okay, danke dir trotzdem, Amy. Ich probiere es mal bei Dan.

Obwohl Dan nicht in ihrer Freundesliste stand, konnte sie ihm eine Nachricht über Facebook schicken. Vielleicht würde sie dadurch in einer Art Spam-Ordner landen, aber es war einen Versuch wert.

Karen hämmerte ihre Fragen in die Tastatur, drückte auf Senden und widmete sich wieder ihrem Buch.

36

Oh Gott, oh mein Gott … Brust so eng … Atme. Denk an warmen, weichen Sand … *Bekomme keine Luft …* und das sanfte Schlagen der Wellen … *Ich muss mich übergeben … Herz wird explodieren …* Entspanne deine Muskeln, höre den Wellen zu … *Ich schwitze, das Zittern wird schlimmer …* Woran solltest du denken? Verändere deinen inneren Dialog … *Benommen … Gleich falle ich in Ohnmacht.*

Karen stand an der Terrassentür. Mit der rechten Hand umklammerte sie den Türgriff, den linken Arm hatte sie ausgestreckt, die Handfläche auf das Glas gepresst, um nicht zu fallen.

Setz dich hin. Du musst dich hinsetzen, sonst fällst du in Ohnmacht.

Langsam ließ sie sich auf den kalten Fliesenboden hinabgleiten, die Beine zu einer Seite ausgestreckt, keuchend. Verzweifelte Versuche, ihren Atem zu stabilisieren. Sie zog die Beine an und hievte sich so weit hoch, dass sie auf allen vieren durch das Wohnzimmer kriechen konnte.

Das Selbsthilfebuch lag aufgeschlagen über der Sofalehne. Sie schlug danach, sodass es quer durch den Raum flog. »Beschissene Versagerin!« Ihre Kehle fühlte sich noch immer wie zugeschnürt an, aber irgendwie schaffte sie es, den Selbstvorwurf über ihre Stimmbänder nach draußen zu pressen. Mit einem Stöhnen drehte sie sich herum und ließ sich mit dem

Rücken gegen das Sofa sinken. Mit geballten Fäusten trommelte sie auf ihre Oberschenkel ein, bis sie sich taub anfühlten.

Erst Minuten später beruhigte sich ihr Atem langsam ein wenig. Und auch die anderen Symptome ließen jetzt, da sie genügend Abstand zwischen sich und die Quelle ihrer Angst gebracht hatte, nach. Wie sollte sie ihre Phobie jemals in den Griff bekommen? Endlose Therapiestunden, Unsummen an Geld für Bücher, und sie war nach wie vor eine Gefangene ihres eigenen Hauses, ihres eigenen Verstandes.

Ihr Haus. Die Sicherheitszone. Dies war das Strafmaß: lebenslänglich. Sie hatte sich selbst dazu verurteilt. Und was noch viel schlimmer war – sie hatte ihre Familie mit dazu verurteilt.

Rachel rechnete sicherlich nicht mehr damit, dass sie kommen würde. Karen hatte ihre Freundin im Stich gelassen. Sollte sie anrufen, um zu sagen, wie leid es ihr tat? Wie oft konnte sie sich noch entschuldigen? Die Stille um sie herum schien sie zu verhöhnen. Karen legte den Kopf schief und horchte angestrengt, ob sie etwas hörte, irgendein Geräusch, das bewies, dass sie nicht vollkommen allein auf dieser Welt war. Das Summen des Kühlschranks, Baileys sanftes Schnaufen, das leise Zwitschern von Vögeln in der Ferne beruhigten sie. Es war okay. Das Leben ging weiter.

Nicht für Erin. Nicht für Rachel.

Ihr Verstand ließ nicht locker, vergab ihr nicht so einfach, erlaubte ihr nicht, mit haltlosen Entschuldigungen davonzukommen.

Ihre Hände zitterten noch immer. Ratlos starrte sie auf ihre Finger. Natürlich, sie hatte noch nichts gegessen. Wie typisch für sie, Sophie zu ermahnen und dann denselben Fehler zu machen. Sie machte sich ernsthafte Sorgen um Sophie. Seit Samstagnacht war sie nicht mehr sie selbst. Irgendetwas schien sie zu beschäftigen, schlummerte unter der Oberfläche. Angst. Ein Geheimnis? Was würde noch ans Tageslicht kommen? Eine schreckliche Frage, die für den Moment ignoriert werden musste. Jetzt war sie nicht in der Lage, sich damit auseinanderzusetzen.

Als Karen sich sicher war, dass ihre Beine sie wieder tragen würden, stand sie auf und ging in Richtung Küche. Auf dem Weg dorthin warf sie einen Blick nach draußen. Es war ein sonniger Tag, wenn auch ein wenig windig – trockenes Laub vom Baum der Nachbarn tanzte über ihre Terrasse. Sie ließ den Blick über die Moorlandschaft wandern, die sich hinter ihrem Garten bis zum Horizont auszudehnen schien. Die zu matschigen Hügeln aufgeworfene Erde sah aus wie eine braune Patchworkdecke. Weiße Wolken wurden vom Wind über den Himmel gejagt. Für eine Sekunde wurde Karen von einem glitzernden Licht geblendet, als ein Sonnenstrahl auf die Windschutzscheibe eines vorbeifahrenden Autos traf. Die Granitfelsen von Haytor waren in der klaren Luft deutlich zu erkennen; sie erschienen Karen heute näher als sonst. Bedeutete das, dass es regnen würde? Hatte es so nicht in einer der Legenden geheißen, die ihre Mutter ihr immer erzählt hatte? Früher hatte sie es geliebt, mit Mike die Felsen zu erklimmen, bis auf den Gipfel hinaufzuwandern. Doch das war in einem anderen Leben gewesen. Sie wandte sich ab, drehte der Aussicht auf die Welt dort draußen den Rücken zu.

In der Küche schob sie zwei Scheiben Brot in den Toaster, setzte sich auf einen der Barhocker und wartete darauf, dass das gewohnte Klicken ertönte. Es gab so vieles, über das sie nachdenken musste. Ihr Gehirn weigerte sich, den Gedanken loszulassen, dass mehr hinter der Sache steckte als das, was die Jugendlichen über die verheerende Nacht erzählt hatten. Es hatte keinen Zweck, es beiseitezuschieben. Ohne die Gesellschaft eines anderen Menschen, der sie ablenken konnte, hatte sie keine andere Chance, als ihre Facebook-Untersuchung weiter voranzutreiben. Auch wenn sie so vielleicht herausfand, dass sich Sophie inzwischen an mehr erinnerte, als sie zugab. Ihre eigene Tochter hatte Geheimnisse vor ihr. Hielt Informationen zurück. Wichtige Informationen. War es verrückt, dass sie so etwas dachte?

Als der Toaster mit einem Klicken das Brot ausspuckte, zuckte Karen zusammen. *Warum bin ich nur so unglaublich nervös?*

Während sie die Toastscheiben mit Butter bestrich, überlegte sie sich ihre nächsten Schritte. Sie warf einen Blick über die Schulter auf die Uhr an der Wand. Noch zwei Stunden, bis Sophie von der Arbeit kam. Genug Zeit, um in ihr Zimmer zu gehen und nachzusehen, ob sich auf ihrem Laptop irgendwelche Hinweise fanden. Schnell schob sie ihr schlechtes Gewissen beiseite – vermutlich hatte sie den Computer sowieso mit einem Passwort geschützt. Trotzdem, einen Versuch war es wert. Um ihres Seelenfriedens willen. Karen überlegte hin und her, bis sie den letzten Bissen Toast hinuntergeschluckt hatte. Dann stieg sie die Treppe in den ersten Stock hinauf.

Es war unordentlich. Noch viel chaotischer als sonst. Als ob Sophie eine Jagd nach einem verlegten Gegenstand abgehalten und dabei sämtliche Besitztümer auf dem Boden verstreut hätte. Sie war inzwischen siebzehn, aber ihr Zimmer sah aus wie das eines sehr viel jüngeren Teenagers. Karen schüttelte den Kopf. Immerhin würde Sophie so nicht merken, dass sie herumgeschnüffelt hatte.

Sie ließ den Blick über den Boden wandern: Kleidung, vermutlich schmutzige; ein Teller; drei Sonnenbrillen; DVD-Hüllen, geöffnet und leer; Handtaschen; Wattebällchen, benutzt; Make-up; Seminararbeiten; und dort – halb verdeckt von einem achtlos abgeworfenen Handtuch – ihr Laptop. Karen bahnte sich einen Weg durch das Chaos und hob das Handtuch an. Feucht. *Gute Idee, Sophie.*

Sie unterdrückte das Bedürfnis, die Laken auf dem Bett zu glätten, und ließ sich auf der Kante nieder, den Laptop auf den Oberschenkeln. Jetzt musste sie nur noch das Passwort knacken. Mit mehr Kraft als nötig drückte sie die Tasten – jeder Klick ein Versuch, die Schuldgefühle loszuwerden. *Verdammt.* Ein Hinweis blinkte auf dem Bildschirm auf: *Falsche Login-Daten. Bitte versuchen Sie es noch einmal.* Drei Versuche später erschien noch immer dieselbe Fehlermeldung. Es konnte alles sein. Ihr fiel nichts anderes ein als die Worte, die sie bereits ausprobiert hatte. Sie seufzte. Heute war wirklich kein besonders produktiver Tag.

Was könnte sie sonst weiterbringen? Vielleicht schrieb Sophie ja Tagebuch. Allerdings bezweifelte sie das. Was sie beschäftigte, schien ihre Tochter einzig und allein ihrem Handy anzuvertrauen. Ihr ganzes Leben befand sich in dem kleinen elektronischen Kasten. Eine Tatsache, die Sophie ihr mehr als einmal versucht hatte klarzumachen, wenn Karen sie darauf hingewiesen hatte, dass sie geradezu abhängig von ihrem Smartphone zu sein schien. Vermutlich machte es sie verrückt, dass die Polizei das Ding noch hatte. Der Laptop war zu schwer, als dass sie ihn überall mit hätte hinnehmen können; es musste frustrierend für sie sein, erst am Abend die ganzen Nachrichten zu lesen und Fotos anzusehen, die ihre Freunde den Tag über gepostet hatten. Wahrscheinlich einer der Gründe dafür, dass sie in den letzten Tagen so schlecht drauf gewesen war.

Karen hielt inne. Was tat sie hier? Sie wusste nicht einmal genau, wonach sie eigentlich suchte. *Eine Verzögerungstaktik* – die Stimme ihrer Therapeutin. Sie verschloss den Gedanken in einer Schublade in ihrem Kopf. Das hier war keine Verzögerung, das war wichtig; sie musste herausfinden, was ihrer Tochter zugestoßen war.

Sorgfältig platzierte Karen den Laptop exakt an dem Platz, an dem sie ihn gefunden hatte, und drapierte das Handtuch darüber, bevor sie sich ihren Weg zurück zur Tür bahnte.

Sie hielt inne, warf einen Blick zurück auf das feuchte Handtuch. Vielleicht könnte sie es gegen ein trockenes austauschen, Sophie würde das ganz sicher nicht bemerken. Sie musste es tun, sonst würde der Laptop kaputtgehen.

Als sie sich hinabbeugte, um das Handtuch aufzuheben, sprang ihr etwas ins Auge. Ein großer Müllsack unter dem Bett. Es konnte sich ganz einfach um Abfall handeln, aber angesichts des Müllhaufens um sie herum fragte sich Karen, warum sie dann nur einen kleinen Teil hineingestopft haben sollte. Sie beugte sich tiefer, schob einen Arm unter den Lattenrost und zog den Sack langsam darunter hervor. Der Inhalt fühlte sich wie ein einzelner Gegenstand an. Weich, nachgiebig. Der Müllsack war gefaltet und zugeklebt worden. Vielleicht irgendetwas, das sie über eBay verkauft hatte? Aber warum hätte sie das Paket dann unters Bett schieben sollen?

Es gab nur einen Weg, es herauszufinden. Sie musste den Sack öffnen und nachsehen. Hinterher würde sie ihn mit neuem Paketband zukleben.

Sophie würde nie etwas davon erfahren.

37

Sophie

Der Bierdeckel war an den Rändern schon ganz ausgefranst. Sophie fummelte weiter daran herum, knickte ihn, bis er schließlich zerriss. Mit zwei Fingern schnipste sie die Hälften über den Tisch. Dann schnappte sie sich den nächsten aus der Halterung und begann den Prozess von vorne, wobei sie alle paar Sekunden einen Blick zur Eingangstür des Pubs warf.

Amy war erst um zwei von ihrem Termin zurückgekommen. Eine ziemlich lange Mittagspause. Und nach der Arbeit war sie sofort davongestürmt, um Geld abzuheben. Im Vorbeirennen hatte sie Sophie zugerufen, dass sie in fünf Minuten da wäre.

Das war vor zehn Minuten gewesen.

Das nur schwach ausgeleuchtete Pub hatte etwas Zwielichtiges an sich. Trotzdem kamen sie nach der Arbeit ab und zu hierher, weil es gleich bei Andersons um die Ecke lag. Sophie hatte ihren üblichen Platz gewählt – ein Ecktisch, maximal weit entfernt von der Bar. Was die Männer dort jedoch nicht davon abhielt, sie von oben bis unten zu mustern.

Beeil dich, Amy.

Sophie trank einen weiteren Schluck von ihrer Cola light. Alleine hier zu sitzen war gefährlich, die Bilder kamen zurück, dunkle Gedanken füllten ihren Kopf. Erin, der Stuhl, die Fotos, der Beweis, dass sie dort gewesen war. Ihr wurde schlecht, und sie schob die Cola angeekelt von sich.

Die Eingangstür schwang auf.

Endlich. Amy.

»Sorry, ich hab mich verquatscht.« Sie ließ sich Sophie gegenüber auf einen Stuhl fallen. »Ich nehme eine Wodka-Cola.«

Sophie verdrehte die Augen. »Äh … ja, klar.« Unglaublich. Erst kam sie zu spät, weil sie angeblich Geld abheben war, und dann erwartete sie, eingeladen zu werden. Sophie kramte in ihrer Handtasche und förderte einen Fünfer und ihren gefälschten Ausweis zutage. Dann stand sie auf und steuerte die Bar an, von der aus ihr die Gruppe schmieriger Kerle entgegenstarrte.

Als sie zurückkam, war Amy mit ihrem Handy beschäftigt. Warum wurde Sophie den Gedanken nicht los, dass sie ihr absolut keine Hilfe sein würde?

»Bitte schön.«

Keine Antwort. Amy hatte den Kopf gesenkt, ihre Daumen flogen über das Display.

Eine weitere Minute verging, bevor Sophie ein lautes Schnauben ausstieß. »Unterhalten wir uns jetzt, oder nicht?«

Amy kicherte und warf ihr einen flüchtigen Blick zu, bevor sie sich wieder ihrem Handy widmete. »Jep, zwei Sekunden.« Mit einer übertrieben dramatischen Geste drückte sie auf Senden, dann legte sie das Telefon mit dem Display nach unten auf den Tisch. »Okay, jetzt hast du meine volle Aufmerksamkeit.« Sie lächelte.

Tu mir bloß keinen Gefallen.

»Gut. Okay, du hast gesagt, dass du mir helfen willst herauszufinden, was am Samstagabend passiert ist. Lass uns damit anfangen, dass wir bei dir zu Hause losgegangen sind.« Sophie rutschte bis auf die Stuhlkante vor und starrte Amy gebannt über den Tisch hinweg an.

»Okay, ich glaube, wir sind kurz nach sieben los. Ziemlich früh, aber die Jungs waren total heiß drauf, in die Stadt zu kommen. Sie waren zu dem Zeitpunkt schon ziemlich besoffen.«

»Daran erinnere ich mich. Trotzdem kapiere ich nicht, warum sie so früh in die Stadt wollten.«

»Zuerst waren wir im Spoons«, fuhr Amy fort, ohne auf ihren Einwurf einzugehen. »Da sind wir nicht lange geblieben. Als Nächstes sind wir ins White Hart gegangen.«

»Als wir aus dem Spoons raus sind, waren wir da noch alle zusammen?«

»Klar. Hast du nicht das Video der Überwachungskamera gesehen, das sie in den Nachrichten gezeigt haben?«

»Nein. Ich hab's nicht ausgehalten, mir das anzugucken.«

»Wie auch immer«, Amy hatte sich warm geredet, ihre Stimme wurde lebhafter. »Wir sind alle zusammen die South Street zum White Hart runtergelaufen. Du hattest zu dem Zeitpunkt definitiv schon genug, wir haben dich quasi hinter uns hergezerrt. Wir sind vielleicht … keine Ahnung … eine halbe Stunde dort gewesen. Vielleicht auch länger, ich bin mir nicht sicher. Ist ja nicht so, als hätte ich die ganze Zeit über auf die Uhr gestarrt. Erinnerst du dich an irgendwas davon?«

»Irgendwas ist da … eine vage Erinnerung, dass ich an der Bar stehe …« Sophie rieb sich die Stirn. »Ich weiß nicht genau.« Sie bekam langsam Kopfschmerzen.

»Du hast gesagt, dass du gehen willst. Ich dachte erst, du meinst in ein anderes Pub, aber als ich eins vorgeschlagen habe, hast du gelallt, dass du nach Hause willst.«

»Und wo war Erin da?«

»Bei uns beiden. Die anderen standen draußen, haben sich unterhalten, glaube ich, und geraucht. Du kennst ja Becks – ständig muss sie einen mit vor die Tür schleppen und in irgendwelche tiefgründigen Unterhaltungen mit anderen Rauchern verwickeln.«

»Erin hat das Taxi gerufen?«

»Genau. Sie meinte, dass es besser wäre, wenn du nach Hause fährst. Sie wollte nicht, dass du dich komplett zum Affen machst wie sonst immer …«

»Hey!«

»Sorry, aber du erinnerst dich schon noch an deine Kotzaktion bei der Karaoke-Nacht im Lokomotive vor ein paar Monaten, als du Lady Gaga performt hast?«

»Ups, ja okay, schon kapiert.« Bei der Erinnerung an den Abend musste Sophie unwillkürlich lächeln. Aber sie verstand nicht, wie es sein konnte, dass sie sich daran erinnerte, obwohl sie mindestens genauso betrunken gewesen sein musste und die Ereignisse bei Weitem nicht so einschneidend gewesen waren wie die vom vergangenen Samstagabend. »Hast du gehört, was Erin am Telefon gesagt hat? Hat sie dir erzählt, wen sie angerufen hat?«

»Nein, hat sie nicht. Jetzt klingst du wie deine Mutter. Und wo wir gerade dabei sind – ich habe schon mal gesagt, dass ich keine Lust habe, den Sündenbock bei dieser Geschichte zu spielen.«

Sophie verzog entschuldigend das Gesicht. »Sie will damit doch nicht sagen, dass sie dich für irgendwas verantwortlich macht, das an dem Abend passiert ist. Sie tut einfach nur, was jede Mum tun würde – versuchen herauszufinden, was passiert ist. Erin ist die Tochter ihrer besten Freundin.« Sie hielt entsetzt die Luft an. »War.« Die Wirklichkeit hatte sie einmal mehr mit voller Wucht getroffen. Sophie unterdrückte ein Schaudern. Dann senkte sie den Kopf und knibbelte an einem eingerissenen Acryl-Nagel herum.

»Ich weiß. Es tut mir leid«, sagte Amy in sanfterem Ton. »Es ist nur so, dass da die ganze Zeit dieser Knoten in meinem Magen ist, der sich einfach nicht auflösen will. Ich versuche, nicht an

Erin zu denken, nicht daran, wie es sich für sie angefühlt haben muss, welche Angst sie hatte …«

Sophie verspürte das dringende Bedürfnis, Amy von den Fotos zu erzählen, die sie bekommen hatte, von den Visionen, die sie verfolgten, und von ihrer größten Angst: dass sie in jener Nacht mit Erin zusammen gewesen sein könnte. Vielleicht den Mörder gesehen hatte. Sie nahm einen Schluck, schlug die Hände vor den Mund, würgte die Cola hinunter.

»Alles klar?«

Sophie brachte ein Nicken zustande.

Eine Weile saßen sie sich schweigend gegenüber, ohne sich anzusehen.

»Ich wünschte, ich wäre eine bessere Freundin gewesen.« Tränen glitzerten in Amys Augen, ließen sie noch grüner wirken als sonst.

Sophie schob eine Hand über den Tisch und legte sie auf die ihrer Freundin. »So was darfst du nicht denken, Süße. Sonst zerbrichst du daran.«

»Ziemlich schwierig, das zu vermeiden, oder, Sophie?« Sie bohrte den Blick in ihre Augen.

Konnte Amy die Schuld darin sehen? Den Schmerz, der so offensichtlich sein musste angesichts der Tatsache, dass sie wahrscheinlich Zeugin von etwas geworden war, das sich Amy nicht mal vorstellen konnte, und dass sie nichts getan hatte, um es zu verhindern. Sie war es, die eine bessere Freundin hätte sein müssen. Niemand hatte Erin so sehr im Stich gelassen wie sie selbst. Und sie tat es noch immer.

Plötzlich wollte Sophie nichts dringender, als das Thema wechseln, über Dinge reden, über die sie normalerweise redeten. Profane, alltägliche Dinge. Seltsame Kunden bei der Arbeit, ihre Lehrer auf dem College, die bescheuerten Aktionen der Jungs, Pläne für das nächste Wochenende. Unbedenkliche

Themen. Aber sie durfte sich jetzt nicht ablenken, sie brauchte mehr Informationen. Das war die Realität. Sie musste weitermachen.

»Und wer war dabei, als ich ins Taxi gestiegen bin?«

Amy stieß ein Seufzen aus. »Das habe ich doch schon Millionen Mal erzählt, Sophie.«

»Ich weiß, ich weiß. Aber es ist wichtig.«

»Ich. Erin. Du. Das war's.«

»Hast du den Fahrer gesehen, sein Gesicht? Würdest du ihn wiedererkennen?«

»Nein. Nein und noch mal nein. Ist das Verhör jetzt beendet?« Sie hob die Augenbrauen.

»Gleich. In welche Richtung ist das Taxi losgefahren? Und wo seid ihr beide danach hingegangen?«

»Ich kann mich wirklich nicht genau erinnern. Nachdem du dringesessen hast, hab ich mich, glaub ich, nur umgedreht und bin ins Pub zurück.«

»Du hast eben gesagt, dass wir nicht viel länger als eine halbe Stunde im White Hart waren. Bist du dir sicher, dass du noch mal reingegangen und nicht gleich in die nächste Kneipe weitergezogen bist?«

Amy zog die Augenbrauen zusammen und presste die Zeigefinger gegen die Schläfen. »Hm … Ich glaube, ich bin nur noch mal schnell rein, um die anderen zusammenzutrommeln. Dann sind wir ins nächste Pub.«

»Okay. Und was war mit Erin?«

»Na ja, ich geh mal davon aus, sie war bei mir, als du gefahren bist. Wahrscheinlich stand sie neben mir auf dem Bürgersteig.« Sie hielt inne, kniff die Augen zusammen und richtete den Blick ins Leere, als würde sie versuchen, sich die Situation bildlich in Erinnerung zu rufen. »Es kann aber gut sein, dass ich sie da stehen gelassen habe, als ich wieder rein bin, um die anderen zu holen. Ich kann mich nicht erinnern, dass sie in dem Moment bei mir war.«

»Genau! Ich wette, das ist der Zeitpunkt.« Sophie richtete sich kerzengerade auf. Ein Hoffnungsschimmer am Rande all der dunklen Verzweiflung. Ein möglicher Durchbruch, der helfen könnte, das Chaos in ihrem Kopf zu durchdringen. »Danach muss sie gegangen sein, oder jemand hat sie mitgenommen, oder was auch immer passiert ist.«

»Vielleicht. Im Fernsehen haben sie gesagt, dass es ab da von ihr nichts mehr auf irgendwelchen Überwachungskameras gibt. Das würde Sinn machen.«

»Und du bist dir hundertprozentig sicher, dass sie nicht mit mir zusammen in das Taxi gestiegen ist?«

»Warum hätte sie das tun sollen?«

»Ich weiß nicht. Weil sie wollte, dass ich gut zu Hause ankomme? Vielleicht hat ihr das Gesicht des Fahrers nicht gepasst, und sie dachte sich, dass es zu zweit sicherer ist.«

Amy richtete sich empört auf. »Oh, okay, verstehe. Was du damit sagen willst, ist, dass sie eine gute Freundin war und ich es nicht bringe. Genau das, was mir deine Mutter die ganze Zeit schon an den Kopf wirft. Genau genommen *beschuldigt* sie mich sogar, dich und Erin im Stich gelassen zu haben.« Wütend sprang sie auf. »Ich bin an allem schuld, schon kapiert.« Der Wutausbruch war explosionsartig gekommen, unerwartet.

»Ich gebe dir nicht die Schuld, Amy. Ich habe nur zusammengefasst, was vielleicht passiert sein könnte. Ich weiß ja nicht mal …«

»Wie du meinst. Hör zu, vielleicht solltet du und deine Mutter eine Weile einen großen Bogen um mich machen, okay? Und tu mir einen Gefallen – sag ihr, dass sie ihre bescheuerte Liste in die Tonne treten kann. Anscheinend ist Dan als Nächster dran, damit hat sie zumindest gedroht, aber der weiß auch nicht mehr als ich. Lasst ihn in Ruhe!« Ohne sich noch einmal umzudrehen, stürmte sie aus dem Pub. Mit einem lauten Knall fiel die Eingangstür hinter ihr zu.

Großartig. So hatte Sophie das nicht geplant. Aber immerhin hatte sie etwas herausgefunden. Es lag durchaus im Bereich des Möglichen, dass Amy nicht abgewartet hatte, bis das Taxi losgefahren war, bevor sie wieder ins Pub hineingegangen war. Das bedeutete, dass Erin einen kurzen Moment gehabt hätte, um zu ihr in den Wagen zu steigen.

Ihre Fingerspitzen begannen zu kribbeln. War Erin genauso betrunken gewesen wie sie selbst? Hatte der Fahrer das spontan ausgenutzt oder vielleicht schon die ganze Zeit darauf gelauert, dass sich eine solche Gelegenheit ergeben würde? Und waren sie so zusammen an dem Ort gelandet, der in ihrer Erinnerung aufgeblitzt war?

Das waren viel zu viele Fragen. Sie stand vor der nächsten Wand, die sie nur mit Hilfe anderer würde überwinden können. Aber ihre Mum würde sie da besser raushalten. Schließlich hatte sie mit ihrer Einmischung schon genug Probleme verursacht.

38

Karen

»Warum machst du mir mein Leben so schwer?« Sophie platzte zur Wohnzimmertür herein und marschierte auf Karen zu.

»Äh … ein Hallo wäre nett gewesen.«

»Tolle Idee, meine Freundschaft mit Amy kaputt zu machen. Vielen Dank dafür. Im Moment brauch ich eine gute Freundin eh nicht so dringend.«

»Ich habe ihr nur ein paar Fragen gestellt, Sophie.« Ein Flackern hinter den Augen, drohende Tränen.

»Sorry, aber ich hab die Schnauze voll.« Sophie warf sich erschöpft auf das Zweisitzersofa. Offensichtlich war ihr Wutanfall bereits vorüber.

»Ja, ich weiß.« Karen stand auf, um sich neben sie zu setzen. Sanft legte sie eine Hand auf Sophies Knie. »Ich will dir ein Foto zeigen, das ich gefunden ha…«

»Nein, Mum! Es reicht.«

»Bitte.« Karen stand wieder auf und ging zu ihrem Laptop hinüber. »Du musst dir das ansehen …«

Sophie stieß ein Knurren aus, erhob sich vom Sofa und wandte sich der Tür zu. »Ich hab kein Interesse an deinen bescheuerten Theorien.« Sie hielt für einen Moment inne, funkelte ihre Mutter aus zusammengekniffenen Augen an. »Kümmere dich lieber mal um deinen eigenen Scheiß.«

Das hatte wehgetan. Karen taumelte rückwärts, als wäre sie

geschlagen worden. Sie öffnete den Mund, schloss ihn wieder. Schwieg.

»Willst du wirklich zulassen, dass sie so mit dir spricht?« Mike kam durch die angelehnte Tür ins Wohnzimmer gestürmt und wäre fast mit Sophie zusammengestoßen, die davorstand.

Seine Tochter funkelte ihn an, den Mund zu einer schmalen Linie zusammengepresst. »Großartig, dann machst du also bei ihren verrückten Verschwörungstheorien mit?« Sophie versuchte, sich an ihm vorbeizudrängeln.

»Sophie, Mädchen, nicht ...« Alarmiert von der angespannten Atmosphäre, versuchte Karen zu intervenieren, damit der Streit nicht eskalierte.

»Du solltest auf deine Mutter hören.« Mikes Gesichtszüge waren vor Wut verzerrt. Er stand viel zu dicht vor Sophie.

»So wie du auf meine Mutter hörst?« Sie wirbelte herum, ihre Wangen waren gerötet. »Hör dir doch selbst mal zu ...« Ihre Stimme war schroff. Sie stieß ein scharfes, sarkastisches Lachen aus.

Die Situation würde eskalieren. Karen trat einen Schritt zurück, versuchte, ihre Atmung unter Kontrolle zu bringen, während sich ein stechender Schmerz wie ein Messer in ihre Lungen bohrte. Sie war diejenige, die dafür verantwortlich war. Keuchend stützte sie die Hände in die Taille, beugte sich vor, schnappte nach Luft. »Ich ... brauche«, flache Atemzüge, »meine ... Tüte.«

»Natürlich brauchst du die ausgerechnet jetzt. Hol ihre bescheuerte Papiertüte, Sophie.«

»Hol du sie doch.«

»Ich habe *dich* gebeten.«

Wie zwei Kinder, die sich zankten.

Mike wandte sich Karen zu. »Du und dein tolles Ablenkungsmanöver – eine Panikattacke vortäuschen, um mich davon abzuhalten, Sophie in ihre Schranken zu weisen. Jedes Mal das Gleiche …« Er spie ihr die Worte entgegen. Feine Speicheltropfen trafen ihr Gesicht, als er seine Wut von Sophie auf sie richtete.

Sophie war nicht bereit, klein beizugeben. »Nettes Vorbild, Dad. Erst schreist du mich an, weil ich nicht nett zu ihr bin, und dann behandelst du sie selbst, als wäre sie nichts wert.«

»Ich … bin … hier«, presste Karen hervor, die Hände auf die Brust gepresst. Das war zu viel für einen Tag, sie würde einen Herzinfarkt bekommen.

»In Gottes Namen, sieh sie dir an!« Mike schüttelte den Kopf und stürmte an ihnen beiden vorbei in Richtung Küche. Einen Moment später kam er wieder ins Wohnzimmer und reichte Karen die braune Papiertüte, ohne sie auch nur eines Blickes zu würdigen. »Du solltest langsam erwachsen werden, Sophie. Deine Mutter versucht herauszufinden, was dir zugestoßen ist, weil du dich vollkommen verantwortungslos verhalten hast. Du hast dir das alles selbst eingebrockt.«

Karen versuchte, über das Knistern der Tüte hinweg zu verstehen, was die beiden sagten.

»Genau, Dad, weil du in deinem ganzen Leben sicher kein einziges Mal irgendetwas getan hast, das unverantwortlich war.«

»Hör auf, den Spieß umzudrehen! Sieh endlich ein, dass du Samstagabend Mist gebaut hast, und gib nicht mir die Schuld. Erwarte bloß nicht, dass ich die Kaution für dich stelle.«

Das Schluchzen ließ keine Sekunde auf sich warten. Als hätte man einen Schalter umgelegt, begannen die Tränen zu fließen. »Ich würde niemals auf die Idee kommen, dich um Hilfe zu bitten.« Rotz und Tränen hingen an Sophies Oberlippe. Sie fuhr sich mit dem Ärmel übers Gesicht und stürmte aus dem Zimmer.

Karen hatte sich noch immer nicht ganz von ihrer Panikattacke erholt. Sie konnte nichts anderes tun, als auf den Punkt zu starren, an dem eben noch Sophie gestanden hatte. Sie hätte das Foto nicht erwähnen sollen. Noch nicht. Nicht, bis sie eine genauere Vorstellung davon hatte, was es bedeutete. Sie war sich sicher, dass das Bild und die Entdeckung, die sie in Sophies Zimmer gemacht hatte, miteinander in Verbindung standen. Aber sie hatte keine Ahnung, inwiefern.

Mikes Gesichtsausdruck war noch immer verschlossen. Die zusammengebissenen Zähne ließen seine Kiefermuskeln hervortreten. Es würde eine Weile dauern, bis er sich wieder entspannte, und darauf war sie angewiesen. Sie würde zehn Minuten abwarten und dann damit beginnen, die Risse zu kitten, um die Stunden, bevor sie ins Bett gingen, erträglich zu machen.

Hände, rau, fest um ihren Hals. Ein Knie in ihrem Kreuz, ihr Körper hart gegen den Fahrersitz gedrückt. Weiße Lichtblitze, die in ihrem Kopf explodierten, als ihr Gesicht gegen die Kopfstütze geschlagen wurde. Sein keuchender Atem in ihrem Ohr, seine Stimme, tief, nur ein Flüstern: *Ich werde Spaß dabei haben, dich zu ficken.*

Karen fuhr aus dem Schlaf hoch, eine Hand um ihren Hals geklammert. *Kann nicht schlucken. Bekomme keine Luft.*

»Hey, sch-sch … Das war nur ein Traum.« Er berührte ihren Arm.

»Lass mich los! Lass mich in Ruhe!«

»Es ist okay, Karen. Ich bin's, Mike. Sch-sch.«

Der Mann flüsterte ihr weiter Drohungen ins Ohr, während er sie mit einem Arm festhielt, die Brust gegen ihren Rücken gepresst. *Du solltest besser nicht zu den Bullen gehen. Es war deine Idee, erinnerst du dich? Du wolltest das hier …* Seine andere Hand in ihren Haaren, Locken zwischen seinen Fingern, ein leichtes

Ziehen, dann riss er brutal ihren Kopf zurück. Schmerz. Der Geruch. Eingeengt. Bewegungsunfähig. *Ich bekomme keine Luft.*

»Karen. Karen!« Licht explodierte vor ihren Augen.

»Was ist los? Was ist passiert?« Karen blinzelte, als ihr das helle Deckenlicht des Schlafzimmers in die Augen stach.

»Du hattest einen Albtraum.« Mikes beruhigende Stimme. »Das ist seit Ewigkeiten nicht mehr vorgekommen. Geht es dir gut?« Er setzte sich auf die Bettkante und musterte sie besorgt.

»Ich habe alles noch einmal erlebt. Es … es war schrecklich.« Karen versuchte, ihre Schultern zu lockern; mit tränenverschleiertem Blick sah sie Mike in die Augen. »Es tut mir leid. Wirklich, es tut mir so leid.«

»Da gibt es nichts, was dir leidtun müsste.« Er berührte ihren Arm, beschrieb sanfte Kreise auf ihrer nackten Haut.

»Doch.« Karen schob sich die Decke von den Beinen, stand auf und schwankte mit unsicheren Schritten auf das Bad zu, das sich direkt an ihr Schlafzimmer anschloss. Normalerweise hätte sie die Tür nicht zugemacht, aber jetzt tat sie es. Sie wollte ihre Tränen vor Mike verbergen. Auf wackeligen Beinen ging sie zur Toilette und ließ sich auf die Brille sinken.

Es war eine ganze Weile her, dass sie von ihm geträumt hatte. Von dem Angriff. Noch immer pulsierten Überreste der Todesangst, die sie im Traum verspürt hatte, durch ihre Adern. Das Adrenalin ließ ihren Körper unkontrolliert erschaudern. In der Realität hatte der Angriff nur wenige Minuten gedauert; doch er war ihr sehr viel länger erschienen. Einen Augenblick lang war sie sich sicher gewesen, dass ihr Leben vorbei war. Mit jedem gequälten Atemzug war ein Teil der Hoffnung auf Rettung gewichen. Doch im letzten Moment hatte sie sich gewehrt, hatte nach dem Schuh geangelt, der ihr vom Fuß gefallen war, und ihm den Fünfzehnzentimeterabsatz in die Eier gerammt. Sie hatte aus dem Auto flüchten können, ihrem vorübergehenden Gefängnis, bevor er hatte tun können, was auch immer er vorgehabt hatte. Die Verletzungen, die sie davongetragen hatte, waren nicht schwer gewesen. Zumindest nicht in physischer Hinsicht, so wie bei Erin. Wie hatte sie sich in diesen letzten Sekunden ihres Lebens gefühlt? Zu wissen, dass das Spiel tatsächlich vorbei war.

Denk nicht darüber nach. Versuch, deinen Kopf freizumachen!

Es war absehbar gewesen, dass die Albträume zurückkehren würden. Ihre Therapeutin hatte sie darauf vorbereitet, dass sie zwar nachlassen, aber in Zeiten, in denen sie besonderen Belastungen ausgesetzt war, jederzeit wieder auftreten könnten. Oder dann, wenn sie ihre Gefühle unterdrückte. Check und nochmals check. Großartig. Sie hatte gehofft, nie wieder eine Schlaftablette anrühren zu müssen.

»Kommst du wieder ins Bett?« Mikes Frage riss sie aus ihren Gedanken.

»Ja, bin sofort da.« Sie riss ein Stück Klopapier ab und putzte sich damit die Nase.

»Machst du das Licht aus?«

Sie drückte auf den Schalter.

39

Mi., 17.46 Uhr

Hey meine Schöne,
ich hoffe, du hattest einen tollen Tag und hast nicht zu viel gearbeitet. Ich habe dich vermisst.
Ich liebe es, dass ich immer mit dir reden kann, ich meine, so richtig; dass ich meine tiefgründigsten Gedanken mit dir teilen kann. Komisch, dass wir trotz des Altersunterschieds so viele Gemeinsamkeiten haben. Mal abgesehen von unserem Musikgeschmack – bei einigen der Bands muss ich leider passen!
Ich hatte einen ziemlich harten Tag. Habe über Dad nachgedacht. Ich habe noch einmal alle seine Briefe gelesen. Du weißt, wie ich dann werde – es macht mich wütend, und trotzdem muss ich es tun, mich selbst der Folter aussetzen.
Aber es hilft, dich zu haben. Die Vorstellung, mit dir zusammen zu sein, treibt mich an, führt mich durch die Dunkelheit an einen schöneren Ort. Du bist mein leuchtendes Licht, das mich in die Zukunft geleitet. Unsere Zukunft.
Es gibt nur noch ein Hindernis zu überwinden, bevor wir zusammen sein können, für immer.
Aber du liebst mich, deswegen wird es keine Probleme geben. Schreib mir zurück. Ich brauche dich heute Abend.
xxxxxx

40

Sophie
Mittwoch

Sie war alleine hingefahren. Ihr Vater musste arbeiten, ihre Mutter war nicht in der Lage, das Haus zu verlassen. Francesca, ihre Abteilungsleiterin, war nicht gerade begeistert gewesen, als sie um einen freien Tag gebeten hatte. Selbst als sie ihr den Grund für den spontanen Urlaubstag genannt hatte, war alles, was sie zu hören bekommen hatte, gewesen: »Könntest du den Termin nicht auf einen deiner freien Tage oder in deine College-Woche legen?« Die dumme Kuh. Als hätte man eine Wahl, wenn einen die Polizei vorlud.

Unruhig zappelte sie auf dem Plastikstuhl herum – ähnlich denen, auf denen sie im College saßen – und verlagerte ihr Gewicht von einer Seite auf die andere. Dann begann sie, mit den Fingern zu knacken, was ihr mehrere böse Blicke des ungepflegt aussehenden Officers hinter dem Empfangstresen einbrachte.

Warum ließen die sie so lange warten? Immerhin waren sie diejenigen gewesen, die sie hergebeten hatten. Damit sie eine Aussage machte, um sie weiterzubefragen. Ihr wurde schlecht. Beim letzten Mal hatte sie wenigstens noch die Wahrheit gesagt, als sie behauptet hatte, sich an nichts erinnern zu können. Was sollte sie jetzt machen? Sie war nicht bereit, ihnen zu erzählen, was sie *vielleicht* gesehen hatte. Noch nicht.

Der Officer hinter dem Tresen starrte sie über den Rand seiner Bifokalbrille hinweg an.

Sie wurde rot und senkte den Kopf, um seinem Blick auszuweichen. Die Hitze ließ ihre Wangen prickeln.

Großartig. Ich sehe schon schuldig aus, bevor sie mir auch nur eine Frage gestellt haben.

Aus dem Augenwinkel sah sie ihn um den Tresen herumgehen. Er kam auf sie zu. »Wenn Sie mir bitte folgen würden, Miss Finch.« Mit einer Handbewegung bedeutete er ihr, aufzustehen.

Sie zitterte am ganzen Körper. Was, wenn ihr die Beine wegknickten?

»Haben Sie mich verstanden?« Sein Tonfall war fest, streng. Er starrte sie wieder an.

»Ja. Entschuldigung.«

Sie folgte ihm einen schmalen Korridor hinunter, bis er abrupt stehen blieb und mit dem Knöchel an eine Tür klopfte. Sophie warf einen Blick auf das bewegliche Schild an der Wand daneben: *Besprechungszimmer – belegt.* Wenn man es umdrehte, stand dort wahrscheinlich *frei.* Wie sollte sie mit der Situation, die sie dort drinnen erwartete, umgehen? Wie konnte sie vermeiden, die Fotos zu erwähnen, die sie geschickt bekommen hatte?

Ein gedämpftes »Herein« war zu hören.

»Hallo. Sophie, richtig?« Die Frau lächelte, als sie aufstand und einen Stuhl für Sophie zurückzog.

»Richtig.«

Nachdem sie sich gesetzt hatte, sah sie sich in dem kleinen Raum um. Er sah nicht aus wie die dunklen, fensterlosen Verhörzimmer, die sie aus dem Fernsehen kannte; in denen nur ein Tisch mit zwei Plastikstühlen stand; in denen es kein natürliches Licht und nur einen dieser Spiegel gab, durch den man von einem Nebenraum den Verdächtigen beobachten konnte. In dem Besprechungsraum, in dem sie sich befanden, waren die

Stühle gepolstert, es gab ein kleines Fenster und Gott sei Dank keinen Spiegel. Sophie entspannte sich ein wenig.

»Okay, Sophie, ich bin Detective Inspector Wade. Detective Sergeant Mack haben Sie bereits kennengelernt.« Sie deutete auf den Mann, der ihr Handy mitgenommen hatte. »Wir haben Sie hergebeten, damit Sie eine offizielle Aussage bezüglich der Nacht des siebten März machen. Der Nacht, in der Erin Malone umgebracht wurde.«

Sophie zuckte zusammen.

»Ich weiß, dass Sie bereits mit DS Mack darüber gesprochen haben. Heute wollen wir diese Aussage formell aufnehmen und abklären, ob Ihnen darüber hinaus noch etwas eingefallen ist. Wir haben uns bereits mit einigen anderen Personen unterhalten, mit denen Erin am Samstagabend zusammen war.« Sie schenkte ihr ein Lächeln, das vermutlich beruhigend wirken sollte. Allerdings wäre Sophie sehr viel beruhigter gewesen, wenn sie ein »also kein Grund, sich Sorgen zu machen« hinzugefügt hätte.

»Und jetzt würde ich gerne mehr von Ihnen hören. Kann ich davon ausgehen, dass Sie mit unserer Unterhaltung fortfahren wollen, ohne dass ein Elternteil anwesend ist?«

»Ja, das geht in Ordnung.« Ihr blieb ohnehin nichts anderes übrig.

DS Mack streckte die Hand aus, um das Aufnahmegerät einzuschalten, das auf dem Tisch vor ihr stand, während DI Wade die Formalitäten mit ihr durchging.

Sophie holte zitternd Luft und starrte auf das blinkende Licht an der Maschine, die darauf wartete, ihre Aussage aufzuzeichnen.

Das Gespräch dauerte keine dreißig Minuten. Sie hatte sich strikt an ihre Geschichte gehalten, dass sie sich an so gut wie nichts erinnern konnte, was nach neunzehn Uhr passiert war. Die Flashbacks, das schreckliche Gefühl, dort gewesen zu sein, mit Erin, die Fotos, die man ihr gemailt hatte – das alles ließ sie unerwähnt. Allein der Gedanke daran, es auszusprechen, ihnen die peinlichen Bilder zu zeigen, war weit mehr, als sie ertragen konnte. Sie musste das alles tief in ihrem Innern begraben, damit sie sich nie wieder mit der Frage beschäftigen musste, was die Fotos bedeuten könnten.

Sie wusste, dass sie großen Ärger bekommen würde, wenn die Polizei herausfand, dass sie die Informationen bezüglich der Bilder zurückhielt. Damit unterschlug sie Beweise. Aber sie hatte schließlich auch allen Grund dazu, oder nicht? Der anonyme Absender war bestimmt nicht so dumm, die Mails von einem Account aus zu schicken, den man zu ihm zurückverfolgen konnte. Es machte also gar keinen Sinn, ihnen davon zu erzählen; bei den Ermittlungen würde es sie kein Stück weiterbringen. Sie rieb sich über den Bauch, um das flaue Gefühl in ihrem Magen loszuwerden. Warum fühlte sie sich also trotzdem schuldig?

Es hatte sie überrascht, welche Richtung die Fragen der Detectives genommen hatten. Nachdem sie ihnen kaum etwas über Samstagabend hatte erzählen können, hatten sie sich ziemlich schnell anderen Themen zugewandt: Wie selten es war, dass Menschen von völlig Fremden angegriffen wurden, und dass der Täter meistens jemand war, den das Opfer kannte. Dann hatte DI Wade die Namen ihrer Freunde aus der Clique heruntergerattert und eine kurze Biografie zu jedem vorgelesen – als hätten sie sich alle für denselben Job beworben. Sie und DS Mack hatten ihr Fragen darüber gestellt, mit wem Erin möglicherweise ausgegangen war, ob ihr irgendwelche Ex-Freunde bekannt waren, ob einer der Jungs, die am Samstag dabei waren, etwas mit ihr gehabt hatte.

Es war seltsam. Offensichtlich wollten sie damit andeuten, dass einer ihrer Freunde etwas mit Erins Tod zu tun haben könnte.

Sophie dachte an die Zeit kurz nach dem Angriff auf ihre Mutter zurück. Auch damals hatte die Polizei angenommen, dass der Täter aus ihrem Umfeld stammte. Doch ihre Mutter hatte hartnäckig behauptet, ihn noch nie zuvor gesehen zu haben. Trotzdem hatten sie sie weiter bedrängt, sie nach einer Liste der Männer gefragt, die sie betreut hatte und noch betreute. Sie waren automatisch davon ausgegangen, dass jemand mit einem kriminellen Hintergrund am ehesten für die Tat infrage kam. Damit hatten die Probleme ihrer Mutter begonnen. Die Probleme ihrer Familie. Seitdem war nichts mehr wie zuvor.

Wenn die Detectives dachten, dass der Mörder jemand war, den Erin gekannt hatte – wen würden sie dann zuerst verdächtigen?

Die Person, die Erin zuletzt gesehen hatte. Und zumindest aus Sophies Sicht sah es immer mehr danach aus, als sei sie diese Person gewesen.

Als Sophie über den Parkplatz auf ihr Auto zuging, blieb sie abrupt stehen und schaute sich um. Das Gefühl, beobachtet zu werden, jagte ihr eine Gänsehaut über den Körper. Dasselbe Gefühl, das sie am Montag und danach noch ein paarmal gehabt hatte. Einige Beamte schlenderten auf den Haupteingang des Polizeireviers zu, eine Frau und ein Kind überquerten hinter ihr die Straße. Sonst war niemand zu sehen. Vielleicht versteckte er sich irgendwo, lauerte geduckt hinter einem der parkenden Autos.

Ich werde paranoid.

Sie beschleunigte ihre Schritte, während das Adrenalin durch ihre Adern pumpte. Als sie ihren Wagen erreicht hatte, warf sie noch einen verstohlenen Blick über die Schulter, bevor sie sich ins Innere flüchtete. Ihre Hände waren so schweißnass, dass ihr der Schlüssel durch die Finger glitt, als sie versuchte, ihn ins Zündschloss zu stecken. Er landete im Fußraum. Sie beugte sich vor, um danach zu angeln, erwischte ihn mit zwei Fingern und richtete sich wieder auf.

Ein Gesicht war gegen ihre Windschutzscheibe gepresst. Bleich, die Augen weit aufgerissen.

Sie stieß einen spitzen Schrei aus.

41

DI Wade

»Was hältst du davon, Mack?« Lindsay reichte ihm einen Becher mit Kaffee und setzte sich mit ihrer eigenen Tasse in den Händen auf die Kante ihres Schreibtisches. Sie saß nur selten auf Stühlen; stattdessen bevorzugte sie die etwas aufrechtere Position auf der Ecke eines Tischs, oder sie stand, damit sie einen Überblick über das hatte, was um sie herum geschah.

Mack lehnte sich auf seinem Stuhl zurück und streckte die Beine lang aus. Mit zusammengezogenen Augenbrauen sah er zu Lindsay auf. »Na ja, sie war ziemlich zappelig, hat Blickkontakt vermieden, wirkte nervös. Aber ich bin mir nicht sicher, ob das nicht einfach daran lag, dass sie sich alleine auf einer Polizeiwache befand, nachdem ihre Freundin gerade erst ermordet aufgefunden wurde. Verstehst du, was ich meine? Das ist ziemlich viel für eine Siebzehnjährige.«

»Stimmt. Aber …« Lindsay zog die Schultern hoch. »Ich weiß auch nicht. Irgendwas ist da. Ich habe gespürt, dass sie uns etwas verheimlicht.«

»Natürlich. Wenn du es *gespürt* hast, dann muss ja was dahinterstecken. Du könntest wahrscheinlich sogar einen einzelnen Kabeljau in einem riesigen Fischladen erschnüffeln.« Mack schnaubte und verschüttete Kaffee, als er über seinen eigenen Witz lachte.

»Ich fasse das mal als Kompliment auf.« Lindsay stand auf.

»Los, wir gehen noch mal die Aussagen der anderen durch, die am Samstag dabei waren. Vielleicht finden wir ja irgendwelche Widersprüchlichkeiten, jetzt, nachdem wir auch mit Sophie gesprochen haben. Daniel Pearce kam mir auch ziemlich unentspannt vor, und seine Geschichte hat mit der von Amy Howard fast schon ein bisschen zu perfekt übereingestimmt. Als hätten sie sie zusammen einstudiert.«

»Zu Befehl, Boss.« Mack zog die Beine an und setzte sich aufrecht hin. Dann schlug er die Akte mit den Aussagen auf.

42

Sophie

»Scheiße!« Sophie stieß wütend die Tür auf und traf Dan damit an der Hüfte. »Was sollte das?«

»Habe ich dir Angst gemacht?« Dan rieb sich die Seite.

»Was glaubst du denn?«

»Sorry, ich wollte dich nur abfangen, bevor du wegfährst.«

»Na toll. Keine Sorge, jetzt hast du meine ungeteilte Aufmerksamkeit.« Sophie stieg aus und lehnte sich gegen die Fahrertür, die sie hinter sich geschlossen hatte. »Was machst du hier?«

»Dasselbe wollte ich dich auch fragen.«

Sophie musterte ihn. Er war blass, bis auf eine dunklere Färbung um die Augen, die aussah, als wäre er geschlagen worden. Vielleicht stimmte das ja.

»Sie haben mich wegen einer Aussage herbestellt. Und du?«

»Was hast du ihnen erzählt?« Er ignorierte ihre Frage.

»Warum willst du das wissen?«

»Verarsch mich nicht, Sophie. Erzähl's mir einfach.« Er hatte die Lippen zu einem schmalen Strich zusammengepresst und beugte sich drohend zu ihr vor.

Sophie hob beide Arme, die Handflächen in seine Richtung gedreht. »Hey, komm mir nicht so nahe. Du verletzt meine Intimsphäre.« Sie stieß ein Lachen aus, ein Versuch, die Situation entspannt zu sehen. Aber das tat sie nicht.

Dafür klang das Lachen selbst in ihren eigenen Ohren viel zu nervös.

Er schüttelte den Kopf und wandte sich ab, wich jedoch keinen Schritt zurück. »Ich muss wissen, was du denen erzählt hast. Wonach sie dich gefragt haben.« Er klang jetzt lockerer. Ruhiger. »Sie geben mir die Schuld, oder?«

»Wie kommst du darauf?« Das war eine ziemlich dumme Frage, wenn sie an das dachte, was die beiden Polizisten in ihrem Verhör angedeutet hatten.

»Die haben mich verhört, als wäre ich irgendein beschissener Krimineller, Sophie.« Er trat nun doch einen Schritt zurück und rammte wütend die Hände in die Hosentaschen. »Die ganze Zeit haben sie nicht aufgehört zu erwähnen, dass Erins Mörder wahrscheinlich jemand ist, den sie kannte …«

»Dasselbe haben sie mir auch erzählt«, fiel Sophie ihm ins Wort.

»Die denken, es wäre einer von uns gewesen.«

»Ich weiß nicht …, ich glaube nicht, dass sie es so gemeint haben. Vielleicht denken sie nur, dass wir wissen könnten, wer es ist, wenn Erin ihn wirklich gekannt hat.«

»Hast du ihnen von … du weißt schon, von mir und Erin erzählt?«

»Nein, Dan. Das ist ewig her. Ich glaube, die waren eher an den aktuellen Freunden interessiert und nicht an irgendeinem betrunkenen One-Night-Stand.«

Seine Stirn glättete sich. »Danke.«

»Du musst dich nicht bedanken. Ich hab das nicht verschwiegen, um dich zu schützen oder so, ich war nur der Ansicht, dass es nicht nötig ist, ihnen davon zu erzählen. Das ist alles. Ihr zwei habt – sorry, *hattet* – ja keinen Streit miteinander. Ehrlich gesagt haben wir sogar ziemlich oft über die ganze Aktion gelacht.«

»Oh, na super.«

»Das ist doch jetzt egal. Verrat mir lieber mal, warum du mir hinterherspionierst.«

»Ich spioniere dir nicht hinterher.« Wieder wirkte er verärgert. »Ich hab nur zufällig gesehen, wie du in diese Richtung gefahren bist, und wollte wissen, ob du wirklich zum Polizeirevier unterwegs bist. Und dann bin ich ausgestiegen, um kurz mit dir zu reden.«

»Um mich zu verhören, meinst du wohl.«

»Sorry, aber ich bin wegen dieser ganzen Sache irgendwie total nervös.« Wie zur Bestätigung ging ein Zittern durch seinen Körper.

»Du solltest ein bisschen vorsichtiger sein. So wirkst du, als hättest du tatsächlich was zu verbergen.« Sie sah ihm in die Augen, und er erwiderte den Blick, ohne zu blinzeln. Der Moment zog sich in die Länge, als wollte keiner von beiden zuerst wegsehen.

»Ich muss los.« Sophie unterbrach als Erste ihren Starrwettkampf und wandte sich ab, um in ihren Wagen zu steigen.

»Was machen wir jetzt?« Dan hielt die Tür fest.

Sophie stieß ein genervtes Seufzen aus. »Was meinst du?«

»Diese ganze Scheiße hier – was machen wir damit? Wollen wir uns alle treffen, um … ich weiß nicht, um es durchzusprechen?«

»Ich habe keine Ahnung. Bisher habe ich nur Amy wiedergesehen. Und jetzt dich. Schreib eine Nachricht in die Chat-Gruppe, dann werden wir ja sehen, wer sich meldet. Das heißt, schreib besser über Facebook – die haben immer noch mein Handy.« Sie deutete zur Polizeiwache hinüber, dann zog sie am Türgriff.

Dan ließ los.

Im Rückspiegel warf sie einen Blick auf seine Silhouette vor den sich verdunkelnden Wolken. Selbst als sie vom Parkplatz bog, stand er noch immer da, die Arme schlaff herabhängend, und starrte ihr nach. Als sie an der Ampel links abbog, verschwand er schließlich aus ihrem Blickfeld. Erst dann entspannte sie sich.

DI Wade hatte den Samen des Zweifels gesät. War das genau ihre Absicht gewesen? Sie gegeneinander auszuspielen? Die Situation war schrecklich. Wie konnte sie ihren eigenen Freunden misstrauen?

Doch in diesem Moment musste sie sich eingestehen, dass sie nicht einmal mehr sich selbst vertraute.

Der Land Rover ihres Vaters blockierte die gesamte Einfahrt, weswegen Sophie an der Straße vor dem Haus parken musste. So viel dazu, dass er nicht mit ihr zur Polizei hatte gehen können, weil er angeblich arbeiten musste. Offensichtlich hatte er genug Zeit gehabt, um zwischendurch bei ihrer Mutter vorbeizuschauen. Sophie war klar, dass sie ihn gestern Abend ziemlich verärgert hatte; es war eindeutig, dass er im Moment nichts mit ihr zu tun haben wollte. Sie stand mit dem ganzen Mist also alleine da.

Da sie keine Lust hatte, hineinzugehen, blieb sie im Auto sitzen. Was sollte sie tun? Vielleicht hatte Dan recht damit, dass sie sich alle treffen sollten – die ganze Truppe –, um über die Nacht zu reden, sich vielleicht einen Schlachtplan zu überlegen. Aber was, wenn einer von ihnen tatsächlich Erin getötet und ihr diese schrecklichen Fotos geschickt hatte? Allerdings fiel ihr kein vernünftiger Grund ein, was derjenige davon hätte haben sollen. Nein. Es schien vollkommen unwahrscheinlich, dass es einer von ihnen gewesen sein könnte. Sie kannte jeden aus ihrem Freundeskreis seit Jahren, war mit ihnen zur Schule gegangen. Abgesehen von Amy, die erst später dazugekommen war, und Dan, den sie durch Amy kennengelernt hatte. Aber auf die beiden konnte man sich verlassen. Mit Sicherheit wäre keiner von ihnen zu so einer Tat fähig.

Vielleicht war es auch ein Unfall gewesen? Ein Streit, der außer Kontrolle geraten war? Erin war gestürzt, hatte sich den Kopf angestoßen, war gestorben. Sophie rieb sich übers Gesicht. Es war sinnlos. Natürlich war es kein Unfall gewesen. Ihre eigenen Flashbacks ließen ganz andere Schlüsse zu. Da hatte jemand mit voller Absicht gehandelt. Hatte das sogar geplant. Aber niemand aus ihrem Freundeskreis konnte das gewesen sein. Erstens war keiner von ihnen clever genug dafür. Und außerdem waren sie nicht so sadistisch und grausam. Sie waren keine Psychopathen.

Eine Bewegung an der Tür erregte ihre Aufmerksamkeit. Ihr Vater verließ das Haus, sein Gesichtsausdruck wie versteinert. *Vielleicht hatte Mum wieder eine Panikattacke*. Mit gesenktem Kopf ging er zu seinem Wagen. Ohne das geringste Anzeichen, dass er Sophie gesehen hatte, glitt er auf den Fahrersitz, startete den Motor und fuhr davon.

Jetzt wollte sie erst recht nicht mehr reingehen. Was auch immer der Grund dafür gewesen war, dass er mitten am Tag hergekommen war – das Problem hatte sich ganz offensichtlich nicht zu seiner Zufriedenheit gelöst. Sie reckte den Hals, um durch eines der Fenster zu spähen, konnte ihre Mutter aber nirgendwo entdecken. Gut. Also bestand eine realistische Chance, dass sie sie ebenfalls nicht gesehen hatte. Der Rest des Tages gehörte ihr allein; auch auf der Arbeit erwartete sie heute niemand mehr.

Sie drehte den Schlüssel im Zündschloss, warf einen Blick in den Seitenspiegel und fuhr los. Sie wusste, wo sie hinwollte. Wenn ihre Mum es schon nicht schaffte, Rachel zu besuchen, dann würde wenigstens sie es tun.

43

Eine alles verschlingende Kälte schien ihre Eingeweide zu Eis erstarren zu lassen und umklammerte ihr Herz.

In Erins Zimmer herrschte Stille. Leere.

Sanft fuhr Sophie mit den Fingerspitzen die Fotografie auf der Schminkkommode nach. Ein Bild von den Mädels. Lächelnd. Glücklich. Erin hatte die Lippen zu einem Kussmund gespitzt, den sie auf Amys Wange drückte. Sophie hatte einen Arm um Becks gelegt. Sie vier, an irgendeinem Abend, bevor sie ausgegangen waren, was immer die lustigste Zeit gewesen war, die sie zusammen gehabt hatten. Das Lachen, der Tratsch, sich gemeinsam mit den anderen zu stylen, hatte am meisten Spaß gemacht. Sophie biss sich auf die Unterlippe, bis der metallische Geschmack von Blut ihren Mund füllte, aber sie konnte die Tränen nicht aufhalten.

»Danke, dass du gekommen bist, Sophie.« Rachel war im Türrahmen zu Erins Zimmer stehen geblieben.

Sophie drehte sich zu ihr um, das Gesicht schmerzverzerrt. Ein ersticktes Schluchzen stieg aus ihrer Kehle auf. Rachel stürzte auf sie zu und schloss sie in die Arme. Und dann standen sie mitten in Erins Zimmer, eng umschlungen, vereint in ihrer Trauer.

Nicht in der Lage, es noch eine Sekunde länger in dem Zimmer auszuhalten, das so schrecklich traurig und verlassen wirkte, bat sie Rachel, mit ihr nach unten zu gehen. Sie setzten sich einander gegenüber an den großen Holztisch in der Küche und tranken Kaffee. Es war derselbe Tisch, an dem Sophie Hunderte Male gemeinsam mit Erin gesessen hatte.

Rachel begann, von ihren Erinnerungen an Sophie und Erin zu sprechen, als sie beide noch Kinder gewesen waren. Wie sie einmal, mit vier, einfach zusammen abgehauen waren, um Beeren zu pflücken, und sich natürlich verlaufen hatten. Wie sie an einem Nachmittag vier Stunden lang mit den großen Blättern des dichten Busches im Vorgarten gespielt und so getan hatten, als würde es sich um Geldscheine handeln. Das schmiedeeiserne Gartentor hatte ihnen als Schalter gedient, unter dem sie das Geld wie Bankangestellte hindurchgeschoben hatten. Sie lachten bei der Erinnerung an das große Puppenhaus mit all den kleinen Einrichtungsgegenständen darin, auf das Sophie so wahnsinnig neidisch gewesen war.

»Ich habe immer noch den dazugehörigen Garten«, sagte Rachel mit einem Lächeln.

Unschuld. Das alles schien nur wenige Jahre zurückzuliegen. Wie hätte sie ahnen können, dass ihr diese Erinnerungen an die Kindheit eines Tages so berührend, so fragil erscheinen würden?

»Nichts von alldem konnte ich bisher mit irgendwem teilen. Die einzige Person, die hier gewesen ist, war so eine Familienseelsorgerin von der Polizei, und was weiß die schon über Erin? Zumindest nichts über die lebendige Erin.« Rachel lehnte sich auf ihrem Stuhl zurück, den Blick gesenkt. Ratlos rang sie ihre Hände im Schoß.

»Ich weiß. Es tut mir leid, dass Mum … dass sie es nicht geschafft hat, herzukommen.« Es war nicht ihre Schuld, und trotzdem fühlte sie sich irgendwie verantwortlich. Sie hätte ihre Mutter mehr unterstützen, ihr helfen sollen, Rachel zu besuchen. »Ich bin mir sicher, dass sie sich bald wieder besser im Griff hat. Sie macht das nicht mit Absicht.«

»Oh, das weiß ich doch. Ich wünschte nur …« Ihre Stimme klang viel zu hoch. »Ich wünschte nur, dass sie hier sein könnte … Ich brauche sie so sehr, Sophie.« Tränen liefen ihr die Wangen hinab. Mehr Tränen, mehr Schluchzer, die Sophie tief ins Herz schnitten.

Sie stand auf, ging um den Tisch herum und nahm Rachel in die Arme. »Es tut mir so leid. Es tut mir so leid, Rachel.«

Sanft wiegten sie sich hin und her. Eine tröstende Bewegung, ein langsamer Tanz zu einem stummen Lied.

»Sie haben Dinge aus Erins Zimmer mitgenommen. Von hier und aus dem Zimmer bei ihrem Dad, weißt du.« Ihre Stimme klang gedämpft, da sie das Gesicht noch immer im Ärmel von Sophies Cardigan vergraben hatte.

Sophie zog sich sanft ein Stück zurück, um besser verstehen zu können, was Rachel sagte. »Was für Dinge?«

»Ihren Laptop zum Beispiel. Außerdem ein paar Sachen von ihrer Schminkkommode und ihrem Nachttisch. Ein Tagebuch, auch wenn gar nichts drinstand. Sie hat es irgendwann mal von Adams Schwester geschenkt bekommen, es aber nur aus der Verpackung genommen und nie was reingeschrieben.«

»Bekommst du die Sachen zurück?«

»Anscheinend ja. Aber der Gedanke daran, dass diese Leute, die Polizei, alles anfassen und in ihren persönlichen Gegenständen rumschnüffeln – es fühlt sich so falsch an.«

»Das kann ich mir vorstellen, aber sie müssen das tun, um herauszufinden, wer ihr das angetan …«

»Ja, ich weiß. Genau dasselbe hat deine Mutter auch gesagt. Und Adam. Es tut so weh, dass ich das alles ganz alleine durchmachen muss. Erin ist Adams und meine Tochter, aber jetzt ist er mit der anderen zusammen. Ich versuche, irgendwie damit klarzukommen, auch ohne den Vater meines Kindes. Unseres toten Kindes.«

Sophie zuckte zusammen. »Es tut mir so leid. Das ist wirklich schrecklich.«

»Und dann hat sie auch noch die Nerven, mich auf Erin anzusprechen. Sie hat behauptet, dass Erin irgendwelche Probleme gehabt hat; dass sie ihr anvertraut hat, nicht glücklich zu sein. Welches Recht hatte diese Person dazu, solche intimen Gespräche mit *meiner* Erin zu führen?«

»Das ist sicherlich schwer zu verstehen, aber vielleicht wollte sie nur nett sein und Erin für sich einnehmen?«

Rachel zuckte hilflos mit den Schultern. »Es spielt keine Rolle. Was wirklich wehtut, ist, dass Erin offensichtlich nicht mit mir über die Dinge reden konnte, die sie beschäftigt haben. Sie hat kein einziges Mal erwähnt, dass sie irgendwelche Probleme hat. Nichts.«

»Und hat … die Frau … dir mehr darüber erzählt?«

»Ja, nachdem ich ihr gedroht habe.«

»Oh.« Sophie hob eine Augenbraue.

»Ich weiß. Ich bin auch nicht stolz darauf, aber sie regt mich einfach so wahnsinnig auf. Was fällt ihr ein, meinen Mann aus einer zwanzigjährigen Ehe zu stehlen, nachdem sie ihn gerade mal ein paar Monate kannte? Egal, sie hat gesagt, dass Erin davon gesprochen hat, wie sehr sie sich einen festen Freund wünscht. Jemanden, der sich für sie interessiert, ihr das Gefühl gibt, etwas Besonderes zu sein. Sie hat anscheinend erwähnt, dass sie sich online auf die Suche nach dem Mann ihrer Träume machen will.«

»Wirklich? Davon hat sie nie was gesagt. Bist du dir sicher?«

»Ich nicht, aber *sie* war es. Dann hat sie noch darüber geredet, wie neidisch Erin auf eine ihrer Freundinnen gewesen ist; dass sie so sein wollte wie sie …« Rachel versagte erneut die Stimme. Als sie sich wieder gefangen hatte, fügte sie hinzu: »Sie habe genauso beliebt und hübsch sein wollen.«

Sophie hatte das Gefühl, als würde man ihr den Brustkorb zusammenquetschen; plötzlich schien sie nicht mehr richtig Luft zu bekommen. Erin konnte unmöglich sie selbst gemeint haben, sie hatte keinen festen Freund. Amy? Sie musste von Amy geredet haben. Das beliebte, hübsche Mädchen mit dem offensichtlich wohlhabenden Freund, der sie mit Geschenken geradezu überschüttete. Dann hatte sie also wirklich wie Amy sein wollen. Deswegen hatte sie sich die Haare gefärbt und sich Extensions machen lassen. *Woher soll ich wissen, warum Amy Amy sein wollte?* Ihre eigenen verwirrten Worte fielen ihr wieder ein. Langsam begannen sie, einen Sinn zu ergeben. Vielleicht hatte Erin nicht nur so aussehen, sondern auch dasselbe Leben haben wollen wie Amy. Und Amy hatte ihren Freund online kennengelernt. Einige der losen Puzzleteile fügten sich ineinander.

»Und hat Erin sich auf irgendwelchen Dating-Websites oder so angemeldet?«

»Kann sein, ja.«

»Dann war es vielleicht jemand, den sie im Internet …« Sie musste den Satz nicht beenden.

»Das ist eine der Spuren, denen die Polizei nachgeht, ja. Ich denke, sie hoffen, irgendwas auf Erins Laptop zu finden.«

»Warum hat mir Erin nichts davon erzählt?« Sophie ließ die Schultern nach vorne fallen. Erin hatte ihr normalerweise alles anvertraut. Warum dieses eine Mal nicht?

»Das ist die Frage, die ich mir seit drei Tagen stelle. Ich bin ihre Mutter, wir haben so viel zusammen durchgestanden. Warum in Gottes Namen hat sie mit dieser Frau darüber geredet, aber nicht mit mir?«

»Wie es aussieht, hat sie uns beide mit Absicht ausgeschlossen. Die Frage ist, warum? Und wem hat sie abgesehen von Adams Freundin noch davon erzählt?«

44

Karen

»Ich habe noch nie gehört, dass bei jemandem eine Phobie durch Therapie schlimmer geworden ist. Herzlichen Glückwunsch, du hast es trotzdem geschafft.«

Zurück im Haus saß Karen auf dem Sofa und atmete in ihre Papiertüte, während Mike vor ihr stand und sie anstarrte. Der Versuch, Rachel zu besuchen, hatte ein Ende gefunden, noch bevor sie aus der Straße abgebogen waren, in der sie wohnten. Erbärmlich. So hatte es zumindest Mike ausgedrückt.

»Es ist keine Phobie … im eigentlichen Sinne.« Karen hatte Probleme, die Worte herauszubekommen. »Es ist ein Zustand, in dem ich mich befinde und der von Angst ausgelöst wird. Und je größer die Angst wird … desto schlimmer werden die Symptome.«

»Ich kapier es einfach nicht. Im Ernst. Ich meine, erst hattest du Angst, alleine ins Auto zu steigen. Was ja durchaus verständlich ist. Dann mochtest du plötzlich überhaupt keine Autos mehr. Als Nächstes hattest du auf einmal Angst, alleine das Haus zu verlassen, und jetzt willst du gar nicht mehr raus.«

»Vielen Dank für die Zusammenfassung.« Sie legte die Papiertüte beiseite. »Ich bin mir der Verschlechterung meines Zustands durchaus bewusst.«

»Aber warum? Warum bezahle ich dieser verdammten

Therapeutin so viel Geld dafür? Bist du dir sicher, dass sie überhaupt qualifiziert ist, dich zu behandeln?«

Karens Brust fühlte sich sofort wieder wie zugeschnürt an. »Warum gehst du … nicht … einfach … zurück zur … Arbeit.« Sie presste die Worte heraus in der Hoffnung, dass sie so schroff klangen wie beabsichtigt.

»Ist wahrscheinlich besser. Einer muss schließlich das Geld nach Hause bringen.«

Oh, na klar, warum nicht wieder mal die Leier. Habe ich schließlich schon lange nicht mehr gehört.

Karen beobachtete mit zusammengekniffenen Augen, wie Mike herumfuhr und die Tür auf dem Weg nach draußen hinter sich zuknallte.

Nachdem sein Wagen nicht mehr zu hören war, ging sie ins Esszimmer hinüber und setzte sich vor ihren Laptop. Mike hatte mit seinem Wutausbruch dafür gesorgt, dass ihre Angst nur noch größer geworden war, und sie brauchte dringend etwas Ablenkung.

Fünf neue E-Mails, vor allem Spams.

Löschen, löschen … löschen.

Die zwei anderen schienen wichtig zu sein. Sie würde sich später damit beschäftigen.

Mike musste sie regelrecht hassen, wenn er glaubte, sie ständig daran erinnern zu müssen, dass sie ihn im Stich ließ.

Sie klickte auf das Icon und wählte die Datei aus.

Dies war ihre Buße. Immer, wenn sie sich so schlecht wie jetzt fühlte, wegen der Situation, in der sich ihre Familie dank ihr befand, dann las sie in dem Tagebuch, das sie nach dem Angriff begonnen hatte. Das letzte Mal hatte sie das Dokument vor acht Monaten geöffnet. Sie hatte sich gut entwickelt und Fortschritte gemacht.

Wie hatte sie nur so dumm, so naiv sein können? Man

hätte meinen sollen, dass sie sich mit ihrem Job über mögliche Konsequenzen hätte klar sein sollen, Pro und Contra gegeneinander abgewogen hätte, bevor sie sich mit einem Mann verabredete, den sie nur ein paarmal bei der Arbeit getroffen hatte. Er war so charmant gewesen, wenn er zur Mittagszeit die Snacks an die Mitarbeiter verkauft hatte, hatte immer ein Kompliment auf den Lippen gehabt. Häufig hatte er sich in der Nähe ihres Schreibtisches aufgehalten, um sie in ein Gespräch zu verwickeln. Er hatte sie zum Lachen gebracht, ihr ein gutes Gefühl gegeben. Wenn sie jetzt die Worte las, die sie vor zwei Jahren geschrieben hatte, bestätigten sie ihr nur, dass alles ihre Schuld war.

Sie hatte die Einträge nie gelöscht. Um sich zu bestrafen. Und für den Fall, dass sie jemals die Wahrheit sagen würde. Für den Fall, dass sie den Mut aufbringen und ihrer Therapeutin erzählen würde, was wirklich passiert war – dass sie sich mit ihrem Angreifer verabredet hatte, dass er kein Fremder gewesen war. Dass sie das erste Opfer des Mannes gewesen war, der später als Carey-Park-Vergewaltiger bekannt werden sollte. Es zu gestehen, würde ihr dabei helfen, über die Sache hinwegzukommen, das wusste sie, aber wie konnte sie jemals darüber reden? Welche Konsequenzen würde die Wahrheit nach sich ziehen?

Ihre Kehle fühlte sich wie zugeschnürt an, als sie die ersten Zeilen las. Bilder jener Nacht drängten sich in ihre Erinnerung. *Seine Finger fest um ihren Hals*. Ihr Magen zog sich krampfhaft zusammen, als sie den nächsten Absatz überflog. Die Sätze brachten die Geräusche der Nacht, die Gerüche zurück. Den Schmerz. *Der verzweifelte Versuch, ihm zu entkommen, zerrte an jedem Muskel*. Bei der letzten Zeile war ihr Atem flach geworden, jeder Atemzug ein mühsames Ringen nach Luft. *Seine Hände, die den Sauerstoff abschnüren, ihr langsam das Leben herauspressen*.

Die Tür knallte.

Karen sprang erschrocken auf, schloss den Laptop. Schloss die Erinnerungen einmal mehr aus. Zumindest für den Augenblick.

»Geht es dir gut? Oh, nein, Mum, wo ist deine Tüte?«

»Alles okay, es geht mir gut.«

»Du siehst aber nicht so aus. Dein Gesicht ist ganz blau angelaufen.« Sophie rannte in die Küche. »Die Tüte ist nicht hier. Wo ist sie?« Vor Panik war ihre Stimme schrill geworden.

»Im Wohnzimmer. Aber es ist alles in Ordnung, ich brauche sie nicht.« Es war die Wahrheit; sie hatte die Angst zurückgedrängt, bevor sie die Stufe hatte erreichen können, in der sie die Tüte brauchte. Das hätte in diesem Moment vermutlich ganz anders ausgesehen, wenn Sophie nicht plötzlich aufgetaucht und damit ihrer Selbstbestrafungsmission ein Ende gesetzt hätte.

»Sicher?« Sophie hielt ihr die Papiertüte hin. Ihr Gesichtsausdruck verriet, dass sie ihr nicht glaubte.

»Wirklich.« Karen schob sich an Sophie vorbei und ging ins Wohnzimmer, um sich aufs Sofa zu setzen. »Wie ist es bei der Polizei gelaufen? Ist die Sache damit erledigt?«

»Ich denke schon.« Sophie ließ sich auf der Armlehne auf der anderen Seite des Sofas nieder. »Sie haben nicht aufgehört, darüber zu reden, wie wahrscheinlich es ist, dass Erin ihren Mörder kannte. Genauso wie damals nach dem Angriff auf dich.«

Karen versteifte sich und holte zitternd Luft. »Stimmt, ja. Na ja, wir wissen nur zu gut, dass das nicht immer der Fall ist, nicht wahr?« Sie vermied es, Sophie in die Augen zu sehen. »Und was ist mit dem Taxifahrer? Haben sie irgendwas davon gesagt, dass sie nach ihm suchen?«

»Nein, den haben sie gar nicht erwähnt.«

»Nicht zu glauben! Immerhin müsste er im Moment doch der Hauptverdächtige sein, oder?«

»Ich habe keine Ahnung. Vielleicht ist er das sogar. So oder so würden sie es mir ganz sicher nicht erzählen. Aber sie haben Erins Laptop. Ich glaube, sie gehen gerade ihre Online-Aktivitäten durch.«

»Warum? Und woher weißt du das überhaupt?«

»Ich war bei Rachel.«

»Oh. Natürlich. Das ist gut. Gut gemacht.« Ihre Tochter war eindeutig eine bessere Freundin als sie. »Welchen Eindruck hat sie auf dich gemacht?« Schuldgefühle sprachen aus jedem ihrer Worte.

»Einen traurigen. Sie ist allein. Am Boden zerstört. Sie ist all das, was man von jemandem erwarten würde, dessen Tochter gerade ermordet wurde.« Sophie wischte sich eine Träne aus dem Augenwinkel. »Wie auch immer … Rachel hat gesagt, dass Erin dieser neuen Frau von Adam erzählt hat, dass sie so wie ihre Freundin sein will. Ich glaube, dass sie damit Amy gemeint hat, weil sie auch von einem festen Freund geredet hat, der einem Geschenke macht und so. Genau wie Amys eben. Amy hat ihren Freund über eine Dating-Website kennengelernt. Diese eine, für die sie immer Werbung im Fernsehen machen.«

Karen sackte in sich zusammen. Ein eiskalter Schauer lief ihr den Rücken hinab. »Glaubst du, dass es jemand war, den sie im Internet kennengelernt hat? Hast du ihn jemals getroffen?«

»Auf jeden Fall ist das wahrscheinlicher, als dass es einer von uns war. Und nein, ich habe ihn nie getroffen. Ich wusste ja nicht mal, dass sie sich auf so einer Dating-Website angemeldet hatte. Wir haben genug Jungs kennengelernt, wenn wir ausgegangen sind. Deswegen wäre ich nie auf die Idee gekommen, dass sie es übers Internet versucht.«

»Was meinst du mit ›wahrscheinlicher, als dass es einer von uns war‹?«

»Ach, ich hatte irgendwie das Gefühl, dass die beiden Detectives angedeutet haben, es könnte jemand aus unserer Gruppe gewesen sein – wegen ihrer Theorie, dass Erin den Mörder kannte. Aber das ist natürlich total lächerlich.«

»Ist es das wirklich?«

Sophie sprang auf, den Mund vor Erstaunen weit aufgerissen. »Ist das dein Ernst? Natürlich ist das lächerlich. Keiner von uns könnte einem anderen Menschen wehtun, geschweige denn jemanden umbringen. Wie kannst du annehmen …«

»Es tut mir leid, wirklich. Ich weiß. Beruhige dich. Es ist nur … na ja … Dan ist irgendwie ein bisschen … neben der Spur, meinst du nicht auch?« Doch Sophies Gesichtsausdruck ließ Karen ihre Andeutung schnell wieder zurücknehmen. »Nein, nein, natürlich glaubst du nicht, dass er es gewesen sein könnte. Aber ich denke, dass er etwas zu verbergen hat …«

»Wie du meinst.« Sophie zuckte mit den Schultern. Auf einmal klang sie distanziert.

»Du glaubst auch, dass er ein Geheimnis hat, oder?« Karen musterte ihre Tochter aufmerksam, um auch nicht die kleinste Reaktion auf ihre Worte zu verpassen. Sophie schien mit sich zu kämpfen, wie viel Loyalität sie ihren Freunden schuldig war.

»Er verhält sich schon ein bisschen … merkwürdig.« Sie sprach die Worte zögerlich aus, als könnte sie selbst nicht richtig glauben, was sie da sagte. »In letzter Zeit taucht er manchmal ganz plötzlich irgendwo auf. Als ob er mir folgen würde.« Sie hatte immer schneller geredet, als könnte das Tempo, mit dem sie die Sätze aussprach, die Wucht des Eindrucks, den sie hinterließen, abschwächen.

»Du solltest der Polizei sagen, dass du glaubst, dass er etwas damit zu tun haben könnte. Ich wusste, dass er nicht die ganze

Wahrheit sagt, als er bei uns mit dem Detective gesprochen hat.« Adrenalin rauschte durch ihre Adern, sie begann, zusammenhanglos zu faseln. »Er ist einfach hier aufgetaucht, hat dir geschrieben. Er wollte, dass du rauskommst, alleine. Oder, so war es doch? Bestimmt wollte er wissen, woran du dich erinnerst. Meinst du nicht auch?«

»Mum, bitte!« Sophie presste die Fingerspitzen gegen ihre Schläfen. »Ich kann nicht klar denken, wenn du so schnell redest.«

Karen sprang auf, lief zum Esstisch hinüber und nahm den Laptop mit zurück zum Sofa. Nachdem sie schnell ihr Tagebuch-Dokument minimiert hatte, drehte sie den Bildschirm so, dass Sophie draufschauen konnte. Auf dem Display waren die Fotos von Dan von Samstagnacht zu sehen.

»Echt jetzt? Du stalkst meine Freunde? Was soll das?«

»Ich stalke niemanden.« Karen sah Sophie fest in die Augen. »Ich versuche nur herauszufinden, was um alles in der Welt dir am vergangenen Samstag zugestoßen ist.« Sie zwang sich, ruhig zu bleiben. »Hör mir doch erst mal zu und sieh dir die Fotos genau an. Siehst du, hier auf dem Bild, hinter den Jungs?«

Sophie schüttelte den Kopf. »Ist das das Foto, von dem du gestern Abend die ganze Zeit geredet hast?«

Ihr gemurmeltes »Mhm« vibrierte auf ihren Lippen.

Sophie schüttelte verständnislos den Kopf, beugte sich aber vor, um das Foto genauer zu betrachten. »Sieht aus, als wären da Amy, ich und Erin im Hintergrund zu sehen.«

»Genau. Aber was fällt dir an euch auf?«

»Wir stehen neben einem Auto.« Sie kniff die Augen zusammen. »Sieht aus, als würden wir uns unterhalten.«

»Und wie spät ist das Bild gemacht worden?«

»Viertel nach acht.« Sophie richtete sich auf. »Denkst du, das ist das Taxi, in das ich eingestiegen bin?«

»Ich denke, dass dies der *Wagen* ist, in den du eingestiegen bist, ja. Aber ich glaube nicht, dass es ein Taxi war. Sieh noch mal genauer hin. Da ist nirgendwo ein Aufdruck oder ein Schild.« Sie hielt inne, um die Worte sacken zu lassen, bereitete sich innerlich auf die Gegenreaktion, das empörte Abstreiten vor; den Vorwurf, dass sie sich vollkommen paranoid verhielt.

Doch nichts davon passierte.

»Aber Amy hat gesagt … Sie hat gesagt, dass sie mich in ein Taxi gesetzt haben; dass es ein Taxischild hatte. Es muss irgendeine ganz einfache Erklärung dafür geben.«

»Ich habe das Gefühl, dass die Erklärung alles andere als einfach ist. Aber eine Sache sollte dir klar sein, Sophie. Irgendwo da draußen läuft ein Mörder herum. Und es könnte sein, dass du ihn kennst.«

Langsam hob Sophie den Kopf, um ihre Mutter anzusehen. Karen konnte erkennen, dass sie unter der dicken Schicht Make-up blass geworden war. »Mum …«

»Was? Was ist los? Rede mit mir!« Karen hob eine Hand und berührte zärtlich ihre Wange. Die Art, wie sie »Mum« gesagt hatte, ließ Karen ahnen, dass etwas Wichtiges folgen würde.

»Ich … Ach, nichts. Ich habe wohl einfach nur Angst, das ist alles.« Sie ließ den Kopf wieder sinken, betrachtete ihre Füße. »Ich will, dass die Polizei ihn kriegt, und zwar schnell.«

Das war es nicht, was sie wirklich beschäftigte, was sie wirklich hatte sagen wollen. Karen wusste es, wollte sie jedoch zu nichts drängen. Irgendetwas verbarg Sophie vor ihr; etwas, das mit den Ereignissen von Samstagnacht zu tun hatte. Und mit dem Inhalt des Müllbeutels unter ihrem Bett.

45

Sophie

Sie hatte es ihrer Mutter erzählen wollen, aber irgendetwas hatte sie davon abgehalten. Es fühlte sich beinahe so an, als hätte sie die Fähigkeit zu sprechen verloren; als wäre sie nicht mehr in der Lage zu kommunizieren, sich mitzuteilen. Warum konnte sie es nicht einfach aussprechen, ihr von den E-Mails erzählen und von dem, was gerade passiert war?

Der schmale braune Umschlag hatte unter dem Scheibenwischer an ihrer Windschutzscheibe gesteckt, kaum sichtbar, wenn man im Auto saß. Nach dem Vorfall mit Dan und dem verstörenden Besuch bei Rachel hatte sie ihn nicht bemerkt, bis sie zu Hause angekommen war. Wie sehr sie sich in diesem Augenblick wünschte, dass es geregnet hätte, sodass das abscheuliche Ding einfach davongeflogen wäre und sie es niemals hätte sehen müssen.

In dem Umschlag hatten eine Notiz und ein Bild gesteckt – ein Foto, das sorgfältig viermal gefaltet worden war. Es ähnelte denen, die sie per E-Mail erhalten hatte: das Kleid bis zu ihrer Taille hochgeschoben, sodass ihr Slip zu sehen war. Doch es gab einen schrecklichen Unterschied: Sie lächelte. Warum lächelte sie?

Sie schob die schreckliche Frage beiseite und versuchte, sich stattdessen auf die Worte in der Notiz zu konzentrieren:

Ich bin froh, dass wir diese Verbindung haben. Sie existiert, seit wir uns zum ersten Mal begegnet sind, aber ich kann spüren, wie sie immer stärker wird, je näher wir uns kommen. Ich glaube, wir sind Seelenverwandte, du und ich; das konnte ich an der Art erkennen, auf die du mich angesehen hast, als ich deine Freundin hatte. Ich konnte deine Erregung spüren. Du hättest mich stoppen können, aber du hast es nicht getan.
Du hast gelächelt.
Es hat dir gefallen, nicht wahr?

Verbindung? Wovon redete dieser Verrückte? Sie betete, dass dies nur ein wirklich kranker Witz war. Bei den flüchtigen Visionen konnte es sich genauso gut um Bilder aus ihren Albträumen handeln. Ja, das machte Sinn. Warum sollte sie lächeln, wenn sie beobachtete, dass Erin wehgetan wurde? Das war absurd.

Doch da war dieses Gefühl gewesen, dass sie beobachtet wurde, dass ihr jemand folgte. Vielleicht war derjenige, der ihr die E-Mails und Fotos schickte, hinter ihr her, wollte ihr ebenfalls wehtun. Was, wenn er das Wissen um Erins Tod ausnutzte, um an sie heranzukommen, seine Spielchen mit ihr zu spielen? Es musste jemand sein, den sie kannte. Hatte Dan ihr den Brief unter den Scheibenwischer geklemmt? Er hätte die Gelegenheit dazu gehabt. Vielleicht war er aber auch erst dort hingesteckt worden, als sie Rachel besucht hatte.

Ein stechender Schmerz pulsierte hinter ihren Schläfen. Keines der Puzzleteile schien zum anderen zu passen. Vielleicht handelte es sich bei der Person, die sie verfolgte, ja auch um jemand ganz anderen als Erins Mörder. Aber war Dan in irgendetwas davon verwickelt?

Und was war mit ihr selbst?

46

Karen
Donnerstag

Karen erwachte mit Kopfschmerzen – eine direkte Folge des Schlafmangels. Wenn sie in der vergangenen Nacht doch einmal kurz eingenickt war, waren ihre Träume durchsetzt gewesen von düsteren Bildern, geflüsterten Drohungen und dunklen Ecken. Sie spürte die Gefahr, die wie eine drohende Gewitterwolke in der Luft hing, aber sie wusste nicht, wann die Wolke sich entladen würde.

Sie zwang ihre Beine dazu, sich zu bewegen, sie zum Badezimmer zu schleppen – jeder Muskel schwer vor Schuldgefühlen. Die kalten Fliesen sandten einen Schock durch ihren Körper. Ihre Nerven waren zum Zerreißen gespannt. Sie durchwühlte den Badezimmerschrank, bis sie eine Dose mit Paracetamol fand. Wahrscheinlich sollte sie erst frühstücken, aber sie musste sofort etwas gegen die bohrenden Kopfschmerzen tun. Karen wollte die Dunkelheit nicht die Oberhand gewinnen lassen, zumal sie bereits einen guten Teil ihres Lebens gefangen hielt.

Ein leises Knarzen, Anzeichen für eine Bewegung irgendwo im Haus, ließ sie vermuten, dass Mike und Sophie bereits wach waren, sich für den Tag fertig machten.

Karen schlug die Tür des Badezimmerschränkchens zu, bevor sie innehielt, um das Bild der Frau, die ihr aus dem Spiegel entgegenblickte, in sich aufzunehmen. Mit zwei Fingern kniff sie in das weicher werdende Fleisch ihrer Wangen, ihres Kinns. Mit beiden Händen zog sie die Haut zu den Ohren zurück, bis sie straff gespannt war. *Da bist du ja, Peter.* Trotz ihrer schlechten Laune musste Karen bei der Erinnerung an das Zitat aus einem von Sophies Lieblingskinderfilmen lächeln. Peter Pan in *Hook*. Wie oft hatten sie den gesehen?

Die alte Karen war verschwunden, verloren zwischen den Falten des Alters. Gefangen in einer Beziehung, die sie Stück für Stück ihrer Identität beraubte. Der Wunsch, einen Teil von sich zurückzugewinnen – den Teil, der sie ausmachte –, hatte sich als riesiger Fehler erwiesen. Ein Fehler, für den sie bestraft worden war. Ein kleiner Moment, in dem sie ihre Moral über Bord geworfen hatte, hatte einen Erdrutsch ausgelöst. Wäre ihr dasselbe passiert, wenn sie noch eine Mutter gehabt hätte, die sie um Rat hätte fragen können? Sie zu verlieren, als sie gerade einmal fünfundzwanzig gewesen war, hatte Karen am Boden zerstört zurückgelassen. Die Schwangerschaft, die Geburt, das schwierige erste Jahr danach ohne mütterliche Unterstützung durchzustehen, hatte sie den Verlust noch stärker spüren lassen. Danach war sie eine Waise gewesen.

Aber hätte sie sich ihrer Mutter überhaupt anvertraut? Immerhin hatte sie nicht einmal Rachel davon erzählt, weil sie Angst vor ihren Vorwürfen und ihrer Verachtung gehabt hatte. Rachel war so aufrecht und kompromisslos. Hätte sie es verstanden?

Karen fuhr mit der Fingerspitze über den kleinen Höcker auf ihrer Nase und betrachtete ihn aus verschiedenen Winkeln. Eine ständige Erinnerung. Wenn schon nicht gegenüber jemand anderem, musste sie wenigstens zu sich selbst ehrlich sein. Sie hatte sich niemandem anvertraut, und selbst wenn sie die Möglichkeit dazu gehabt hätte – sie hätte es trotzdem nicht getan. Sie hatte nicht gewollt, dass andere schlecht von ihr dachten. Wollte es noch immer nicht. Niemand musste jetzt noch davon erfahren. Es war so lange vorbei. Die einzigen Erinnerungen an ihren Fehler waren eine gebrochene Nase und eine psychische Verfassung, die sich beständig verschlechterte.

Die Unterhaltung mit Sophie am vergangenen Abend darüber, dass Erin online jemanden kennengelernt haben könnte, hatte bei ihr sämtliche Alarmglocken läuten lassen. Karen erschauderte. Es war so leicht, sich von dem guten Gefühl einlullen zu lassen, den charmanten Worten eines Unbekannten; es lag nahe, sich viel zu schnell zu verabreden in der Überzeugung, den *Richtigen* gefunden zu haben. Es gab die vielen Beispiele für Paare, die sich über das Internet kennengelernt hatten, doch da waren auch diejenigen, die weniger Glück hatten, die an den Falschen gerieten. Hatte sich Erin mit so einem Mann getroffen? Man konnte nie wissen, mit wem man sich da wirklich unterhielt. Es waren nichts als Worte, die getippt, gelöscht und wieder neu zusammengesetzt werden konnten, bis man sich selbst im besten Licht dargestellt hatte, einen guten Eindruck gemacht und gesagt hatte, was der andere hören wollte. So einfach war das.

»Mum?« Sophie streckte den Kopf ins Badezimmer.

»Ja, Liebes?« Karen wandte sich von ihrem Spiegelbild ab.

»Ich bin spät dran. Ich wollte nur kurz checken, ob es dir gut geht, bevor ich zur Arbeit fahre.« Sophie hatte leise gesprochen, den Blick auf den Boden gerichtet. Karen meinte sogar, ein leichtes Zittern in ihrer Stimme wahrgenommen zu haben.

»Ja, alles okay. Und du?«

»Alles okay. Jep, mir geht's gut, danke.« Und ohne ein weiteres Wort zog sie den Kopf zurück und schloss die Badezimmertür wieder.

Karens Puls hatte sich beschleunigt. Dumpf hallten die Schläge in ihren Ohren wider. Wenn sie darauf vertrauen wollte, dass sich Sophie ihr von selbst anvertraute, ihr erzählte, was ihr solche Sorgen bereitete, würde sie vielleicht ewig warten. Es könnte zu spät sein, um zu helfen. Heute Abend, wenn das Mädchen von der Arbeit zurückkam, würde sie sich mit ihr hinsetzen und sie damit konfrontieren. Sie hatte lange genug tatenlos zugesehen. Wenn Sophie nicht bereit war, sich ihr von selbst zu öffnen, würde sie sie dazu zwingen müssen.

Als Karen ins Erdgeschoss kam, war Mike bereits zur Arbeit aufgebrochen. Die Stille um sie herum war unheimlich. Eigentlich war alles wie immer, aber heute schien die Ruhe im Haus beinahe genauso bedrohlich wie ihre Versuche, es zu verlassen. Auf Zehenspitzen schlich sie durch die Küche, als versuchte sie, niemanden zu stören. Ein kalter Schauer lief ihr den Rücken hinab. Sie schüttelte ihn ab.

Was ist mit dir los?

Das unangenehme Gefühl lag schwer wie ein Stein in ihrem Magen. Kaffee. Sie brauchte Kaffee.

Eine Haftnotiz auf dem Wasserkocher erinnerte sie daran, dass sie ihren Arzt anrufen musste, um sich neue Rezepte ausstellen zu lassen. Sophies Handschrift. Sie war ein Schatz. Wenn sie in der Praxis anrief, musste sie daran denken, auch um mehr Schlaftabletten zu bitten. Mike hatte in krakeliger Schrift ein PS hinzugefügt: Ruf deine Therapeutin an und mach einen neuen Termin aus. Sie drückte auf den Knopf am Wasserkocher und nahm sich eine Tasse aus dem Küchenschrank. In der einen Sekunde regte er sich darüber auf, dass er Geld für ihre Therapiestunden aus dem Fenster warf, und in der nächsten erinnerte er sie daran, einen neuen Termin zu vereinbaren. So viel zu verwirrenden Signalen. Andererseits, war das nicht genau seine Stärke?

Als sie mit dem Kaffeebecher in der Hand an der Kücheninsel saß, fragte sich Karen, was sie mit dem Tag anfangen sollte. Es war gerade mal zehn nach neun. Sie seufzte. Es sah ganz nach einem Morgen voller Telefonate aus. Ärzte, Therapeutin. Rachel. Ein stechender Schmerz hinter den Schläfen als Aussicht auf den Stress, den der Tag mit sich bringen würde.

Sie schluckte die aufwallende Panik hinunter.

Nur ein paar Anrufe. Komm schon, das ist einfach. Du kannst das schaffen. Fang mit dem Leichtesten an und arbeite dich dann langsam bis zum Schwierigsten vor.

War das nicht genau die Strategie, die sie wieder und wieder mit ihren Klienten durchgegangen war, wenn sie darüber gesprochen hatten, wie sie ihre Probleme am besten angingen? Doch was konnte sie noch zu Rachel sagen? Ihre tröstenden Worte klangen selbst in ihren eigenen Ohren hohl und bedeutungslos. Ihr Versuch, Mitgefühl zu vermitteln, fühlte sich vollkommen sinnlos an. Sie konnte sich nicht wirklich vorstellen, was ihre Freundin durchmachte, und ohne die Möglichkeit, sie wenigstens in den Arm nehmen zu können, hatte Karen nicht viel zu geben. Wenn sie bereits glaubte, dass die Stille in ihrem Haus unheimlich war, wie musste sich Rachel dann erst fühlen? Gott sei Dank war Sophie gestern bei ihr gewesen. So hatte zumindest eine von ihnen ein Zeichen der Unterstützung gezeigt.

Der Vibrationsalarm ließ ihr Handy über die Arbeitsplatte wandern.

Erschrocken sprang Karen auf. Eine Textnachricht; die Nummer kam ihr auf den ersten Blick nicht bekannt vor. Sie stammte von Sophies neuem Prepaid-Telefon, das sie sich zugelegt hatte, da die Polizei ihr iPhone noch immer nicht freigegeben hatte.

Kannst du bitte Dad Bescheid sagen, dass er mich heute Abend von der Arbeit abholen soll?

Karen biss sich auf die Lippe. Warum? Sie hatte noch nie darum gebeten, abgeholt zu werden; sie fuhr immer mit dem eigenen Auto. Karen tippte eine Antwort.

> Ich frage ihn. Aber warum?

Einige Minuten vergingen, dann vibrierte ihr Handy wieder.

> Sag ihm, dass er um halb sechs vor dem Mitarbeitereingang auf mich warten soll. Bis später.

Keine Erklärung. Was sollte sie Mike sagen, wenn er nach dem Grund fragte, was er garantiert tun würde?

Was war mit Sophie los?

47

Sophie

Sie bildete sich das Ganze nicht nur ein. Inzwischen war sie sich sicher.

Wer auch immer die Notiz unter ihren Scheibenwischer geklemmt hatte, beobachtete sie. Ab dem Moment, als sie aus dem Auto gestiegen war, konnte sie seine Präsenz ebenso deutlich spüren wie die Eiseskälte, die ihr unter die Jacke kroch.

In den vergangenen Tagen hatte sie wieder und wieder ihr Bauchgefühl infrage gestellt, doch inzwischen wusste sie, dass *er* irgendwo in der Nähe war. Derjenige, der ihr die Fotos geschickt hatte. Die Verbindung, von der er geschrieben hatte, musste etwas damit zu tun haben, dass er sie dabei beobachtet hatte, wie sie zur Arbeit gegangen war und sie wieder verlassen hatte. Das unheimliche Gefühl, das ihr ständig im Nacken saß, musste daher rühren, dass er ihr folgte. Könnte er derjenige sein, der Erin ermordet hatte? Waren ihre Visionen real, war sie dort gewesen, hatte zugesehen, wie Erin gestorben war? Vielleicht hatte er sie nur laufen lassen, um ihr das Gefühl zu geben, noch einmal entkommen zu sein, nur um sie anschließend zu stalken, ihr Angst zu machen. Um die Jagd aufregender zu gestalten, bevor er wieder zuschlug. Bei der Erinnerung an seine schreckliche Andeutung, dass sie es genossen haben könnte, Erin leiden zu sehen, wurde ihr schlecht. Dieser Typ war krank. Sie konnte nicht mehr so tun, als sei das alles nur ein schlechter Scherz, den sich jemand mit ihr erlaubte. Das hier passierte wirklich. Es war real.

Heute Morgen war sie einmal mehr kurz davor gewesen, ihrer Mum davon zu erzählen. Aber bei ihrem Anblick – wann war sie so alt geworden? – hatte sie es nicht übers Herz gebracht. Ihr Dad hatte recht gehabt, sie hatte Mist gebaut. Diesmal richtig. Es war ihre Schuld. Ihrer Mum davon zu erzählen, würde alles nur noch komplizierter machen, die Situation verschlimmern. Oder etwa nicht? Was für ein Chaos.

Anstatt sich sofort wieder ins Auto zu setzen und nach Hause zu fahren, wo sie in Sicherheit war, schloss Sophie ab und sah sich um. Plötzlich war sie unglaublich wütend. Sie würde diesen Typ auf keinen Fall gewinnen lassen. In jedem Spiel gab es einen Gewinner und einen Verlierer. Bis jetzt war sie im Nachteil gewesen – ihr Fehler, weil sie die Mails nicht ernst genug genommen hatte. Er war ihr einen Schritt voraus. Sie sah zum Polizeirevier hinüber, das nur etwa hundert Meter entfernt lag. Würde sie es bis dorthin schaffen? Wo versteckte sich dieser Psychopath? Vielleicht sogar irgendwo in der Nähe des Polizeigebäudes, hinter einer der hohen Mauern, jederzeit bereit, sich auf sie zu stürzen, wenn sie vorbeirannte? Das wäre allerdings ziemlich riskant. Wo könnte er noch sein? Als sie sich umschaute, war niemand zu sehen. Sie könnte es bis zum Schiedsgericht, bis zum Fußgängerüberweg schaffen. Aber sie konnte sich nicht sicher sein, ob er sich nicht vielleicht unter dem überdachten Eingang versteckte, an dem sie vorbeimusste. Auf jeden Fall durfte sie nicht weiter hier herumstehen und überlegen, sondern musste sich in Bewegung setzen.

Ein Auto bog auf den Parkplatz ab, fuhr bis zum gegenüberliegenden Ende und hielt dort. Sie könnte darauf warten, dass die Insassen ausstiegen, und ihnen folgen. Dadurch musste sie eventuell einen Umweg zur Arbeit in Kauf nehmen, aber das war immer noch besser, als ihren üblichen direkten Weg einzuschlagen und zu riskieren, ganz alleine zu sein. Ihr Herz klopfte in einem wilden Rhythmus, während sie sich innerlich vorbereitete. Jeder Muskel in ihrem Körper war zum Zerreißen gespannt. Einen schrecklichen Moment lang befürchtete Sophie, vor Nervosität in Ohnmacht zu fallen. Sie zwang sich, möglichst tief und gleichmäßig zu atmen.

Der Mann, der inzwischen aus dem Wagen gestiegen war, ging auf den Ausgang des Parkplatzes zu. Mit dem richtigen Timing konnte sie sich unauffällig an seine Fersen heften.

Aber was, wenn *er* es war?

Sie ließ ihn vorbeigehen und zog sich die weiße Jacke enger um die Schultern. Dann setzte sie sich in Bewegung, auf wackeligen Beinen, während sie sich immer wieder umsah, ob sich jemand anderes in der Nähe aufhielt. Auf der anderen Straßenseite hielt ein Van, die Reifen quietschten, als sie an der Bordsteinkante entlangschrammten.

War das *er*?

Wo waren die anderen Mädels, die bei Andersons arbeiteten? Verzweifelt blickte sie sich um, ob irgendwo eines der roten T-Shirts aufleuchtete, die alle Mitarbeiter tragen mussten.

Da. Ein paar Frauen waren an der Ecke, ein Stück die Straße hinab, aufgetaucht. Schnell. *Lauf, Sophie. Lauf.* Tränen rannen ihr die Wangen hinab, als sie lossprintete und ihr die Kälte ins Gesicht schnitt. Ohne langsamer zu werden, warf sie einen Blick über die Schulter, ob ihr jemand folgte.

Eine Gestalt trat aus dem Schatten des Eingangs zum Schiedsgericht.

Sie hatte recht gehabt, er hatte dort auf sie gewartet.

Ihre Kehle fühlte sich wie zugeschnürt an. Jeder hektische Atemzug in der eiskalten Luft schmerzte in ihren Lungen. Ohne darauf zu warten, dass die Ampel am Fußgängerüberweg auf Grün sprang, überquerte sie die Straße. Die Frauen waren bereits um die Ecke verschwunden.

Er war hinter ihr. Sie konnte seine eiligen Schritte auf dem Asphalt hören.

Schrei. Mach auf dich aufmerksam.

Ganz sicher würde er sich dann zurückziehen. Oder nicht? Die Fassade des Kaufhauses kam in Sicht.

Du bist fast da. Lauf weiter.

Noch eine Kurve, dann würde sie vor dem Mitarbeitereingang stehen. Sie riskierte einen weiteren Blick über die Schulter.

Ein Mann, durchschnittliche Größe und normaler Körperbau, ein dunkler Kapuzenpulli – das war alles, was Sophie erkennen konnte, die Panik zu groß, um genauer hinzusehen.

Die Tür. Sie hämmerte auf das Keyboard ein, ihre zitternden Finger trafen immer wieder die falschen Zahlen. »Verdammt! *Komm schon*!« Sie erkannte ihre eigene hysterische Stimme kaum wieder.

Endlich verkündete ein Piepsen, dass sie den richtigen Code eingegeben hatte.

Beeil dich, Tür! Öffne dich!

Sie stürzte hinein, fuhr herum und warf sich mit ihrem ganzen Gewicht gegen die Tür. Sie quietschte, schrill wie ein Schrei. Dann fiel sie ins Schloss. Das laute Klicken war das beruhigendste Geräusch, das sie seit Langem gehört hatte. Keuchend lehnte sie sich mit einer Schulter gegen die Tür.

Der Mann stand auf der anderen Seite. Lächelte mit offenem Mund, aus dem im Rhythmus seiner schnellen Atmung kleine Wölkchen aufstiegen.

Sie wich zurück, ohne ihn aus den Augen zu lassen, nicht in der Lage, sich die Tränen von der Wange zu wischen. Das Grün seiner Augen stechend, durchdringend. Beinahe hypnotisierend.

Endlich schaffte sie es, sich umzudrehen, jeweils zwei Stufen auf einmal nehmend, die Treppe hinaufzuhasten, bis sie im Pausenraum ankam. Sie brach auf einer der Bänke zusammen, auf einmal schien jede Kraft aus ihrem Körper gewichen zu sein.

Auf keinen Fall würde sie heute Abend das Kaufhaus alleine verlassen.

48

DI Wade

Eine Million Gedanken schwirrten gleichzeitig in ihrem Kopf herum. Vor allem das Gespräch mit Sophie vom Mittwoch hörte nicht auf, an ihr zu nagen. Ihr Bemühen, jeglichen Augenkontakt sowohl mit ihr als auch mit Mack zu vermeiden, ließ Lindsay daran zweifeln, dass Sophies Behauptung, sich an nichts zu erinnern, der Wahrheit entsprach. Doch auch als sie noch einmal die Abschrift der Aussagen durchgegangen waren, hatten sie nichts gefunden, was ihnen weitergeholfen hätte. Vielleicht war ihr Verhalten also wirklich nur auf Angst zurückzuführen, darauf, dass sie sich immer noch in einer Art Schockzustand befand, wie Mack vermutet hatte. Aber Lindsay wurde das Gefühl nicht los, dass sie etwas wusste, das sie ihnen nicht erzählte. Konnte es sein, dass sie eventuell jemanden schützte, den sie nicht in die Sache mit hineinziehen wollte? Eine Freundin, einen Freund? Daniel Pearce zum Beispiel. Ein arroganter Typ, der ihr von Anfang an unsympathisch gewesen war. Und trotzdem, es waren nur Teenager, deren Freundin gerade brutal ermordet worden war. Konnte man erwarten, dass sich auch nur einer von ihnen normal benahm? Taten Teenager das überhaupt jemals?

Die Nachrichten auf Sophies Handy hatten keine neuen Erkenntnisse gebracht. Ihre Freunde schienen alle der Überzeugung zu sein, dass sie in das Taxi gestiegen und nach Hause gefahren war. Niemand aus der Gruppe von Samstagabend hatte ihr gegenüber etwas anderes zugegeben. Aber wenn einer von ihnen doch etwas wusste, konnte er sich in großer Gefahr befinden. Zu diesem Zeitpunkt der Ermittlungen konnten sie nicht sagen, ob Erin vom Täter bewusst ausgewählt worden oder ein zufälliges Opfer gewesen war. So oder so deutete alles darauf hin, dass der Mörder sich präzise auf seine Tat vorbereitet hatte. Und sie konnten weder wissen, ob Erin das einzige Opfer bleiben würde, noch ob sie sein erstes gewesen war.

Nur eine Sache war sicher – sie mussten die Gruppe im Auge behalten.

49

Karen

»Mike, ich bin's. Hör zu, Sophie hat gefragt, ob du sie nach der Arbeit abholen kannst, um halb sechs. Ich weiß nicht genau, warum … aber ich glaube, dass irgendwas nicht stimmt. Könntest du bitte vorbeifahren? Okay, ich sehe euch beide dann heute Abend. Tschüs.« Natürlich brauchte sie ihn ausgerechnet dann, wenn er gerade knöcheltief im Moor steckte und auf seinem Handy nur die Mailbox ansprang. Sie hoffte inständig, dass er sie auch abhörte.

Karen warf einen Blick auf die Haftnotiz von Sophie und Mike, bevor sie laut zu sich selbst sagte: »Okay, Karen, weiter geht's.«

Zwei Anrufe hatte sie erledigt, einer blieb noch.

Ein weiterer Anrufbeantworter. Sie hinterließ eine Nachricht für Rachel, nicht mehr als ein flüchtiges »Wie geht es dir?« Die Worte vorhersehbar, wie bei jedem Anrufer, der einem alles Gute wünschte. Nicht die Worte einer guten Freundin. Sie war wirklich nutzlos.

Was jetzt? Eine weitere Tasse Kaffee, die dritte. Dann zurück an den Laptop, die Facebook-Suche fortführen.

> Habe gerade Ihre Nachricht gelesen. Amy hat mir schon gesagt, dass Sie sich vermutlich melden würden. Ich kann Ihnen nichts sagen, außer dem, was Sie schon wissen. Ich habe

keine Ahnung, was das für ein Taxi war oder wer es gefahren hat. Wünschte, ich wäre eine größere Hilfe, aber ich fürchte, das bin ich nicht. Dan.

Amy hatte ihn also vorgewarnt.

Karen las die Nachricht noch einmal. Hörte sich ganz danach an, als würden die beiden unter einer Decke stecken.

Weißt du überhaupt, was du da sagst?

Sie rieb sich die Augen. Mike und Sophie hatten vermutlich recht damit, dass sie nach etwas suchte, das gar nicht da war, bedeutungslose Informationsschnipsel zusammenklaubte in der Hoffnung, der Wahrheit dadurch ein Stück näher zu kommen. Vielleicht gab es gar keine Verschwörung. Sie hatten Sophie ganz einfach in ein Taxi gesetzt, ohne sich die Mühe zu machen, sich das Unternehmen aufzuschreiben oder wenigstens zu merken. Vermutlich war es so gewesen, wie die beiden behaupteten. Um irgendetwas zu tun, um zu verhindern, dass noch mehr schlimme Dinge geschahen, hatte sie versucht, die Puzzleteile ineinander zu zwingen.

Sophies und Erins Erlebnisse am Samstagabend waren auf irgendeine Art miteinander verwoben, das ahnte sie, und gleichzeitig hatte sie wahnsinnige Angst davor, dass es tatsächlich stimmte. Und da war noch etwas anderes, ein Hinweis, eine Verbindung, direkt vor ihrer Nase. Sie war nur nicht in der Lage zu erkennen, worum es sich handelte, weil sie viel zu nah dran war, auch emotional. Wenn sie einen Schritt zurück machen könnte, würde sich der Hinweis zeigen.

Sie lehnte sich auf ihrem Stuhl zurück und verschränkte die Arme hinter dem Kopf. Bailey beobachtete sie, in seinen braunen Rehaugen lag bedingungslose Liebe. Nichts, was man häufig fand. Hunde waren so verlässlich. Sie beugte sich hinunter, um ihm über den Kopf zu streicheln. »Ich weiß, mein

Junge, ich werde langsam verrückt, nicht wahr?« Als er mit dem Schwanz wedelte, nahm sie das als Zustimmung.

Erins Facebook-Seite. An die hatte sie noch gar nicht gedacht. Aufgeregt beugte sich Karen vor und gab *Erin Malone* in das Suchfeld ein. Ihr Profil füllte die Seite wie ein Schrein. Warum war ihr das nicht schon viel früher eingefallen? Mörder liebten es, sich an den Folgen ihrer Taten zu weiden; die Verlockung, die Tat wieder und wieder zu durchleben, verschaffte ihnen einen Kick. All die Trauer zu sehen, die der Mord, den sie begangen hatten, zur Folge hatte, gab ihnen ein Gefühl der Macht. Vielleicht hatte er sogar selbst eine Nachricht auf der Pinnwand hinterlassen.

Karen begann ganz unten. Hunderte Kommentare waren hinterlassen worden, das Ganze würde einige Zeit in Anspruch nehmen. Zeit, über die sie im Überfluss verfügte.

Die kleine Schrift begann, vor ihren Augen zu verschwimmen. Das stundenlange Lesen jedes einzelnen Posts hatte sie angestrengt. Ein hartnäckiger Schmerz pulsierte hinter ihrer Stirn. Sie würde es für heute gut sein lassen müssen. Mike und Sophie würden bald zu Hause sein, sie musste das Abendessen vorbereiten.

Die Digitalanzeige auf ihrem Laptopdisplay sprang auf 17.52. Als sie ihn gerade zuklappen wollte, stach ihr einer der Posts ins Auge.

Mit jedem Wort verkrampfte sich ihr Magen mehr. Sie hatte Schwierigkeiten zu schlucken, so trocken war ihr Mund auf einmal geworden. Der Name unter dem Post kam ihr nicht bekannt vor, aber die Wortwahl dafür umso mehr. Der Stil, die gewählte Ausdrucksweise – all das weckte Erinnerungen.

Nein. Sie war müde und interpretierte zu viel in die Zeilen hinein, weil sie sich so verzweifelt wünschte, etwas zu entdecken, das sie in die richtige Richtung führen würde. Sie wollte etwas Stichhaltiges finden, einen Beweis, und die Suche hatte ihr den Rest gegeben. Ihr Verhalten war alles andere als normal. Wenn sie wirklich glaubte, dass etwas nicht stimmte, sollte sie damit zur Polizei gehen. Aber sie hatte schließlich nichts gefunden, oder? Nicht wirklich. Einen Kondolenzeintrag auf Erins Facebook-Seite, der sich einer gewählten Sprache bediente, konnte man wohl kaum als bedeutsamen Hinweis bezeichnen. Sie musste mit diesem Schwachsinn aufhören.

Tu stattdessen lieber etwas Konstruktives, Karen.

Das Essen. Sie musste Abendessen machen.

Sie ging in die Küche, nahm ein paar Zwiebeln aus dem Gemüsekorb und legte sie auf das Schneidebrett, bevor sie ein Messer aus dem hölzernen Messerblock zog. Was auch immer sie kochen würde, Zwiebeln würden eine der Zutaten sein.

Karen starrte auf das Messer in ihrer Hand; sie hielt es so fest umklammert, dass es zitterte. Jeder Muskel in ihrem Körper war angespannt. Erst als sie das Knallen der Haustür hörte, beruhigte sie sich ein wenig. »Hey, Leute, entschuldigt, aber ich bin etwas spät dran mit dem Abendessen.« Sie drehte sich um, um Mike und Sophie zu begrüßen.

Nur dass Sophie nicht da war.

50

»Wo ist Sophie?« Mit einem Klappern schlug das Messer auf dem Schneidebrett auf.

»Wie meinst du das?« Mike stellte seinen Rucksack auf die Kücheninsel. »Ist sie noch nicht von der Arbeit zurück?«

Ihr wurde eiskalt. »Hast du meine Nachricht nicht bekommen?«

»Äh, nein. Anscheinend nicht.« Mike zog das Handy aus seiner Jackentasche.

»Jetzt musst du auch nicht mehr nachsehen. Sophie wollte, dass du sie von der Arbeit abholst.« Ihre Stimme war eine Oktave höher gerutscht.

»Warum?«

»Ich weiß es nicht. Sie hat mir geschrieben und mich gebeten, dir Bescheid zu sagen. Also hab ich dich angerufen.«

»Tut mir leid, aber heute war ziemlich viel los. Ich war fast den ganzen Tag draußen im Moor und …«

»Zu Hause schaust du alle dreißig Sekunden auf dein bescheuertes Handy.«

»Da draußen hab ich keinen Empfang. Keine Panik, ich rufe sie sofort an.« Er drückte eine Taste auf seinem Telefon und hielt es sich ans Ohr. Der Moment zog sich in die Länge, Mike runzelte die Stirn. »Der Anruf ist gleich auf ihre Mailbox gegangen.«

Karen streckte einen Arm aus, um sich an der Arbeitsfläche festzuklammern. Sie hatte Angst, dass ihre Beine sie sonst nicht mehr tragen würden. Ihr Herz schlug so wild, dass sie das Blut in ihren Ohren rauschen hörte. Ein kalter Griff schien sich um ihre Kehle zu legen, drückte zu, immer enger, drohte sie zu ersticken. Mikes Stimme schien wie in Wellen heranzurollen, sich vor und zurück zu bewegen – nah, fern, nah, fern. Was hatte er gesagt?

»Karen, wahrscheinlich sitzt sie gerade im Auto. Warum gerätst du sofort in Panik?«

Ihr Körper reagierte auf die einzige Weise, die er noch kannte. »Wir müssen die Polizei alarmieren, Mike.« Ihr Atem ein abgerissenes Keuchen. »Sie sollte längst zu Hause sein.«

»Sie ist wie viel zu spät? Eine halbe Stunde vielleicht? Ich glaube kaum, dass die gleich einen Suchtrupp losschicken werden.«

»Hör auf, Witze zu machen. Nach Erin … Ich meine es ernst, okay? Der Mörder läuft immer noch irgendwo da draußen rum.«

»Okay, okay. Ganz ruhig. Ich setz mich sofort ins Auto und fahre ihre übliche Route ab. Du versuchst es weiter auf ihrem Handy.« Mike schnappte sich den Autoschlüssel. »Wahrscheinlich hat sie einfach nur eine Panne.«

»Mir gefällt das Timing nicht – dass sie sich genau an dem Tag verspätet, an dem sie dich bittet, sie abzuholen. Irgendetwas ist passiert.«

»Versuch, dich ein wenig zu beruhigen, okay? Und ruf mich an, sobald du was von ihr hörst.«

»Ja. Ja, natürlich. Bitte, Mike, du musst sie finden.«

Nachdem die Haustür hinter ihm ins Schloss gefallen war, senkte sich Stille über das Haus. Nur das dumpfe Schlagen ihres Pulses, der das Blut durch ihre Adern pumpte, in ihren Ohren. Ein Ziehen im Magen, eine Erinnerung daran, wie sie mit Sophie schwanger gewesen war. Dieses Gefühl der Bindung, das nur eine Mutter zu ihrem Kind haben konnte. Eine Nabelschnur ließ sich durchtrennen, doch mit ihr nicht die Liebe, der Instinkt, dieses kleine Bündel sein ganzes Leben lang beschützen zu müssen.

Karen schlang die Arme um ihren Körper. Was, wenn Mike sie nirgendwo finden konnte?

Bereite weiter das Abendessen vor, lenk dich ab.

Nicht dass sie hungrig gewesen wäre. Aber sie schnitt trotzdem die Zwiebeln fertig, nahm anschließend die Minze aus dem Kühlschrank und sammelte die anderen Zutaten zusammen. Sophie würde Hunger haben, wenn sie nach Hause kam. Sie würde ihr Lieblingsessen kochen, Shepherd's Pie.

Ein Kratzen an der Hintertür. Verdammt. Bailey. Es war eine Ewigkeit her, dass sie ihn rausgelassen hatte. Kaum dass sie die Tür zur Veranda einen Spaltbreit aufgeschoben hatte, flitzte er an ihr vorbei, ohne sie auch nur eines Blickes zu würdigen. Seine Art der Rache.

Für einen Augenblick verharrte sie und atmete tief die Abendluft ein. Normalerweise würde sie in Panik geraten, aber in diesem Moment genoss sie das kühle, erfrischende Gefühl auf der Haut. Sie ließ den Blick über das Moor in der Ferne schweifen. Die Sonne ging gerade hinter der Kirche unter und sandte leuchtende Strahlen in Orange und Gelb über den Himmel, der sich in Richtung Haytor pink verfärbte, wodurch sich die Felsen schwarz und mächtig gegen den wunderschönen Hintergrund abhoben. Immerhin war es noch ein wenig hell. Mike sollte keine Probleme haben, Sophies roten Yaris zu erkennen, wenn er daran vorbeifuhr. *Falls* er daran vorbeifuhr. Es würde nicht mehr allzu lange dauern, bis es richtig dunkel war. Wenn sie dann immer noch nicht zu Hause war oder Kontakt mit ihnen aufgenommen hatte, würde sie wirklich in Panik ausbrechen.

51

Do., 23.53 Uhr
Warum hast du dich nicht gemeldet? Ich habe dir so viele Nachrichten und Mails geschickt. Geht es dir gut?
Du gehst mir doch nicht aus dem Weg, oder?
Bitte schreib mir zurück, weil sonst, du weißt schon – wenn du nicht zu mir kommen kannst, muss ich zu dir kommen.
Ich vermisse dich.
xxxx

52

Sophie

Wo verdammt noch mal bleibt er?

Halb sechs. Sie hatte ihren Vater gebeten, sie genau hier abzuholen. Amy, die ihr den ganzen Tag lang von ihrer Make-up-Theke besorgte Blicke zugeworfen hatte, weil sie ganz offensichtlich bemerkt hatte, wie schreckhaft sie war, hatte ihr angeboten, sie zum Auto zu begleiten. Doch Sophie hatte abgelehnt, weil sie damit gerechnet hatte, dass ihr Vater sie abholen würde. Und unter den gegebenen Umständen fühlte es sich sehr viel sicherer an, mit ihm das Kaufhaus zu verlassen als mit einer anderen Frau. Doch jetzt, als sie mit schwindenden Hoffnungen, dass ihr Vater noch auftauchen würde, im zugigen Flur stand, der zum Mitarbeitereingang führte, erschien ihr Amys Angebot dennoch sehr viel verlockender als die Aussicht darauf, sich ganz ohne Begleitung hinauszuwagen.

Dieses bescheuerte Billighandy. Kein Empfang. Sie schlug es gegen die Wand, hielt es hoch über den Kopf, ging damit auf und ab, aber nicht ein einziger Balken erschien. Zum hundertsten Mal starrte sie durch das Fenster im oberen Teil der Tür nach draußen. Kein Dad weit und breit. Das einzig Gute war, dass auch der Stalker nirgendwo zu sehen war. Vielleicht konnte sie doch ganz einfach alleine zum Auto gehen, ohne belästigt zu werden.

Viertel vor sechs.

Sie würde es riskieren müssen. Ihr Vater war immer pünktlich. Wenn er jetzt noch nicht da war, würde er nicht mehr kommen.

Gib ihm noch ein paar Minuten.

Sophie rieb die Hände aneinander, schüttelte die Beine aus, versuchte, ihr Blut zum Zirkulieren zu bringen, damit sie warm blieb.

Der Wachmann. Er war garantiert noch im Kaufhaus. Sie musste Dave finden. Er würde sie bestimmt gerne zu ihrem Wagen begleiten. Sie ging auf die Treppe zu.

Ein leises Klopfen an der Tür.

Sie erstarrte. Welches Gesicht würde sie sehen, wenn sie sich jetzt umdrehte?

Bitte, lass es Dad sein.

Sie stieg ein paar weitere Stufen hinauf, um dem oberen Treppenabsatz näher zu sein als dem unteren, bevor sie langsam den Kopf wandte.

Vor Erstaunen öffnete sie den Mund und schloss ihn sofort wieder. Hastig stürzte sie die Treppe hinunter und riss die Tür auf. »Was machst du denn hier?« Sie streckte den Kopf hinaus, blickte die Straße hinauf und hinab, dann zog sie Dan herein.

»Was ist los?« Er runzelte die Stirn, wehrte sich aber nicht dagegen, dass Sophie ihn weiter in den Flur zerrte.

»Irgendein komischer Typ, der sich hier in der Nähe rumtreibt, das ist alles.« Hatte sie gleichgültig genug geklungen?

»Echt? Wo?« Dan wandte sich wieder der Tür zu.

»Jetzt nicht mehr. Aber ich bin mir nicht sicher gewesen, in welche Richtung er verschwunden ist, und wollte nicht riskieren, ihm auf dem Weg zum Auto zu begegnen.« Sie starrte ihn an. »Und du?«

»Und ich *was*?«

»Und was machst du hier?«

»Ich wollte mit dir ausgehen.«

»Ich will nur nach Hause, was essen und dann ins Bett.«

»Ich dachte, wir könnten uns eine Portion Fish and Chips besorgen und uns irgendwo an den Strand setzen …«

»Es ist eiskalt draußen. Warum sollte ich mich bitte ans Wasser setzen wollen?« Sie verschränkte die Arme vor der Brust.

»Du hast doch eine Jacke an, oder? Außerdem können wir uns ja gegenseitig warm halten …« Er zwinkerte ihr zu.

»Netter Versuch.«

»Komm schon, es tut dir bestimmt gut, dich nach einem langen Arbeitstag mal so richtig durchpusten zu lassen. Ich lade dich auch ein.«

»Haha, was für eine tolle Einladung – für eine lausige Portion Fish and Chips darf ich dich durch die Gegend kutschieren.«

»Na ja, ich würde sagen, das ist meine charmante Gesellschaft allemal wert, oder?«

Sophie zuckte mit den Schultern. Sie war sich nicht sicher, ob das Ganze eine gute Idee war. Andererseits konnte der Tag nach dem Vorfall vom Morgen kaum noch schlimmer werden. »Okay, charmanter Dan, wir haben einen Deal. Erinnere mich nur daran, dass ich meinem Dad schreibe, sobald ich wieder Empfang habe. Er sollte mich eigentlich abholen.« Sie warf einen letzten Blick die Straße hinunter, bevor sie das Kaufhaus verließen. Ihr Vater war nirgendwo zu sehen. »Aber anscheinend hat er was Besseres zu tun. Komm, wir gehen.«

Immer noch wachsam, blickte sich Sophie alle paar Schritte um, während sie zum Parkplatz gingen. Er war irgendwo hier, versteckte sich, beobachtete sie, wartete. Sie konnte nur hoffen, dass Dans Anwesenheit abschreckend genug auf ihn wirkte; dass er ihn nicht als Herausforderung sehen würde. Dan würde sie vielleicht verteidigen, aber er war nicht gerade besonders groß oder stark, und ein unbestimmtes Gefühl sagte ihr, dass er einen Kampf nicht gewinnen würde.

Teignbay lag nur eine fünfminütige Fahrt die zweispurige Schnellstraße hinunter entfernt. Aufgrund seiner Nähe zur Stadt war er schon immer der beliebteste Strand ihrer Clique gewesen. Sie parkten in der Nähe des Piers. Als Sophie aus dem Wagen stieg, riss ihr der starke Wind die Tür aus der Hand.

»Ich könnte jetzt warm und sicher zu Hause sitzen.«

»Schon klar, aber sieh dir das doch mal an.« Dan deutete in Richtung Pier, wo der leuchtend orangefarbene Himmel auf das dunkle, aufgewühlte Wasser traf. Der Anblick war überwältigend.

»Ich kann mir jeden Abend einen wunderschönen Sonnenuntergang von der Veranda aus ansehen.«

Dan schüttelte den Kopf. »Du bist wirklich schwer zufriedenzustellen.«

Ein Lächeln zerrte an ihren Mundwinkeln. Doch dann schoss ihr ein Gedanke durch den Kopf. Du verdienst es nicht zu lächeln. Leben und lächeln – zwei Dinge, die Erin nie wieder tun würde. Keine weiteren Sonnenuntergänge für sie.

»Woran denkst du?« Dan sah sie mit schief gelegtem Kopf an.

»Sorry.« Sie löste den Blick vom leuchtenden Himmel.

»Es ist okay, wenn du lächelst, weißt du? Dein Leben ist nicht vorbei. Und Erin würde ganz sicher nicht wollen, dass du dich schlecht fühlst.«

Ihr Gesicht brannte. Konnte er ihre Gedanken lesen? Sie öffnete den Mund, brachte jedoch keinen Ton heraus.

»Lass uns ein bisschen spazieren gehen, ja?« Er nahm ihre Hand.

»Alles okay, es geht mir gut.« Sie entzog ihm ihre Hand und schob sie in die Jackentasche, um ihn nicht auf falsche Gedanken zu bringen.

»Sorry, ich dachte nur, dass dir so wärmer wird.« Er zog den Reißverschluss seiner Jacke hoch, vergrub das Kinn im Aufschlag und ging ein paar Schritte voraus. Als sie sich beeilte, ihn einzuholen, beschleunigte er sein Tempo. Der Abstand zwischen ihnen vergrößerte sich. Offensichtlich wollte er zum Pier.

»Hey, warte auf mich.« Der Wind schluckte ihre Worte. Ohne sich umzudrehen, marschierte Dan weiter. »Hey!« Sie verfiel in Laufschritt, wich ein paar Kids auf Skateboards aus, streifte ein Pärchen, das Hand in Hand die Uferpromenade entlangspazierte. Atemlos holte sie ihn schließlich ein.

Er lachte. »Ist dir jetzt warm?«

»Haha, sehr witzig.« Sie stieß ihn mit der Schulter an, und für einen Moment fühlte sich das Leben plötzlich wieder ganz normal an: das übliche Herumalbern mit Dan, zwei Freunde, die Spaß miteinander hatten.

Doch als sie an den leeren, regungslosen Fahrgeschäften vorbeiliefen, wurde sie von einem Schaudern gepackt. Da war noch immer das Gefühl von Traurigkeit, Verlust und Schuld.

Sie wurden langsamer, als sie das Ende des Piers erreichten. Die Augen starr geradeaus gerichtet, auf das dunkle Meer, schob Sophie ihre Hand in Dans. Keiner von beiden sagte ein Wort. Was ihr vor fünf Minuten noch unmöglich vorgekommen war, fühlte sich jetzt richtig an. Sicher.

Nachdem sie den Pier einmal umrundet hatten, gingen sie zum Fish-and-Chips-Imbiss. Das Papier mit dem fettigen Essen auf den Oberschenkeln balancierend, saßen sie auf dem Rand des Betonbrunnens, der mitten auf der Uferpromenade stand.

»Gar nicht mal so schlecht … für billige Fish and Chips.« Sophie knüllte das Stück Zeitung zusammen, in dem das Essen eingewickelt gewesen war, und warf es in den nächsten Papierkorb.

»Ich weiß eben, wie man ein Mädchen verwöhnt.« Er zwinkerte ihr zu. Zum zweiten Mal an diesem Abend.

»Gott, Dan, was soll diese ganze Zwinkerei? Versuchst du mich etwa zu verführen?«

Er senkte den Blick. »Man kann sein Glück ja mal versuchen, oder?«

»Nein! Nein, Dan, das solltest du nicht tun. Wir sind Freunde. Und das ist auch alles, was wir jemals sein werden. Das weißt du doch, oder?«

»Warum hast du dann Händchen mit mir gehalten?«

»Ach, komm schon. Händchen halten bedeutet gar nichts.« Sie drehte sich um und ging in Richtung Auto davon. Offensichtlich hatte sie die Situation falsch eingeschätzt. Was sie selbst als tröstende Geste verstanden hatte, hatte für ihn mehr bedeutet. Verdammt. Als sie einen Blick über die Schulter warf, stellte sie fest, dass er ihr folgte. Das würde eine ziemlich unangenehme Heimfahrt werden.

Sophie stieg ins Auto, wartete mit laufendem Motor, damit die Heizung warm lief. Wo blieb er? Er war nicht weit hinter ihr gegangen, aber jetzt konnte sie ihn nirgendwo sehen.

Beeil dich, ich will nach Hause.

Sie drückte auf die Hupe, ein paar der Skaterjungs sahen auf. Aber weit und breit kein Dan. Wenn sie noch mal aussteigen musste …

Eine dunkle Gestalt schälte sich aus dem Schatten zwischen den Gebäuden ein Stück weiter die Promenade hinunter.

Sie spannte die Muskeln an, wagte nicht, Luft zu holen. Die Gestalt bahnte sich einen Weg zwischen den geparkten Autos hindurch, kam unaufhaltsam auf sie zu.

Das ist nicht Dan. Das ist er.

Er war ihnen hierher gefolgt. Sie beugte sich vor, um auf den Knopf für die Zentralverriegelung zu drücken, aber es war zu spät. Die Tür schwang auf.

Sie schrie.

»Was zum Teufel ist los, Sophie?« Dan trat vom Wagen zurück und hielt sich die Ohren zu.

»Du hast mich zu Tode erschreckt.«

»Im Ernst?« Er ließ sich auf den Beifahrersitz fallen. »Äh … aber du wusstest doch, dass ich komme?«

»Ich hab dich nirgendwo gesehen, du warst auf einmal wie vom Erdboden verschluckt. Und dann war da plötzlich diese dunkle Gestalt. Ich hab dich nicht erkannt.« Ihr Atem ging noch immer keuchend, die Worte kamen ihr im Stakkato über die Lippen.

»Du bist die ganze Zeit schon so nervös. Dieser Typ scheint dir ganz schön Angst gemacht zu haben.«

Sie hatte keine Lust, jetzt mit ihm darüber zu diskutieren. »Du hast mich erschreckt, das ist alles.« Sie fuhr los. »Und jetzt schnall dich bitte an. Ich gehe mal davon aus, dass ich dich nach Torquay zurückfahren soll.«

»Außer du willst, dass ich mit zu dir komme?«

»Dann müsste ich dich später trotzdem nach Hause bringen. Also nein, es geht mir gut. Ich will heute einfach nur früh ins Bett.«

»Klar, wie du meinst.« Er schloss den Gurt. »Sophie?«

»Ja?«

»Ich bin immer für dich da, wenn du mich brauchst. Als dein Freund.«

Sophies Magen zog sich zusammen. Dan ahnte ja sowieso, dass da noch etwas anderes war, das sie beschäftigte. Warum erzählte sie ihm nicht einfach davon? Sie musste sich jemandem anvertrauen; diese ganze Sache war langsam wirklich beängstigend.

Erzähl es ihm.

»Danke, das bedeutet mir sehr viel.« Dann richtete sie den Blick auf die Straße und legte den zweiten Gang ein.

53

Karen

Sie beobachtete, wie er an der Verandatür einen Augenblick innehielt. Er war allein, hatte Angst hereinzukommen, weil er wusste, dass sie ausflippen würde. Er hatte sie nicht gefunden.

Karen öffnete ihm. Angespannt, zittrig. »Nichts?«

»Nein, tut mir leid.« Mike trat in den Flur und begann die Schuhbänder an seinen schweren Boots zu lösen. »Aber das ist noch lange kein Grund, in Panik zu geraten. Vielleicht ist sie nach der Arbeit mit Amy ausgegangen, das tut sie doch häufiger, oder?« Das Zögern in seiner Stimme verriet seine eigene Unsicherheit.

»Ja, aber sie hat mich extra darum gebeten, dir Bescheid zu sagen, dass du sie abholen sollst. Warum sollte sie dann stattdessen mit Amy weggehen?«

»Weil ich nicht aufgetaucht bin?«

»Und wieso hat sie nicht angerufen?«

»Ich weiß es nicht, Karen. Vielleicht hatte sie keinen Empfang. Hast du es bei Amy probiert, nur vorsichtshalber?« Er ging ihr voraus ins Wohnzimmer.

»Nein.« Karen senkte den Blick. »Ich bin davon ausgegangen, dass sie nicht rangeht, wenn sie meine Nummer sieht.«

»Warum?«

»Ach, egal, ich versuche es gleich mal.« Sie sah sich um. »Zumindest, sobald ich mein Handy gefunden hab.«

»Es ist mir vollkommen schleierhaft, wie du es immer wieder schaffst, es zu verlegen. Du hältst dich doch den ganzen Tag nur im Haus auf.«

»Ich weiß, ich weiß. Ich laufe herum, lege es irgendwohin und vergesse, wo. Rufst du mich bitte kurz an?«

Ein gedämpftes Klingen ertönte. Küche?

»Danke.«

»Ich habe noch gar nicht gewählt.«

Karen stürzte aus dem Zimmer. Hielt in der Küchentür inne, horchte. Unter dem Geschirrtuch. Sie riss es hoch, fuhr mit dem Daumen über das Display. »Wo bist du?«, schrie sie ins Telefon. Die unbeabsichtigte Wut war die Art, auf die sie die überwältigende Erleichterung kanalisierte, die sie durchflutete.

Mike kam in die Küche gerannt. Die Hände in einer fragenden Geste erhoben, die Augenbrauen hochgezogen, formte er stumm die Worte: »Wo ist sie?«

Karen hielt das Handy ein Stück vom Ohr weg. »Mit Dan zusammen. Er ist dran, weil sie gerade fährt.« Sie schüttelte den Kopf, bevor sie sich das Telefon wieder ans Ohr presste.

Mike murmelte etwas Unverständliches vor sich hin, während er zurück ins Wohnzimmer ging. »Sag ihr, dass ich wegen ihr beinahe einen Herzinfarkt gehabt hätte. Was glaubt sie denn, was ich noch alles aushalte?«

Karen hörte sich die Entschuldigungen an, Dan hatte das Handy auf Lautsprecher gestellt. »Sieh einfach zu, dass du so schnell wie möglich nach Hause kommst.« Sie beendete das Telefonat und ging zu Mike hinüber. »Kannst du das glauben? Ich meine, okay, du bist nicht aufgetaucht, aber was hat sie sich dabei gedacht, mit ihm wegzufahren, ohne wenigstens eine SMS zu schicken?«

»Immerhin geht es ihr gut.« Mike sah von seinem iPad auf. »Ist sie auf dem Weg hierher?«

»Sie bringt zuerst Dan nach Hause.« Sie ließ sich aufs Sofa fallen. »Mir ist schlecht.«

»Wie kann sie nur so unglaublich egoistisch sein und dir das antun?«

»Na ja, sie ist wahrscheinlich nicht die Einzige, die zuerst an sich selbst denkt …« Sie konnte sich den Kommentar nicht verkneifen, auch wenn sie sich sicher war, dass Mike den sarkastischen Unterton nicht einmal bemerken würde.

»Das sagst du jetzt, wo du weißt, dass es ihr gut geht. Aber was, wenn das nicht der Fall gewesen wäre? Wärst du dann immer noch so verständnisvoll?«

Sie wusste nicht, was sie darauf antworten sollte. Ja, es war vor allem die Erleichterung, die sie weich machte und sie schneller verzeihen ließ. Wenn sie immer noch hier säße, ohne die geringste Ahnung, wo Sophie steckte, wäre sie inzwischen wahrscheinlich fast durchgedreht. Aber das Verhalten ihrer Tochter bestätigte Karen nur, was sie bereits vermutet hatte – irgendetwas beschäftigte Sophie. Es gab einen Grund dafür, dass sie gebeten hatte, heute Abend abgeholt zu werden. Es gab auch einen Grund dafür, dass sie sich in letzter Zeit so merkwürdig verhielt, und dafür, dass sie einen schwarzen Müllsack unter ihrem Bett versteckte. Sie musste der Tatsache ins Auge sehen – es war Zeit für eine Unterhaltung unter vier Augen. Ein Gespräch zwischen Mutter und Tochter.

54

Sophie

Sie war nur noch wenige Minuten von zu Hause entfernt und überlegte fieberhaft, wie sie der Situation aus dem Weg gehen konnte. Sobald sie durch die Tür trat, würde das Verhör beginnen, und sie wusste jetzt schon, wie die erste Frage lauten würde: »Warum hast du Dad gebeten, dich abzuholen?«

Sei ehrlich, Sophie.

Allein beim Gedanken daran wurde ihr schlecht. Ehrlich sein.

Jep, erklär deiner von Panikattacken und irrationalen Ängsten geplagten Mutter, dass du glaubst, mit Erin zusammen gewesen zu sein, als sie ermordet wurde; dass dir irgendwer abstoßende Bilder von dir in kompromittierenden Posen geschickt hat. Und, wo wir gerade dabei sind, Mum, ich werde außerdem gestalkt.

Okay, dann also eine Variation der Wahrheit. Sie könnte erzählen, dass Dan sie bedrängt hatte. Immerhin stimmte das in gewisser Weise sogar, auch wenn es Dan gegenüber nicht gerade fair war. Ihre Mutter würde ihr auf jeden Fall glauben, sie schien Dan nicht sonderlich zu mögen. Aber dann würde sie fragen, warum sie trotzdem mit ihm zum Strand gefahren war.

Überleg dir eine Erklärung, wenn es so weit ist.

Als sie um die letzte Kurve bog, kam ihr Haus in Sicht. Das Licht aus dem Wohnzimmer warf unheimliche Schatten auf die Straße, obwohl die Vorhänge zugezogen waren. Sie wusste, dass sie beide da drin saßen und auf sie warteten.

Sophie parkte das Auto, blieb jedoch noch einen Moment sitzen, ließ ihre Finger knacken und holte ein paarmal tief Luft, bevor sie ausstieg.

»Tut mir leid, dass ihr euch solche Sorgen wegen mir gemacht habt.« Ihr Eröffnungssatz – eine schnelle Entschuldigung, der Versuch, die Situation zu entschärfen, ehe sie sie in die Mangel nahmen.

Ihre Mutter saß alleine im Wohnzimmer, an einem Ende des Sofas, die Beine angezogen. Ihre Miene wirkte ruhig, neutral, als sie sagte: »Ja, ich habe mir Sorgen gemacht. Und ich tue es immer noch.« Sie klopfte einladend auf das Polster. »Es tut mir aber auch sehr leid, dass Dad nicht gekommen ist, um dich abzuholen. Er hat die Nachricht nicht erhalten.«

»Ich dachte, er ist noch sauer auf mich und will mir damit eine Lehre erteilen.«

»So etwas würde er niemals tun.«

Sophie irritierte der schockierte Unterton in der Stimme ihrer Mutter. Er hatte schon so einige Dinge getan, um ihr eine Lehre zu erteilen. Warum also sollte es in diesem Fall so unwahrscheinlich sein? »Ist das dein Ernst?«

»Ich gebe zu, dass er manchmal Sachen macht, die einem ein wenig gemein vorkommen können, aber dir würde er so etwas nie antun. Er würde dich niemals mit Absicht im Stich lassen. Egal, welchen Eindruck er dir manchmal vermittelt, er liebt dich über alles. Dein Dad würde alles für dich tun.«

»Wo wir gerade von ihm reden, wo ist er überhaupt? Er kocht doch nicht schon wieder, oder?« Der Geruch nach Essen lag noch immer in der Luft.

»Oben im Büro. Wir haben schon gegessen. Ich hab dir den Rest Shepherd's Pie in den Ofen gestellt.«

»Danke, aber ich habe keinen Hunger. Ich war mit Dan Fish and Chips essen.«

»Mhm … okay, und wie genau kam das zustande?«

Jetzt. Tu es jetzt. Erzähl es ihr.

»Er ist bei Andersons vorbeigekommen, wollte was unternehmen. Das ist auch schon alles.«

»Und wieso wolltest du, dass Dad dich abholt, wenn du eigentlich mit Dan verabredet gewesen bist?«

»Ich *wusste* nicht, dass er vorbeikommen würde.«

»Dann verhält er sich immer noch seltsam?«

Normalerweise würde sie jetzt anfangen zu diskutieren, einen Streit vom Zaun brechen, ihrer Mutter an den Kopf werfen, dass sie sich nicht so verdammt bescheuert verhalten sollte. Doch nicht heute. Jetzt war der Zeitpunkt gekommen, ihr entweder zu sagen, dass sie mit ihrer Vermutung recht hatte, oder ihr die Wahrheit zu erzählen.

»Er verhält sich zurzeit ein bisschen komisch, das stimmt.« Sie hielt inne, sammelte sich, bevor sie hinzufügte: »Aber er ist nicht derjenige mit dem Problem.« Sie starrte ihre Mutter an, versuchte, ihre Stimmung einzuschätzen, ihre wahrscheinlichste Reaktion vorauszusagen. Doch sie gab keinen Ton von sich, wartete nur ab, dass Sophie fortfuhr.

Verdammt noch mal, Sophie, sag es einfach.

»Ich glaube … Na ja, ich bin mir nicht ganz sicher, aber es besteht die Möglichkeit, dass ich tatsächlich einen Stalker habe.«

Na also. Das war gar nicht so schwer gewesen. Sie schloss für eine Sekunde die Augen.

»Okay. Was genau ist passiert?«

Sophie stieß den Atem aus und öffnete die Augen. Ihre Mum hatte sich vorgebeugt, die Stirn gerunzelt, wirkte insgesamt aber erstaunlich gefasst. Kein panisches Nach-Luft-Schnappen. Noch nicht.

»Das ist eine ziemlich lange Geschichte …«

»Ich hab Zeit. Fang ganz von vorne an.«

Sie konnte es nicht. Nicht ganz von vorne anfangen, in der Nacht von Samstag. Das wäre zu viel gewesen. Sie holte tief Luft. »In letzter Zeit habe ich häufiger dieses komische Gefühl gehabt, dass mich jemand beobachtet. Das erste Mal am Montag. Ich dachte erst, dass es an dem Mord liegt. Dass ich mir Dinge einbilde, weil ich Angst habe, verstehst du?« Ihre Mutter nickte, blieb jedoch stumm und wartete geduldig, dass sie fortfuhr. »Na ja, auf jeden Fall war ich die ganze Zeit ziemlich aufmerksam, was meine Umgebung angeht. Nur für den Fall, dass mein Bauchgefühl doch stimmte. Und dann habe ich ihn gesehen.« Ihre Atmung wurde flacher, und ihr Herz flatterte. »Er ist mir zur Arbeit gefolgt. Ich bin ganz schnell durch den Mitarbeitereingang rein, aber er stand draußen vor der Tür, den Körper gegen die Glasscheibe gepresst, und hat mich angestarrt.« Sie brach ab. Auf einmal hatte sie das Gefühl, nicht mehr weitererzählen zu können.

»Bist du dir sicher, Sophie? Es könnte sich auch um irgendeinen Obdachlosen gehandelt haben, der sich ein bisschen seltsam verhalten hat und meinte, er muss irgendwelchen Leuten hinterherrennen.«

»Mir kam es so vor, als hätte er es genau auf mich abgesehen. Er hat nicht wie jemand gewirkt, der sich nur einen schlechten Scherz erlaubt.«

Ihre Mum schien darüber nachzudenken, die Augen konzentriert zusammengekniffen. Dann: »Sophie?«

»Ja?« Was würde jetzt kommen?

»Was ist in dem Müllsack unter deinem Bett?«

Sie war in meinem Zimmer. Sie weiß es.

»Mein Kleid.« Ein Kloß in ihrem Hals, gleich würde sie in Tränen ausbrechen. Jetzt würde alles herauskommen.

»Warum hast du es in einen Müllsack gesteckt?« Ihre Mutter wirkte noch immer ruhig, aber in ihre Stimme hatte sich ein besorgter Ton geschlichen. Wenn sie es ihr erzählte, wäre es mit der Gelassenheit vorbei.

»Das ist das Kleid, das ich am Samstag anhatte. Ich dachte, dass es vielleicht wichtig ist, es aufzubewahren.«

»Aber warum? Außer …«

»Können wir später darüber reden? Morgen, wenn Dad bei der Arbeit ist? Bitte.« Der Mut hatte sie verlassen.

Ihre Mutter rieb sich mit beiden Händen übers Gesicht. »Wenn du mir versprichst, dich morgen nicht wieder darum zu drücken, Sophie. Dieses Gespräch ist überfällig, meinst du nicht auch?«

Warum war sie so gefasst? Sophie hatte erwartet, dass sie schreien, ihr Vorwürfe machen, eine Panikattacke bekommen würde. Genauso wie sonst auch immer. Warum heute nicht?

»Ja, Mum, wir werden reden. Versprochen.«

Sie hatte sich ihren freien Tag anders vorgestellt, aber sie musste sich jemandem anvertrauen. Die Sache war ernst. Und sie hatte Angst. Große Angst.

55

DI Wade
Freitag

Wie von Anfang an vorauszusehen gewesen war, hatten sich die meisten der Informationen, die sie seit ihrem Aufruf zur Mithilfe erhalten hatten, als Sackgasse herausgestellt. Und auch der einzige Hinweis, der Lindsays Puls höher hatte schlagen lassen – eine Frau, die spätnächtliche Aktivitäten auf dem Industriegelände gemeldet hatte, das an das Grundstück grenzte, auf dem die Leiche gefunden worden war –, hatte sich nur als Gruppe Jungs herausgestellt, die irgendwo in Ruhe ihr Gras hatten rauchen wollen. Auf einer Überwachungskamera war zu sehen, wie sie das Gelände betraten, zwanzig Minuten dort blieben und danach denselben Weg zurückgingen, den sie gekommen waren. Auch das restliche Videomaterial aus der Nähe des Fundorts war unergiebig – die Kameras waren nicht im richtigen Winkel angebracht. Es war leicht für den Täter gewesen, so weit zu fahren, bis er sich außerhalb der Überwachung befand, und den Körper der jungen Frau unbeobachtet auf dem hinteren Teil der Brache abzulegen.

Nach den enttäuschenden Nachrichten herrschte in der Einsatzzentrale betretene Stille. Lindsay spürte die Spannung, die in der Luft lag, unterlegt mit Schwermut. Sie alle hatten sich mehr von dem Appell an die Öffentlichkeit versprochen.

Lindsay setzte sich auf die Tischplatte ihres Schreibtisches und wippte mit dem Bein auf und ab, sodass der Absatz ihres Schuhs rhythmisch auf dem Boden aufschlug.

»Das ist wahnsinnig nervig.« Mack, der hinter seinem Schreibtisch saß, starrte auf seinen Computerbildschirm.

»Ich weiß. Es fühlt sich an, als würden wir einen Geist jagen. Keine Spur von ihm auf irgendwelchen Überwachungskameras, niemand hat was gesehen …«

»Nein, was du da machst, ist wahnsinnig nervig.« Er nahm den Bleistift aus dem Mund und deutete damit auf ihren Fuß.

»Oh, sorry. Es ist nur so unglaublich frustrierend.«

»Allerdings, das ist es.« Mack steckte sich das Ende des Bleistifts zwischen die Lippen und widmete sich wieder seinem Bildschirm.

»Irgendwas Neues bezüglich der Fußabdrücke?« Lindsay blätterte durch ihre Notizen.

»Nichts. Die Abdrücke, die wir gefunden haben, waren nicht zu gebrauchen; der Untergrund war viel zu nass, es waren weder klare Umrisse noch eine genaue Schuhgröße festzustellen.«

Lindsay blies die Wangen auf und stieß frustriert die Luft aus. Dann blickte sie auf. »Moment mal, dann müssen die Schuhe des Täters hinterher auf jeden Fall matschverkrustet gewesen sein. Wenn wir einen Verdächtigen *hätten*, könnten wir Glück haben und an seinen Schuhen noch Erdreste finden.«

»Wäre möglich, klar. Jetzt brauchen wir nur noch einen Verdächtigen.« Mack lächelte schwach.

Ja, sie brauchten einen Verdächtigen. Und zwar bald. Die Medien und die Öffentlichkeit wurden langsam ungeduldig. Sie wollten endlich Ergebnisse sehen, einen Schuldigen, den sie für den Mord an dem Teenagermädchen aus ihrem Ort an den Pranger stellen konnten. Und solange das nicht der Fall war, verlangten sie Antworten: Warum war bisher noch niemand festgenommen worden? Warum gab es keine Verdächtigen? Und die größte, schrecklichste Frage von allen: Glauben Sie, er wird wieder zuschlagen?

»Irgendwas Neues von den Taxiunternehmen?«, fragte Lindsay in einem, wie sie hoffte, aufmunternden Tonfall. Sie musste dafür sorgen, dass nicht auch noch der Enthusiasmus ihres Teams flöten ging.

»Clark und Webster sind dran. Aber bisher haben sie nichts gefunden.«

»Also weder eine Identifizierung von Sophie noch von Erin«, sagte Lindsay mehr zu sich selbst als zu Mack. Sie stand auf und ging in Schleifen durch den Raum, während sie an ihrem Daumennagel kaute. Dann blickte sie auf, um sich an das gesamte Team zu wenden. »Okay, alle mal herhören.«

Jeder im Raum drehte sich zu ihr um.

»Wir müssen die Sache noch mal aus einer anderen Perspektive betrachten. Dieser Typ ist kein bisschen cleverer als wir. An irgendeiner Stelle hat er garantiert einen Fehler gemacht. Einen Fehler, den wir finden müssen.« Lindsay nahm ihre Wanderung wieder auf. »Wo befindet sich von diesem Pub, dem White Hart, aus gesehen die nächste Überwachungskamera? Wir haben ein festes Zeitfenster – einer von euch muss noch mal das ganze Videomaterial durchgehen und alle Taxis und Autos checken, die innerhalb dieses Zeitfensters vorbeigefahren sind oder dort gehalten haben.«

Unwilliges Gemurmel erklang.

Lindsay blieb stehen, die Hände in die Hüften gestemmt, und starrte ihr Team aus funkelnden Augen an. Auf der Stelle herrschte Grabesstille.

»Ich kümmere mich darum«, rief DC Sewell aus dem hinteren Teil des Raums.

»Gut. Freut mich zu hören. Na los, lasst uns versuchen, bis heute Abend einen konkreten Hinweis zu finden.« Sie drehte sich um und ging zu ihrem Schreibtisch zurück. »Dieser Fall fängt nämlich an, mich mächtig anzukotzen.«

56

Karen

Dunkle Bilder stahlen sich in ihren Schlaf: ein Mann, der sich im Schatten versteckte, ein Mädchen, gefesselt, wurde langsam von einem gesichtslosen Mann erwürgt. Sophie, die in einen Flur gezerrt wurde, ihre Schreie, erstickt von einer riesigen Hand, Beine, die hilflos in der Luft strampelten, ohne ihr Ziel zu treffen.

Sophie, kraftlos. Schlaff.

Still.

Leblos.

Der Morgen war nicht schnell genug gekommen. Das ununterbrochene Kreischen der Möwen zerrte an ihren Nerven. Doch auch der darauffolgende Kopfschmerz ließ die Albträume nicht verschwinden. Die Bilder waren in ihrer ganzen Grausamkeit auch jetzt noch deutlich zu erkennen.

Ob Sophie überhaupt ahnte, welche Auswirkungen die Informationen, die sie ihr gestern Nacht anvertraut hatte, auf sie hatten? Karen rollte sich auf den Rücken, starrte auf die Lichtflecken an der Decke. Doch. Natürlich wusste sie das. Deshalb hatte sie ihr nicht schon viel früher davon erzählt. Sie hatte genau gewusst, wie Karen darauf reagieren würde, wie es sich auf ihren Zustand auswirken würde. Arme Sophie. Was hatte sie noch für sich behalten, aus Angst vor den unabsehbaren Folgen für das Befinden ihrer Mutter?

Ein ganzer Tag lag vor ihnen, um herauszufinden, was hinter all dem steckte. Kein Mike. Nur sie und Sophie. Sie musste die Sache von Anfang an richtig angehen. Nicht zu viele Fragen, sie musste ihre Tochter ausreden lassen, ohne sie zu unterbrechen. Ruhig bleiben. Das war das größte Problem. Was auch immer Sophie ihr erzählen mochte, ruhig zu bleiben war das Wichtigste. Wenn sie in Panik ausbrach, eine Angstattacke bekam, würde Sophie das Gespräch sofort abbrechen, und sie stünden wieder am Anfang.

Keine Papiertüte also.

Sie hatte seit Montag nicht mehr mit Rachel telefoniert. Es überraschte Karen nicht, dass ihre Freundin nicht zurückgerufen hatte. Irgendwann würde sie für ihre fehlende Unterstützung Wiedergutmachung leisten müssen. Vielleicht würde sie sie anrufen, nachdem sie mit Sophie gesprochen hatte. Sie wusste noch nicht einmal, für wann Erins Beerdigung angesetzt war, ob der Gerichtsmediziner ihre Leiche bald freigeben würde. Als Rachels beste Freundin sollte sie über diese Dinge Bescheid wissen.

Karen saß auf der Bettkante, den Kopf in die Hände gestützt, drückte von beiden Seiten dagegen, wie um den Schmerz herauszupressen. Zu ihren Füßen hockte Bailey und winselte leise. Flehend sah er zu ihr auf. Sie streckte die Hand aus und tätschelte ihm den Kopf. Augenblicklich begann er, mit der Pfote gegen ihren Arm zu stupsen. Er hatte Hunger.

Sie stand auf, um mit ihrer Morgenroutine zu beginnen. Dieselbe Abfolge von Handlungen wie jeden Tag. Monoton. Doch wenn Monotonie Sicherheit bedeutete, hatte sie nichts dagegen einzuwenden. Würde Sophie die heutige Routine durcheinanderbringen? Ja, sie wollte herausfinden, was am Samstagabend wirklich passiert war, und Ja, sie hatte jeden befragt und ausspioniert, den sie online zu fassen bekommen hatte. Aber hatte sie die Antworten wirklich hören wollen, oder hatte sie das alles nur getan, um sich abzulenken, um nicht verrückt zu werden? Denn jetzt, wo die Antworten in greifbare Nähe rückten, war sie sich plötzlich nicht mehr so sicher, ob sie sie würde ertragen können.

»Hast du gefrühstückt?« Karen beobachtete Sophie, die unruhig in der Küche auf und ab lief.

»Ich kann nicht. Mir ist schlecht.«

»Du solltest trotzdem versuchen, etwas zu essen. Komm schon, ich mache uns ein Bacon Sandwich.« Karen schaltete den Herd ein und holte den Speck aus dem Kühlschrank.

Doch Sophie hielt ihre Hand fest. »Nein, wirklich, ich will nichts essen. Mir ist nicht gut. Aber mach du dir eins, wenn du willst.«

Karen schloss den Kühlschrank wieder. »Ehrlich gesagt habe ich auch keinen großen Appetit. Lass uns ins Wohnzimmer gehen, okay? Dann kannst du mir ganz in Ruhe erzählen, was los ist.« Sie klang ruhiger, als sie sich fühlte. Darauf zu warten, dass Sophie ihr von Dingen erzählte, die alles verändern würden, machte sie nervös. War sie in der Lage, damit umzugehen?

»Okay, aber zuerst musst du mir versprechen, dass du nicht durchdrehst.«

Karens Hände waren bereits jetzt schweißnass, ihr Puls raste, als wäre sie gerade gerannt. Ihre Brust fühlte sich an, als würde sie von einer schweren Last zusammengedrückt.

Tiefe Atemzüge. Bleib ruhig.

Am liebsten hätte sie Sophie geantwortet: »Das kann ich dir nicht versprechen«, aber sie wusste, dass das keine Option war. Als sie ihrer Tochter in die Augen sah, las sie die Anspannung darin, die Angst. Dieselbe wie am Samstagabend. Sie musste jetzt stark sein. Sie nickte, um Sophie zu ermutigen, weiterzusprechen.

»Nach vergangenem Samstag habe ich Fotos per Mail geschickt bekommen.« Sophie hielt inne; nervös knackte sie mit den Fingern, eine Angewohnheit, die Karen hasste. Sie schloss die Augen und wartete darauf, dass Sophie fortfuhr. »Genauer gesagt war es zuerst nur *ein* Foto. Ich war mir nicht mal sicher, ob ich die Person bin, die da drauf ist. Ich dachte, dass es ein bescheuerter Scherz von einem der Jungs ist.« Sie stieß ein kurzes Lachen aus. »Du weißt ja, wie die sind … ein Haufen Idioten eben.«

»Aber es war keiner der Jungs.«

»Nein, da bin ich mir inzwischen fast hundertprozentig sicher. Auf dem nächsten Foto, das ich geschickt bekommen habe, war mehr zu erkennen. Es war eindeutig zu sehen, dass ich das Mädchen auf dem Bild bin, und ich hatte … ich hatte das …«

»Du hattest darauf das Kleid von Samstagabend an«, beendete Karen den Satz für sie.

»Ja. Ich dachte mir schon, dass du in meinem Zimmer rumspioniert hast.«

»Das tut mir sehr leid, aber ich habe mir wegen deines merkwürdigen Verhaltens in den letzten Tagen einfach so wahnsinnige Sorgen um dich gemacht. Ich wusste, dass irgendwas nicht stimmt. Dann habe ich den Müllsack mit dem Kleid unter deinem Bett gefunden. Ich bin mir sicher, dass du in meiner Situation genauso gehandelt hättest.« Das war keine wirklich befriedigende Entschuldigung für ihr Verhalten, aber die beste, die sie zu bieten hatte. »Erzähl weiter.«

»Okay, wir sparen uns die Privatsphäre-Diskussion für einen anderen Tag auf. Also, wo war ich? In der E-Mail zu dem Foto stand, dass es mehr davon gibt. Ungefähr ab da hatte ich dieses unheimliche Gefühl, dass mich jemand auf dem Weg zur Arbeit und zurück beobachtet. Und gestern habe ich ihn gesehen.«

Karen konnte sich nicht länger zurückhalten. »Moment mal, noch mal ganz langsam. Du hast Fotos von dir geschickt bekommen, die anscheinend Samstagnacht aufgenommen wurden. Wo war das? Hat er sie im Pub gemacht oder draußen? Warst du zu dem Zeitpunkt mit deinen Freunden zusammen? Was tust du auf den Bildern? Ich verstehe das alles nicht.«

»Mum. Ganz ruhig. Das alles spielt gerade keine Rolle, okay? Was mir Angst macht, ist die Tatsache, dass mir dieser Typ folgt. Können wir uns bitte darauf konzentrieren?«

»Okay. Wir müssen die Polizei einschalten.«

»Ich wusste, dass du das sagen würdest. Aber ich will nicht ...«

»Warum denn das nicht, Sophie, verdammt noch mal? Wie soll *ich* dich bitte vor einem Stalker beschützen?« Karen registrierte, dass ihr Atem flacher geworden war, hektischer.

Reiß dich zusammen.

»Ich weiß es doch auch nicht«, rief Sophie. Sie sprang vom Sofa auf und begann, hastig im Wohnzimmer auf und ab zu gehen.

Sophie und ihr Vater waren sich ähnlicher, als sie je zugeben würden: das Auf-und-ab-Laufen, die Reizbarkeit, die Unfähigkeit, ihren Zorn im Zaum zu halten. Es war der Grund dafür, dass sie so oft aneinandergerieten.

»Die Polizei wird sich alles genau ansehen und rausfinden, wer er ist. Sie können ihn aufhalten!«

»Ich will einfach nur, dass das alles aufhört.« Sophie ließ sich zu Boden sinken und schlang die Arme um ihre Knie, während dicke Tränen ihre blassen Wangen hinabliefen.

Karen hockte sich hinter sie, legte die Arme um ihre Schultern, stützte das Kinn auf ihren Kopf und wiegte sie sanft hin und her. Atmete den süßen Duft ihres Shampoos ein, während ihre eigenen Tränen auf Sophies Haare fielen. »Ich weiß, mein Schatz, ich weiß.« Sie streichelte Sophie über den

Kopf. »Aber ich befürchte, das wird nicht von selbst passieren. Wir müssen uns damit auseinandersetzen.«

Sophie rückte von ihr ab und drehte sich zu ihr um. »Und das ausgerechnet aus deinem Mund.« Sie hatte die Worte sanft, nicht böswillig ausgesprochen. Ein ehrliches Statement. Und ein berechtigtes. Mit welchem Recht konnte sie von ihrer Tochter verlangen, sich mit etwas auseinanderzusetzen, wo sie doch selbst vor ihren Problemen davonlief.

»Zusammen. Zusammen werden wir das schaffen. Mir ist klar, dass ich nicht das beste Beispiel in dieser Hinsicht abgebe, aber ich bin deine Mutter. Ich werde alles tun, was in meiner Macht steht, um dir zu helfen.«

»Können wir die Polizei dann bitte aus der Sache raushalten? Zumindest vorerst? Solange ich die Nachrichten ignoriere und nicht alleine rausgehe, bin ich doch sicher, oder?«

Karen dachte nach. »Wie schickt er dir die Nachrichten? Über Facebook?«

Sophie wandte den Blick ab.

»Sophie. Auf welchem Weg hat er dir die Bilder und die Nachrichten geschickt?«

»E-Mail.«

»Dann ist es also jemand, den du kennst. Es muss so sein, woher sollte er sonst deine Mailadresse haben?«

»Ich weiß es nicht.«

»Liebes, du kannst das Problem nicht lösen, indem du auf jede Frage mit ›Ich weiß nicht‹ antwortest.« Sie versuchte, sich ihren Ärger nicht anmerken zu lassen. Doch ihr Ton verriet sie. »Komm schon. Es ist an der Zeit, dass du mir erzählst, woran du dich erinnerst. Ich bin mir sicher, dass dir irgendetwas eingefallen ist. Habe ich recht?«

»Oh, Mum.« Sophie ließ den Kopf in die Hände sinken.

»Was ist, Schatz?«

»Die Fotos … Die Bilder, die er geschickt hat … Sie waren nicht …«

Karen kämpfte ihre Angst nieder und wartete darauf, dass Sophie fortfuhr. »Sie waren *was* nicht, Liebes?«

»Ich kann es nicht genau sagen … aber es sah so aus, als ob … Ich … *Scheiße!«* Sophie schloss die Augen. »Mein Kleid. Es ist hochgeschoben.« Sie brach ab. Ihr Schluchzen war zu heftig, als dass sie hätte weitersprechen können.

»Du musst mir diese Fotos zeigen.«

Sophie schüttelte erschrocken den Kopf. »Nein, nein, nein!« Sie sprang auf, rannte die Treppe hinauf und schlug die Zimmertür hinter sich zu.

Karen blieb alleine auf dem Wohnzimmerboden zurück, die Hände auf die Brust gepresst, hyperventilierend.

57

Sophie

Sie warf sich aufs Bett, das Gesicht in die Kissen gedrückt, die ihr Schluchzen dämpften. Sie konnte ihrer Mutter die Bilder nicht zeigen. Niemandem. Sie hatte diesem Monster erlaubt, Gott weiß was mit ihr anzustellen. Die Fotos waren widerlich. Sie sollte sie löschen.

Ja. Natürlich. Wenn sie die Bilder löschte, würde sie niemals jemand anderes zu Gesicht bekommen. Niemand würde erfahren, dass sie dort gewesen war. Mit Erin. Es war sinnlos, die Bilder aufzubewahren in der Hoffnung, dass die Polizei herausfand, wo sie aufgenommen worden waren. Dafür war viel zu wenig zu erkennen. Wenn sich die Fotos nicht mehr auf ihrem Laptop befanden, konnte sie ganz einfach abstreiten, dass sie jemals existiert hatten.

Sie sprang vom Bett auf, schnappte sich ihren Laptop und fuhr ihn hoch. *Mach schon.*

Schritte auf der Treppe. Ihre Mutter würde sie zwingen, ihr die Fotos zu zeigen.

Auf keinen Fall. Komm schon!

Der Bildschirm flackerte auf, sie hackte das Passwort in die Tasten. Ihre Mum stand jetzt vor der Tür, sie konnte hören, wie die Klinke quietschte.

Sophie markierte die kleinen Kästchen neben den E-Mails mit Anhang.

Ihre Mum stürzte ins Zimmer. »Sophie! Nicht!«

»Sorry!« Sophie drückte auf Löschen. Dann klickte sie schnell den Papierkorb an und leerte ihn, bevor ihre Mutter sie daran hindern konnte.

»Du dummes Mädchen. Du dummes, dummes Mädchen.« Ihre Mutter ließ kraftlos die Arme hängen. Ihre Schultern waren nach vorne gesackt.

»Wirklich? Und was genau macht dich plötzlich zur Expertin?«

»Das waren Beweise, Sophie. Beweise, die der Polizei vielleicht dabei geholfen hätten, ihn zu schnappen.«

»Würdest du der Polizei Beweise zeigen, die dich in einem schlechten Licht zeigen? Fotos, auf denen du aussiehst wie eine billige Schlampe? Ekelhafte, widerliche Bilder von deinem nackten Körper, sodass jeder ihn sehen kann – würdest du die der Polizei geben?«

Ihre Mum schwieg.

»Würdest du?«

»Wenn es dabei helfen würde, diesen Mann zu fassen, dann ja.«

»Dann tut es mir leid; anscheinend bin ich nicht wie du. Sorry, dass ich dich enttäuschen muss.«

»Du könntest mich niemals enttäuschen.« Ihre Mum stieg über einen Haufen Schmutzwäsche und setzte sich neben sie aufs Bett.

»Nicht einmal, wenn …« Sie konnte den Satz nicht beenden, konnte die Worte nicht aussprechen.

»Was auch immer es ist, wir werden dir helfen, das durchzustehen. Ich und Dad.«

»Du verstehst das nicht. Ich will nicht, dass die Leute Bescheid wissen. Niemand. Nicht mal du. Und ganz bestimmt nicht Dad.«

»Okay.« Sie rückte ein Stück von Sophie ab. »Ich verstehe. Okay, gut.« Sie stand auf, und ohne einen weiteren Blick verließ sie Sophies Zimmer. An der Tür hielt sie noch einmal kurz inne und sagte: »Du weißt, wo du mich findest, wenn du deine Meinung änderst.«

Ja. Ja, Sophie wusste, wo sie ihre Mutter finden konnte. Am selben Ort, an dem sie sich die letzten zwei Jahre befunden hatte. Abgeschottet. Eingeschlossen. Weit weg von der realen Welt. Wie wollte ausgerechnet sie ihr helfen? Nicht mal im Entferntesten konnte ihre Mutter sich vorstellen, wie Sophie sich fühlte. Sie hatte keine Ahnung. Der Versuch, sich ihrer Mutter anzuvertrauen, hatte alles nur noch schlimmer gemacht. Sophie wollte sich gar nicht vorstellen, was passiert wäre, wenn sie ihr auch den Rest der Geschichte erzählt hätte; dass ihr Stalker Erins Mörder sein musste. Niemals hätte Sophie sie danach noch davon abhalten können, die Polizei zu rufen.

Sie würde also doch selbst auf sich aufpassen müssen; sichergehen, dass sie niemals alleine war, wenn sie zur Arbeit ging oder ins College. Amy würde sich bestimmt bereit erklären, sie an den meisten Abenden bis zum Parkplatz zu begleiten. Aber würde das ausreichen? Dan. Sicher würde er sie nur zu gern abholen. Und trotzdem – würden ihre Freunde den Verfolger abschrecken? Ihr Dad war die einzige Person, die ihr ernst zu nehmenden Schutz bieten konnte. Oder der Wachmann aus dem Kaufhaus.

Doch alle Optionen hatten zwei entscheidende Nachteile. Erstens, keiner von ihnen würde immer Zeit haben. Sowohl Amy als auch Dan und ihr Vater fingen morgens zu unterschiedlichen Zeiten zu arbeiten an. Und zweitens, jeder von ihnen würde sofort die Polizei einschalten.

Im College war sie sicherer. Kein Stalker dieser Welt würde riskieren, dass ihn einer der Lehrer bemerkte und die Polizei rief. Ein kleiner Lichtblick – alle paar Wochen hatte sie immerhin eine Chance auf Sicherheit. Wie es aussah, musste sie der Tatsache ins Auge sehen, dass es keinen Weg gab, die Polizei aus der Sache rauszuhalten. Aber was, wenn sie eine Verbindung zwischen dem Stalker und dem Mord an Erin herstellten? Was, wenn sie ihn schnappten und er Sophie beschuldigte, sie mit in die Sache hineinzog? Wie sollte sie jemals das Gegenteil beweisen? Und was hatte der Mörder noch in der Hinterhand? Mehr Bilder? Sie schauderte. Vielleicht sollte sie sich krankmelden. Zu Hause bleiben, so wie ihre Mum. Zwei beschissene Einsiedler zusammen. Was für eine deprimierende Aussicht.

Irgendwann würde er sicherlich beginnen, sich zu langweilen. Wenn er sie weder sehen noch zu ihr gelangen konnte, würde er bestimmt auch aufhören, sie über das Internet zu kontaktieren, würde sich jemand anderen suchen. Aber wen? Jemanden aus ihrer Clique. Amy?

Wenn er das tat, wäre es ihre Schuld.

58

Mi., 23.45 Uhr
Es tut mir leid, ich weiß, dass du dich von mir im Stich gelassen fühlst, aber das ist keine Entschuldigung für die E-Mails, die du mir geschickt hast. Deine Wut hat mich schockiert. Zwölf Monate lang bist du dieser wunderbare, nette, liebevolle Mann für mich gewesen – bitte, lass es nicht so enden.
Ich habe dir meine Situation erklärt, und warum ich diese Sache nicht weiterführen kann, aber ich wünsche dir für die Zukunft alles Glück dieser Welt. Irgendwann wirst du die richtige Person für dich finden, die in jeder Hinsicht genauso wundervoll ist wie du selbst, und du wirst glücklich sein. Da bin ich mir sicher.
Aber ich bin nicht die Richtige für dich.

59

Karen

War es Zufall, dass Sophie gerade jetzt glaubte, sie habe einen Stalker? Hätte sie ihr nicht von den Fotos erzählt, wäre Karen vermutlich zu dem Schluss gekommen, dass sie sich das nur einbildete. Eine Reaktion auf Erins Ermordung, die sie überempfindlich werden ließ. Wenn man sich bereits am Abgrund befand, kam einem alles wie eine Drohung vor. Ein Geräusch, ein Schatten, eine Person zur falschen Zeit am falschen Ort, dazu die Intensität der Gefühle – das alles führte dazu, dass man die eigene Angst als Gefahr von außen wahrnahm. Karen wusste nur zu gut, wie sich das anfühlte.

Aber die Fotos warfen ein anderes Licht auf die Sache. Konnte es sich um einen schrecklichen Scherz handeln, den sich jemand mit ihr erlaubte, so wie Sophie zuerst vermutet hatte? Glaubte einer der Jungs aus ihrer Clique ernsthaft, dass so etwas witzig sei? Das wäre tatsächlich ziemlich krank, aber Karen traute es ihnen durchaus zu, vor allem Dan. Wenn sie nur eine Chance gehabt hätte, einen Blick auf die Bilder zu werfen, um selbst einschätzen zu können, ob sie echt waren. Sophie ging ganz eindeutig davon aus. Karen konnte sich kaum vorstellen, dass sie so schlimm waren, wie Sophie sagte. Sie war in einem Pub gewesen – was war die peinlichste Situation, in der in einer Kneipe ein Foto von einem gemacht werden konnte? Sie hatte gesagt, dass ihr Kleid hochgeschoben gewesen war. Hatte sie vielleicht betrunken auf dem Boden gelegen, das Kleid über ihre Hüfte gerutscht, sodass alle ihren Slip hatten sehen können? Oder hatte er die Fotos gemacht, als sie allein gewesen war, in der Toilette oder irgendwo draußen?

Ihr Magen knurrte. Karen fühlte sich zwar nicht hungrig, aber ihr Körper verlangte eindeutig nach Nahrung – nach etwas anderem als Kaffee. Es war gerade mal Viertel nach zehn, bis zum Mittagessen war noch viel Zeit, aber sie hatte das Frühstück auch heute ausfallen lassen. Lustlos durchstöberte sie die Schränke nach etwas Essbarem, doch nichts von dem, was sie fand, weckte ihren Appetit. Sie machte die Türen wieder zu. Vielleicht könnte Sophie kurz zum Supermarkt fahren, um ihnen ein Fertiggericht zum Mittagessen zu kaufen.

Karen stellte sich an den Treppenabsatz und rief nach ihr.

Langsam kam Sophie die Stufen heruntergeschlendert, blieb auf der Hälfte der Treppe stehen und setzte sich auf eine Stufe.

»Hättest du Lust, kurz was zum Mittagessen zu besorgen?« Karen wedelte mit einer Zwanzigpfundnote.

»Klar. Kann nur sein, dass ich mit einem Riesensack voll Schokolade nach Hause komme.« Sie beugte sich vor, um Karen den Geldschein aus der Hand zu nehmen.

Karen grinste. »Ich kann mit allem leben.«

»Es tut mir leid, Mum. Du weißt, dass ich es nicht getan habe, weil ich dir nicht vertraue …«

»Und warum dann?« Karen setzte sich auf die unterste Stufe, den Rücken gegen die Wand gelehnt.

»Ich bin einfach dumm. Dad hatte recht. Ich habe mir das selbst eingebrockt, und ich sollte niemand anderen da mit hineinziehen. Schon gar nicht dich …«

»Schon gar nicht mich?« Karen holte scharf Luft, unfähig, noch mehr zu sagen.

»Du weißt schon, nach allem, was du durchgemacht hast.

Der Grund, aus dem du so bist, wie du eben bist. Wie könnte ich dich mit so was belasten?«

Karen presste die Lippen zusammen, zwang sich, die Tränen zurückzuhalten. »Oh, Sophie, meine süße, kleine Sophie.« Sie schob sich die paar Stufen nach oben und zog ihre Tochter in ihre Arme. »Ich bin deine Mum. Was ich durchgemacht habe, spielt keine Rolle. *Du* bist meine Priorität. Ich weiß, es wirkt vielleicht manchmal nicht so, aber … ich bin die eine Person, die du immer und in jedem Fall um Hilfe bitten musst.« Sie nahm Sophie bei den Schultern und zwang sie, ihr in die Augen zu sehen. »Hast du das verstanden?«

Sophie nickte und schenkte ihr ein schiefes Lächeln, während ihr die Tränen die Wangen hinabliefen. »Ja. Okay. Es tut mir leid, dass ich die Fotos gelöscht habe.«

»Sie hätten dabei helfen können, diesen Mann zu identifizieren. Bist du dir denn ganz sicher, dass er wirklich dich fotografieren wollte und nicht jemand anderen in dem Pub?«

»Ich bin die Einzige, die darauf zu sehen ist. Niemand sonst.«

»Wie konnte er dich alleine fotografieren, wo waren deine Freunde?«

Sophie seufzte und ließ die Schultern hängen. »Die Fotos sind nicht im Pub aufgenommen worden, Mum. Zumindest nicht im Gastraum. Vielleicht in einem Keller …«

»In einem Keller? Ich dachte …«

»Ich weiß. Deswegen habe ich es dir zuerst nicht erzählt. Ich wollte dir keine Angst machen. Und eventuell ging es auch ein bisschen darum, dass ich nicht wollte, dass du recht hast.«

»Womit?«

»Irgendetwas *muss* passiert sein. Ich meine, in den Stunden zwischen dem Zeitpunkt, zu dem ich ins Taxi gestiegen bin, und dem Moment, als mich die Polizei nach Hause gebracht hat. Genau wie du es dir von Anfang an gedacht hast.«

»Oh, Sophie!« Mit den Fingerspitzen massierte Karen ihre Schläfen. »Erinnerst du dich inzwischen?«

»Nicht wirklich, nein. Nur Fetzen, einzelne Bilder ohne Zusammenhang.«

»Ich weiß, dass du die Fotos gelöscht hast, aber du musst mir beschreiben, was darauf zu sehen war. So detailliert wie möglich. Und kannst du dich entsinnen, wie die Mailadresse gelautet hat, von der sie abgeschickt worden sind?«

»Mit der Adresse kommen wir nicht weiter. Irgendwas Absurdes und kein Account bei Gmail oder Yahoo oder so. Ich werde dir die Fotos beschreiben, aber lass uns erst was essen.«

»Moment mal. Was meinst du mit absurd?«

»So was wie ›StarkerMann@IchhabedieMacht.com‹. Deswegen dachte ich zuerst auch, das wäre nur ein schlechter Scherz.«

»Ja, das klingt wirklich ziemlich komisch.« Karen stand auf und begann, die Stufen hinunterzugehen.

»Die letzte Mail kam allerdings von einer anderen Adresse«, sagte Sophie hinter ihr.

Karen wandte sich zu ihr um. »Und wie lautete die?«

»IdealerMann@zudiroderzumir.com.«

Die Worte hallten in ihr wider. Sie schüttelte den Kopf, doch die Benommenheit verstärkte sich nur noch. Die Stufen schienen ihrem Gesicht immer näher zu kommen.

»Mum!« Sophie packte sie am Ellbogen. »Mum, geht es dir gut? Kannst du mich hören?«

Sophies Stimme drang wie durch Watte an ihre Ohren, dumpf. Dann eine ganze Flut an Gedanken, die die Watte wegspülte und ihr Gehör schärfte.

»Mum, bist du ohnmächtig?«

»Alles okay. Tut mir leid. Wahrscheinlich ist mein Blutzuckerspiegel im Keller.«

»Nein, das ist es nicht.« Ein besorgter Ausdruck war in Sophies Augen getreten. »Als ich dir die Mailadresse genannt habe, bist du totenbleich geworden. Warum?«

Galle stieg ihr die Kehle hinauf, füllte ihren Mund. Sie schluckte und schluckte.

Wie? Warum?

»Im Ernst, Mum, du machst mir Angst. Was ist los?«

»Ich kenne die Adresse. Außer es gibt noch eine andere Person mit derselben.«

»Das geht nicht, eine Mailadresse wird immer nur einmal vergeben. Woher kennst du sie? Ich meine, wer ist die Person, der sie gehört?«

»Das ist eine lange Geschichte. Aber ich verstehe einfach nicht … Warum?« Ihr Puls hämmerte, sie hörte das Blut in ihren Ohren rauschen.

Sophie starrte sie an. Mit gerunzelter Stirn wartete sie auf eine Erklärung.

Sie musste sich irren. Eben noch hatte sie Sophie insgeheim vorgeworfen überzureagieren, etwas in die Fotos hineinzuinterpretieren, das gar nicht da war, und nun tat sie genau dasselbe. Sie hatte sich, von ihrer Angst befeuert, zu einer absurden Schlussfolgerung hinreißen lassen. Es wäre nicht das erste Mal. Es konnte sich unmöglich um dieselbe Mailadresse handeln.

Beim lauten Klappern des Briefschlitzes fuhr Karen herum. Es hatte wie ein Schuss geklungen. Erschrocken presste sie die Hände vor die Brust. Erst das Klatschen, als die Post auf den Fliesen im Flur aufschlug, beruhigte sie. Erleichtert ließ sie sich auf die Stufe sinken. Val, die Postbotin, kannte Karen inzwischen gut genug, um geduldig und mit einem Lächeln auf den Lippen abzuwarten, bis Karen es wagte, die Tür zu öffnen, wenn sie ein Paket oder eine andere Lieferung für sie hatte, die nicht durch den Briefschlitz passte. Heute jedoch gab es offensichtlich nichts, das sie persönlich hätte entgegennehmen müssen.

Karen sah wieder Sophie an. »Wir müssen uns unterhalten.«

Baileys Bellen hallte durch den Flur.

»Ja, hört sich ganz danach an«, antwortete Sophie laut, um Bailey zu übertönen. Dann half sie Karen auf die Beine, hielt noch einen Moment ihre Hand, um sicherzugehen, dass sie sicher stand. »Bailey! Genug jetzt!« Sie nahm ihn auf den Arm, um ihn zu streicheln. »Ich koche schon mal Wasser.«

Karen stand im Flur, versuchte, sich zu sammeln. Hinter dem Glas der doppelten Haustür konnte Karen einen Schatten auf der Veranda erkennen. Anscheinend hatte Val doch noch ein Paket für sie. Wahrscheinlich hatte sie das Klingeln nicht gehört, weil Bailey so laut gebellt hatte. Karen hörte Sophie in der Küche rumoren. Sie könnte nach ihr rufen, sie bitten, an ihrer Stelle zur Tür zu gehen.

Reiß dich zusammen. Tu es selbst.

Die innere Tür war noch leicht; es war die zweite Tür, die ihr Sorgen machte, diejenige, die in die Welt dort draußen führte.

Es ist nur Val.

An der äußeren Tür angelangt, holte Karen einmal tief Luft, schloss die Augen, öffnete sie wieder und griff dann nach der Klinke.

Sie hielt inne. Das war nicht Val. Beinahe hätte sie einem Fremden die Tür geöffnet.

Der Mann stand über einen Rucksack gebeugt, in den er gerade einen Stapel Kataloge zu packen schien.

Karen sah zu Boden, auf den Katalog, den er eben durch den Briefschlitz geworfen hatte. Ein erleichtertes Seufzen entwich ihr, die Anspannung löste sich aus ihren Schultern.

In diesem Moment richtete sich der Mann auf.

Sie trat einen Schritt zurück.

Er drehte sich zu ihr um.

Ihre Blicke trafen sich.

Er lächelte sie an, sie erwiderte das Lächeln, bevor sie sich in ihre Sicherheitszone zurückzog. Eigentlich hasste sie es, wenn irgendwelcher Werbemüll ungefragt durch ihren Briefschlitz geflattert kam. Wäre sie mutiger gewesen, hätte sie dem Mann den Katalog zurückgegeben.

»Alles okay, Mum?«

»Klar, ich komme schon.« Sie warf den dicken Prospekt – ein veralteter Betterware-Katalog – auf das Tischchen im Flur.

»Wer war das?«

»Einer von diesen verdammten Reklametypen. Ich mag es überhaupt nicht, dass ständig irgendwelche fremden Gesichter vor unserer Haustür auftauchen.« Karen nahm Sophie einen der beiden Kaffeebecher aus der Hand. »Würdest du nach dem Kaffee schnell zum Supermarkt fahren, um etwas zu essen zu besorgen? Ich brauche dringend Kalorien.«

»Ich auch.« Sophie sah ihrer Mutter in die Augen. »Und, danke, Mum.«

»Dank mir lieber noch nicht. Nachdem ich dir alles erzählt habe, willst du vielleicht nie wieder mit mir sprechen.«

60

DI Wade

DC Sewell hielt eine Dose Kekse, zusammen mit einem Blatt Papier, unter Lindsays Nase. »Bitte schön, Ma'am, dachte, Sie könnten vielleicht ein bisschen Zucker gebrauchen. Das sind die mit Schokolade.« Sewell schüttelte einladend die Dose. »Ach ja, und das da ist die Analyse der Faserprobe.« Sie hatte die Information hinterhergeschoben, als wäre es ihr gerade erst wieder eingefallen; als wären die Kekse das Wichtigere von beiden.

Lindsay schob ihre Hand mit der Dose beiseite und entriss ihr den Report – vielleicht ein wenig heftiger als beabsichtigt. »Danke.« Lindsay überflog den Untersuchungsbericht.

Sewell klapperte wieder mit der Dose. »Na los, nehmen Sie sich einen. Der hilft, die Batterien wieder aufzuladen.«

Sewell, eine der älteren DCs im Team, die sie beharrlich Ma'am nannte, obwohl sie ein weniger formelles »Boss« bevorzugte, versuchte eindeutig, sie zu bemuttern. Ohne hinzusehen, nahm Lindsay einen Keks aus der Dose. Sewell drehte sich um und ging zu ihrem Schreibtisch zurück, offensichtlich zufrieden mit dem Ergebnis ihrer Überzeugungsarbeit.

Lindsay las den Bericht mehrmals durch, bevor sie aufstand und das Team um Ruhe bat. Innerhalb von Sekunden war es so leise, dass man eine Stecknadel hätte zu Boden fallen hören.

»Danke. Also, wir wussten bereits, dass sich keine

Hautpartikel unter Erins Fingernägeln befunden haben. Umso mehr haben wir alle darauf gehofft, dass uns das Ergebnis der Stoffanalyse ein wenig mehr Freude bereiten würde.« Sie sah auf, ließ den Blick über die aufmerksamen Gesichter ihres Teams gleiten. Erwartungsvolle Mienen, die auf den entscheidenden Durchbruch warteten. »Was ganz bestimmt der Fall wäre, wenn wir irgendwelche Kleidung hätten, mit der wir die Proben abgleichen könnten. Wenn wir also endlich die Sachen finden würden, die das Opfer an dem Abend getragen hat, könnten wir diese hoffentlich ausschließen und wüssten, dass die Proben vermutlich von der Kleidung des Täters stammen.« Lindsay wedelte mit dem Report.

»So vorsichtig wie er war, hat er ihre Sachen vermutlich verbrannt«, sagte DC Clarke. »Wir haben das gesamte Gelände um das Industriegebiet herum mehrmals durchkämmt. Keines der Grundstücke scheint der Tatort gewesen zu sein. Solange wir keinen Verdächtigen haben …« Er ließ den Satz unvollendet in der Luft hängen. Niemand hatte etwas hinzuzufügen.

»Okay, was ist mit den Laptops?«, versuchte es Lindsay mit einem anderen Ansatz. »Gibt es irgendwelche Online-Aktivitäten, die darauf hinweisen, dass sie sich mit jemandem verabredet hatte? Was ist mit der Dating-Website?«

»Auf den Laptops ist nichts von Bedeutung gefunden worden«, meldete sich Webster zu Wort.

»Merkwürdig. Wenn sie eine dieser Dating-Websites besucht hätte, würde man das doch sehen, oder?« Lindsay blickte zu Sewell hinüber, die telefonierte und gleichzeitig eine Hand gehoben hatte, um die Aufmerksamkeit des Teams auf sich zu lenken.

Lindsay holte tief Luft und hielt den Atem an. *Bitte, lass es etwas Gutes sein.*

»Worum ging es?«, fragte sie ungeduldig, nachdem Sewell aufgelegt hatte.

Sewell blickte zu Mack hinüber. »Du hast dir die Nachrichten auf Sophies Handy angesehen, oder?«

»Natürlich, allerdings habe ich nichts Interessantes gefunden. Aber das ist vielleicht auch kein Wunder, für so was gibt es schließlich das Technik-Team. Ich habe das Handy an die Kollegen weitergegeben, in der Hoffnung, dass die was entdecken, das nicht gleich ins Auge fällt.«

Sewell grinste. »Sieht so aus, als wäre das eine gute Idee gewesen.«

Lindsay hasste es, wenn man sie unnötig auf die Folter spannte. »Na los, Sewell, spuck's aus!«

»Unsere liebe Sophie Finch hat einige sehr interessante Mails mit Fotos erhalten, von denen sie uns nichts erzählt hat, Ma'am.«

61

Karen

Anstatt sich noch lange mit Kaffeetrinken aufzuhalten, war Sophie sofort losgefahren, um ihnen etwas zu essen zu besorgen. Karen blieben ungefähr zehn Minuten, bevor sie zurückkommen würde.

Sie klappte den Laptop auf, öffnete den Mail-Account und klickte auf den Ordner mit dem Titel *J&K*.

Ein warmes Gefühl breitete sich in ihrem Bauch aus. Sie wurde rot. Augenblicklich erschienen Hunderte Mails auf dem Bildschirm. Sie sollte sie sich nicht ansehen, hätte sie längst löschen sollen. Doch wenn sie an besonders schwierigen Tagen mal wieder ganz unten gewesen war, dann hatten sie ihr Trost gespendet. Es war nicht leicht, sich von ihnen zu trennen. Sie zu löschen hätte bedeutet, ihn aus ihrem Leben zu löschen. Und dazu war sie noch nicht bereit. Die Mails zu lesen, gab ihr Hoffnung. Die Erinnerungen halfen ihr durch die schwärzesten Momente; sorgten dafür, dass sie trotz allem weitermachte.

Wenn sie zu ihm gegangen wäre, wären die Dinge vielleicht ganz anders gelaufen. Sie wäre frei gewesen – in jeder Hinsicht. Aber sie hatte es nicht getan. Er war weg, doch die Erinnerung an das, was vielleicht »für immer« hätte bedeuten können, lebte in ihrer Vorstellung weiter. Manchmal lebte sie ihre Fantasien in Tagträumen aus, tat so, als wäre er an ihrer Seite. Wie ein Kind, das mit seinem imaginären Freund spielt. Dann unterhielten sie sich stundenlang, und alles war perfekt: Er berührte sie genau so, wie sie es sich wünschte, sprach mit ihr auf diese liebenswürdige, ein wenig altmodische, höfliche Weise, die ihr so gefiel. Er hörte zu, genoss dieselben Dinge, die ihr gefielen. Bis die Realität die Tagträume hinwegspülte. Sie würde sich niemals mit ihm treffen. Er würde nicht zurückkommen. Oder doch?

Karen fuhr mit dem Cursor über eine der Mails und studierte die Adresse.

IdealerMann@zudiroderzumir.com

Konnte das sein? Wenn Sophie sich nicht irrte, gab es keinen Zweifel, oder? Die große Frage lautete also, warum? Warum sollte er Sophie kontaktieren? Weil sie ihn brüskiert, seine vielen Versuche, sie zu erreichen, ignoriert hatte? Weil sie seine Kontaktdaten gelöscht hatte? Vielleicht war dies seine letzte Hoffnung, ihre Aufmerksamkeit zu erregen. Viel zu dramatisch für ihren Geschmack. Sie hatten sich nicht gerade im besten Einvernehmen getrennt; es war ihre Entscheidung gewesen, die Sache zu beenden, obwohl sie eigentlich mehr gewollt hatte. Aber wie hätte sie in ihrem Zustand Mike verlassen und ein neues Leben mit ihm anfangen sollen? Während der zwölf Monate, die sie in Kontakt gestanden hatten, hatte er sie mehrfach um ein Treffen gebeten, aber sie hatte ihn immer wieder vertröstet, ihn hingehalten. Es war sicherer gewesen, die ganze Sache als bloße Internetbekanntschaft zu sehen. Ihr war ohnehin keine andere Wahl geblieben – schließlich konnte sie das Haus nicht verlassen, und einladen hätte sie ihn ja auch schlecht können. Sie hatte ihm nie den Grund dafür genannt, aus Angst, er könnte den Kontakt abbrechen, wenn er erfuhr, dass keine reelle Chance bestand, dass sie sich jemals würden treffen können. Außerdem hatte sie sich an die Hoffnung geklammert, dass sie eines Tages wieder ganz gesund sein würde. Sie hatte ihn in ihrer Nähe wissen wollen, um sich alle Optionen offenzuhalten.

Die Haustür fiel ins Schloss. Einen Moment später konnte Karen Sophie in der Küche rumoren hören.

»Ich hab alles ausgegeben. Hoffentlich war das okay«, rief Sophie.

»Ja, klar«. Karen steckte den Kopf durch die Küchentür. »Das mit der Schokolade hast du offensichtlich ernst gemeint.«

Sophie lächelte. »In Krisenzeiten braucht man Schokolade und Wein.«

Das hier war das natürlichste Lächeln, das Karen die ganze Woche an ihr gesehen hatte. »Oh, dann hast du auch Wein mitgebracht?«

»Jep, Sekt, für heute Abend. Natürlich nicht zum Mittagessen.«

»Und ich würde sagen, warum eigentlich nicht?«, fragte Karen. »Komm schon, lass es uns einfach tun. Vielleicht macht es meine Aufgabe ein bisschen leichter.« Sie nahm den Sekt aus der Einkaufstüte und machte sich daran, den Korken zu lösen.

»Deine *Aufgabe*?« Sophie kniff die Augen zu schmalen Schlitzen zusammen. »Das klingt gar nicht gut.«

Mit einem Ploppen löste sich der Korken. Sekt perlte über den Hals der Flasche. Als Karen die Lippen über den Rand stülpte, musste Sophie lachen. Sie nahm zwei Gläser vom Regal und hielt sie ihrer Mutter hin.

»Dad würde einen Anfall kriegen, wenn er jetzt nach Hause kommen und sehen würde, dass wir trinken.«

»Dann hoffen wir mal, dass er irgendwo im Moor feststeckt und nicht zum Mittagessen vorbeischaut.«

»Darauf trinken wir!«

Sie setzten sich auf zwei Barhocker an der Kücheninsel und stießen miteinander an. Ein seltener, schöner Moment.

Karen konnte sich nicht erinnern, wann sie das letzte Mal so zusammengesessen hatten. Nicht lange, und sie würde alles mit ihrer Offenbarung kaputt machen. Ihr Betrug war nicht zu leugnen. Sie konnte ihn beschönigen, Dinge auslassen. Sophie musste nur das Nötigste erfahren. Doch wenn es wirklich er war, der sie verfolgte, dann verdiente sie es, alles zu erfahren. Das einzig Gute daran wäre, dass sie die Sache alleine klären könnten, ohne dass sie die Polizei einschalten mussten. Es ging ihm eindeutig um Karen, nicht um Sophie. Sie würde dafür sorgen, dass er aufhörte. Alles, was sie dafür tun musste, war, wieder Kontakt mit ihm aufzunehmen. Ein Gedanke, der ihr ein wenig Trost spendete.

Das Problem an Geheimnissen war, dass sie nur selten geheim blieben. Am Ende kam immer alles heraus. *Selbst wenn du deine Vergangenheit verbrennst, ein Teil von ihr wird dich immer wieder einholen.* Eine Warnung, die sie den Männern, die sie betreut hatte, mit auf den Weg gegeben und die sie selbst ignoriert hatte. Sie hatte es verdient, wenn Sophie nach dieser Unterhaltung schlecht von ihr dachte. Sie verdiente es zu leiden. Und sie musste sich dieser Sache stellen, um Sophies willen.

Wo sollte sie anfangen?

»Sophie, es tut mir leid. Alles, was geschehen ist.«

»Aber es ist doch nicht deine Schuld.«

»Doch. Ich glaube, dass ich für deine momentane Situation verantwortlich bin. Ich bin der Grund dafür, dass dieser Stalker ausgerechnet dich ausgesucht hat.« Karen trank einen großen Schluck Sekt.

»Und wie kommst du darauf?« Sophie sah Karen fragend in die Augen.

Die Uhr an der Wand neben ihnen tickte laut, wie ein beständiger Herzschlag. Tick … tick … tick.

Eine Tochter sollte die Geheimnisse ihrer Mutter nicht

erfahren. Sophie war ihre Tochter. Ihr einziges Kind. Einmal ausgesprochen, wären die Worte nicht mehr zurückzunehmen. Das Geheimnis würde keines mehr sein.

Tick … tick … tick …

»Sein Name ist Jay.«

62

Das Klingeln an der Haustür unterbrach sie.

»Ich seh nach, wer es ist.« Sophie stellte das Sektglas ab und sprang von ihrem Barhocker.

Karen ließ erschöpft den Kopf sinken. Sie hatte seinen Namen ausgesprochen. Eine Erleichterung, zumindest in gewisser Hinsicht – grünes Licht, um da weiterzumachen, wo sie gerade unterbrochen worden waren. Als Nächstes musste sie Sophie eine Zusammenfassung ihres Fehltritts liefern. Würde Sophie sie dafür verurteilen?

Karen trank einen weiteren Schluck Sekt. Der Alkohol machte sich bereits bemerkbar, sie fühlte sich ein wenig benommen.

Wie soll ich ihr erklären, dass ich vorhatte, ihren Vater zu verlassen?

Sie drehte ihren Ehering hin und her, bis die Haut an ihrem Finger rot war und brannte.

Beeil dich, Sophie. Sieh zu, dass, wer auch immer das ist, schnell wieder geht.

Die Küchentür schwang auf. Rachel folgte Sophie in die Küche.

Scheiße.

Wie eine alte Frau schlurfte sie auf Karen zu, ohne den Blick von den beiden Sektgläsern auf der Kücheninsel zu lösen. »Gibt's was zu feiern?«

»Rachel.« Sie stand auf. »Es ist so schön, dich zu sehen.«

Rachel reagierte nicht auf Karens Begrüßung, sah sie nicht einmal an. »Tja, nachdem du nicht mal versucht hast, zu mir zu kommen, dachte ich, ich mache mir selbst die Mühe.«

Karen trat einen Schritt auf sie zu, zog sie in ihre Arme.

Augenblicklich versteifte sich Rachel.

Karen ließ sie los. »Komm, setz dich.« Sie zog einen weiteren Hocker unter der Tischplatte hervor. »Möchtest du einen Kaffee?«

»Kein Sekt für mich also.« Sie rückte den Barhocker neben Sophies.

»Äh, doch … natürlich. Bist du denn nicht mit dem Auto hier?«

»Ich bitte dich, Karen, du weißt, dass ich niemals fahren würde, wenn ich etwas getrunken habe. Oder besser gesagt, *solltest* du das wissen, als meine *beste Freundin*.«

Karen öffnete den Mund, wusste jedoch nicht, was sie erwidern sollte.

Rachel presste die Lippen aufeinander und schüttelte sacht den Kopf. »Keine Sorge, Karen, meine Familienseelsorgerin hat mich hergebracht. Sie wartet draußen im Wagen, ich kann also nicht lange bleiben.«

»Oh, okay.« Karen entspannte sich. »Sophie, würdest du Rachel bitte ein Glas einschenken?«

Sophie hob die Augenbrauen, tat jedoch, worum ihre Mutter sie gebeten hatte.

»Also, auf wen trinken wir?« Rachel hob ihr Glas. »Auf Erin, oder?« Ihr kalter Ton passte zum Ausdruck in ihren Augen, in denen Distanziertheit und Bitternis lagen.

Obwohl Karen nichts anderes erwartet hatte, war sie schockiert. War es dieser Ausdruck gewesen, vor dem sie sich so gefürchtet hatte, dem sie so lange wie möglich aus dem Weg gegangen war? Die Auswirkungen des Mordes, der Schmerz und die Trauer, waren das Einzige, das den Lebenden blieb. Jemanden so leiden zu sehen, war nicht leicht. Sehr viel einfacher war es, davor wegzulaufen, sich zu verstecken. Karen war Expertin darin.

»Eher ein Versuch, die Realität zu ertränken, sich besser zu fühlen. Zugegeben, nicht gerade der beste Weg …« Karen senkte den Blick.

»Funktioniert nur kurzfristig.« Rachel stürzte den Sekt hinunter. »Mehr davon.« Sie streckte Sophie das Glas entgegen, die wie festgefroren dastand, als würde sie überlegen, ob es besser war zu bleiben oder die Küche zu verlassen.

»Wie ist diese Familienseelsorgerin?«, fragte Karen und ignorierte angestrengt die Tatsache, dass Rachel das Sektglas schon wieder geleert hatte.

Rachel wischte sich mit dem Handrücken über den Mund. »Beschissen gut.«

Karen rutschte unruhig auf ihrem Hocker herum. Sie verdiente Rachels Feindseligkeit. Sie musste sie ertragen. »Ist sie die ganze Zeit bei dir?«

»Nein. Ich will nicht, dass sie ständig um mich rumscharwenzelt. Sie kommt ab und zu vorbei, um mich auf dem Laufenden zu halten. Nicht dass es viel zu berichten gäbe. Aber sie ist okay. Denke ich. Lässt mich reden, schimpfen, was auch immer.«

»Es freut mich so für dich, dass du jemanden hast, der … du weißt schon …«

»Der für mich da ist? Ja, wirklich schön, dass sich wider Erwarten jemand gefunden hat.«

»Es tut mir leid.« Karen ließ den Kopf hängen. Ihre Finger fanden den Stiel des Weinglases, drehten ihn hin und her, immer und immer wieder. Vier Worte, die nicht annähernd genug waren. Sie blickte zu Rachel auf. »Es tut mir leid, dass ich eine so schlechte Freundin war. Die Agoraphobie … Es ist so schlimm wie schon lange …«

»Wie oft hast du dich inzwischen mit dieser Ausrede aus der Affäre gezogen, Karen?«

Aus dem Augenwinkel sah Karen den Gesichtsausdruck ihrer Tochter. *Touché.*

Rachel hatte immer sehr offen gesagt, was sie dachte, schon als Kind und Teenager hatte sie nie ein Blatt vor den Mund genommen. Wenn Karen eine ehrliche Meinung gewollt hatte, hatte sie sich stets an Rachel gewandt. Vielleicht hatte sie sich ihr deswegen nicht anvertraut, als es um Jay gegangen war. Manche Dinge verlangten weniger Ehrlichkeit als vielmehr Verständnis.

»Ich weiß, trotzdem ist das der Grund, warum ich nicht zu dir gekommen bin. Ich versuche wirklich, mich zu zwingen …«

»Dich zu *zwingen*?«

»Ich meinte damit, mich zu zwingen, aus dem Haus zu gehen. Egal, worum es geht, Rachel. Es ist einfach sehr schwierig für mich …«

»Um ehrlich zu sein, habe ich damit so meine Probleme. Erinnerst du dich noch, als Phillip Jessop in der Fünften mit dir Schluss gemacht hat, weil er meinte, du wärst frigide? Danach bist du sofort in Tränen aufgelöst vorbeigekommen.«

Karen lächelte. »Wie könnte ich das vergessen. Ich war am Boden zerstört.«

»Ja, und nachdem du dich zehn Minuten an meiner Schulter ausgeweint hattest, dass dein Leben vorbei sei, hast du aufgeblickt und mich gefragt: ›Was heißt eigentlich, frigide?‹ Als ich es dir gesagt hab, haben wir uns vor Lachen beinahe in die Hose gemacht. Wir wussten nicht mal, ob er dich beleidigt oder dir ein Kompliment gemacht hatte.«

»Es gibt so viele von diesen Geschichten, Rachel.«

»Ja, die gibt es. Aber keine war so schrecklich wie das jetzt. Und ich habe das Gefühl, dass du dich von mir abgewandt hast.«

Verzweiflung war ein viel zu milder Ausdruck für das Gefühl, das Karen zu übermannen drohte. Sie hatte Rachel im Stich gelassen. Und erst jetzt, da Rachel die Worte ausgesprochen hatte, traf die Schuld sie mit ganzer Wucht. Wie würde es weitergehen? Hatte sie diese kostbare Freundschaft für immer zerstört? Die einzige Art, auf die sie Wiedergutmachung leisten könnte, war, das Haus zu verlassen, um Rachel regelmäßig zu besuchen und an ihrer Seite zu sein.

Sag ihr, dass du sie besuchen wirst. Sie muss wissen, dass du vorbeikommst.

»Mir ist klar, wie das alles auf dich wirken muss. Aber ich bin für dich da. Immer. Ich habe mich nicht von dir abgewandt.«

»Und trotzdem kommst du nicht vorbei, um mir mit Erins Zimmer zu helfen, mit mir zu reden, Erinnerungen auszutauschen.«

Wo ist meine Papiertüte?

Sowohl Rachel als auch Sophie sahen sie an. Erwartungsvoll, hoffend.

»Ich möchte …« Sie musste es besser ausdrücken. »Ich werde …« Die Worte wollten ihr nicht über die Lippen kommen.

»Danke für den Sekt.« Rachel rutschte vom Barhocker, schwankte für den Bruchteil einer Sekunde, bevor sie ihr Gleichgewicht fand.

»Bitte, Rachel, geh jetzt nicht.«

»Ich habe gesagt, was ich sagen wollte, und dich um deine Unterstützung gebeten. Ich muss jetzt gehen, Carol wartet auf mich.«

»Komm jederzeit vorbei.« Karen senkte den Blick. *Was für eine dumme Phrase.*

Rachel wandte sich zu ihr um und schnaubte verächtlich. »Klar. Wir sehen uns. Und Sophie, du bist jederzeit bei uns … bei mir … willkommen. Das weißt du, oder?«

»Ja, natürlich, ich komme auf jeden Fall, das verspreche ich dir, Rachel.« Als sie Rachel zum Abschied umarmte, warf sie Karen einen strengen Blick zu und schüttelte verständnislos den Kopf. »Ich bringe dich zur Tür.«

Jetzt hassten beide sie. Perfekt. Ausgerechnet jetzt, wo sie Sophie alles über Jay erzählen wollte.

»Okay, das war echt unangenehm.« Sophie war in die Küche zurückgekommen und ließ sich wieder auf ihren Barhocker fallen.

»Das Leben ist kompliziert, Sophie. Trauer ist ein Prozess, der mehrere Stufen durchläuft. Rachel ist verletzt, deswegen schlägt sie wild um sich …«

»Oh, das weiß ich. *Du* hast die Situation unangenehm gemacht hast, das meinte ich, Mum.«

»Vielen Dank auch. Ich kann es nur wiederholen, das Leben ist kompliziert. Ich kann meinen Zustand nicht ein- und ausschalten, wie es mir gerade passt.«

»Kapierst du überhaupt, wie sehr sie dich braucht? Sie ist völlig fertig, Mum. Es tut mir so wahnsinnig leid, sie so zu sehen.«

»Glaubst du, mir nicht? Warum legt jeder so viel Wert darauf, dass ich *physisch* für sie da bin? Ich kann sie auch übers Telefon oder per Mail oder SMS unterstützen. Oder sie kann zu uns kommen.«

»Das ist so wahnsinnig egoistisch.«

»Ich bin dir keine Rechenschaft schuldig.« Karen stand auf und ging ins Wohnzimmer hinüber.

»Wolltest du nicht genau das tun, bevor es geklingelt hat – Rechenschaft ablegen?« Sophie war ihr gefolgt.

»Ich habe meine Meinung geändert.«

»Toll. Dann wendest du dich jetzt also genauso von mir ab wie von deiner besten Freundin.«

»Mach dich nicht lächerlich.«

»Wenn du mir nicht von diesem *Jay* erzählst, von dem du glaubst, dass er mein Stalker ist, dann bringst du mich damit in Gefahr. Du kannst nicht einfach nebenher erwähnen, dass er existiert, und dann nichts weiter über ihn sagen. Damit lieferst du mich ihm aus.«

»Sei nicht so dramatisch! Er wird dir nichts tun.«

»Wie kannst du dir da so sicher sein?«

»Weil sein einziges Ziel ist, dass du mir erzählst, dass er dich verfolgt. Damit will er mich zwingen, wieder Kontakt zu ihm aufzunehmen.«

»Willst du damit sagen, dass ihr eine Affäre hattet?« Sophie verzog angewidert das Gesicht.

Karen öffnete den Mund, stolperte jedoch über ihre eigenen Worte. »Sophie, Liebes …«

»Sag nicht *Liebes* zu mir«, zischte Sophie. »Trefft ihr euch nach wie vor hinter Dads Rücken?«

»Nach wie vor? Nein, ich habe ihn nie persönlich getroffen. Ich kenne ihn nur von Fotos. Wir haben uns Mails geschrieben, SMS, ab und zu haben wir auch telefoniert …« Karen suchte aufmerksam in Sophies Gesicht nach einem Hinweis, was sie über die Sache dachte.

»Warum?«

»Ich konnte mich nicht mit ihm treffen, nicht nach dem Angriff. Es hat sich nicht sicher angefühlt.«

»Nein, Mum, ich meinte, warum hast du es getan? Warum hast du Dad betrogen?«

Sie hatte es begonnen. Um es zu Ende zu bringen, musste sie Sophie erklären, wie die Liebe zu ihrem Dad immer kleiner geworden war und wie sie Ablenkung auf einer Dating-Website gefunden hatte.

63

»MAILER-DAEMON«. Failed delivery.
Ich kann nicht glauben, was für eine hinterhältige Fotze du bist. Wie kannst du mich so hängen lassen? All die Monate, in denen du mir geschrieben, mich angemacht und dafür gesorgt hast, dass ich über eine gemeinsame Zukunft nachdenke.
Du verdammte Lügen-Hure. Jetzt bist du dir schon zu schade, meine E-Mails, SMS und Anrufe zu beantworten. Du hast auch deine Nummer geändert, oder? Warum schließt du mich so von deinem Leben aus?
Glaub ja nicht, dass ich nicht in der Lage bin, dich zu finden. Wir sind füreinander bestimmt. Du bist alles, was ich habe. Du bist meine Zukunft – ich habe dir vergeben, trotz allem, was du getan hast. Ich war nicht dazu bestimmt, mich in dich zu verlieben, und ich habe es dennoch getan. Ich liebe dich, und ich weiß, du liebst mich.
Ich weiß nicht, wie ich es wiedergutmachen kann, wie wir zusammen sein können. Vielleicht braucht es Zeit, aber für dich werde ich sie mir nehmen.

64

Sophie

Sie konnte nicht glauben, was sie da hörte. Ihre Mum. Ihre siebenundvierzigjährige agoraphobische Mutter, eine Ehebrecherin. Wie konnte sie ihm das antun? Als ob sie ihrer Familie nicht schon genug zugemutet hätte. Und jetzt versuchte sie auch noch, ihre Affäre zu verteidigen. Behauptete, es wäre kein Betrug gewesen, da sie sich nie mit dem anderen getroffen, nicht mit ihm geschlafen hatte. Als wenn das irgendetwas entschuldigen würde.

Sie saßen auf dem Sofa, das der Glastür zur Veranda am nächsten stand, die Vorhänge waren zugezogen. Zusammen, aber mit genug Abstand zueinander, dass Sophie sie nicht berühren musste. Sie drehte ihren Oberkörper zur Seite; ein Versuch, eine Barriere zwischen sich und den Worten zu schaffen, die unvermeidlich folgen würden. Vielleicht fühlte sich ihre Mutter besser, wenn sie ihr die peinlichen Details auf einem bequemen Sofa erzählen konnte – Sophie tat es nicht.

»Wie lange hat diese … Affäre, diese … Sache angedauert?«

»Es war keine Affäre, Sophie. Ich habe dir schon erklärt, dass wir uns nur geschrieben haben. Es war nichts. Ehrlich.«

»Was hast du ihm in diesen E-Mails und SMS geschrieben? Wie das Wetter gerade so ist, was du zum Abendessen hattest?«

»Was ich geschrieben habe, spielt keine Rolle …«

»Doch, für mich schon. Und ich bin mir verdammt sicher, dass es auch für Dad eine Rolle spielen wird.«

»Bitte, Sophie.« Sie legte den Kopf schief und sah Sophie an.

Verdammt. All die Male, die ihre Mum sie auf diese Weise angesehen und ihr unterstellt hatte, dass sie log. Dabei war ihre Mutter die Lügnerin.

»Bitte, *was*? Ich soll es bitte nicht Dad erzählen?« Sie kaute auf ihrer Unterlippe und starrte ihre Mutter trotzig an.

Sie antwortete nicht.

»Okay.« Sophie schloss die Augen. Sie ertrug den Anblick ihrer betrügerischen Mutter nicht länger. »Ich gebe dir eine Chance, es mir zu erklären, bevor ich es ihm sage.«

»Sophie! Du verstehst nicht …«

»Oh doch, ich …«

»*Nein!* Tust du nicht. Und du musst das auch nicht verstehen. Nichts davon ist deine Schuld, sondern es ist meine Schuld und die deines Dads. Eine Mischung aus Faulheit und Unwillen, an unserer Ehe zu arbeiten, uns mit dem Verhalten des anderen auseinanderzusetzen. Egoismus. Fehlende Zeit füreinander. Es sind viele Probleme, die da zusammenkommen. Probleme, die man nicht einfach so über Nacht aus der Welt schaffen kann.«

»Und deshalb wolltest du jemand anderen?«

»Ich denke, ich war vor allem auf der Suche nach etwas, das mich glücklich machen und mir dabei helfen würde, mich besser zu fühlen.«

»Hätten eine neue Frisur und ein bisschen Shopping nicht ausgereicht?«

»Kurzfristig vielleicht, ja. Ich habe viele Dinge ausprobiert, um die Risse zu kitten. Aber nichts, was ich – was *wir* – getan haben, hat die Probleme wirklich gelöst. Unser Fundament bröckelt, Sophie. Alles, was wir noch gemeinsam haben, bist du. Wir haben eine Art unausgesprochene Vereinbarung, dass …«

»*Wie bitte?* Ihr seid nur meinetwegen zusammen?« *Meinte sie das tatsächlich ernst?* »Das ist absurd. Ich bin siebzehn, kein Kind mehr.«

»Ich weiß. Trotzdem bist du nach wie vor unser kleines Mädchen. Du brauchst unseren Schutz, unseren *gemeinsamen* Schutz.«

»Oh, ja, klar. Genauso fühlt es sich auch an – ihr beide kümmert euch gemeinsam um mich. Die Hälfte der Zeit seid ihr doch damit beschäftigt, euch gegenseitig an die Gurgel zu gehen. Vor meinen Augen! Was hat das denn bitte mit Beschützen zu tun? Um ehrlich zu sein, verzichte ich in dem Fall gerne auf euren *gemeinsamen* Schutz. Lasst euch einfach scheiden, damit es endlich vorbei ist.« Ihr Ausbruch fand wie von selbst ein Ende. Es war eine Erleichterung, dass die Blase von Wut und Verbitterung, die in den letzten Jahren immer größer geworden war, nun endlich geplatzt war. Es schien ganz so, als wäre heute der Tag, an dem jeder etwas loswerden musste, das ihm schon lange auf der Seele gebrannt hatte.

Stille breitete sich zwischen ihnen aus. Vielleicht waren sie beide einfach nur erschöpft. Bailey sprang aufs Sofa und schob seine Nase unter Sophies Ellbogen, um seinen Kopf auf ihren Schoß zu legen.

»Der arme Hund. Er ist ganz durcheinander wegen der ganzen Streitereien und der schrecklichen Atmosphäre, die in diesem Haus herrscht.«

»Ich weiß, es ist nicht fair. Niemandem gegenüber.«

»Ich bin wirklich schockiert, Mum. Ich weiß, es wirkt so, als würde ich überreagieren …« Sophie kraulte Bailey hinter den Ohren.

»Nein. Du hast jedes Recht, dich so zu fühlen. Ich bin diejenige, die einen Fehler gemacht hat.« Karen setzte sich auf und rutschte ein Stück näher an Sophie heran. »Nicht nur einen, um ehrlich zu sein. Und jetzt rächen diese Fehler sich. Anscheinend habe ich bisher wirklich nicht viel dazugelernt, was?« Sie hob den Blick, um Sophies einzufangen. Ihr Lächeln war unsicher, schwach. Ein Versuch, ihre Sympathie zurückzugewinnen?

»Ich glaube nicht, dass ich noch mehr über irgendwelche anderen Fehler erfahren will, vielen Dank.« Sophie schob Bailey von ihrem Schoß. Beleidigt schlich er zu seinem Körbchen.

»Damit kann ich leben. Können wir uns dann bitte wieder mit dem aktuellen Problem beschäftigen?«

»Ja, ich denke, das sollten wir. Erklär mir doch mal, warum du glaubst, dass dein *Jay* derjenige ist, der mich verfolgt. Ich finde das nämlich eher unwahrscheinlich.« Ihre Mum musste vorschnelle Schlüsse gezogen haben. Bestimmt irrte sie sich. Denn wenn Jay tatsächlich ihr Stalker wäre, dann würde das bedeuten, dass er auch Erins Mörder war. Konnte das wirklich sein? Und wenn ja, wie sollte sie das jemals ihrer Mutter erklären? Es war ganz offensichtlich, dass sie glaubte, diesen Kerl zu kennen. Sie hielt ihn für wundervoll, hatte sogar darüber nachgedacht, ihren Dad für ihn zu verlassen. Sie glaubte, dass er Sophie nur verfolgte, weil er ihre Aufmerksamkeit erlangen wollte; dass er ein Stalker der harmlosen Sorte war, ein zurückgewiesener, verärgerter Typ, der sich über ihre Tochter wieder an sie ranmachen wollte. Sophie war sich sicher, dass ihre Mutter nicht mal für den Bruchteil einer Sekunde vermuten würde, dass ihr Online-Liebhaber fähig wäre, einen Mord zu begehen. Sie hatte die Verbindung nicht hergestellt, weil sie die Fotos nicht gesehen hatte; weil Sophie sich nicht überwinden konnte, sie ihr zu beschreiben, geschweige denn ihr zu erzählen, dass sie vermutete, mit Erin und ihm zusammengewesen zu sein. Sie hatte Angst, ihre Mutter damit endgültig über die Kante des Abgrunds zu stürzen, auf der sie seit zwei Jahren balancierte; ihre Panik so anzufachen, dass sie sich nie wieder davon erholte und alle Papiertüten der Welt nicht ausreichten.

Sophie lag auf ihrem Bett und starrte auf die schmalen Schatten, die ihre Nachttischlampe an die Decke warf, bis sich aus den abstrakten Formen vertraute Gegenstände herauszuschälen begannen. Dasselbe hatte sie mit ihrer Familie probiert, hatte versucht, sie in die Form ihrer Wunschvorstellungen zu pressen. Doch diese Illusion war endgültig zerstört.

Was für ein seltsamer Tag. Ihre Mutter hatte ihr mit plausiblen Argumenten dargelegt, warum sie der Überzeugung war, dass Jay derjenige war, der sie verfolgte. Schließlich, nach einiger Überzeugungsarbeit in Form von emotionaler Erpressung von Sophies Seite, hatte sie ihr einige seiner E-Mails gezeigt. Sophie war dankbar, dass keine von ihnen besonders anzüglich geklungen hatte, doch sie meinte einen beinahe verzweifelten Unterton herausgelesen zu haben. Die Art, auf die er ihr immer wieder beteuert hatte, dass er sie liebe, mit ihr zusammen sein wolle. Und jede Nachricht hatte damit geendet, dass er darum gebettelt hatte, sie endlich persönlich treffen zu dürfen. Und sie hatte in jeder ihrer Mails eine neue Entschuldigung vorgebracht, warum sie nicht konnte. Irgendwann schien er geradezu abhängig gewesen zu sein – bevor er es dann sattgehabt hatte.

Es wäre nicht überraschend, wenn er sich eine andere Taktik überlegt hätte, um an sie heranzukommen. Über sie. Sie war die einzige Person, die direkt zu ihrer Mutter führte.

Im nächsten Schritt musste sie Gewissheit erlangen. Sophie stöhnte auf beim Gedanken an den »Plan«. Sie hatte keine Ahnung, wie ihre Mutter so etwas überhaupt hatte vorschlagen können. Die Idee rangierte so absolut außerhalb jeglicher Realität, dass Sophie beinahe laut losgelacht hätte. Doch ihre Mum hatte darauf bestanden. Sie wollte ihn mit eigenen Augen sehen, Jay selbst als den Stalker identifizieren. Natürlich würde das niemals passieren.

Sie wollte gemeinsam mit Sophie zur Arbeit fahren und ihr, nachdem sie das Auto geparkt hatten, in einigem Abstand folgen, um zu sehen, ob sie Jay irgendwo ausmachen konnte. Sobald sie sich hundertprozentig sicher war, dass es sich um den Mann handelte, dessen Fotos sie ausgedruckt hatte, würden sie sich den nächsten Schritt überlegen.

Als sie Sophie ihre Idee erläutert hatte, war sie in Panik ausgebrochen. Wenn sich herausstellte, dass sie recht hatte, dass es tatsächlich Jay war, würde ihre Mutter sich vielleicht weigern, die Polizei einzuschalten. Ganz bestimmt würde sie nicht wollen, dass ihre Lügen an die Öffentlichkeit kamen. Aber wenn es sich nicht um Jay handelte – was Sophie weitaus wahrscheinlicher erschien –, würde ihre Mum garantiert die Polizei einschalten, und alles andere würde ebenfalls herauskommen. Sophie würde als die Schuldige dastehen. Gedemütigt. Verspottet. Doch nach ein paar Minuten war ihre Panik gewichen. Nichts davon würde passieren. Erstens, weil ihre Mutter schon Probleme haben würde, es nur bis vor die Haustür zu schaffen; und zweitens, selbst wenn sie bis nach Coleton kamen, wäre sie dort auf sich gestellt. Niemals würde sie mit dem Auto alleine zurück nach Hause fahren. Und ein Taxi – na ja, auch das kam wohl kaum infrage. Was bedeutete, dass Sophie wieder am Anfang stand. Sie hatte niemanden, der sie jeden Tag zur Arbeit und zurück begleiten konnte. Aber immerhin konnte sie sich auf die Weise sicher sein, dass die Polizei nicht eingeschaltet würde. Allein der Gedanke daran, noch einmal von den beiden Detectives in die Mangel genommen zu werden, schickte ihr eiskalte Schauer den Rücken hinab.

Die dreißig Minuten, die sie zum Abendessen gemeinsam am

Tisch gesessen hatten, waren unangenehm gewesen. Sie hatte so schnell wie möglich gegessen, den Blick fest auf ihren Teller gerichtet. Wenn sie ihrem Dad in die Augen geschaut hätte, hätte er garantiert ihr schlechtes Gewissen gesehen. Vielleicht konnte sie wirklich nichts dafür, wie ihre Mutter mindestens ein Dutzend Mal wiederholt hatte, aber sie fühlte sich mitschuldig. Jetzt wusste sie Bescheid. Das Wissen um den Betrug ihrer Mutter machte sie zur Mittäterin. Sie leistete Beihilfe, so wie sie es zurzeit bei jeder schlimmen Tat zu tun schien, die um sie herum passierte. Mord. Ehebruch. Was würde noch zur Liste hinzukommen?

Ihr Handy vibrierte.

Sie hatte die vorübergehende Nummer nur einer Handvoll Leute gegeben. Vermutlich war es Dan.

Sie hatte recht.

Amy hat einen Zusammenbruch. Wir müssen uns treffen, alle zusammen.

Sophie setzte sich kerzengerade auf. Amy? Einen Zusammenbruch? Das klang so gar nicht nach ihr.

Weswegen? Wo und wann wollen wir uns treffen? Und wer ist »alle«?

Dan brauchte nur ein paar Sekunden, um zu antworten.

Sie hat zu viel getrunken. Redet von nichts anderem, als dass sie Erin im Stich gelassen hat, die schlechteste Freundin ever ist etc. Drama Queen ;-) Kommt ihr morgen nach der Arbeit einfach zusammen zu mir? Ich hab dem Rest der Samstags-Gang auch Bescheid gesagt.

Das war wirklich das Letzte, was sie gerade gebrauchen konnte.

Weiß Amy davon?

Dans Antwort überraschte sie.

Es war ihre Idee. Wir sehen uns morgen. Süße Träume.

Süße Träume? Machte er sich über sie lustig?

Morgen. Samstag. Exakt eine Woche nach Erins Ermordung. Und Amy wollte sich mit ihnen treffen. Warum? Das Ganze erschien ihr wie ein makabres Jubiläum. Was sollten sie machen? Herumsitzen und einander erzählen, wie dankbar sie waren, dass es nicht sie getroffen hatte? Sophie war nicht gerade scharf darauf, sich außerhalb ihres eigenen Zuhauses aufzuhalten, und schon gar nicht bei Dan. Wenn es tatsächlich Amys Idee gewesen war, warum trafen sie sich dann nicht bei ihr?

Die ganze Sache gefiel ihr ganz und gar nicht. Andererseits bedeutete es, dass sie für morgen Abend bereits eine Begleitung hatte und nicht alleine zum Auto würde laufen müssen. Der Samstag war also abgedeckt. Morgens wäre ihre Mum dabei, am Abend Amy. Aber was war mit all den anderen Tagen? Vor denen hatte sie Angst.

Dies waren die Tage, an denen schlimme Dinge passieren konnten.

65

Karen
Samstag

Karen stand im Türrahmen des an das Schlafzimmer angrenzenden Bads und wischte sich mit einem Wattebausch über die Wange. »Sophie nimmt mich gleich mit in die Stadt.«

»Wirklich? Das ist gut«, murmelte Mike, ohne den Kopf zu heben. Er war damit beschäftigt, seinen Gürtel durch die Schlaufen seiner Hose zu fädeln. »Triffst du dich mit Rachel?«

Natürlich musste er ihr den kleinen Erfolg sofort wieder ruinieren. Warum konnte er sie nicht einfach dafür loben, dass sie versuchte, das Haus zu verlassen? »Nein. Ich will es erst mal mit kleinen Schritten probieren, wenn das für dich in Ordnung ist.« Hatte sie es geschafft, den sarkastischen Tonfall zu unterdrücken?

»Natürlich. Wenn du einen Erfolg zu verbuchen hast, wird es danach vielleicht schon ein bisschen besser gehen.« Er warf ihr einen flüchtigen Blick zu, bevor er sich den Fleece-Pullover über den Kopf zog. Der Stoff lud seine Haare elektrisch auf, sodass sie ihm in alle Richtungen vom Kopf abstanden.

Früher einmal wäre sie zu ihm gegangen, hätte sie mit der Hand glatt gestrichen und ihm einen Kuss gegeben. Doch jetzt wandte sie sich nur ab, um zurück ins Bad zu gehen. »Wie gesagt, kleine Schritte.« Sie hatte die Stimme erhoben, damit er sie im Schlafzimmer hören konnte. »Ich habe mich gefragt, wie ich dich heute erreichen kann. Du weißt schon, falls es ein Problem geben sollte.«

»Du meinst, wie weit entfernt ich mich befinde, wenn du irgendwo strandest und es nicht alleine nach Hause schaffst?« Es klang, als würde er grinsen.

Das musste sie sich nicht bieten lassen. Energisch betätigte sie die Klospülung und beobachtete, wie der kleine Wattebausch in der Schüssel Kreise zog, bis er schließlich im Abfluss verschwand. Dann verließ sie mit hocherhobenem Kopf das Bad, um Mike ins Gesicht zu sehen.

»Keine Sorge, ich brauche dich nicht, damit du mich retten kommst. Ich werde das durchziehen.«

»Hervorragend. Ich habe heute auf der anderen Seite von Haytor zu tun. Da ist nicht nur der Empfang ziemlich schlecht, sondern es sind von dort auch gute dreißig Kilometer bis in die Stadt. Damit wäre ich dir sowieso keine große Hilfe.«

Nichts Neues also.

»Dann weiß ich wenigstens, dass ich es gar nicht erst bei dir probieren muss.«

»Jetzt mal im Ernst, was ist, wenn du es wirklich nicht schaffst, alleine nach Hause zu fahren?« Auf einmal klang er doch besorgt.

»Ich nehme den Bus?« Was für eine schreckliche Vorstellung.

Ich muss es alleine mit dem Auto schaffen. Ich muss.

»Guter Plan, denke ich.« Er zuckte mit den Schultern und trat zu ihr, um ihre Hände in seine zu nehmen. »Du schaffst das. Ich glaube an dich.« Er drückte ihr einen Kuss auf die Stirn. »Ich freue mich schon drauf, wenn du mir heute Abend von deinem kleinen Ausflug erzählst. Es sollte bei mir nicht allzu spät werden; eigentlich ist heute auch gar nicht meine offizielle Samstagsschicht. Ich bin vermutlich gegen vier zu Hause. Okay?« Er ließ ihre Hände los und hatte das Schlafzimmer verlassen, bevor sie eine Chance hatte zu antworten.

In der einen Minute machte er sich darüber lustig, dass sie

nicht vor die Tür gehen konnte, und in der nächsten erklärte er, dass er an sie glaubte. Wie in Gottes Namen sollte sie aus ihm schlau werden? Egal, damit konnte sie sich jetzt nicht befassen. Das einzig Wichtige war, dass sie sich auf die vor ihr liegende Aufgabe konzentrierte. Wenn sie ihren Plan durchzog, bedeutete das, dass sie auf sich allein gestellt sein würde, sobald Sophie bei der Arbeit war. Die einzige Person, die darunter zu leiden hätte, wenn sie versagte, wäre Sophie. Dies hier war ihre Schuld, und sie würde alles in ihrer Macht Stehende tun, um Sophie kein weiteres Mal im Stich zu lassen.

Innerhalb der nächsten Stunde würde sich hoffentlich bestätigt haben, dass Jay Sophies Stalker war. Der Gedanke, endlich zu wissen, wer ihre Tochter verfolgte, beruhigte sie und machte ihr gleichzeitig Angst. Wenn es tatsächlich Jay war, konnte sie sich sicher sein, dass Sophie nichts geschehen würde; sie könnte die Dinge selbst in die Hand nehmen, und der Spuk hätte bald ein Ende. Wenn es jedoch nicht Jay war, bedeutete das, dass ein fremder Mann Sophie bedrohte. Und Erins Mörder lief noch immer frei herum.

Sie schüttelte den Kopf, um die düsteren Gedanken zu vertreiben, und ging zum Kleiderschrank hinüber. Sie entschied sich für ein schlichtes, weites weißes T-Shirt, das locker genug saß, um das Gefühl der Enge nicht noch zu verstärken, wenn sie ihre kaum vermeidbare Panikattacke erleiden würde. Mit einem Seufzen ließ sie sich auf die Bettkante sinken. Sie war eine einzige Katastrophe. Was konnte sie noch tun, um sich hierauf vorzubereiten? Ein kaltes Getränk. Vielleicht half das. Und sie sollte auch ein paar extra Tabletten mitnehmen, nur für den Fall.

Papiertüte. Ich muss an die Tüte denken.

»Alles okay, Mum?« Sophie streckte den Kopf zur Tür herein.

»Ja. Ja. Alles okay.«

»Du bist dir sicher, dass du das durchziehen willst?« Sophie trat ins Schlafzimmer und setzte sich neben Karen. »Ich meine, ich könnte auch versuchen, ein Foto von dem Verrückten zu machen. Dann müsstest du nicht mitkommen.«

»Nein. Ich will ihn mir ansehen.«

»In Ordnung. Du musst es wissen.« Sie tätschelte ihr den Arm und stand auf. »Ach so, aber ich brauche das Auto später wieder. Dan hat gestern Abend geschrieben, dass Amy offensichtlich will, dass die ganze Truppe von Samstag zusammenkommt. Wir treffen uns bei Dan, also …«

»Oh. Hm …« Verdammt. Wenn ihr der Gedanke ans Autofahren Angst machte, versetzte allein die Vorstellung, den Bus nehmen zu müssen, sie in helle Panik. Im Auto wäre sie immerhin für sich, könnte so viel schwitzen, wie sie wollte, und sich selbst laut Ermutigungen zurufen: *Geh es an. Übernimm die Kontrolle.* Im Bus dagegen wäre sie einem Haufen Fremder ausgesetzt, die sie anstarren, über sie urteilen und sich womöglich über sie lustig machen würden.

»Okay.« Sie schloss die Augen und holte einmal tief Luft. »Zurück nehme ich den Bus. Das ist vermutlich sowieso besser. Ich will niemand anderen in Gefahr bringen, indem ich beim Fahren eine Panikattacke bekomme.« Doch als sie versuchte zu lachen, brachte sie nur ein seltsames Quieken zustande. Ihre Achselhöhlen waren bereits schweißnass.

Es hatte begonnen. Sie mussten sofort los, bevor die Angst sie daran hindern konnte, einen Fuß vor den anderen zu setzen.

An der Tür.

Sophie war vor ihr, nahm sie bei der Hand.

Draußen.

Schwacher Nebel hing tief über dem Rasen im Vorgarten.

»Zerr mich nicht so hinter dir her.«

»Tue ich nicht, Mum. Alles okay, du machst das großartig.«

Die Luft, frisch und feucht, strich über ihr Gesicht. Sie hielt den Kopf gesenkt, den Blick konzentriert auf den Boden gerichtet.

Ein Schritt.

Sophies Auto stand in der Einfahrt. Sie hatte es extra vorgefahren, die Beifahrerseite zur Haustür, sodass Karen so schnell wie möglich einsteigen konnte.

Zwei Schritte.

Ein dumpfes Geräusch, als eine Tür geöffnet wurde.

Drei Schritte.

»Setz dich jetzt rein.« Ein sanfter Schubs.

Sie war drin. Die Tür schlug zu. Sicher im Auto.

»Super, Mum, du machst das prima.« Die Scheibenwischer verursachten ein leises Quietschen auf der Windschutzscheibe, als Sophie den Motor startete.

So weit war sie auch am Mittwoch gekommen. Bisher hatte sie keinen wirklichen Erfolg zu verbuchen.

Ihr Atem ging flacher. Genau wie am Mittwoch. Eine unerträgliche Hitze breitete sich auf ihrer Haut aus, ließ ihr Gesicht in Flammen aufgehen. Genau wie am Mittwoch.

»Halt an!«

»Warum? Wir sind noch nicht mal aus unserer Straße abgebogen.«

»Ich kann nicht. Es tut mir leid. Fahr zurück.«

»Und was ist mit deinem Plan? Du hast mir versprochen, mitzukommen.«

»Ich weiß, es tut mir leid. Ich …«

»Nein! Sag es mir. Was war dein Ziel? Warum wolltest du mitkommen?«

»Um ihn zu sehen. Um herauszufinden, wer er ist. Um ihn zu stoppen.«

»Genau. Sag es noch einmal.«

»Wa…«

»Sag es!«, schrie Sophie sie an.

»Ich will ihn sehen. Ich muss wissen, ob es Jay ist.«

»Noch mal.«

»Ich muss ihn mit eigenen Augen sehen. Ich muss wissen, ob es Jay ist.« Diesmal mit mehr Überzeugung in der Stimme. Sie wiederholte es wieder. Und wieder. Mit gesenktem Kopf wiederholte sie ihr Ziel, als würde sie ein Mantra aufsagen.

Sophie bog auf die Hauptstraße ab, die in die Stadt führte. In zehn Minuten hätten sie den Parkplatz erreicht. Sie schwieg, keine weiteren Ermutigungen. Karens Stimme und das Geräusch ihrer tiefen Atemzüge waren das Einzige, was zu hören war.

»Wir sind da.« Sophie streckte den Arm aus dem Fenster, um ein Ticket zu ziehen. Die Schranke hob sich.

»Wirklich?«

»Das ist doch gut, oder? Du hast es geschafft. So weit hast du dich seit Ewigkeiten nicht mehr von zu Hause wegbewegt. Abgesehen von deinen Therapiestunden.«

»Ja. Ja, das stimmt. Mir ist schlecht.«

»Es geht dir gut. Komm schon, das Schlimmste hast du hinter dir.«

»Ganz bestimmt nicht.« Wie konnte sie so etwas behaupten? Das war der leichte Teil gewesen.

»Ich versuche nur, dir zu helfen.« Sophie schüttelte den Kopf. »Na los. Lass es uns durchziehen.«

66

Karen befahl ihren Muskeln, ihre Beine zu bewegen, um sie aus der relativen Sicherheit des Autos hinauszutragen. Sie weigerten sich. Karen öffnete die Tür und packte ihren Oberschenkel mit beiden Händen, um ihr Bein aus dem Auto zu hieven. Dann das andere.

Sie war draußen.

Mit dem Rücken an die geschlossene Autotür gelehnt, beugte sie sich vor, den Blick fest auf den Boden geheftet. Wenn sie hochblickte, wäre da nichts als offene Fläche. Panik.

»Meinst du, du schaffst das, Mum?« Sophie beugte sich über sie und strich ihr eine Haarsträhne zurück, um ihr ins Gesicht sehen zu können.

Sie schloss die Augen.

»Mum?«

Sie konnte die Nervosität in Sophies Stimme hören. Sie musste sich zusammenreißen. *Komm schon, du willst ihn sehen. Schau hoch.* Sie richtete sich auf, öffnete die Augen, darauf bedacht, den Blick nicht von Sophie abzuwenden.

»Genau. Gut. Zusammen schaffen wir das.«

Sophies Stimme machte ihr Mut. Sie war hier. Sie konnte das. Langsam streckte sie die Hand aus, um sich an Sophies Arm festzuhalten, während sie einen raschen Blick über den Parkplatz wagte.

In Coleton schien sich der Nebel bereits gelegt zu haben. Trotzdem war es düster. Die schweren Wolken am Himmel schienen auf sie herabzudrücken. Sie passten zu ihrer Stimmung.

»Wenn er dir regelmäßig gefolgt ist, wird er dich bereits beim Reinfahren beobachtet haben und wissen, dass ich bei dir bin. Vielleicht habe ich ihn abgeschreckt, und wir haben das alles umsonst gemacht.«

»Falsch. Wenn du ihn wirklich abgeschreckt haben solltest, hast du deinen Job, mich zu beschützen, gut gemacht. Dann war es auch nicht umsonst, oder?« Sophie bemutterte sie, sprach mit ihr wie mit einem kleinen Kind.

»Dich einen Tag lang zu beschützen reicht nicht aus. Wenn ich ihn nicht zu Gesicht bekomme, werden wir nie erfahren, ob es Jay ist. Ich muss es wissen.«

»Okay. Bist du bereit, hier kurz alleine stehen zu bleiben, während ich vorgehe?«

Karen warf einen Blick auf das Bild, das sie in den zitternden Fingern hielt, dann nickte sie. Sie war so bereit, wie sie es nur sein konnte.

Sophie küsste sie auf die Wange und flüsterte: »Ich hab dich lieb«, dann drehte sie sich um und ging auf den Ausgang des Parkplatzes zu.

»Pass auf dich auf, Sophie.«

»Du auch, Mum.«

Okay. Konzentrier dich. Wer sieht ihr nach, wer folgt ihr?

Sophie hatte inzwischen beinahe das Gebäude des Schiedsgerichts erreicht und ging langsam auf den Fußgängerüberweg zu.

Karen setzte sich ebenfalls in Bewegung. Sie wollte weit genug hinter Sophie bleiben, um dem Stalker das Gefühl zu geben, unbeobachtet zu sein, jedoch nah genug dranbleiben, um sein Gesicht erkennen zu können.

Ein älterer Typ schob sein Fahrrad neben Sophie über die Straße. War er das? Sie hatten das Ende des Fußgängerüberwegs erreicht. Er ging in die entgegengesetzte Richtung. Nein. Karen ging weiter.

Sophie drehte sich halb zu ihr um, fing ihren Blick auf und schüttelte leicht den Kopf.

Sie hatte ihn abgeschreckt. Er musste sie gesehen haben und sofort abgehauen sein. Sie war fast beim Schiedsgericht angelangt, Sophie hatte beinahe die Ecke erreicht. Jetzt oder nie. Nur noch wenige Meter, und sie befand sich vor dem Eingang des Kaufhauses. Dort an der Tür war er gewesen. Konnte es sein, dass sie ihn übersehen hatte? Vielleicht war er um die Kurve verschwunden, während sie auf dem Parkplatz gesprochen hatten.

Karen beschleunigte ihre Schritte, sie hatte jetzt keine Zeit für Panik. Sophie war aus ihrem Blickfeld verschwunden. Sie bog um die Ecke.

Ein Mann stand mit dem Rücken zu ihr an der Glasscheibe des Mitarbeitereingangs von Andersons.

Karen blieb stehen, nur ein paar Meter von ihm entfernt. War das der Stalker? Dunkler Kapuzenpulli, Strickmütze, blaue Jeans. Mehr konnte sie nicht von ihm sehen.

Dreh dich um, du Bastard.

Sie trat einen Schritt näher.

Er hatte beide Hände flach gegen die Tür gepresst, mit herausgestreckter Zunge leckte er über die Scheibe. Er stöhnte.

Karen hätte sich beinahe übergeben. Was für ein widerlicher Typ. Konnte das wirklich der Mann sein, in den sie sich verliebt hatte?

Er drehte sich um.

Karen zuckte zurück, als hätte sie einen elektrischen Schlag bekommen.

Er sah ihr in die Augen. Lächelte. Hob das Kinn, als würde er sie erkennen. Dann kam er auf sie zu.

Karen stolperte rückwärts.

Er ging an ihr vorbei. Sein Arm streifte ihren.

Bei der Berührung ging ein Schaudern durch ihren Körper. Sie hielt die Luft an.

Auch nachdem er verschwunden war, blieb sie wie erstarrt mitten auf dem Bürgersteig stehen, das ausgedruckte Foto zu einem kleinen Papierball in der Hand zusammengeknüllt. Langsam wurde der Schockzustand von der unvermeidbaren Panikwelle verdrängt.

Papiertüte. Im. Auto.

Nicht zusammenbrechen. Nicht hier, nicht jetzt.

Eine Hand landete auf Karens Schulter. Sie schrie.

Leute drehten sich zu ihr um.

»Mum, geht es dir gut? Willst du mit reinkommen und dich hinsetzen? Soll ich Dad anrufen?«

»Ich bin … Nein. Es geht mir gut. Wirklich.« Sie stolperte zu der metallenen Parkbank ein paar Meter den Bürgersteig hinab und ließ sich schwer darauf sinken.

Einatmen … ausatmen. Ein … und aus.

»Du hast ihn gesehen, oder?«

»Ja. Ein ekelhafter Typ.« Karen öffnete die Faust, glättete das Bild und sah noch einmal flüchtig darauf, bevor sie Sophies flehenden Blick erwiderte. »Aber es war nicht er.«

»Bist du dir sicher? Ich meine, hast du ihn richtig sehen können?«

»Er ist direkt auf mich zugekommen, Sophie. Ich konnte ihn mir genau ansehen. Und es ist definitiv nicht er. Nicht, wenn man hiernach geht.« Sie hielt Sophie das Foto hin. »Ich fürchte, dein Stalker ist jemand anderes als Jay.«

67

DI Wade

Lindsay saß in ihrem Wagen auf dem Parkplatz vor dem Polizeirevier. Sie klappte die Sonnenblende herunter und schob das Verdeck des kleinen Spiegels beiseite, um ihr Aussehen zu überprüfen, bevor sie hineinging. Seit Sonntag hatte sie kein Auge zugetan, der Schlafmangel war ihrem Gesicht deutlich anzusehen – die Haut war grau und schlaff, der Ausdruck in ihren Augen erschöpft. Sie war sich nicht sicher, ob ihre Müdigkeit auf den Fall, ihr leeres Bett oder auf eine Mischung aus beidem zurückzuführen war. Sie schlief noch immer auf ihrer Seite; aus Gewohnheit und auch weil ein Teil von ihr die Hoffnung noch nicht aufgegeben hatte. Obwohl es vermutlich Zeit war, sich geschlagen zu geben. Heute Morgen hatte sie die Scheidungspapiere erhalten. Ihre Fantasie reichte nicht aus, um sich vorzustellen, dass es ab diesem Zeitpunkt noch einen Weg zurück gab. Sie wusste ja, dass er bereits eine andere hatte; man hatte ihn Hand in Hand mit einer kurvigen Blondine durch Plymouth Hoe spazieren sehen. Als ihre Freundin Fi ihr die Neuigkeiten übermittelt hatte, hatte sie versucht, sich mit Witzeleien wegen der geschmacklosen Wahl zurückzuhalten, aber ganz hatte sie sich nicht beherrschen können.

Die langweilige Fahrt von ihrem Haus bis zur Polizeiwache nahm gut eine Stunde in Anspruch und trug damit auch einen Teil zu ihrer Müdigkeit bei. Entschlossen ließ sie die Sonnenblende zurückschnappen und zog den Pappkaffeebecher aus der Halterung zwischen den Sitzen. Wie beinahe jeden Morgen würde sie vor den anderen bei der Arbeit sein. Sie genoss es, die Erste in den Räumen der noch friedlichen Einsatzzentrale zu sein und ihre Gedanken sammeln zu können, bevor der Rest des Teams eintraf.

Sie verbrachte mehr Zeit bei der Arbeit als zu Hause, und es gefiel ihr. Der Job war nicht anders zu bewältigen. Schon bevor Tony sie verlassen hatte, hatte sie Überstunde um Überstunde geschoben – eines von vielen Problemen in ihrer Beziehung. Er hatte eine Eheberatung vorgeschlagen; als hätte sie nichts Besseres zu tun, als einen aufgeblasenen, herablassenden, allwissenden Vollidioten auch noch dafür zu bezahlen, dass er sie verurteilte. Und abgesehen davon – woher hätte sie die Zeit für so etwas nehmen sollen? Wahrscheinlich war das der einzige Grund gewesen, aus dem er diese bescheuerte Therapie überhaupt vorgeschlagen hatte – er hatte genau gewusst, dass sie keine Zeit dafür haben würde oder *haben wollte*, wie er es ausgedrückt hatte. Ein weiterer Fehler, den sie zu der Liste der vielen hinzufügen konnte, die sie in ihrem Leben bereits begangen hatte. Sie hätte ganz einfach einen anderen Bullen heiraten sollen. In dem Fall wären sie sich wenigstens einig darüber gewesen, dass der Job an erster Stelle stand. Oder sie hätte das mit dem Heiraten von vornherein bleiben lassen sollen. Zumindest war sie sich inzwischen sicher, dass sie diesen Fehler nicht ein zweites Mal machen würde.

»Oh, hey Mack.« Offensichtlich war sie heute Morgen ausnahmsweise doch nicht die Erste.

Mack hatte sich auf seinem Bürostuhl zurückgelehnt und die Beine auf den Tisch gelegt. Seine drahtigen braunen Haare standen wie üblich starr vom Hinterkopf ab. Lindsay musste jedes Mal dem Bedürfnis widerstehen, mit der Hand darüberzustreichen. Irgendwann würde sie das machen.

»Tu einfach so, als wäre ich nicht da.« Sie nickte ihm freundlich zu und ging an ihm vorbei.

»Hey!« Er schwang die Beine vom Tisch und umklammerte mit beiden Händen die Tischkante, um den Schreibtischstuhl daran zu hindern, nach hinten wegzurollen. »Dir auch einen schönen guten Morgen, Boss. Ich dachte, ich komme an diesem wunderschönen Samstagmorgen mal ein wenig früher rein. Der Druck wächst langsam, was?«

Eine rhetorische Frage, die keiner Antwort bedurfte. Sie alle wussten, dass sie Ergebnisse liefern mussten. Der Mord an Erin Malone war genau eine Woche her. Sie brauchten eine Festnahme oder zumindest einen Verdächtigen. Wenn sich der Fall weiter so zog, würde ihre Karriere einen ordentlichen Dämpfer kriegen. Und sie wollte erst gar nicht daran denken, was los wäre, wenn ein weiteres Mädchen tot aufgefunden wurde. Wie so oft bei solchen Dingen wurde der Druck von oben nach unten weitergegeben – sie bekam von ihrem Vorgesetzten, SIO Bainbridge, eins auf den Deckel und trieb daraufhin ihr Team an.

Die einzige brauchbare Spur, die sie bisher verfolgten, waren die Mails auf Sophies Handy gewesen. Jemand hatte ihr Fotos geschickt, auf denen sie selbst zu sehen war, und damit gedroht, dass er mehr davon hatte. Doch bisher war es nicht mehr als das – eine Spur. Sie hatten vorerst darauf verzichtet, Sophie dazu zu befragen, und auch der Absender war noch nicht identifiziert worden. Vorerst würde ihnen nichts anderes übrig bleiben, als darauf zu hoffen, dass der Typ ihr weitere Bilder schickte, auf denen mehr zu erkennen war; irgendetwas, mit dem sie mehr anfangen konnten. Dass sie Sophie noch nicht darauf angesprochen hatten, war Teil von Lindsays Strategie. Ein Bauchgefühl sagte ihr, dass ihnen das Mädchen von größerem Nutzen war, solange sie nicht wusste, was sie auf ihrem Handy entdeckt hatten. Wenn sie Sophie direkt mit den Mails konfrontierten, bestand das Risiko, dass sie komplett dichtmachte.

Sie entschied sich dafür, Macks Bemerkung zu ignorieren. »Bist du dir sicher, dass du nicht doch eher hier übernachtet hast?«

»Hätte vermutlich keinen großen Unterschied gemacht. Seit den zwei Stunden Nickerchen zwischendurch fühle ich mich, als wäre ich von einem Laster überfahren worden.« Er rieb sich die Augen.

»Ja, du siehst wirklich hübsch aus. Mindestens genauso lebhaft, wie ich mich fühle.« Lindsay war bewusst, dass sie erschöpft aussah, aber vor ihrem Team ließ sie sich nichts anmerken. Mack war der Einzige, dem sie anvertraute, wenn sie müde oder gestresst war. Sie wusste, dass er es nicht als Schwäche auslegen oder ihr irgendwann damit in den Rücken fallen würde.

Sie war nicht schwach. Im Gegenteil. Doch ihr Gefühl sagte ihr, dass dieser Fall ihre Stärke und Ausdauer bis zum Äußersten strapazieren würde.

68

Karen

Jeder Körper war ein potenzieller Angreifer, jedes Gesicht eine Bedrohung, jede Ecke ein Versteck. Sie wollte zurück in ihre Sicherheitszone. Sofort.

Die Stadt war noch nicht ganz erwacht. Erst nach und nach wurden die Türen zu den Geschäften geöffnet, Menschen beeilten sich auf dem Weg zur Arbeit. Doch die Gefahr lauerte überall. Wann war sie das letzte Mal hier gewesen? Es musste gute vierzehn Monate her sein. Ein Versuch, Mikes Schwester auf einen Kaffee zu treffen, um seinen Vorwurf, sie werde langsam zur Einsiedlerin und brüskiere damit seine Familie, zu entkräften. Der Ausflug damals war nicht gut ausgegangen. Kaum dass sie ihre arme Schwägerin gesehen hatte, hatte sie eine ausgewachsene Angstattacke erlitten. Was würde heute passieren?

»Richte den Blick auf den Boden. Geh so schnell wie möglich. Jeder Schritt bringt dich näher an dein Zuhause heran.« Wieder und wieder murmelte sie die Worte vor sich hin.

Was, wenn sie Rachel begegnete? Wie würde das auf Rachel wirken, wenn sie es angeblich nicht mal bis zu ihr schaffte, dafür aber fröhlich durch die Stadt spazierte?

»Weitergehen. Denk nicht darüber nach.«

Wo war sie? Sie musste aufblicken, um zu wissen, in welche Richtung sie gelaufen war. Leute starrten sie an. Sie sah vermutlich aus wie eine Verrückte, wie sie vor sich hin murmelte, ohne den Blick vom Bürgersteig zu heben. Doch das spielte in diesem Moment keine Rolle. Sollten sie denken, was sie wollten.

Okay, gut, sie stand vor dem Eingang des Shoppingcenters. Die Bushaltestelle war nicht mehr weit entfernt.

»Kopf runter. Sieh nicht hin. Bleib nicht stehen.«

Ein blauer Streifen vor ihr, darüber weiß. Gott sei Dank. Der Bus.

Karen stellte sich in die Schlange, stieg die drei Stufen hinauf, hielt dem Fahrer die Münzen hin, ohne ihn anzusehen, nahm das Ticket entgegen und ließ sich auf den Platz ganz vorne fallen, der dem Ausgang am nächsten war. Sie hatte es geschafft, zumindest den ersten Teil.

Entspann dich. Eine halbe Stunde, dann bist du zu Hause.

Sie rief sich Jays Aussehen in Erinnerung: drahtige, kurze schwarze Haare. Dunkle Augen, die ein wenig zu dicht beieinanderstanden, kräftiger, kantiger Kiefer. Ein schiefes Grinsen, das eine kleine Narbe unter seiner Unterlippe offenbarte. Ebenmäßige Gesichtszüge, olivfarbene Haut. Sie hatte mindestens ein Dutzend Fotos von ihm gesehen. Eines davon zeigte ihn im Urlaub. Mit nacktem Oberkörper lag er am Pool, ein paar wenige Haare auf Höhe des Brustbeins, überall sonst glatte Haut. Auf einem anderen war er an seinem siebenunddreißigsten Geburtstag dieses Jahr zu sehen. Er stand vor einem Pub, den Arm um eine lebensgroße Gummipuppe geschlungen – ein Geschenk seines besten Freundes. Neben der Puppe wirkte er groß. Er hatte ihr erzählt, dass er über einen Meter achtzig sei.

Jay war das genaue Gegenteil von Sophies Stalker. Sie hatte sich geirrt. Hatte die Angst sie die falschen Schlüsse ziehen lassen? Ihr Verstand schien noch nicht bereit, den Gedanken loszulassen, dass er es war.

Sie dachte an den Moment, als sie ihm geschrieben hatte,

dass sie den Kontakt abbrechen wollte. Seine Reaktion war erschreckend gewesen, die Nachricht, die er ihr daraufhin geschickt hatte, scheußlich. Seine Wut war ungezügelt gewesen, seine Worte gemein und abwertend. Ein scharfer Kontrast zu den liebevollen E-Mails, die er ihr vorher geschrieben hatte. Sie war schockiert gewesen, wie schnell er gedroht hatte, Mike alles zu erzählen. Es hatte sie traurig gemacht, dass ausgerechnet der Mann, dem sie ihre intimsten Träume und ihre tiefsten, dunkelsten Gedanken anvertraut hatte, sich so einfach gegen sie gewandt hatte. Er hatte ihr gesagt, dass er sie liebe.

Als Sophie die Mailadresse genannt hatte, war sie sich sicher gewesen, dass es Jay sein musste, der sie verfolgte. Hatte er jemand anderen beauftragt, Sophie zu stalken? Das würde das unterschiedliche Aussehen erklären. Doch auch wenn es sich bei dem Mann nicht um Jay gehandelt hatte, war da etwas an ihm gewesen, das ihr bekannt vorgekommen war, das sie jedoch nicht einordnen konnte. Sie schloss die Augen und rief sich das Gesicht des Typs vor dem Kaufhaus ins Gedächtnis. Diese ungewöhnlich durchdringenden grünen Augen, die sie in einem anderen Zusammenhang vielleicht sogar attraktiv gefunden hätte, hatten sie an irgendjemanden erinnert. Kannte sie den Mann? Karen schauderte. Vielleicht hatte Jay mehr als nur eine andere Person in sein grausames Spiel mit hineingezogen.

Es gab nur einen Weg, es herauszufinden – sie musste ihm geben, worauf er aus war. Sobald sie zu Hause war, würde sie ihm mailen.

Noch nie war sie erleichterter gewesen, durch ihre Haustür zu treten. Bailey begrüßte sie mit mehr Enthusiasmus, als er die ganze letzte Woche hatte aufbringen können, und sprang an ihrem zitternden Körper hoch. Wahrscheinlich hatte er geglaubt, sie hätte ihn für immer verlassen. Nicht in der Lage, sich noch länger auf den Beinen zu halten, sank Karen erschöpft neben ihm auf den Boden und ließ sich ablecken.

Sie war stolz auf das, was sie geschafft hatte, aber jetzt war nicht die Zeit, ihren Erfolg zu feiern. Energisch schob sie Bailey von ihrem Schoß und ging in die Küche, um sich etwas zu trinken zu holen; ihre Kehle fühlte sich wie ausgedörrt an. Während sie darauf wartete, dass das Wasser kochte, öffnete sie den Archivordner auf ihrem Laptop.

Jays Mails.

Augenblicklich holten die alten Gefühle sie wieder ein, unter die sich inzwischen neue gemischt hatten – Besorgnis und Angst. Sie war dabei, eine Sache aufzugreifen, die sie vor gerade einmal sechs Monaten beendet hatte. Und dieses Mal hatte sie keine Ahnung, was sie erwartete. Wenn Jay tatsächlich etwas mit Sophies Stalker zu tun hatte, würde sie hoffentlich Antworten von ihm bekommen; ihn dazu bringen, ihr zu sagen, was er von ihr wollte. Und wenn sie sich irrte – nun, dann würde sie alte Wunden aufreißen, und niemand konnte wissen, wie weitreichend die Konsequenzen wären.

Sie machte sich einen Kaffee und setzte sich vor den Laptop, die Finger sacht auf die Tasten gelegt, bereit, die Büchse der Pandora zu öffnen.

Sie würde vorerst vage bleiben, sich mit Details zurückhalten, um zu sehen, ob er antwortete.

Hey Jay,
ich weiß, es ist eine Weile her. Ich schreibe dir, obwohl ich vor wenigen Monaten gesagt habe, dass ich mich nie wieder bei dir melden würde. Ich möchte mich schon vorher dafür entschuldigen, falls ich dir damit Kummer bereite. Das ist nicht meine Absicht. Geht es dir gut? Ich hoffe, du hast es geschafft, darüber hinwegzukommen, und bist vielleicht sogar eine neue

Beziehung eingegangen. Ich möchte mit meiner E-Mail auf keinen Fall alte Wunden aufreißen. Und ich hoffe sehr, du verzeihst mir, wenn ich es trotz allem tue. Aber ich habe eine Frage, wegen der ich dich kontaktieren muss. Ich würde mich sehr freuen, wenn du mir antwortest. Um der alten Zeiten willen?

Danke.

Karen x

Reichte das aus? War die Mail freundlich genug formuliert? Nicht zu offensichtlich? Sie las sie noch einmal, nahm ein paar kleine Verbesserungen vor. Wenn sie ihn so gut kannte, wie sie glaubte, würde er nicht widerstehen können, ihr zu antworten.

Sie nippte an ihrem Kaffee. Sie hatte Schwierigkeiten mit dem Schlucken. Ihr Hals war wie zugeschnürt. Sie legte eine Hand an ihre Kehle und massierte sie sanft. Ihr Puls klopfte gegen die Fingerspitzen. Tat sie das Richtige? Ihr war schlecht. Sie hatte Jay die Tür vor der Nase zugeschlagen, und sie hoffte, dass sie keinen riesigen Fehler damit beging, sie wieder zu öffnen.

Ihr Zeigefinger schwebte über dem Trackpad.

Fünf, vier, drei, zwei, eins … Senden.

Vielleicht würde sie schon bald eine Antwort auf all ihre Fragen bekommen.

69

DI Wade

»Das hier könnte wichtig sein.« Aufgeregt wedelte DC Clarke mit dem Bericht in seiner Hand, während er auf Lindsay zustürmte.

»Ich will kein *Könnte*, sondern ein *Ist*.« Sie saß wie üblich auf der Kante ihres Schreibtisches und hoffte auf gute Nachrichten, während sie auf einen Durchbruch bei der Analyse von Sophies Mails warteten. »Na los, überraschen Sie mich!« Sie schenkte ihm ein schwaches Lächeln.

»Ich hab einen Anruf von einer Frau bekommen, die behauptet, heute in der Stadt von einem Mann verfolgt worden zu sein. Vom Zentrum bis zur Bushaltestelle vor dem Shoppingcenter …«

»Wirklich? Und das ist alles?« Lindsay verschränkte die Arme vor der Brust und seufzte laut. »Wahrscheinlich nur irgendein Typ, der zufällig in dieselbe Richtung wie sie gelaufen ist, weil er auch zum Bus wollte. Äußerst schockierend.«

»Warten Sie, warten Sie.« DC Clarke hob eine Hand. »Geben Sie mir eine Minute, Boss.«

»Sorry, ich höre.«

»Sie hat außerdem erzählt, dass sie, als sie in den Bus nach Torquay gestiegen ist, beobachtet hat, wie der Kerl einer anderen Frau gefolgt ist. Er hatte es also gar nicht auf sie abgesehen. Sie hat ihn im Auge behalten, bis ihr Bus abgefahren ist.«

»Und?« Lindsay stand auf und erlaubte sich einen Moment der Hoffnung.

»Er sei dicht hinter der anderen Frau geblieben, die sich anscheinend nicht bewusst war, dass sie verfolgt wurde. Und als sie gewartet hat, um einsteigen zu können, hat er die Hand nach ihr ausgestreckt, als hätte er sie berühren wollen. Doch dann hat er stattdessen an ihren Haaren gerochen, und die Frau meint auch, gesehen zu haben, dass er welche genommen hat.«

»Haare? Er hat ihr Haare ausgerissen?«

»Ja.«

»Okay, ziemlich seltsames Verhalten. Hat die Frau ihn irgendwann bemerkt?«

»Nach Aussage der Zeugin nicht. Sie ist, ohne sich umzudrehen, in den Bus gestiegen. Anscheinend hat sie das mit den Haaren nicht gespürt. Wie dem auch sei, wir haben die Zeugin gebeten, vorbeizukommen und uns eine Personenbeschreibung zu geben, damit wir ein Phantombild erstellen können. Ich dachte, es lohnt sich, falls wir noch ähnliche Hinweise bekommen sollten.«

»Gute Idee. Einen Versuch ist es wert. Wir lehnen uns damit vermutlich ziemlich weit aus dem Fenster, aber es besteht immerhin eine geringe Chance, dass es sich um unseren Mann handeln *könnte*. Vielleicht ist das seine Masche – er stalkt seine Opfer, bevor er sie tötet. Wäre die Zeugin in der Lage, die Frau zu identifizieren, die er verfolgt hat?«

»Die Kollegen haben sie dasselbe gefragt, als sie angerufen hat. Leider nein. Sie hat anscheinend nicht mehr erkennen können, als dass sie dunkle, mittellange Haare hatte. Die Zeugin hat sich vor allem auf ihn konzentriert, um sich seine Gesichtszüge einzuprägen, damit sie ihn bei der Polizei beschreiben könnte.«

»Okay. Sobald wir das Phantombild haben, nehmen Sie die Überwachungskameras in der Nähe unter die Lupe. Vielleicht ist ja was Brauchbares darauf zu erkennen.«

70

Sophie

Sie war sich nicht sicher, ob sie besorgt oder erleichtert sein sollte, dass ihre Mutter Jay als ihren Stalker ausschloss. Offensichtlich hatte der Mann ganz anders ausgesehen als der Typ auf den Fotos. Wenn sie sich nicht irrte, bedeutete das immerhin, dass sich ihre Mutter nicht in einen Mörder verliebt hatte. Doch es hieß auch, dass sie der Beantwortung der Frage, wer der Mann war, der sie verfolgte, kein Stück näher gekommen war. Hätte es sich um Jay gehandelt, hätte ihre Mutter ihr helfen können, ihn loszuwerden, ohne dass sie die Polizei hätten einschalten müssen.

Damit stand sie wieder am Anfang – mit einem nicht identifizierten Psycho-Typ, der ihr folgte. Würde ihre Mutter sie zwingen, zur Polizei zu gehen, jetzt, wo sie selbst nichts mehr zu verlieren hatte? Beim Gedanken an das Gespräch, das sie zu Hause erwartete, stöhnte sie innerlich auf. Gut, dass sie heute Abend zuerst zu Dan gehen würde. Damit konnte sie der Diskussion noch eine Weile länger aus dem Weg gehen. Auch wenn ihr das Treffen mit der Samstags-Gang schon den ganzen Tag Kopfzerbrechen bereitete. Amy, die lächelnd an ihrer Make-up-Theke stand und mit den Kunden scherzte, sah kein bisschen so aus, als hätte sie einen Zusammenbruch erlitten. *Drama Queen*.

Der Laden leerte sich. Sophie schwang den Staubsauger

wie eine Waffe, malträtierte den abgewetzten beigefarbenen Teppichboden, der seine besten Zeiten schon lange hinter sich hatte. Aus dem Augenwinkel beobachtete sie, wie Amy im Pausenraum verschwand. Wehe, sie ließ sie hier allein zurück.

Schnell zog Sophie den Stecker, ließ das Kabel zurückschnappen und folgte ihr. »Amy! Warte.«

Amy stand bereits unten am Ausgang, eine Hand auf der Klinke, als sie sich zu ihr umdrehte. Außer Atem stürzte Sophie die Treppe hinunter.

»Sorry, hätte ich auf dich warten sollen?« Amys Gesichtsausdruck war vollkommen unschuldig.

»Na ja, Dan hat gesagt, dass du alle gebeten hast, sich heute nach der Arbeit bei ihm zu treffen. Ich dachte, wir gehen zusammen hin.«

»Das hat Dan gesagt?« Sie zog fragend die Augenbrauen hoch.

Keuchend schimpfte Sophie vor sich hin. Unter ihre Verwirrung mischte sich Wut.

»Was ist los, Sophie?«

»Dan hat mir gestern Abend geschrieben. Er hat behauptet, du hättest einen Zusammenbruch und willst dich mit allen treffen. Heute Abend, bei ihm zu Hause.«

Amy trat auf den Bürgersteig, blieb aber vor der Tür stehen. »Ich hab ihm gesagt, dass ich es gut finden würde, wenn wir alle zusammenkämen, ja. Aber ich habe ganz bestimmt keinen Anfall oder Zusammenbruch gehabt. Außerdem war *er* derjenige, der vorgeschlagen hat, sich ausgerechnet heute Abend bei ihm zu Hause zu treffen. Im Ernst, was soll das?«

»Ich hatte mich auch gefragt, warum wir uns bei ihm treffen, wenn es deine Idee war. Andererseits hat er schon die ganze Woche lang davon geredet, also sollte es uns wohl nicht besonders überraschen.«

»Ich habe keine Ahnung, was er damit erreichen will. Wir können nicht ändern, was geschehen ist. Ich brauche nicht noch jemanden, der mir erzählt, was wir alles hätten anders machen sollen.«

Sophie hakte sich bei Amy unter und dirigierte sie in Richtung Parkplatz. Amy wehrte sich nicht. Wahrscheinlich bemerkte sie nicht einmal, wohin sie unterwegs waren, so sehr regte sie sich über Dan auf.

Vorsichtig sah Sophie sich um. Eine Gestalt, bisher halb verborgen durch eine Werbetafel, trat aus dem Schatten eines Pubs. Sophie zerrte an Amys Arm, damit sie schneller ging.

»Hast du es eilig?« Der Absatz ihres rechten High Heels blieb in der Rille zwischen zwei Pflastersteinen hängen, und sie stolperte. »Meine Güte, Sophie!« Sie sah sie vorwurfsvoll an. »Dafür musst du mich auf jeden Fall mitnehmen.«

»Klar, kein Problem.« Sophie beschleunigte ihre Schritte und zerrte Amy weiter hinter sich her. »Na los.«

Sobald sie im Auto saßen, drückte Sophie auf den Knopf für die Zentralverriegelung. Das tiefe, satte Geräusch der zuschnappenden Schlösser beruhigte sie ein wenig.

Amy beobachtete sie mit verwirrtem Gesichtsausdruck und schüttelte verständnislos den Kopf. Vielleicht war dies der richtige Zeitpunkt, um ihr zu erzählen, was los war.

Sophie startete den Motor und bog vom Parkplatz auf die Straße. Am Fußgängerüberweg stieg sie so hart auf die Bremse, dass sie in ihre Gurte gedrückt wurden.

»Hey! Bist du verrückt geworden?« Der Inhalt von Amys Handtasche hatte sich in den Fußraum ergossen, und sie beugte sich verärgert vor, um die Sachen wieder einzusammeln.

Sophie blickte starr vor Entsetzen auf die Gestalt vor ihnen. Er war direkt vor ihnen auf die Straße getreten. Stehen geblieben. Hatte sie angestarrt, bevor er weitergelaufen war. Es war genau, wie sie befürchtet hatte – die Tatsache, dass sie nicht alleine unterwegs war, hielt ihn nicht davon ab, sie zu stalken.

Hinter ihr ertönte wütendes Gehupe.

Amy richtete sich auf und sah sie an. »Warum hast du so plötzlich gebremst?« Sie rieb sich den Nacken. »Wegen dir hab ich jetzt bestimmt ein Schleudertrauma.«

»Hast du den Typ nicht gesehen? Er ist mir direkt vors Auto gelaufen.« Sophie gab Gas und hob die Hand, um sich bei dem Fahrer hinter ihnen für die Verzögerung zu entschuldigen.

»Nein. Ich bin schließlich auch nicht diejenige, die fährt.«

Er war so nah gewesen. Auf einmal schien es Sophie doch nicht mehr der richtige Zeitpunkt, Amy von ihm zu erzählen. Vielleicht, wenn sie bei Dan waren. Beim Gedanken an das Treffen wurde ihr schlecht. Wer wusste schon, was dabei herauskommen würde? Was war das für ein Spiel, das Dan spielte?

71

»Ich hab ein paar Pizzen in den Ofen geschoben. Die sollten für alle reichen.« Dan rannte nervös zwischen Küche und Wohnzimmer hin und her, in das er sie zuvor gescheucht hatte. Seine zappelige Art strapazierte Sophies ohnehin schon angespannten Nerven.

Warum war er so sehr auf dieses Treffen erpicht gewesen und hatte dann auch noch behauptet, das Ganze sei Amys und nicht seine Idee gewesen? Nach dem übertriebenen Gerede darüber, dass er ihr Freund sei und sie sich ihm immer anvertrauen könne, ärgerten seine offensichtlichen Lügen sie umso mehr.

»Ich kann nicht besonders lange bleiben, Dan«, sagte Sophie, als sie das Glas Cola entgegennahm, das er ihr hinhielt.

»Oh, okay.« Er wirkte enttäuscht, sagte aber nichts mehr, abgelenkt von ihren anderen Freunden, die nach und nach eintrudelten.

Amy und Sophie tauschten einen fragenden Blick, während sich der Raum langsam füllte. Es fühlte sich seltsam an. Falsch. Jemand fehlte.

Es passierte häufig, dass sie es nicht alle zu einem Treffen schafften, da sie zu unterschiedlichen Zeiten arbeiteten oder das College besuchten, aber das war nie ein Problem gewesen. Doch zu wissen, dass jemand fehlte, weil er tot war – das war eine ganz andere Geschichte. Am vergangenen Samstag war die

Clique seit Ewigkeiten wieder vollzählig gewesen. Ein Zustand, der nicht lange angehalten hatte.

Als Sophie jemand ihren Namen sagen hörte, zwang sie sich, sich der Unterhaltung der anderen zuzuwenden.

Becks starte sie an, wartete offensichtlich auf eine Antwort.

»Sorry. Was hast du gesagt?«

»Ich habe gefragt, ob du dich inzwischen an irgendetwas erinnerst. Zum Beispiel, ob du Erin noch mal gesehen hast, nachdem du aus dem Pub raus bist. Oder an die Taxifahrt.«

Großartig. Ein weiteres Verhör. »Nein. Nichts. Amy und ich sind das alles tausendmal durchgegangen, um irgendwas Konkretes herauszufinden. Es ist so, als ob der Abend aus meinem Gedächtnis gelöscht worden wäre.« Ihre Wangen glühten.

»Oh! Das hab ich ganz vergessen zu erzählen«, posaunte Amy dazwischen. »Ihr werdet nicht glauben, wer heute vorbeigekommen ist, um sich ein Makeover verpassen zu lassen.« Sie machte eine effektvolle Pause und riss die Augen auf.

Sophie, dankbar für die Ablenkung, ging darauf ein. »Wer?«

»Okay, du wärst sowieso nie draufgekommen. Es war Maria, die Schlampe.« Sie lehnte sich zurück, offensichtlich zufrieden mit ihrer Verkündung.

Keiner sagte ein Wort.

Amy verzog das Gesicht und sah sich um. »Ihr wisst schon wer, oder? Adams neue Freundin. Erins *Stiefmutter*.«

»Oh, okay. Ich hatte keine Ahnung, wie sie heißt. Bei uns zu Hause wird sie nur ›die andere‹ genannt«, sagte Sophie mit einem Schulterzucken. Ihr leuchtete nicht ganz ein, warum Amy so eine große Sache daraus machte. »Und weiter?«

»Ein Makeover? Bisschen komisch. Wofür will sie sich denn aufrüschen – für Erins Beerdigung, oder was?«, mischte sich Becks ein.

Amy fuhr sich mit der Hand durch die Haare. »Sie wollte mich runtermachen.«

»Was?« Jetzt hatte sie die volle Aufmerksamkeit der anderen.

»Ich weiß, krass, oder? Diese hinterhältige Schlampe. Ich habe keine Ahnung, für wen die sich eigentlich hält. Sie hat behauptet, dass sich Erin meinetwegen mies gefühlt hat. Wegen meines Aussehens und weil ich so beliebt bin. Angeblich hab ich damit ihr Selbstwertgefühl zerstört.«

Sophie war sich nicht sicher, was sie davon halten sollte. Sie wusste, dass Erin immer versucht hatte, mit der Gruppe mitzuhalten, ihren Platz darin zu finden. Allerdings hatte sie nie Amy die Schuld daran gegeben. Zumindest hatte sie Sophie gegenüber nie etwas in der Art erwähnt. Aber genau dasselbe hatte ihr Rachel erzählt, und sie hatte es ebenfalls von dieser Maria. Warum hatte Erin mit der Freundin ihres Vaters über ihre Sorgen gesprochen, aber mit keinem aus ihrem Freundeskreis?

»Was hast du zu ihr gesagt?«, fragte Jack, den Mund voller Pizza.

»Ich war ziemlich schockiert. Ich meine, ich weiß, dass Erin und ich nicht immer einer Meinung waren. Und ich hab auch bemerkt, dass sie versucht hat, mich zu kopieren, aber das war mir egal. Maria habe ich dasselbe gesagt.«

»Glaubst du, sie will uns gegeneinander aufhetzen?«, fragte Becks.

»Genau wie die Bullen. Was spielen die für Spielchen mit uns? Warum gibt jeder *uns* die Schuld?« Dan war offensichtlich noch immer nicht darüber hinweg, dass ihn die Polizei vorgeladen hatte.

»Sie sollte besser erst mal in den Spiegel schauen, bevor sie mit dem Finger auf mich zeigt«, sagte Amy.

»Wie meinst du das?« Sophie fragte sich langsam, worum es hier ging.

»Na ja, mich würde nicht wundern, wenn sie diejenige gewesen ist, die dafür gesorgt hat, dass Erin so wenig Selbstbewusstsein hatte.« Amy sprach jetzt lauter. Sie hatte ihr Publikum gefunden. »Schließlich war sie die Schlampe, die mit Erin um die Aufmerksamkeit ihres Dads konkurriert hat.«

»Echt? Erin hat so was nie erwähnt.« Rosie, die bisher nur stumm danebengesessen hatte, war offensichtlich der Meinung, dass es Zeit war, ihren Senf dazuzugeben.

»Ihr habt euch Ewigkeiten nicht gesehen, Rosie. Mir hat sie davon erzählt. Um genau zu sein, am Samstagabend.«

Sophie drehte sich der Magen um. »Du hast kein Wort davon gesagt, als wir über den Abend gesprochen haben. Warum nicht?«

»Weil du dich so merkwürdig verhalten hast. Ich weiß auch nicht. Wahrscheinlich kam es mir zu dem Zeitpunkt einfach nicht wichtig vor; war ja beschäftigt damit, die Flut an Fragen von deiner Mutter und dir abzuwenden. Als Maria mich jetzt beschuldigt hat, das Problem gewesen zu sein, ist mir wieder eingefallen, was Erin am Samstag zu mir gesagt hat.«

»Stimmt, seit der ganzen Sache scheinst du ziemlich schwache Nerven zu haben, Sophie«, warf Dan wenig hilfreich ein.

»Und das wundert euch? Ich meine, geht es euch nicht genauso? Und Dan, du musst gerade reden. Du bist derjenige, der mir schon die ganze Woche irgendwo auflauert und total nervös wirkt.«

»Hey, hey, Mädels, kriegt euch mal wieder ein.« Tom hob beruhigend eine Hand, doch sein Grinsen verriet, dass er die Show genoss.

»Wir sollten uns nicht gegenseitig fertigmachen«, mischte sich die sensible, pragmatische Alice ein, »sondern zusammenhalten. Und jetzt noch mal zu Adams Freundin. Was weißt du über sie, Amy?«

»Nicht viel. Erin hat mir erzählt, dass die beiden ziemlich schnell zusammengezogen sind, nachdem sie sich kennengelernt hatten. Offensichtlich hat die Zeit gedrängt.«

»Sie hat bestimmt ’nen Braten in der Röhre, oder?« Jack lachte.

»Ich weiß nicht. Sieht jedenfalls nicht danach aus. Die ist der reinste Hungerhaken«, sagte Amy.

»Warum hatten sie es dann so eilig?«

»Keine Ahnung.« Amy lehnte sich mit dem Rücken gegen das Sofa. »Ich weiß nur, dass er schon nach einem Monat oder so bei ihr eingezogen ist. Sie haben sich kennengelernt, als sie ihr Auto bei ihm in der Werkstatt vorbeigebracht hat.«

»Und statt des Wagens, hat er dann mal eben *ihr* Gestell abgecheckt, was?«

»Tom! Das ist nicht wirklich angebracht …«

»Okay, okay.« Tom grinste. »Das heißt, Adam ist ratzfatz bei Maria eingezogen, obwohl er sie kaum kannte?«

»Ja, und Erin war davon natürlich ziemlich angepisst. Wenn du mich fragst, ist bei so einer Aktion die Katastrophe vorprogrammiert«, sagte Amy.

»Als ich bei Rachel war, hat sie nicht viel dazu gesagt«, fügte Sophie hinzu. »Sie hat mir nur erzählt, dass es sie traurig und wütend gemacht hat, dass sich Erin eher Maria als ihr anvertraut hat.«

»Oh mein Gott!« Amy sprang wie von der Tarantel gestochen auf. »Mir ist gerade etwas eingefallen.« Ihr Gesicht wirkte wie versteinert, ernst. Sie sah Sophie an. »Sie war es … Maria. Sie hat Erin die Nummer für das Taxi gegeben.«

»Bist du dir sicher? Bis vor Kurzem konntest du dich noch an nichts erinnern, was mit dem Taxi zu tun hatte.« Sophie schaute skeptisch zu ihr auf.

»Ich glaube, es ist mir nur eingefallen, weil wir so viel über

Maria gesprochen haben. Erin stand mit mir an der Bar. Und du warst auch dabei, Sophie. Und als wir drüber geredet haben, dir ein Taxi zu rufen, hat sie durch die Nummern auf ihrem Handy gescrollt und gesagt …« Amy hielt inne und schlug sich die Hand vor die Stirn. »Sie meinte, Maria hätte ihr einen Taxifahrer empfohlen, den sie anrufen sollte, wenn sie in der Nacht einen brauchen sollte. Jemanden, der zuverlässig sei und dem sie vertrauen könne.«

Einen Moment lang herrschte Schweigen. Jeder schien damit beschäftigt zu begreifen, was Amy da gerade gesagt hatte.

Dan fand zuerst seine Stimme wieder. »Das musst du der Polizei erzählen, Amy. Es könnte sein, dass er der Letzte war, der Erin lebend gesehen hat.«

»Oder er ist derjenige, der sie umgebracht hat«, erwiderte sie. »Und er läuft immer noch frei herum, sodass er jederzeit wieder zuschlagen könnte.«

»Die Bullen müssen Erins Telefon haben. Bestimmt haben sie die letzten Anrufe darauf untersucht und die Leute befragt. Sie wissen vermutlich schon über den Taxifahrer Bescheid«, wandte Tom ein.

»Stimmt. Wahrscheinlich hinken wir der Polizei zehn Schritte hinterher.« Sophie seufzte frustriert.

»Trotzdem komisch. Vielleicht wollte Maria ja, dass Erin etwas zustößt. Damit sie aus dem Weg ist und sie freie Bahn bei Adam hat.« Amy hatte vor sich hin gemurmelt und niemand Bestimmten dabei angesehen, als wäre ihr nur ein Gedanke gekommen, den sie aus Versehen laut ausgesprochen hatte.

Doch so abwegig ihr das auch erschien, Sophie konnte nicht anders, als es in Erwägung zu ziehen. Sie dachte an das, was Rachel gesagt hatte, darüber, dass Maria so plötzlich auf der Bildfläche erschienen war. Vielleicht war etwas dran an Amys Theorie. Doch wenn das stimmte, wie passte dann sie selbst ins Bild? Warum war sie in die Sache mit hineingezogen worden?

Die ganze Zeit über war sie der Überzeugung gewesen, dass Erin zu ihr ins Taxi gestiegen war, um sie sicher nach Hause zu bringen. Aber was, wenn es genau andersherum gewesen war? War sie zufällig in eine bizarre Verschwörung geraten, die das Ziel hatte, Erin loszuwerden? Das könnte der Grund dafür gewesen sein, dass der Mörder sie nicht ebenfalls getötet hatte. Sie war ihm nur aus Versehen in die Quere gekommen.

Andererseits schien es ihr ziemlich weit hergeholt, dass Adams Freundin tatsächlich gewollt hatte, dass Erin starb. Doch dann kamen ihr die Worte von DI Wade wieder in den Sinn: *In den meisten Fällen ist der Täter dem Opfer bekannt*.

72

Karen

Karen drückte zum hundertsten Mal auf den Aktualisierungs-Button für den Posteingang.

Mike hatte gesagt, dass er heute nicht allzu spät nach Hause kommen würde, deswegen musste sie vorsichtig sein. Nicht dass sie glaubte, er würde bemerken oder gar infrage stellen, was sie gerade tat. Das hatte er in der ganzen Zeit, die sie mit Jay in Kontakt gestanden hatte, kein einziges Mal getan. Er würde wie üblich reinkommen, seine Boots in die Ecke schleudern, duschen und sich dann in seine iPad-Blase zurückziehen. Seine »Auszeit«, wie er es nannte. Offensichtlich war es wahnsinnig stressig, den ganzen Tag übers Moor zu wandern.

Es war nicht immer so gewesen. Als sie sich kennengelernt hatten, war er noch in der Ausbildung zum Ranger gewesen. Während ihrer ersten Dates waren sie fast immer draußen gewesen, hatten einen Spaziergang gemacht oder gepicknickt. Inzwischen war er der Dienstälteste in seiner Station und kümmerte sich eigenverantwortlich um ein Gebiet in Dartmoor. Er hatte seine Aufgaben immer sehr ernst genommen, doch in letzter Zeit war Karen sein Verantwortungsbewusstsein beinahe extrem vorgekommen. Er schien sich auf jeden Fall sehr viel mehr für seinen Job als für seine Familie zu interessieren. Sie schüttelte den Kopf. Ihr Alltag hätte nicht unterschiedlicher sein können. Seiner auf offenem, weitem Land, mit der Freiheit, in jede Richtung ziehen zu können; und ihrer in einem von ihr selbst errichteten Gefängnis.

Karen zwang sich, ihre Aufmerksamkeit wieder auf die Gegenwart zu richten, und öffnete den J&K-Ordner. Sie begann ganz unten – mit seiner ersten Kontaktaufnahme. Alleine dieser Thread beinhaltete fünfzehn Nachrichten. Der Betreff lautete: *Könntest du die Richtige sein?* Kitschig. Sie wusste nicht, wie oft sie die Überschrift bereits auf der Dating-Website gesehen hatte, und trotzdem hatte sie lachen müssen. Der Betreff des nächsten Threads lautete: *Froh, dich gefunden zu haben* und beinhaltete sechsundvierzig E-Mails. Er war immer derjenige gewesen, der sich zuerst gemeldet, einen neuen Thread eröffnet hatte. Mit der Zeit waren seine Betreffs geistreicher geworden und hatten ihr jedes Mal ein Lächeln ins Gesicht gezaubert. Mit ihrer zweiten Unterhaltung hatten sie sich näher kennengelernt. Jede Mail war ein wenig persönlicher gewesen als die vorhergehende, länger, detaillierter. Am Ende des dritten Threads hatte Karen Jays Hoffnungen und Ängste gekannt – und zu ahnen begonnen, worin seine Sehnsüchte bestanden.

Bei dem Gedanken an das, was sie ihm alles erzählt hatte, wurde sie rot. Zu dem Zeitpunkt war ihr das harmlos erschienen, die tiefgründigen Unterhaltungen über ihr Leben – in der Vergangenheit und in der Zukunft. Als jemand, der so lange mit Kriminellen – Meistern der Manipulation – gearbeitet hatte, hätte sie vorsichtiger sein müssen, bevor sie so viele Informationen über sich preisgab. Aber er hatte sie gefunden, als sie am verletzlichsten gewesen war, kurz nach dem Angriff, physisch und psychisch versehrt. Sie war sich der Gefahr ganz einfach nicht bewusst gewesen. Es war nur ums Reden gegangen, nicht darum, sich zu treffen. Was konnte schon passieren, wenn sie ihm nicht persönlich begegnete? Das Ganze war ihr harmlos erschienen und hatte die innere Leere ausgefüllt, die sie verspürt hatte. Und er hatte genauso davon profitiert. Zumindest hatte er ihr das gesagt.

Karen stützte die Ellbogen auf die Tischplatte und legte eine Hand vor den Mund, um nicht laut aufzustöhnen. Aus der heutigen Perspektive klangen seine E-Mails ganz anders.

Du dumme, dumme Kuh!

Ein Jahr lang hatte sie ihn mit all den Informationen versorgt, die er brauchte. Namen, Vorlieben, Abneigungen, Routinen, Unsicherheiten, Träume. Den Namen von Sophies Arbeitgeber, das College. Sie hatte diesen Mann mit allen Details ausgestattet, die er benötigte, um ihre Tochter zu stalken.

Verzweifelt presste sie die Daumen gegen die geschlossenen Lider, um die Tränen zurückzuhalten, doch sie fanden ihren Weg. Wie er sie mit seinen Worten verführt hatte, indem er ihr die schönsten Komplimente gemacht, ihre Stärke und ihre Liebe zu Sophie bewundert hatte. Als er ihr anvertraut hatte, dass seine Eltern tot seien und er auch keine Geschwister habe, hatte Karen aufrichtiges Mitleid für ihn empfunden. Sie wusste, wie es sich anfühlte, seine Eltern zu verlieren, fühlte sich seinem Schmerz, seinem Leid verbunden. Stundenlang hatte sie ihm zugehört, seine dunkelsten Momente mit ihm geteilt. Sie hatten sich als Seelenverwandte gefühlt, ohne sich jemals begegnet zu sein. Und sie hatte sich verliebt, in einen Mann, den sie nie getroffen hatte. Er war der Grund gewesen, aus dem sie weitergemacht, nicht aufgegeben hatte.

Wie hatte sie auch nur eine Sekunde annehmen können, dass er derjenige war, der hinter dem Stalker steckte? Es gab keinen Zweifel, dass sie instinktiv gewusst hätte, wenn er nicht ehrlich zu ihr gewesen wäre. Sie *kannte* ihn. Oder sie kannte die Seiten an ihm, die er ihr gezeigt hatte. Sie hatte den Stalker heute gesehen. Er hatte Jay nicht im Entferntesten ähnlich gesehen. Zumindest nicht dem Jay auf den Fotos.

Karens Blick zuckte zur linken oberen Ecke des Bildschirms.
Ihr stockte der Atem.

Posteingang (1)

Das Gefühl war wieder da, doch diesmal mit einer zusätzlichen Portion Adrenalin versehen.

Die Nachricht kam von ihm.

Sie las die Betreffzeile.

Betreff: Mein Engel kehrt zu mir zurück

Herzklopfen. Bei jeder neuen Nachricht von Jay war es ihr so ergangen. Doch dieses Mal war nicht freudige Aufregung der Grund dafür. Sie war wieder in Kontakt mit ihm getreten, um herauszufinden, was vor sich ging, und jetzt brachte sie es nicht einmal fertig, die Mail zu öffnen. Sie hatte Angst vor dem, was darin stand. Angst, Dinge wieder ins Rollen zu bringen. Er hatte furchtbare, abstoßende Sachen geschrieben, bevor sie den Kontakt abgebrochen hatte. Der Betreff ließ auf das genaue Gegenteil schließen.

Es gab nur einen Weg, es herauszufinden.

Karen holte tief Luft und klickte auf die Mail.

Meine liebste Karen,
wow! Nie hätte ich damit gerechnet, deinen Namen noch einmal in meinem Posteingang zu lesen. Was für eine wunderbare Überraschung! Wie ich sehe, hast du dir einen neuen Account eingerichtet, aber jetzt habe ich deine Adresse ja wieder!
Geht es mir gut? Ja, nicht schlecht auf jeden Fall. Bin ich eine neue Beziehung eingegangen? Wie kommst du auf die Idee, mich so etwas zu fragen? Natürlich nicht. Wie könnte ich?

Du warst mein Ein und Alles, meine Seelenverwandte, meine Bestimmung. Nachdem du mich verlassen hattest, konnte es keine andere geben, Karen.
Du hast also eine Frage. Schieß los, frag mich alles, was du willst. Ich kann es kaum erwarten, wieder von dir zu hören …
Jay xxx

Verdammt. Sie las die Mail noch einmal. Ihr würde nichts anderes übrig bleiben, als ihn direkt auf Sophie anzusprechen. Er wirkte so liebenswürdig, von selbst würde er bestimmt nichts preisgeben. Aber was, wenn er es gar nicht war? Garantiert würde er wütend werden, wenn sie andeutete, dass sie vermutete, dass er ihre Tochter bedrohte.

Sie klickte auf Antworten, tippte die Frage. Löschte sie wieder. Versuchte es mit einer anderen Formulierung. Löschte auch diese. Okay. Sie würde es mit einer Anschuldigung probieren, die gleichzeitig nach einer Entschuldigung klang.

Entschlossen rollte sie die Schultern, um die Spannung darin zu lösen. Dann wagte sie einen neuen Versuch.

Jay,
ich weiß, dass meine Frage vermutlich furchtbar für dich sein muss. Zumindest dann, wenn ich mich irre. Und falls dies der Fall sein sollte, habe ich jedes Verständnis dafür, wenn du sauer auf mich bist. Aber ich muss dich einfach fragen. Als ich unsere Online-Beziehung beendet habe, hast du mir mit vielen Dingen gedroht und mich beleidigt. Ich musste dich blocken, deine Kontaktdaten löschen, um die Flut an E-Mails, SMS und Anrufen zu stoppen. Ich denke, dass dich das sehr verletzt, dich wahrscheinlich sogar noch wütender gemacht hat. Vielleicht wolltest du es mir einfach heimzahlen? Oder einen Weg finden, um wieder mit mir in Kontakt zu treten? Ich

weiß es nicht.
Hast du Sophie E-Mails geschrieben und jemanden beauftragt, sie zu verfolgen?

Kein Weg zurück.

Sie hatte es abgeschickt. Saß vor dem Laptop und wartete. Überlegte.

Sie versuchte, sich seinen Gesichtsausdruck vorzustellen, während er las. Hörte seine Stimme, wie er laut schrie. Sah ihn hektisch tippen, voller Wut, dass sie so etwas von ihm dachte.

Sie hatte sich geirrt. Er konnte es nicht sein. Niemals würde er jemanden damit beauftragen, ihr zu folgen. Nicht der Jay, den sie kannte. Was sollte sie sagen, nachdem er ihr geantwortet, abgestritten hatte, dass er irgendetwas mit der Sache zu tun hatte? Bald würde sie es wissen.

Eine ungelesene E-Mail.

Ihr Mund wurde trocken. Sie zögerte, war nicht hundertprozentig sicher, ob sie seine Antwort kennen wollte. Doch es gab kein Zurück mehr.

Sie überflog seine Mail. Es dauerte nur ein paar Sekunden, seine Antwort war gerade einmal vier Zeilen lang.

Ah, du hast mich erwischt. Ich werde mich nicht lange damit aufhalten, es abzustreiten.
Ja, Karen. Ich habe Sophie kontaktiert. Aber ich habe niemanden beauftragt, sie zu verfolgen.
Das tue ich selbst.

Sie wollte sich übergeben. Wie? Sie hatte den Stalker mit eigenen Augen gesehen. Es war nicht Jay gewesen. Wut stieg in ihr auf. Hatte er sie angelogen? Der Bastard. Wie konnte er es wagen? Was war das für ein Spiel, das er spielte?

73

Karen lief unruhig im Esszimmer auf und ab, nicht sicher, was sie als Nächstes tun sollte. Wüste Beschimpfungen schossen ihr durch den Kopf, während sie eine Antwort in die Tasten hämmerte, die nicht zu ihren Gefühlen passte. Sie würde sich zurückhalten. Vorerst.

> *Ich verstehe das nicht, Jay. Wie kannst du der Mann sein, der sie verfolgt? Ich habe den Typ gesehen, und er sah nicht aus wie du. Warum hast du sie kontaktiert, ihr Fotos geschickt? Um dich an mir zu rächen? Hasst du mich wirklich so sehr? Hast du mich die ganze Zeit über belogen?*

Die Minuten bis zu einer Antwort schienen sich endlos in die Länge zu ziehen. Wie hatte sie sich so in ihm täuschen können? Das alles konnte nicht nur eine einzige große Lüge gewesen sein. Niemals wäre sie darauf hereingefallen. Auf keinen Fall.

> *Karen,*
> *meine Gefühle für dich waren immer echt. Nur die Fotos, die ich dir geschickt habe, waren es nicht.*
> *Der Mann, den du gesehen hast, war ich. Wir haben uns berührt. All die Monate voller Sehnsucht danach, dich endlich zu sehen, zu spüren. Und dann war es endlich so weit;*

in diesem flüchtigen Moment, in dem du mir in die Augen geschaut hast, hast du meine Seele berührt. So wie ich es immer geahnt habe. Ich brauche mehr davon.
Ich konnte den Gedanken daran, dich vielleicht niemals im Leben zu sehen, nicht ertragen. Du hast den Kontakt zu mir abgebrochen, einfach so. Plötzlich. Grausam. Ich habe dir so viel verziehen. Doch du hast die Grenze überschritten. Ich will dich lieben, dir noch einmal verzeihen.
Wir werden zusammen sein, Karen. Warte nur ab.

Das hier passierte nicht wirklich. Er war vollkommen wahnsinnig. Worauf – auf *wen* – hatte sie sich da eingelassen?

Sie holte tief Luft und versuchte, sich zu sammeln. Sie musste vorsichtig sein, ihre Antworten sorgfältig durchdenken. Die Art, wie sie mit ihm umging, würde Auswirkungen auf das haben, was er als Nächstes in Bezug auf Sophie tat.

Okay, du bist also nicht derjenige, als der du dich online ausgegeben hast. Die Fotos waren eine Täuschung.
Aber in Wirklichkeit bist du nicht hinter Sophie her. All die Anstrengungen, die du unternommen hast, ihr zu folgen, sie mit diesen Fotos zu bedrohen, das alles tust du nur, um dich an mir zu rächen, habe ich recht?
Nun, jetzt hast du, was du wolltest. Ich habe dich kontaktiert. Wir können das unter uns ausmachen, ohne dass Sophie davon betroffen ist. Oder Mike. Außer, du möchtest gerne, dass ich die Polizei informiere.
Ich denke, es ist am besten, wenn nur du und ich involviert sind. Meinst du nicht auch?

Vielleicht half das. Der Hinweis, dass sie bereit wäre, die Polizei zu informieren.

Du und ich. Perfekt. So wird es enden, Karen.
Doch zuerst müssen wir das Gleichgewicht wiederherstellen. Du hast derzeit einen Vorteil, und das kann ich nicht zulassen. Wir müssen uns auf Augenhöhe befinden, du und ich. Damit unsere gemeinsame Zukunft eine Chance hat.

74

Sophie
Montag

Der Sonntag war in einer merkwürdigen Atmosphäre abgelaufen – heimlich zugeflüsterte Sätze mit ihrer Mutter und außerdem der Versuch, ihrem Dad möglichst aus dem Weg zu gehen. Sophie hatte ihrer Mum unbedingt erzählen müssen, was Amy über Maria und die Taxinummer gesagt hatte, die sie Erin angeblich gegeben hatte. Und auch wenn sie keine Gelegenheit gehabt hatte, die Neuigkeiten im Detail wiederzugeben, reichten sie aus, um ihre Mutter in Alarmbereitschaft zu versetzen. Danach hatte sie mehrere Stunden am Computer verbracht, mit dem Rücken zur Esszimmerwand, sodass weder Sophie noch ihr Dad einen Blick auf den Laptopbildschirm werfen konnten.

Sophies Neugierde war geweckt. Allerdings blieb ihr an diesem Montagmorgen keine Zeit, darauf zu warten, dass ihr Dad das Haus verließ. Um einen Parkplatz in der Nähe des Eingangs zu bekommen, musste sie spätestens um halb neun beim College sein. Das ausführliche Gespräch mit ihrer Mutter würde also warten müssen, bis sie am Nachmittag zurückkam. Gott sei Dank hatte sie montags nur drei Kurse, sodass sie früher als ihr Dad zu Hause sein würde. Nur verschwommen erinnerte sie sich an die gewisperten Worte ihrer Mutter, die irgendwann in den frühen Morgenstunden zu ihr ins Zimmer geschlichen war, um ihr zu sagen, dass es doch

Jay war, der sie verfolgte. Sie war sich nicht sicher, ob sie es nur geträumt hatte.

Sophie bog auf den Parkplatz vor dem College ab. Es gab nur noch ein paar freie Lücken direkt vor dem Gebäude. Sie atmete erleichtert auf – gut, dass sie so früh losgefahren war. Unruhig rutschte sie auf ihrem Sitz hin und her und sah sich um. Nichts.

Ein dunkles Auto hielt an der Straße außerhalb des Collegegeländes, zu weit entfernt, als dass sie hätte erkennen können, wer darin saß. War er das? Bisher hatte sie ihn immer nur zu Fuß gesehen, also hoffentlich nicht.

Beeil dich! Geh so schnell wie möglich rein.

Sie schlug die Tür hinter sich zu und rannte den Gehweg Richtung Eingang entlang, während sie auf den kleinen Knopf ihres Autoschlüssels für die Zentralverriegelung drückte.

Sie war drin. Sicher. So viel einfacher als der Weg zur Arbeit. Vielleicht bedeutete diese Collegewoche wenigstens eine kleine Schonfrist von Jays Aufmerksamkeit. Hier würde er nicht nahe genug an sie herankommen.

Und ihre Anspannung löste sich noch mehr, als sie den Seminarraum betrat. Einige ihrer Kommilitonen hatten sich um einen Tisch versammelt und unterhielten sich offensichtlich über das vergangene Wochenende. Alles war normal. Vorerst. Sogar die Sonne hatte sich an diesem Morgen für eine seltene Stippvisite entschieden und schickte helle Lichtstreifen, die sich auf der Tischplatte vor ihr brachen und ihr Gesicht wärmten.

Sophie zog ihre Arbeitsmappe aus der Tasche und ließ sich auf ihrem Stuhl zurücksinken. Wenn ihre Erinnerung sie nicht täuschte und ihre Mum ihr in der letzten Nacht tatsächlich erzählt hatte, dass es Jay war, der sie verfolgte – wie würde es dann weitergehen? Würde er aufhören, sie zu stalken und ihr Fotos zu schicken, wenn ihre Mutter ihn darum bat? Aber was wollte er von ihr? Irgendwie musste sie ihre Mum warnen, ihr schonend beibringen, dass er derjenige sein könnte, der Erin umgebracht hatte. Sie stöhnte leise auf. Diese ganze Geschichte war der reinste Albtraum.

Während ihre übrigen Kommilitonen eintrudelten, fiel Sophies Blick auf zwei Gestalten, die sich vor der Glastür des Seminarraums mit ihrem Lehrer unterhielten. Schnell wandte sie das Gesicht ab und rutschte auf ihrem Stuhl weiter nach unten. Waren sie ihretwegen hier?

Aus dem Augenwinkel beobachtete Sophie, wie DI Wade und DS Mack einen Schritt beiseitetraten, um Mr. Allen durchzulassen, der die Tür öffnete, um ihr ein Zeichen zu geben.

Sie schloss die Augen. *Nein, bitte, nicht jetzt*. Doch sie konnte die Polizisten unmöglich einfach ignorieren.

»Sophie Finch.« Er hatte ihren Namen laut genug ausgesprochen, dass von einer Sekunde auf die andere Totenstille im Seminarraum herrschte und sich alle zu ihr umdrehten.

Großartig.

Den Blick zu Boden gerichtet, erhob sie sich von ihrem Platz und ging hinaus. Und noch während die Tür langsam hinter ihr zufiel, konnte sie hören, wie ihre Kommilitonen sich drinnen im Flüsterton zu unterhalten begannen.

75

DI Wade

»Hi, Sophie«, begrüßte Lindsay Sophie. »Können wir uns kurz unterhalten? Wir setzen uns in den Aufenthaltsraum. Da sind wir ungestört.« Sie legte Sophie eine Hand auf die Schulter und dirigierte sie mit sanftem Druck den Korridor entlang.

DS Mack hielt ihnen die Tür auf, bevor er ebenfalls eintrat und sie schloss.

»Was ist passiert?« Sophies Stimme zitterte. Unsicher sah sie von ihr zu Mack.

»Ach, nicht viel. Ich fürchte, bisher haben wir noch keine signifikante Spur. Aber wir hoffen, dass Sie sich inzwischen vielleicht doch noch an etwas erinnert haben.«

Sophie hatte sich auf die Armlehne eines niedrigen Sessels gesetzt und spielte nervös mit ihren Fingern. Eine Zeit lang sagte sie nichts, doch als Lindsay gerade nachhaken wollte, machte sie doch noch den Mund auf. »Ehrlich gesagt ist tatsächlich etwas Neues herausgekommen. Etwas, das mit Samstagnacht zu tun hat …«

Lindsay beobachtete, wie Sophie tief Luft holte und dann den Atem anhielt. Würde sie ihnen endlich etwas erzählen, das sie weiterbringen könnte?

»Anscheinend war es die Freundin von Erins Dad, die ihr die Nummer des Taxifahrers gegeben hat, den sie in der Nacht für mich angerufen hat, und …«

»Ach so, ja, darüber wissen wir bereits Bescheid, aber vielen Dank.« Mack winkte ab.

Sophie blieb vor Erstaunen der Mund offen stehen. Diese Antwort hatte sie ganz offensichtlich nicht erwartet. Lindsay fragte sich, warum.

»Und wie geht es Ihnen sonst, Sophie? Es muss furchtbar sein, eine Freundin unter so schrecklichen Umständen zu verlieren.« Lindsay hatte ihre sanfte Stimme ausgepackt, die sie für Fälle reserviert hatte, in denen sie schlechte Nachrichten überbringen musste oder zugänglicher wirken wollte. Sie hoffte, der liebevolle Tonfall würde Sophie ermutigen, sich mehr zu öffnen.

»Das alles ist so … unwirklich. Ich habe das Gefühl, als hätte ich bisher noch gar nicht richtig kapiert, was da eigentlich passiert ist.« Sie begann wieder, ihre Hände zu kneten, und ließ die Knöchel an einer Hand knacken.

Lindsay war die schlechte Angewohnheit schon aufgefallen, als sie zum Polizeirevier gekommen war, um ihre Aussage zu machen. War das Nervosität? Oder steckte noch mehr dahinter? Angst, Stress, Druck? Lügen? War endlich der Zeitpunkt gekommen, an dem Sophie ihnen freiwillig von den E-Mails erzählen würde?

»Sind Sie auf dem Gelände gewesen, wo sie gefunden wurde?«, fragte Lindsay.

Sophie riss entsetzt die Augen auf. »Nein! Ich könnte niemals … Ich will das nicht sehen. Und ist dort nicht sowieso alles abgesperrt?«

»Nicht das gesamte Gelände. Vielleicht würde es Ihnen ja helfen, den Ort aufzusuchen; die ganzen Blumen zu sehen, die die Menschen dort abgelegt haben. Das klingt vielleicht zuerst etwas merkwürdig, aber es könnte Sie dabei unterstützen, die Realität anzuerkennen, den Trauerprozess in Gang zu setzen.

Ich habe das Gefühl, dass Sie sich im Moment noch viel zu sehr zusammenreißen.«

Sophie sah sie mit versteinerter Miene an. »Das glaube ich nicht. Ich halte es nicht aus, den Ort zu sehen, an dem dieser widerliche Killer sie einfach weggeworfen hat.« Sie presste die Lippen zusammen, ihre Augen füllten sich mit Tränen. »Dieses Arschloch hat auf sie eingestochen, sie gewürgt, und für was bitte? Wann fangen Sie ihn endlich? Warum haben Sie bisher nichts vorzuweisen?« Der Wutausbruch war so plötzlich gekommen wie eine Explosion.

Lindsay drehte sich zu Mack um.

»Wir müssen noch eine Reihe Hinweise untersuchen, um …«

»Und warum sind Sie dann gerade hier drin und nicht dort draußen, um Ihre Untersuchungen zu machen? Ich kann Ihnen doch sowieso nicht weiterhelfen.«

Lindsay schwieg und beobachtete Mack, der eine Hand in seine Jackentasche schob und einen Schritt auf Sophie zutrat.

»Hier. Das wollte ich Ihnen zurückgeben. Wir sind damit durch. Danke, dass Sie es uns ausgeliehen haben.« Er hielt Sophie ihr iPhone hin. »Wir dachten nur, wenn wir sowieso schon mal hier sind, um es Ihnen vorbeizubringen, könnten wir auch gleich nachfragen, ob Sie irgendwelche neuen Informationen für uns haben. Das ist alles.«

»Oh … okay. Danke.«

»Gut, dann überlassen wir Sie mal wieder Ihrem Kurs.« Lindsay ging auf die Tür zu, blieb jedoch auf halber Strecke stehen, um Sophie über die Schulter hinweg noch einmal anzusehen. »Da wäre nur noch eine Sache …«

Sophie seufzte. »Ja?«

»Wir haben Hinweise auf einen Mann erhalten, der in der Gegend von Coleton Frauen nachstellt. Wir sind gerade dabei, ein Phantombild des Verdächtigen zu erstellen. Ist Ihnen irgendetwas Ungewöhnliches aufgefallen, jemand, der sich auffallend häufig in Ihrer Nähe aufhält?«

Sophie sah ihr fest in die Augen, schürzte die Lippen und runzelte die Stirn, als würde sie nachdenken, dann schüttelte sie langsam den Kopf. »Nein, nicht wirklich.«

»Okay. Trotzdem sollten Sie wachsam sein. Und rufen Sie uns sofort an, wenn Sie sich wegen irgendetwas Sorgen machen oder Ihnen etwas komisch vorkommt.« Lindsay schenkte ihr ein aufmunterndes Lächeln und nickte ihr freundlich zu, bevor sie hinter Mack den Raum verließ.

»Warum hast du nicht versucht, sie wegen der E-Mails mehr unter Druck zu setzen?«, fragte Mack, als sie ins Auto stiegen.

Lindsay trommelte mit den Fingern aufs Lenkrad und sah nachdenklich zum Collegegebäude hinüber. »Mein Bauchgefühl sagt mir, dass sie nicht weiß, von wem die Mails stammen. Ich glaube, wenn ich ihr Angst mache oder sie zwinge, uns etwas zu erzählen, dann wird sie nur das Nötigste ausspucken. Lieber sitze ich die Sache aus, bis sie uns auf eine wirklich wichtige Spur führt. Wir behalten sie im Auge und warten ab, was passiert.«

»Und wenn nichts passiert? Wir können es uns nicht leisten, abzuwarten. Meiner Meinung nach sollten wir sie mit den Mails konfrontieren.«

»Mack, Mack … Geduld. Wenn wir die Dinge überstürzen, erreichen wir gar nichts.« Sie warf ihm einen Seitenblick zu, dann startete sie den Motor, um den nächsten Ort auf ihrer Liste anzusteuern.

76

Karen

Worauf wollte Jay hinaus? Auf Augenhöhe sein? Das Gleichgewicht wiederherstellen? Die ganze Nacht lang hatte Karen seine Worte in Gedanken hin und her gewälzt, doch sie verstand noch immer nicht, was er gemeint hatte. Da war nichts, bei dem sie ein Gleichgewicht hätten herstellen können. Sie hatten eine Online-Beziehung gehabt, und sie hatte sie beendet. Mehr gab es dazu nicht zu sagen. Er hatte vollkommen den Bezug zur Realität verloren. Auf ihre letzte Mail, in der sie ihn darauf hingewiesen hatte, hatte er bisher nicht geantwortet. Natürlich nicht. Er wollte sie zappeln lassen, ihre Verzweiflung auskosten, weil er wusste, dass es sie verrückt machen würde. Warum musste ausgerechnet ihr so etwas passieren?

In den frühen Morgenstunden war sie in Sophies Zimmer geschlichen, hatte sich neben ihrem Bett zusammengekauert und ihr, um Mike nicht zu wecken, im Flüsterton von Jays Mails erzählt. Sophie hatte kaum die Augen aufbekommen. Karen war sich nicht sicher, wie viel von dem, was sie ihr zugewispert hatte, sie tatsächlich verstanden hatte. Da Sophie am Morgen noch vor Mike das Haus verlassen hatte, hatte sich keine weitere Gelegenheit ergeben, alleine mit ihr zu sprechen. Doch es beruhigte Karen ein wenig zu wissen, dass Sophie diese Woche nur ins College und nicht zur Arbeit in die Stadt ging. Die Wahrscheinlichkeit, dass Jay das Risiko in Kauf nahm, von einer der Überwachungskameras auf dem Unigelände aufgezeichnet oder von einem der Lehrer bemerkt zu werden, schätzte sie als relativ gering ein.

Als Mike ihr zum Abschied einen flüchtigen Kuss auf die Wange gegeben hatte, hatte er abwesend, beinahe distanziert gewirkt. Karen fragte sich, ob er ihre Anspannung gespürt oder etwas gehört hatte, als Sophie sie gestern Abend in die Küche gezogen hatte, um ihr von Maria und der Taxinummer zu berichten. Mike war kurz darauf ebenfalls in die Küche gekommen – angeblich, um sich etwas zu trinken zu holen –, sodass sie keine Zeit gehabt hatte, Sophie von Jay zu erzählen.

Ihre Internetrecherche bezüglich Adams neuer Freundin hatte kaum neue Erkenntnisse gebracht. Die Informationen, die sie auf den verschiedenen sozialen Netzwerken über sich preisgegeben hatte, glichen sich weitgehend. Maria Nickson, siebenunddreißig, freiberufliche Trauerberaterin. Unter den gegebenen Umständen vielleicht interessant, aber ansonsten fanden sich keine persönlichen Angaben über sie. Der älteste Eintrag stammte vom November letzten Jahres. Davor schien sie online nicht existiert zu haben. Seltsam. So gut wie jeder, den Karen kannte, hatte einen Facebook-Account, war auf Twitter, Instagram oder Pinterest registriert, und das bereits seit Jahren, nicht erst seit etwas mehr als vier Monaten.

Sophie hatte gesagt, dass Adam, einen Monat nachdem sie sich kennengelernt hatten, bei Maria eingezogen war. Das bedeutete, sie war innerhalb von gerade einmal sechzehn Wochen mit Rachels Ehemann zusammengekommen, hatte sich ein gemeinsames Nest mit ihm gebaut und Erins Vertrauen gewonnen. Und das Merkwürdigste an der ganzen Sache war, dass sie davor quasi nicht existiert zu haben schien.

Ihre Recherche über Maria war ihre gestrige Strategie gewesen, um sich abzulenken. Heute würde sie sich in die

Hausarbeit stürzen, um nicht ständig ihren Posteingang zu aktualisieren. Zum hundertsten Mal fragte sie sich, wie lange er sie noch warten lassen wollte.

Ihr Handy gab einen kurzen Signalton von sich.

Sie war gerade dabei, die Wäsche aus der Maschine zu holen, sprang auf und stürzte ins Esszimmer. Mit dem Daumen fuhr sie über das Display, gab den Pin ein und öffnete die App für ihre E-Mails.

Da. Endlich.

Zwei Worte, Karen.
Andrew.
Watkins.

Das war's? Das war alles, was er ihr gab?

Watkins. Der Name kam ihr bekannt vor, doch sie konnte sich nicht erinnern, woher.

Hastig tippte sie eine Antwort.

Ich weiß nicht, wovon du da redest.

Keine dreißig Sekunden später.

Wirklich nicht? Du willst mich verarschen, oder?
Du hast ihn mal gekannt.
Jemand, den du ordentlich beschissen hast.
Na, klingelt es jetzt?

Eine Erinnerung streifte sie. Zu schnell und undeutlich, als dass sie diese hätte fassen können. *Jemand, den ich beschissen habe.* Es konnte etwas mit ihrer Arbeit als Bewährungshelferin zu tun haben. Vielleicht jemand, der gegen seine Auflagen verstoßen hatte und den sie deswegen hatte melden müssen. Aber wer? Sie hatte Dutzende Männer betreut. *Andrew Watkins.* Warum konnte sie sich nicht an ihn erinnern?

Ihre Gedanken wanderten zurück zu den Tagen nach dem Angriff. Die Polizei hatte nicht aufgehört, sie nach möglichen Verdächtigen zu fragen; überzeugt, dass der Täter einer ihrer Klienten gewesen sein musste. Hatte sie ihnen Andrew Watkins Namen genannt, um endlich ihre Ruhe zu haben? Ganz bestimmt nicht. Sie war damals vollkommen durcheinander gewesen, hatte Angst gehabt, dass Mike herausfand, dass sie sich heimlich mit dem »Sandwich-Typ« von der Arbeit verabredet hatte und er derjenige gewesen war, der sie überfallen hatte; aber nicht so durcheinander, dass sie einen Unschuldigen in die Sache mit hineingezogen hätte, oder? Und selbst wenn, mussten sie ihn wieder laufen gelassen haben, nachdem der echte Täter vier Monate später eine weitere Frau überfallen hatte und danach von der Polizei gestellt worden war. Es war ein schrecklicher Gedanke, dass sie die Tat vielleicht hätte verhindern können, wenn sie der Polizei mehr Informationen gegeben hätte.

Langsam begann sie, sich selbst zu hassen. Sie erkannte die Person, zu der sie geworden war, nicht wieder. Die alte Karen verblasste in ihrer Erinnerung immer mehr zu einer Frau, die sie einmal flüchtig gekannt hatte.

Denk nach, denk nach.

Sie konnte ihm nicht antworten, bevor sie nicht wusste, von wem er sprach. Ohne Zugang zur Datenbank des Bewährungsdienstes konnte sie nicht nach dem Namen suchen. Ihre Möglichkeiten waren mehr als eingeschränkt. Konnte sie einen Ex-Kollegen um Hilfe bitten? Aber wie sollte sie erklären, warum sie die Information brauchte?

Trotzdem, sie würde im Büro anrufen und den Namen

nebenbei erwähnen. Einen Versuch war es wert, vielleicht kam ja etwas dabei heraus.

»Oh, hi, Kerry. Wie schön, dass ich dich erwische.«

»Karen? Mein Gott, es ist lange her, dass wir was von dir gehört haben. Wie geht es dir?«

»Na ja, nicht besonders, wenn ich ehrlich sein soll. Bei uns ist gerade ziemlich viel los. Wie läuft es bei euch?«

»Abgesehen von der Tatsache, dass wir ohne die beste Bewährungshelferin auskommen müssen, die diese Behörde je gesehen hat, meinst du? Hm … Genauso wie immer, meine Liebe.«

»Ja, ich vermisse die Arbeit auch … ab und zu auf jeden Fall.«

»Na, na, ich glaube, wir beide wissen sehr genau, dass das eine Lüge ist.« Kerry lachte herzlich. »Aber jetzt erzähl schon, was kann ich für dich tun? Du hast bestimmt nicht nur angerufen, um zu hören, was wir so treiben.«

»Um ehrlich zu sein, habe ich mich gefragt, ob es dir was ausmachen würde, dir kurz den Kopf für mich zu zerbrechen.«

»Ich kann's gerne versuchen. Ich fürchte allerdings, dass es da nicht allzu viel zum Zerbrechen gibt.«

»Schlimmer als mein Gedächtnis kann deins auch nicht sein. Jemand hat mich nach diesem Typ gefragt, und ich weiß, dass ich seinen Namen schon mal irgendwo gehört habe, aber ich kann mich einfach nicht entsinnen, in welchem Zusammenhang. Vielleicht hat er auch gar nichts mit der Arbeit zu tun, aber ich wüsste nicht, womit sonst.«

»Spuck's aus, dann werden wir ja sehen, wie gut mein Gehirn funktioniert.«

»Andrew Watkins.«

Karen hörte Kerry den Namen in einer Endlosschleife vor sich hin murmeln, so wie sie es selbst getan hatte, um eine

Erinnerung heraufzubeschwören. Dann hackte sie auf ihre Tastatur ein.

Sie sucht in der Datenbank nach ihm. Gott sei Dank, es hat funktioniert. Sie hatte gewusst, dass sie sich auf Kerry verlassen konnte.

»Er war einer von deinen«, sagte sie schließlich.

Nicht die Antwort, die sie hatte hören wollen.

»Oh. Wann?«

»Ganz früher. Kein Wunder, dass du dich nicht an ihn erinnern kannst. Deine Notizen zu dem Fall hast du wahrscheinlich noch handschriftlich gemacht. Im System sind auf jeden Fall nicht viel mehr als die Daten hinterlegt.«

»Und wie lauten die?«

»Er ist 1998 auf Bewährung rausgekommen. Drei Monate später hat er gegen seine Auflagen verstoßen, und du hast die Bewährung widerrufen. Er ist wieder hinter Gitter gewandert.«

Achtundneunzig. Das Jahr, in dem Sophie geboren worden war. Sie war drei Monate nach der Geburt wieder arbeiten gegangen. Sie hatten das Geld gebraucht.

»Wir hatten damals gerade beide unsere Ausbildung abgeschlossen, entsinnst du dich? Blutige Anfänger. Wir haben uns ganz schön abgemüht. Du besonders, mit Sophie zu Hause, die keine Nacht durchgeschlafen hat. Du armes Ding bist damals regelmäßig fix und fertig mit den Nerven gewesen.«

Sie konnte sich noch gut an die Zeit erinnern – und jetzt auch an Andrew Watkins.

Die meisten hatten ihn nur als Drew gekannt. Er hatte immer gesagt: »Wissen Sie, ich bin kein schlechter Mensch. Ich hatte nur Pech«. Damals hatte sie darüber lachen müssen, so absurd hatte es in ihren Ohren geklungen. Natürlich war er ein schlechter Mensch. Er hatte ein Verbrechen begangen – schweren Einbruch, um genau zu sein. Wie konnte er das als Pech abtun?

Nachdem man ihn auf Bewährung freigelassen hatte, war sie dafür zuständig gewesen, ihn im Auge zu behalten. Und als er mit einem Besuch bei einem Spirituosengeschäft gegen seine Auflagen verstoßen hatte, hatte sie seine Bewährung widerrufen. Es war das erste Mal gewesen, dass sie das hatte tun müssen. Aber was hatte Andrew Watkins mit Jay zu tun?

Karen bedankte sich bei Kerry für ihre Hilfe und verabschiedete sich. Dann setzte sie sich an den Laptop, um Jay eine E-Mail zu schreiben. Und um ein paar Antworten zu bekommen.

77

»Sieht so aus, als würde die ganze Sache immer nur noch undurchsichtiger.« Sophie stürmte herein, ließ ihre Tasche fallen und warf sich aufs Sofa.

»Ach was, Sherlock.« Karen setzte sich neben sie.

»Aber erst du. Was ist bei dir heute passiert?«

»Nein, nein, fang an.« Karen streckte auffordernd die Hand aus.

»Die Polizei war heute im College, um mit mir zu reden. DI Wade und dieser Mack. Sie haben erwähnt, dass es einen Typ gibt, der in der Stadt Frauen verfolgt. Und ich hatte nicht nur den Eindruck, sie glauben, dass er der Mörder ist, sondern dass er mich ebenfalls ins Visier nehmen könnte.«

»Das verstehe ich nicht. Ja, er hat dich im Visier, aber dabei geht es um etwas Persönliches. Er will sich an mir rächen.« Karen rieb sich erschöpft die Augen. »Jay hat sich wieder gemeldet.«

Sophie setzte sich auf. »Im Ernst? Was hat er geschrieben?«

»Offensichtlich habe ich vor langer Zeit dafür gesorgt, dass sein Vater ins Gefängnis muss.«

»Das ist alles? Du hast viele Bewährungsstrafen aufgehoben. Das ist doch keine große Sache. Woher weiß er, dass du es warst? Und überhaupt, ziemlich komischer Zufall, dass du ausgerechnet mit dem Mann eine … Beziehung, oder was auch immer das zwischen euch war, eingegangen bist, dessen Vater du zurück ins Gefängnis geschickt hast.«

»Es sieht so aus, als wäre nichts von dem, was hier gerade passiert, Zufall, Sophie. Ich kann mir nicht mal im Ansatz vorstellen …« Sie schloss die Augen, um sich zu sammeln. »Seine E-Mails klingen so wütend. Nichts von dem, was er mir erzählt hat, stimmt.« Sie verzog das Gesicht, ihre Augen füllten sich mit Tränen.

»Okay, ganz langsam.« Sophie legte ihr einen Arm um die Schultern. »Ich glaube, wir müssen ganz am Anfang beginnen, meinst du nicht auch?«

Sophie holte ihr eine Packung Taschentücher, dann setzten sie sich nebeneinander auf den Boden, die Rücken gegen das Sofa gelehnt.

Wo war der Anfang? Karen war sich nicht sicher. Sie begann mit ihrer Arbeit, erzählte, dass sie nach Sophies Geburt relativ schnell wieder eingestiegen war, wie schlecht sie mit der Situation zurechtgekommen war: Stress, Müdigkeit, Schuldgefühle waren zu der Anspannung hinzugekommen, die ihr Job sowieso schon mit sich gebracht hatte.

»Rückblickend war ich damals oft zu streng, Sophie. Mein Anruf beim zuständigen Richter, um Drews Verstoß gegen die Bewährungsauflagen zu melden, kam viel zu schnell. Ich hätte ihm helfen, ihm eine Chance geben können. Er hatte gegen keine der Hauptauflagen verstoßen, es war kein schlimmes Vergehen. Es war das erste Mal gewesen, dass ich jemanden gemeldet hatte. Ich habe die falsche Entscheidung getroffen.« Sie betrachtete ihre Hände, bevor sie den Blick wieder auf Sophie richtete. Ihre wunderschöne Tochter, die ein unschuldiges Baby gewesen war, als all das passiert war. »Woher hätte ich wissen sollen, dass eine einzelne Entscheidung siebzehn Jahre später einen solchen Einfluss auf unser Leben nehmen würde?«

»Es war nicht dein Fehler. Er kannte seine Auflagen, und er hat sie gebrochen. Dafür ist er ganz alleine verantwortlich.«

»Ja, aber war es wirklich richtig, gleich die drastischste Maßnahme zu ergreifen? Ich hätte ihn stattdessen erst einmal im Auge behalten und den Abstand zwischen unseren Gesprächsterminen verkürzen sollen. Ich wusste, dass sein Sohn gerade erst zwanzig geworden war und keine Mutter hatte. Warum habe ich keine Sekunde darüber nachgedacht, welche Auswirkungen das alles auf ihn haben würde?«

»Ich bin mir sicher, das hast du. Trotzdem hattest du deine Gründe *und* Vorgesetzte, die deine Entscheidung mitgetragen haben. Du kannst nicht ändern, was damals geschehen ist. Aber ich verstehe einfach nicht, warum Jay noch immer wütend deswegen ist. Das alles ist so lange her.«

»Ich weiß es nicht, aber wie es aussieht, scheint er mich seitdem zu hassen.«

»Hat er das so gesagt?«

»Nicht direkt, aber seine Mails lassen darauf schließen. Ich kann einfach nicht glauben, dass … Die ganze Zeit über … Ich bin so dumm.«

»Hey, du weißt, mich hat verletzt, dass du dich auf einer Dating-Website angemeldet und mit irgendeinem Typ gechattet hast. Aber du sollst wissen, dass mir trotzdem sehr leidtut, was dabei herausgekommen ist.«

Karen schüttelte den Kopf. »Wie es aussieht, war das kein zufälliges Kennenlernen. Anscheinend hat er aktiv nach mir gesucht. Jahrelang. Alles, was uns verband, die wundervollen Unterhaltungen, das Gefühl der Verbundenheit, die Nähe … Stundenlang haben wir darüber gesprochen, wie wir gelitten haben, nachdem wir unsere Eltern verloren hatten. Dabei war jedes seiner Worte Teil eines Plans.«

»Verstehst du, worum es ihm geht?«

»Er will, dass ich bezahle, Sophie. Er will *das Gleichgewicht wiederherstellen.*«

Sophie stützte den Kopf in die Hände. »Was genau soll das heißen?«

»Ich weiß es nicht. Er hat geschrieben, dass er immer noch mit mir zusammen sein will, was ich nicht ganz verstehe, wenn er doch so wütend auf mich ist. In einer Mail hat er geschrieben, dass wir das Gleichgewicht zwischen uns wiederherstellen müssen, damit unsere gemeinsame Zukunft perfekt ist, oder so ähnlich. Ich weiß nicht, was ich machen soll.«

»Ich muss dir etwas erzählen.« Sophie hob den Kopf und sah Karen in die Augen.

Mehr Enthüllungen? Karen war sich nicht sicher, wie viele davon sie noch ertragen konnte. Ihre Brust fühlte sich plötzlich wie eingeschnürt an. Sie schwitzte.

»Ich hole deine Tüte.« Sophie sprang auf die Füße.

Karen versuchte, ruhig und gleichmäßig zu atmen. Was würde noch ans Tageslicht kommen? Wie schlimm konnte es werden?

Als Sophie mit der Papiertüte wiederkam, riss sie ihr diese aus der Hand und stülpte sie sich über Mund und Nase.

»Die Fotos, die Jay mir geschickt hat … Ich weiß nicht genau, wo er sie aufgenommen hat …« Sophie zögerte.

Karen nickte, die Augen weit aufgerissen, um ihr zu signalisieren, dass es okay war, wenn sie fortfuhr.

»Wir waren alle in einem dunklen Raum, vielleicht in einem Keller. Ich kann es nicht genau sagen.«

»Alle?« Karens Stimme klang durch die Papiertüte gedämpft. Sie holte tief Luft, versuchte, ihre Atmung wieder unter Kontrolle zu bringen.

»Jay hatte mich in seiner Gewalt. Und Erin auch. In der Nacht, in der sie gestorben ist. In der er sie umgebracht hat.«

Karen ließ die Tüte sinken. Ihre Muskeln schienen ihr plötzlich nicht mehr zu gehorchen; zu groß war der Schock. »Jay? Jay hat Erin ermordet? Das kann nicht sein. Du musst dich irren, Sophie. Du hast gesagt, du erinnerst dich an nichts. Warum erzählst du so was?«

»Beruhige dich, Mum. Bitte.« Sie drückte Karen die Tüte wieder vor den Mund. »Atme weiter. Ein … aus. Ein … aus.«

Karen gehorchte und wandte dabei den Blick nicht von ihrer Tochter, der die Tränen die Wangen hinabliefen, bevor sie auf ihr cremefarbenes Top tropften. Karen ließ die Tüte wieder sinken. »Wie kommst du darauf, dass es so gewesen ist?«

»Ich hatte diese Flashbacks. Erinnerungsfetzen. Ein Geruch. Gefühle. Plötzlich war ich mir sicher, dass ich da gewesen sein muss. Die Fotos, auf denen ich zu sehen bin … Mein Kleid ist hochgeschoben, und ich habe die Beine gespreizt … Es ist … sexuell …«

Karen stockte der Atem. Die Papiertüte knisterte, als sie sie fester mit der Faust umklammerte. »Und Erin ist auch auf den Bildern zu sehen?«

»Nein. Nur ich. Aber ich erinnere mich an Erin. An einen Stuhl gefesselt, genau so einen, wie der, auf dem ich sitze. Geknebelt. Und ich habe immer wieder Visionen, wie er … auf sie einsticht, ein Messer in ihren Bauch stößt.« Sophie schlug die Hand vor den Mund, als müsste sie sich beherrschen, sich nicht zu übergeben.

»Ich verstehe, warum du glaubst, dort gewesen zu sein, mit Erin. Aber das sind keine echten Erinnerungen, sondern Bilder, die sich dein Gehirn ausgedacht hat. Hast du schon mal von Erinnerungstäuschungen gehört?«

»Ja, in einem meiner Psychologiekurse. Aber ich glaube nicht, dass es das ist. Ich war dort. Ich bin in das Taxi gestiegen, und er hat uns beide mitgenommen. Erin und mich. Er hat sie umgebracht und mich laufen lassen. Dann hat mich die Polizei aufgegriffen, in der Nähe der Stelle, wo er Erins Leiche entsorgt hat. Du hast die ganze Zeit geahnt, dass etwas Schlimmes passiert sein muss …«

»Ja, aber nicht das.«

Es konnte nicht stimmen. Die Angst hatte Sophie den Bezug zur Realität verlieren lassen. Ihr Verstand gaukelte ihr vor, sich an etwas zu erinnern, das gar nicht passiert war. Das hoffte Karen zumindest. Denn alles andere würde bedeuten, dass die Dinge schrecklicher waren, als sie es sich in ihren schlimmsten Albträumen hätte ausmalen können.

78

DI Wade

»Dann wollen wir mal sehen, was uns Miss Nickson zu erzählen hat.«

DS Mack und DI Wade waren auf dem Rückweg vom College. Es war interessant, dass Sophie Maria Nickson ausgerechnet jetzt erwähnt hatte, kurz nachdem sie einen anonymen Hinweis erhalten hatten, dass die Freundin von Erins Vater offensichtlich über relevante Informationen bezüglich des Mordfalls verfügte. Natürlich konnte auch dies eine Sackgasse sein. Vielleicht hatte es sich bei dem Anrufer um jemanden gehandelt, der sich wichtigmachen wollte oder sogar auf Rache aus war. Nicht weiter ungewöhnlich, wie Lindsay schon oft hatte feststellen müssen – eine aufgebrachte Ex-Frau, außer sich vor Wut auf den betrügerischen Ehemann, die ihn oder die neue Frau irgendwelcher Verbrechen bezichtigte. Sofort war ihr Rachel Malone eingefallen. Genauso gut hätte es aber auch Sophie selbst gewesen sein können, die sie angerufen hatte. Ihre Wortwahl war der des Anrufers sehr ähnlich gewesen, und hinzu kam die Tatsache, dass sie ihnen noch immer nicht von den E-Mails erzählt hatte, die sie erhalten hatte. Damit stand sie auf Lindsays Liste mit »Personen von Interesse« ganz oben. Trotzdem, eine Spur war eine Spur, und Lindsay schickte ein stummes Stoßgebet zum Himmel, dass es sich diesmal auch wirklich um eine handelte.

Mack parkte den Volvo am Ende der Straße auf dem einzigen Platz, der noch frei war, dann liefen sie durch den Sonnenschein zum Eingang des Hauses.

Maria Nickson – schlank, blond, perfektes Make-up – kam nach dem vierten Klingeln an die Tür. Lindsay konnte nicht anders, als sich vorzustellen, dass sie so lange gebraucht hatte, weil sie erst noch ihren Lippenstift hatte nachziehen müssen – und festzustellen, dass Mr. Malone seine Ex-Frau gegen ein jüngeres Modell ausgetauscht hatte.

»Detective Inspector Wade.« Lindsay hob ihre Dienstmarke. »Und das hier ist Detective Sergeant Mack. Dürften wir einen Moment reinkommen?«

Lindsay meinte, einen kurzen Anflug von Panik über ihr Gesicht huschen zu sehen, bevor sie einen Schritt zurücktrat, um sie hereinzulassen.

Sie führte sie in ein kleines Wohnzimmer und ließ sich schwer in einen Sessel fallen. Bisher hatte sie kein einziges Wort gesagt.

Lindsay und Mack quetschten sich zusammen auf das unbequeme Zweisitzersofa ihr gegenüber. »Wir möchten mit Ihnen über Erins Online-Aktivitäten sprechen, Miss Nickson.«

Maria knetete nervös ihre Hände im Schoß und sah Lindsay mit weit aufgerissenen Augen an. Allmählich fragte sie sich, ob die Frau jemals den Mund aufmachen würde. »Sie können …« Sie räusperte sich. »Bitte, nennen Sie mich Maria.«

Lindsay schenkte ihr ein Lächeln. »Okay, Maria, als unsere Kollegen hier gewesen sind, um ein paar von Erins Sachen mitzunehmen, haben Sie ihnen erzählt, dass Erin eine Dating-Website besucht hat. Nach allem, was wir gehört haben, waren Sie die einzige Person, der sich Erin in dieser Hinsicht anvertraut hat. Ist das richtig?«

»Nun … Ich meine, ja. Soweit ich weiß, war ich die Einzige,

der sie davon erzählt hat. Aber das kann ich natürlich nicht mit Sicherheit sagen.«

»Mrs. Malone hat uns gesagt, dass Sie sich zu dem Zeitpunkt, als Sie ihr davon berichtet haben, ziemlich sicher gewesen sind.« Lindsay blätterte durch ihr Notizbuch. »Sie hat gesagt – ich zitiere – ›sie war so unglaublich selbstgefällig, konnte es kaum erwarten, mir zu erzählen, dass Erin sich ihr und nicht mir anvertraut hatte.‹ Kommt Ihnen das bekannt vor?«

Maria wurde rot. Offensichtlich hatte sie Schwierigkeiten zu schlucken.

Warum war sie so nervös? Lindsay warf Mack einen Blick zu und hob die Augenbrauen. Er verstand das Signal und übernahm es, Maria Nickson weitere Fragen zu stellen.

Lindsay stand währenddessen auf und schlenderte durch das Wohnzimmer. Neben einem Sideboard blieb sie stehen, nahm nacheinander die gerahmten Fotos in die Hand und stellte sie an anderer Stelle wieder ab. Aus dem Augenwinkel registrierte sie, wie unwohl sich Maria zu fühlen schien. Es war eine von Lindsays Taktiken, um Zeugen oder Tatverdächtige aus der Reserve zu locken, und Mack kannte sie gut genug, um das Spiel mitzuspielen.

»Wir haben uns beide Laptops von Erin genau angesehen, konnten aber keinerlei Hinweise darauf finden, dass sie irgendwelche Dating-Websites, Chatrooms oder Ähnliches besucht hat.« Mit seiner weichen, tiefen Stimme schaffte es Mack jedes Mal, eine Atmosphäre der Ruhe zu verströmen – ganz egal, worüber er gerade redete.

»Na ja, wahrscheinlich hat sie darauf geachtet, regelmäßig den Verlauf zu löschen, oder?«

»Warum hätte sie das tun sollen? Es waren ihre persönlichen Laptops. Und soweit ich weiß, ist der Besuch von Partnervermittlungsseiten nicht illegal.«

»Sie wissen doch, wie Teenager sind – diese geheimnistuerischen Wesen.« Maria stieß ein nervöses Lachen aus.

»Außerdem hatte sie ihren Papierkorb schon eine ganze Weile nicht mehr geleert, und darin haben wir ebenfalls keine Hinweise gefunden, dass sie online auf der Suche nach einem Freund war.« Mack sah Maria in die Augen.

Lindsay quetschte sich wieder neben ihm auf das Sofa. »Wo sind Sie am Samstagabend noch mal gewesen?«

»Hier. Mit Adam.«

»Und er kann das bestätigen?«

»Das wissen Sie doch. Schließlich haben Sie ihn schon danach gefragt. Worum geht es hier eigentlich?« Marias Blick schoss von Lindsay zu Mack. Ihre Pupillen waren so erweitert, dass die grüne Iris kaum noch zu sehen war.

»Haben Sie Erin eine Telefonnummer für ein Taxiunternehmen gegeben?«, wechselte Lindsay blitzschnell das Thema.

Augenblicklich versteifte sich Maria und zog ungläubig den Kopf zurück, sodass es aussah, als hätte sie ein Doppelkinn. Überrascht öffnete sie den Mund, schloss ihn wieder, bevor sie schließlich sagte: »Äh … nein. Ich … ich denke … nein. Ich habe ihr keine Nummer gegeben.«

»Nun, wie Sie wissen, haben wir Erins Smartphone noch nicht gefunden, aber die Telefongesellschaft hat uns eine detaillierte Anrufliste zur Verfügung gestellt. Erin hat am Samstagabend niemanden angerufen; trotzdem haben eine Menge Leute sie dabei beobachtet, wie sie ihr Telefon benutzt hat. Wussten Sie, dass Erin ein zweites Handy besitzt, Maria?«

»Äh …« Maria verzog den Mund, als würde sie nachdenken. »Ich glaube schon. Ja, stimmt. Sie hatte eins von diesen Prepaid-Dingern immer dabei, wenn sie in der Stadt unterwegs war. Sie hatte vorher zwei Vertragshandys verloren und wollte kein teures Smartphone mehr mitnehmen, wenn sie ausging.«

»Und Sie haben es bisher nicht für nötig gehalten, diese Information mit uns zu teilen?«

»Das hatte ich ganz vergessen. Tut mir leid.«

»Seltsam ist nur, dass wir ihr Smartphone nicht finden konnten, wo sie es doch angeblich zu Hause gelassen hatte«, sagte Mack.

Bevor Maria darauf eingehen konnte, mischte sich Lindsay mit der Frage ein, die sie Maria schon die ganze Zeit hatte stellen wollen. »Ein paar Leute haben uns gegenüber erwähnt, dass Ihre Beziehung zu Erin nicht besonders gut war, als Sie begannen, mit ihrem Dad auszugehen. Was können Sie mir darüber erzählen?«

»Ich bin jung, Detective Inspector Wade, und ihr Dad ist, kurz nachdem er ihre Mutter verlassen hatte, bei mir eingezogen. Natürlich war sie mir gegenüber erst einmal skeptisch eingestellt.«

»Das hat Ihr Leben bestimmt nicht einfacher gemacht, oder?«

»Ich musste daran arbeiten, ja.«

Lindsay ließ die Stille ein paar Minuten wirken, während sie darüber nachdachte, wie man an so etwas arbeitete. Womit würde man beginnen? Vermutlich war sie besonders nett gewesen, freundlich – vielleicht sogar ein wenig zu freundlich –, um Erins Sympathie zu gewinnen. Geschenke? Vielleicht. Aber was, wenn nichts davon geholfen und Erin ihr das Leben zur Hölle gemacht hatte? Zwei junge Frauen, die um die Aufmerksamkeit eines Mannes konkurrierten. Eine Situation, die äußerst hässlich werden konnte. Und Erin hatte ihren Tochterstatus und die Tatsache, dass ihr Vater seine Familie verlassen hatte, auf ihrer Seite.

Lindsays Gedanken wurden abrupt unterbrochen, als die Haustür aufflog und Adam hereingestürmt kam. »Gibt es etwas Neues?« Sein Gesicht war rot. Schweiß stand ihm auf der Stirn.

Lindsay erhob sich vom Sofa. »Guten Tag, Mr. Malone. Es tut mir leid, aber ich fürchte, nein. Wir sind nur hier, um Miss Nickson einige Fragen zu stellen, die nach einem Hinweis durch einen anonymen Anrufer aufgekommen sind.« Es war das erste Mal, dass sie das erwähnte. Aufmerksam beobachtete Lindsay Marias Gesichtsausdruck, um ihre Reaktion einzuschätzen. Sie runzelte die Stirn, dann senkte sie den Blick. Wollte sie vermeiden, ihr in die Augen zu sehen?

»Oh. Verstehe.« Adam klang enttäuscht, erschöpft; als habe er bereits aufgegeben. Der arme Kerl, seine ganze Welt war von einem auf den anderen Tag in sich zusammengestürzt. »Wie können wir Ihnen weiterhelfen?«

»Wie Sie wissen, hatten wir bisher kein Glück mit der Suche nach Erins Handy. Aber wir wissen, dass sie am Samstagabend eines benutzt hat. Ihr Prepaid-Telefon.« Obwohl Lindsay an Adam gewandt sprach, konnte sie aus dem Augenwinkel sehen, wie sich Maria bei ihren Worten auf dem Sessel vorlehnte. Versuchte sie, Adams Aufmerksamkeit zu erregen? Lindsay drehte sich rechtzeitig zu ihr herum, um sie dabei zu erwischen, wie sie ihn mit weit aufgerissenen Augen und angespannter Miene ansah.

Doch dann sprach Adam trotzdem laut aus, wovon Maria ihn offensichtlich hatte abhalten wollen. »Ja. Das muss das Handy gewesen sein, das Maria ihr gegeben hat.« Er lächelte schwach. »Ein Geschenk, mit dem sie versucht hat, Erin für sich einzunehmen. Sie hat sich etwas … sagen wir, *merkwürdig* benommen, nachdem Maria und ich zusammengekommen sind. Maria war so nett gewesen, vorab alle Nummern einzuspeichern, die sie vielleicht hätte gebrauchen können, wenn sie durch die Pubs gezogen ist.«

Lindsay und Mack drehten sich gleichzeitig zu Maria um, doch es war ihr Kollege, der zuerst das Wort ergriff. »Also,

Maria, dann haben Sie Erin also nicht nur ein Handy geschenkt, sondern auch einige Nummern darauf eingespeichert. Ich frage Sie jetzt noch einmal: Haben Sie auch die Nummer eines Taxiunternehmens auf dem Prepaid-Telefon hinterlegt?«

Maria war so leichenblass geworden, dass Lindsay für einen Augenblick befürchtete, sie würde in Ohnmacht fallen. »Nein. Nein, das habe ich nicht. Ich habe unsere Nummer, die ihrer Mutter und ihrer Freunde gespeichert. Die hatte ich von ihrem Smartphone. Aber eine Taxinummer war nicht dabei. Wirklich nicht.«

Wenn das stimmte, warum hatte sie ihnen dann verschwiegen, dass sie Erin das Telefon geschenkt hatte? Vielleicht hatte es sich bei dem anonymen Anrufer doch nicht nur um einen Wichtigtuer gehandelt. Aber Lindsay brauchte stichhaltige Beweise. Beweise, die sich, solange Erins Handy verschwunden blieb und Maria alles dementierte, in unerreichbarer Ferne zu befinden schienen.

79

Sophie
Dienstag

Er war nirgendwo zu sehen.

Wenn sie doch nur jede Woche ins College gehen könnte. Jay war hier ganz offensichtlich nicht so selbstbewusst wie auf offener Straße. Da sie am Morgen wieder früh losgefahren war, um einen Parkplatz nahe des Eingangs zu bekommen, hatte sie jetzt keine Eile. Anstatt sofort hineinzugehen, blieb sie noch eine Weile im Auto sitzen und scrollte durch ihre Nachrichten.

Dan hatte auf ihre SMS vom vergangenen Abend nicht geantwortet. Das war ungewöhnlich für ihn. Sie fragte sich, ob er sauer auf sie war. Ihr kurzer Wortwechsel am Samstag bei ihm zu Hause – er, der ihr vorgeworfen hatte, schwache Nerven zu haben, und sie, die ihn beschuldigt hatte, sie zu verfolgen – war nicht gerade angenehm gewesen. Sie verstand noch immer nicht, warum er sie überhaupt alle zu sich beordert und dann auch noch gelogen und behauptet hatte, es wäre Amys Idee gewesen. Was war das für ein Spiel, das er da mit ihnen spielte?

Als sie das Handy gerade in ihre Tasche zurückstecken wollte, erklang der Signalton für eine neu eingegangene Nachricht. Wenn man vom Teufel sprach?

Sie sah auf das Display. Die Nachricht kam nicht von Dan.

Hab mich gefragt, wie es dir geht. Mache mir Sorgen um dich. Komm später bei Andersons vorbei, damit wir uns sehen können.

Irina. Es war eine Woche her, dass sie das letzte Mal voneinander gehört hatten. Sie sollte sich mit ihr treffen, sie wissen lassen, dass es ihr gut ging. Nicht, dass das der Fall gewesen wäre. Die letzten Tage waren einfach zu viel gewesen. Wenn sie nicht bald eine Pause bekam, würde ihr der Kopf platzen.

Sie schlug die Autotür hinter sich zu und blickte sich aufmerksam um, während sie auf den Eingang des Hauptgebäudes zulief. Keine einsame Gestalt, kein Schatten, der sich in einer dunklen Ecke versteckte. Nur ein einzelnes Auto, das am Ende der Straße vor dem an das College angrenzenden Grundstück parkte. Es sah genauso aus, wie das, das sie gestern hier gesehen hatte: dunkel, möglicherweise ein Volvo. Sie kniff die Augen zusammen, um das Nummernschild zu entziffern, konnte jedoch nur ein W am Anfang und die Drei erkennen. Beobachtete Jay sie aus sicherer Entfernung, behielt sie im Auge, auch wenn er ihr hier nicht zu Fuß folgen konnte? Sie machte sich in Gedanken eine Notiz, in der Pause zwischen zwei Kursen nachzusehen, ob der Wagen noch an derselben Stelle stand.

Sophie starrte die Wand an, dann die Decke. Ihre Arbeitsmappe war noch immer an derselben Stelle aufgeschlagen wie schon vor einer Stunde. Gott sei Dank war die Kursleiterin gerade damit beschäftigt, die Mappe eines Kommilitonen durchzugehen, sodass sie nicht mitbekam, dass Sophie Löcher in die Luft starrte.

Übelkeit stieg in ihr auf, als sie die Ereignisse der vergangenen Woche Revue passieren ließ: Samstagabend, die darauffolgenden Enthüllungen, das Wissen, das sie und ihre

Mutter teilten, die Lügen, in deren Strudel sie immer tiefer hineingezogen zu werden schienen. Am meisten Angst machte ihr Jay. Er gab ihrer Mutter die Schuld daran, dass sein Vater vor siebzehn Jahren zurück ins Gefängnis gewandert war, und jetzt hatte er ihre Familie zum Ziel seiner Rache gemacht. Ob sein Vater immer noch hinter Gittern saß? Oder war er sogar selbst an Jays Plan beteiligt? Und warum hatte Jay Erin ermordet? War das eine Art Aufwärmübung gewesen, eine Warnung, wie weit er bereit war zu gehen? Hatte er Erin in Sophies Anwesenheit umgebracht, um sie in die Sache mit hineinzuziehen? Damit sie Angst davor hatte, zur Polizei zu gehen? So konnte er sie und ihre Mum manipulieren und genau das bekommen, was er wollte. Was auch immer das war.

»Sophie, geht es Ihnen gut?« Gill, die Kursleiterin, hatte nun doch bemerkt, dass Sophie bisher nichts zu Papier gebracht hatte.

»Entschuldigung, aber ich fühle mich nicht besonders. Kopfschmerzen. Ich kann mich nicht richtig konzentrieren.«

»Wenn es Ihnen nicht gut geht, sollten Sie für heute nach Hause gehen. Sie sind ohnehin fast fertig, oder?«

»Ich muss nur noch eine Aufgabe bearbeiten.«

»Gut. Ruhen Sie sich aus. Ich hoffe, es geht Ihnen bald wieder besser.«

Sophie schob die Mappe in ihre Handtasche. Sie würde die Gelegenheit nutzen, um bei Andersons vorbeizuschauen und Irina Hallo zu sagen.

Das Auto war verschwunden. Gut. Eine Sache weniger, um die sie sich Sorgen machen musste.

Als sie vom Parkplatz abbog, erklang eine ganze Reihe Signaltöne von ihrem Handy. Der Empfang auf dem Collegegelände war nicht besonders gut. Und jetzt waren offensichtlich all die Nachrichten eingetrudelt, die in der Warteschleife gehangen hatten. Anscheinend war sie heute Morgen ziemlich gefragt; das waren mindestens zehn neue Nachrichten gewesen. Sie löste eine Hand vom Lenkrad und wühlte in ihrer Handtasche auf dem Beifahrersitz, ohne den Blick von der Straße abzuwenden. An der nächsten Ampel hatte sie einen Moment Zeit, auf ihr Handy zu sehen.

Die SMS stammten alle von Amy.

Die Ampel sprang auf Grün. Ohne eine der Nachrichten gelesen zu haben, ließ sie das Handy auf den Beifahrersitz fallen. Sie würde irgendwo im Zentrum parken und dann in Ruhe nachsehen, was Amy ihr geschrieben hatte.

Sophie fragte sich, was so dringend sein konnte. Nervös trommelte sie mit den Nägeln aufs Lenkrad, während sie den langsamen Verkehr verfluchte. Amy schrieb so gut wie nie Textnachrichten, außerdem musste sie eigentlich bei der Arbeit sein. Sophie warf einen Blick auf die Uhr am Armaturenbrett. Es war gerade einmal 11.46 Uhr. Normalerweise ging Amy nicht vor zwölf zum Lunch. Sie musste sich krankgemeldet haben.

Endlich hatte sie den Parkplatz im Zentrum der Stadt erreicht. Besorgt griff sie nach dem Handy und begann, durch Amys Nachrichten zu scrollen. Die erste war ein simples Schreib mir zurück. Dann: Wo bist du? Die nächste: Ich muss mit dir reden. Jede SMS klang verzweifelter als die davor. Die letzte: Wo bist du, verdammt noch mal? Ich hab's bei deiner Mutter probiert. Sie hat gesagt, du bist im College. Also hab ich da angerufen, und sie haben gesagt, dass du krank bist. Was ist los?

Bevor sie die Gelegenheit hatte zu antworten, schickte Amy eine weitere Nachricht.

> Dan antwortet nicht auf meine SMS. Wenn ich anrufe, springt sofort die Mailbox an. Mache mir Sorgen.

Was war da los? Sophie antwortete.

> Alles okay. Bin aus dem Kurs raus, weil ich Kopfschmerzen hatte. Hab auch nichts von Dan gehört. Bin jetzt in der Stadt. Sollen wir uns treffen?

Mit gesenktem Kopf, den Blick starr auf das Display gerichtet, um Amys Antwort nicht zu verpassen, lief Sophie die Straße entlang. Sie sollte auch ihre Mutter anrufen, um ihr zu sagen, dass sie in der Stadt war. Ihre Mutter hatte sie gebeten, sie ab sofort immer wissen zu lassen, wo sie sich gerade befand. Nur für den Fall.

Sie bemerkte gar nicht, dass sie mit der Handtasche, die locker über ihrer Schulter baumelte, die Leute anrempelte, die ihr entgegenkamen. Doch dann stieß sie so heftig mit einem Passanten zusammen, dass ihr Handy auf den Boden fiel. Außer Atem flüsterte Sophie eine Entschuldigung, die der Mann mit einem »Wie rücksichtslos!« quittierte. Sie murmelte noch einmal »Es tut mir leid«, bevor sie sich herunterbeugte, um ihr Telefon aufzuheben.

Sie richtete sich wieder auf, das Handy in einer Hand, und erstarrte. Da stand er. Dan. Ein Stück die Straße hinunter, direkt vor der Costa-Coffee-Filiale. Und daneben Jay.

Sophie stolperte ein paar Schritte rückwärts, um sich im Eingang eines Geschäfts zu verstecken. Was machten die beiden da zusammen? Sie beugte sich vor, um vorsichtig einen Blick um die Ecke zu werfen.

Sie unterhielten sich. Dan sah zu Jay auf. Beide lächelten.

Ungläubig starrte Sophie sie an. Die beiden kannten sich.

80

War das purer Zufall? Es musste so sein. Sie waren alle ständig in der Stadt unterwegs. Dan kannte Jay vermutlich vom Sehen. Aber was, wenn mehr dahintersteckte? Konnte es sein, dass die beiden irgendwie zusammenarbeiteten? Dass Dan in einen Mord verwickelt war – den Mord an Erin? Vollkommen unvorstellbar. Und trotzdem, ihre Mutter hatte noch nie ein gutes Gefühl gehabt, was Dan anging.

Sophie mischte sich unter einige Passanten, die in die Richtung unterwegs waren, in der Dan und Jay standen.

Bitte, seht jetzt nicht her.

Eine Gruppe junger Leute, die sich um den Stand irgendeiner Wohltätigkeitsorganisation versammelt hatten, gab ihr genug Deckung, sodass sie unbemerkt zu Andersons hineinschlüpfen konnte.

Als sie Sophie auf sich zukommen sah, ließ Irina augenblicklich den Stapel Kleidung fallen, den sie gerade hatte aufhängen wollen, und streckte ihr die Arme entgegen. »Schön, dich zu sehen, Sophie. Ich hatte großen Sorge um dich. Du hast nicht auf mein SMS geantwortet.«

»Tut mir leid.« Dankbar, endlich mit jemandem reden zu können, der nichts mit dieser ganzen furchtbaren Geschichte zu tun hatte, ließ sich Sophie in Irinas tröstende Umarmung fallen. »Die letzte Woche war schrecklich.«

»Aber dir geht es gut?« Besorgt musterte Irina sie. Es war unmöglich, sie anzulügen.

Sophie trat einen Schritt zurück und schüttelte den Kopf, unfähig, ein weiteres Wort herauszubringen, ohne in Tränen auszubrechen.

»Komm.« Irina nahm Sophie an die Hand. »Ich habe Pause jetzt. Lass uns reden im Aufenthaltsraum.«

»Danke, Irina, aber lieber nicht. Ich will nicht, dass du wegen mir Ärger bekommst. Du hast doch gerade überhaupt keine Pause.«

»Du bist wichtiger als Job, Sophie.«

Irinas Gesichtsausdruck wirkte meist verschlossen, hart, beinahe angsteinflößend. Statt zu lächeln, schien sie stets eine »Leg dich nicht mit mir an«-Botschaft zu senden. Und Sophie war niemals dankbarer dafür gewesen als in diesem Augenblick.

Als Sophie das Kaufhaus nach einer Stunde verließ, siegte ihre Neugierde über die Angst, und anstatt den Hinterausgang zu nehmen, warf sie einen Blick aus dem Haupteingang und suchte die Straße ab.

Sie waren weg.

Der Weg über den Vordereingang zum Parkplatz war länger. Sie fröstelte, eine Gänsehaut breitete sich auf ihren Armen aus. Vielleicht würden sie ihr *beide* folgen. Schnell schob sie den Gedanken beiseite.

Sophie war froh, dass sie Irina besucht hatte. Es war befreiend gewesen, ihr von den Ereignissen der vergangenen Woche zu erzählen. Irina hatte die ganze Zeit über geschwiegen und mit ernster Miene zugehört, während Sophie erzählt hatte. Sie hatte weder schockiert noch ängstlich gewirkt, und das Wichtigste, sie hatte Sophie für nichts verurteilt, sondern sie nur mit diesem beruhigenden Gesichtsausdruck angesehen.

Vermutlich hätte sie anders reagiert, wenn Sophie nicht ein paar Details verschwiegen hätte. Wahrscheinlich hätte ihr Irina in dem Fall geraten, die Polizei einzuschalten. Doch so hatte ihr das Gespräch etwas von ihrer Angst genommen, trotz der schockierenden Entdeckung, die sie kurz zuvor gemacht hatte. Wenn Irina doch immer an ihrer Seite sein könnte.

Verdammt, Amy.

Sie hatte ganz vergessen, auf ihr Handy zu sehen, ob sie sich noch einmal gemeldet hatte. Nachdem sie sicher im Auto saß, zog sie es aus ihrer Handtasche, um nachzusehen, ob sie neue Nachrichten erhalten hatte.

> Nein, wir müssen uns nicht treffen, mach dir keine Sorgen. Ich bin nur durchgedreht, weil ich dich nicht erreichen konnte. Solange es dir gut geht, wäre es für mich okay, wenn wir uns morgen sehen. Ich dachte, ich komme bei dir vorbei, wenn das für dich in Ordnung ist? Wann kommst du vom College nach Hause?

Sophie war dankbar, dass Amy Dan nicht noch einmal erwähnt hatte. Sie musste erst selbst über die neuesten Entwicklungen nachdenken, bevor sie mit ihr darüber reden oder irgendjemand anderen einbeziehen konnte.

Wenn sie überhaupt jemandem davon erzählen würde. Denn langsam kam es ihr so vor, als gäbe es mit jedem Tag weniger Menschen, denen sie trauen konnte.

Sie griffen die Unterhaltung fast genau dort wieder auf, wo sie sie beendet hatten. Ihre Mum saß an der Kücheninsel, die Hände um ihren Kaffeebecher gelegt – vermutlich ihr zwanzigster an diesem Tag –, und Sophie hatte sich ihr gegenüber auf einen Barhocker fallen lassen.

»Wir können das nicht für uns behalten, Sophie. Die Sache wächst uns über den Kopf.«

Sophie hatte ihr erzählt, dass sie Dan und Jay zusammen in der Stadt gesehen hatte.

»Aber dann kommt alles raus. Die Sache mit dir und Jay. Das würde Dad umbringen.«

Ihre Mutter schüttelte den Kopf. »Das spielt keine Rolle. Ich muss etwas unternehmen, bevor er dir wehtut.«

»Die Polizei darf nichts davon erfahren. Jay würde ihnen sagen, dass ich dabei war, dass ich zugesehen habe. Wer weiß, vielleicht habe ich ihm sogar geholfen … Er hat gesagt, dass ich es genossen habe. Auf einem der Fotos von mir … Ich habe *gelächelt*, Mum, während ich dabei zugesehen habe, wie er meine Freundin ermordet hat. Deine Patentochter. Wir haben keine Ahnung, was er noch gegen mich in der Hand hat. Vielleicht gibt es ja sogar Videoaufnahmen, oder … *Scheiße!* Was werden die mit mir machen?«

»Und was glaubst du, wird *er* mit dir machen, wenn wir nicht zur Polizei gehen? Diese Geschichte wird sich nicht einfach in Luft auflösen. Denkst du ernsthaft, dass Jay irgendwann verschwinden und uns in Ruhe lassen wird? Auf keinen Fall, Sophie.«

»Die Polizei wird ihn schnappen, ohne dass wir ihnen etwas erzählen müssen.« Sophie schlug mit den flachen Händen auf die Arbeitsplatte. Ein schmerzhaftes Kribbeln ging durch ihre Finger und arbeitete sich langsam ihre Arme hinauf.

»Vielleicht.« Ihre Mutter zuckte mit den Schultern. »Aber er würde dich so oder so mit reinziehen, dir die Mitschuld geben. Oder mir. Er würde eine Lüge nach der anderen erzählen. Genau wie er es die ganze Zeit schon tut. Er ist gut darin. Wenn du vorher zur Polizei gehst, werden sie dir das anrechnen. Viel schlimmer wäre es, wenn du nichts sagst und sie hinterher Beweise gegen dich in der Hand haben.«

»Ich kann nicht. Nicht jetzt.«

»Warum nicht?« Die Atmung ihrer Mutter war unregelmäßiger geworden, hektisch. »Er ist auf Rache aus, Sophie. Verdammt noch mal, kapier das doch endlich! Und ich habe die schreckliche Befürchtung, dass du die Marionette in dem grausamen Spiel bist, das er da spielt. Auge um Auge …« Sie sprang auf, zog hastig die Papiertüte aus der Schublade. »Wir kennen den *Mörder*, Sophie. Den Mörder deiner Freundin. Wir können nicht riskieren, das für uns zu behalten.«

Sophie ließ den Kopf nach vorne fallen und schlug ihn immer wieder auf die Tischplatte. Dann sah sie auf. »Ich weiß nicht. Das alles passiert so schnell. Ich muss zuerst darüber nachdenken, meine Gedanken sortieren.«

»Was gibt es denn da nachzudenken? Es ist ganz einfach. Du hast gesagt, du glaubst, dass Jay der Mörder ist. Du könntest sein nächstes Opfer sein.«

»Aber was hat zum Beispiel Maria mit der ganzen Sache zu tun? DI Wade hat gesagt, dass sie ihren Namen schon von jemand anderem bekommen hatten. Von wem? Und dann ist da noch Dan. Nachdem ich ihn zusammen mit Jay gesehen habe, weiß ich, dass er irgendwie involviert sein muss. Die ganze Geschichte ist wie ein riesiges Spinnennetz aus Lügen und Täuschungsmanövern. Viel größer und komplizierter, als wir zuerst gedacht haben. Warum sollten wir beide die Schuld dafür auf uns nehmen? Wenn wir noch ein wenig abwarten … Wäre es dir nicht lieber, wenn Dad niemals von deiner schmutzigen Affäre erfahren würde?«

»Ich habe es dir schon mal gesagt, es war keine Affäre.«

»Okay, dann würde es dir also nichts ausmachen, wenn demnächst überall zu lesen steht, dass du eine Ehebrecherin bist, deren Tochter einem Mörder dabei geholfen hat, ihre Freundin umzubringen? Die Tochter ihrer besten Freundin?

Rachel würde uns das niemals verzeihen. Willst du das?« Sophie beobachtete ihre Mutter, der die Auswirkungen auf ihr Leben, sollte die Wahrheit ans Licht kommen, erst jetzt richtig bewusst zu werden schienen. Sie war leichenblass geworden.

»Nein … nein, natürlich will ich das nicht. Es würde unsere Familie zerstören. Und Rachel. Aber …«

»Es gibt kein Aber, Mum. Lass uns noch ein paar Tage abwarten; sehen, wie sich die Dinge entwickeln. Bitte! Bevor wir das Leben anderer Leute zerstören. Lass uns versuchen, nicht egoistisch zu sein … wenigstens dieses eine Mal.«

»Egoistisch? Ich würde sagen, den Mann, der Erin ermordet hat, an die Polizei auszuliefern und so zu verhindern, dass er anderen wehtun kann, ist das genaue Gegenteil von egoistisch.« Ihr vorher blasses Gesicht war jetzt von roten Flecken überzogen. »Es wäre egoistisch, das alles für sich zu behalten.«

»Dann tu es für mich«, flehte Sophie. »Bitte. Ich habe Angst. Lass uns noch ein wenig abwarten, ob die Polizei ihn und die anderen nicht von selbst schnappt, bevor wir uns einmischen. *Bitte*!« Sie starrte ihre Mutter flehend an. Suchte nach Anzeichen in ihrer Miene, dass sie nachgeben würde.

Ihre Züge wurden weicher. »Okay, noch ein paar Tage. Aber nicht mehr.« Ihre Mutter sah sie aus zusammengekniffenen Augen an. »Und du solltest hoffen, dass in der Zeit nicht noch etwas so Schreckliches passiert, Sophie. Dieses Blut würde sonst an deinen Händen kleben.«

»Wie das von Erin, meinst du.« Sophie sackte in sich zusammen.

Schweigend sahen sie einander in die Augen. Für den Moment gab es nichts mehr zu sagen.

81

Karen

»Hey, was ist los? Ihr seht so ernst aus.«

Sie waren so in ihr Gespräch vertieft gewesen, dass sie nicht gehört hatten, wie er zur Tür hereingekommen war.

Karen sprang erschrocken auf. »Oh, du bist schon da? Ich hab völlig die Zeit vergessen. Sorry, ich habe noch nicht mal mit dem Kochen angefangen.«

»Weinst du, Sophie? Worüber habt ihr diesmal gestritten?« Mike sah Karen mit hochgezogenen Augenbrauen fragend an.

»Über nichts. Wir haben über … Erin gesprochen«, sagte Karen und wandte sich dem Kühlschrank zu, um nachzusehen, was sie zum Abendessen dahatten. Sophie hatte ihr einen warnenden Blick zugeworfen; offensichtlich wollte sie nicht, dass sie Mike einweihten.

»Oh, verstehe.« Er ging zu Sophie hinüber und legte ihr eine Hand auf die Schulter. »Alles okay mit dir, Töchterchen?«

»Ja … ja, mir geht's gut. Na ja, zumindest wird es besser.«

»Es braucht Zeit, so etwas zu verarbeiten. Irgendwann wird das Leben wieder normaler.« Er warf Karen einen Blick zu. »Oder, Karen?«

Meinte er das ernst, oder versuchte er, witzig zu sein? Ihr Leben war nach dem Angriff nie wieder normal geworden; wie sollte es das erst nach dieser Geschichte werden? Doch sie sparte sich den Kommentar.

Sophie entschuldigte sich und verschwand die Treppe hinauf in ihr Zimmer.

Karen war sich sicher, dass es ein Fehler war, mit den Informationen, die sie hatten, nicht zur Polizei zu gehen. Auch wenn sie nicht wollte, dass ihre Lügen an die Öffentlichkeit kamen, wusste sie, dass es keinen anderen Weg gab, Jay zu stoppen.

»Ich hatte heute einen weiteren Notfall draußen im Moor«, sagte Mike, der, mit dem Rücken gegen die Arbeitsplatte gelehnt, Karen dabei zusah, wie sie das Essen vorbereitete.

»Was war es diesmal?« Sie versuchte, ehrlich interessiert zu klingen, war sich jedoch nicht sicher, ob er ihr den gespielten Enthusiasmus abnahm.

»Ein brennender Wagen. Ich bin sofort hingefahren; hatte Angst, dass noch jemand drinsitzt.«

»Und?« Jetzt war ihr Interesse echt.

»Es sah so aus, aber als die Feuerwehr kam, war das Auto schon so ausgebrannt, dass ich nichts erkennen konnte. Die sind mit einem ganzen Spezialteam gekommen – Gerichtsmediziner, Spurensicherung. Ich durfte nicht näher ran, aber ich werde mich morgen mal erkundigen, ob sie schon was rausgefunden haben. War wahrscheinlich nur ein gestohlener Wagen. Hoffe ich zumindest.«

»Das klingt furchtbar.«

»So was passiert häufiger, als man denkt. Das Moor wirkt so riesig und verlassen, dass die Leute glauben, wenn sie dort was verstecken, ist es für die nächsten zehn Jahre weg. Tatsächlich haben sie eine ziemlich gute Chance, nie erwischt zu werden. Und die armen Schweine, die rausfahren, um sich umzubringen, können in der Einsamkeit in Ruhe zu Ende bringen, wofür sie hergekommen sind. In den letzten Jahren hatten wir einige solcher Fälle. Würde mich nicht wundern, wenn da ein paar Leichen rumliegen, die man niemals finden wird.«

»Mhm … Wie damals bei den Moor-Morden. Bis heute haben sie alle diese armen Kinder nicht gefunden.« Karen warf einen Blick aus dem Fenster, über die weite Landschaft, die sich bis zum Horizont zu erstrecken schien. Das Moor war wunderschön, wild, der Grund dafür, dass sie hergezogen waren. Doch als sie jetzt über Mikes Worte nachdachte, erschien es ihr auf einmal nur noch bedrohlich.

»Es gibt so grausame Menschen dort draußen. Ich kann mir nicht mal vorstellen, wie es wäre, Sophie auf diese Art zu verlieren«, sagte Mike abwesend.

Karen wandte den Blick ab. Sie wagte es nicht, ihm in die Augen zu sehen. Was würde er sagen, wenn er wüsste, was vor sich ging? Was würde er *tun*? Wenn Sophie etwas zustieß, würde er das Karen nie vergeben, da war sie sich sicher.

Sie wandte sich wieder dem Gemüse vor sich auf dem Schneidebrett zu und suchte fieberhaft nach einem anderen – sicheren – Thema, das sie anschneiden könnte. Es war ungewöhnlich, dass Mike ihr von seinem Job erzählte, und noch ungewöhnlicher war es, dass er ihr in der Küche Gesellschaft leistete, während sie kochte. Normalerweise wäre er zu diesem Zeitpunkt längst im Wohnzimmer verschwunden, um sich mit seinem iPad zu beschäftigen. Er hatte sich am Tag zuvor schon so seltsam verhalten, distanziert, aber eher auf eine nachdenkliche, besorgte Weise und weniger in Bezug auf ihre Beziehung, wie sie es inzwischen gewohnt war. Und jetzt wirkte er deprimiert, verloren, beinahe schon so, als wollte er sich ihr öffnen.

Das plötzlich einsetzende Schuldgefühl versetzte ihr einen Stich. Hatte er jemanden gehabt, mit dem er über die Ereignisse der vergangenen Woche hatte reden können? Wer unterstützte ihn? Kollegen? Sie bezweifelte es. Erstens arbeitete er die meiste Zeit alleine, und zweitens konnte sie sich nicht erinnern, wann er das letzte Mal einen Namen hatte fallen lassen. Der letzte Kollege, von dem sie gehört hatte, war Colin gewesen, den sie vor drei Jahren bei einem Familien-Wochenende kennengelernt hatte. Und sie selbst war ebenfalls niemand, mit dem Mike hätte reden können. Karen war sich sicher, dass er viel zu viel Angst davor hatte, sie könnte sonst endgültig zusammenbrechen. Auch Sophie konnte er seine Gefühle und Sorgen nicht anvertrauen, genauso wenig wie seinen Freunden, vor denen er stets den »harten Mann« geben musste.

Karen legte das Gemüsemesser beiseite und wischte sich die Hände an einem Küchentuch trocken, bevor sie zu Mike trat. »Ich weiß, es tut mir leid.« Zögerlich streckte sie die Hände nach ihm aus. »Ich war selber so gefangen von dieser Sache, habe mir solche Sorgen um Sophie gemacht, dass ich weder nach rechts noch nach links gesehen habe, verstehst du?« Sie schlang die Arme um seine Taille und legte die Wange an seine Brust.

»Es ist okay. Genauso sollte es sein. Ich kann auf mich selbst aufpassen.« Seine Arme hingen schlaff um ihre Hüfte. Seine Gleichgültigkeit war offensichtlich.

Sie hatte es nicht anders verdient.

Der Abend zog sich in die Länge. Mike war mit Bailey rausgegangen, inzwischen waren sie bereits seit zwei Stunden unterwegs. Vielleicht war das seine Art, sich eine Auszeit von ihr zu nehmen, um mit seinen Gedanken alleine zu sein, anstatt sie mit ihr zu teilen. Immerhin hatte sie es versucht. Sophie blieb in ihrem Zimmer. Es war offensichtlich, dass sie nicht länger mit ihr diskutieren wollte. Karen hatte den Fernseher eingeschaltet, bekam aber nichts von der Sendung mit, die über den Bildschirm flimmerte.

Zehn Uhr. Immer noch keine Spur von Mike. Sollte sie sich Sorgen machen? Karen stand auf und zog die Vorhänge einen Spaltbreit auseinander, um einen Blick nach draußen zu werfen. Die Straßenlaterne beleuchtete ein paar Büsche gegenüber ihrem Haus und ein Stück des Bürgersteigs, der sich an beiden Enden der Straße im Dunkeln verlor. Keine Bewegung. Sie schauderte und ließ den Vorhang zurückfallen, war sich bewusst, dass ihre Atmung schneller geworden war. Hier drinnen fühlte sie sich sicher, aber alleine der Blick nach draußen in die Dunkelheit reichte aus, um ihre Ängste heraufzubeschwören. Es war erbärmlich.

Die Matratze knarzte und senkte sich leicht ab, sodass ihr Körper sanft hin und her geschaukelt wurde. Als sie spürte, wie er von der anderen Seite an der Decke zog, die sie fest um ihre Schultern geschlungen hatte, hob sie den Arm, um die Decke freizugeben. Seine Wärme berührte ihre Haut.

Wie spät war es? Sie hatte das Gefühl, bereits seit Stunden geschlafen zu haben. War Mike etwa erst jetzt zurückgekommen? Sie versuchte, den Kopf vom Kissen zu heben. Zu schwer. Die Tabletten hatten ihre Wirkung getan.

Benommen driftete sie wieder in den Schlaf ab, in einen weiteren dunklen Traum.

82

Sophie
Mittwoch

Zitternd saß sie auf der Kante ihres Bettes. Die verschwommenen Überreste ihres verstörenden Traums ließen ihre Nerven vibrieren, sodass ihr ganzer Körper von einem unangenehmen, stechenden Prickeln erfasst wurde, als würde ihre Haut von Tausenden kleinen Nadelstichen durchbohrt.

Stiche. Schreie. Flehen.

Sie kniff die Augen zu.

Ein Stich in Erins Magen. Blut. Gelächter.

Sie schlang die Arme um den Oberkörper und wiegte sich vor und zurück.

Blinkendes rotes Licht. Kamera.

Er hatte alles aufgezeichnet. Plötzlich erinnerte sie sich an die Kamera, die er ihr ins Gesicht gehalten hatte. Erinnerte sich an seine Stimme, mit der er ihr befohlen hatte: *Tu es, tu es.*

Was hatte sie getan?

Trotz der Angst, dass ihre Mum zur Polizei gehen würde, wenn sie nicht zu Hause blieb, um sie im Auge zu behalten, würde sie ins College fahren. Da sie gestern bereits den Großteil der Kurse verpasst hatte, wollte sie wenigstens den Morgen durchstehen, um ihre Arbeitsmappe fertigzustellen. Sie brauchte etwas, das sie ablenkte – und wenn es nur für ein paar Stunden war.

Leise schlich sie über den Flur und warf einen Blick ins

Schlafzimmer ihrer Eltern. Nur ihre Mutter lag noch im Bett, auf dem Rücken, atmete rasselnd durch den geöffneten Mund. Sie würde sie nicht wecken, um sich zu verabschieden. Je länger sie schlief, desto besser.

Vor der Haustür zog sie sich die Kapuze über den Kopf, drückte auf den Knopf für die Zentralverriegelung und warf ihre Tasche auf den Beifahrersitz. Doch als sie hinter dem Lenkrad saß, startete sie nicht sofort den Motor, sondern nahm ihr Handy, um nachzusehen, ob sie neue Nachrichten erhalten hatte.

Keine von Dan.

Auf Amys letzte SMS hatte sie nicht geantwortet, unsicher, was sie ihr hätte sagen sollen. Wollte sie, dass Amy vorbeikam? Ihre überraschende Enthüllung, dass Maria diejenige gewesen war, die Erin die Nummer für das Taxiunternehmen gegeben hatte, nagte noch immer an ihr. Nach all den Versuchen, Amy dazu zu bringen, sich an die Ereignisse von Samstagabend zu erinnern, hatte die plötzliche Offenbarung Sophie verärgert. Eine Person alleine war Amy eindeutig zu wenig Publikum; wahrscheinlich hatte sie mit Absicht gewartet, bis sich eine Gelegenheit ergeben hatte, die schockierenden Neuigkeiten vor einer Gruppe breitzutreten.

Sophie schickte ihr eine SMS, sie könne gegen vier vorbeikommen. Vielleicht konnte sie noch etwas mehr aus ihr herauskitzeln – zum Beispiel, worauf Dan aus war. Wenn jemand etwas von Interesse wusste, dann war es garantiert Amy.

Da sie später von zu Hause losgekommen war als beabsichtigt und dann den ganzen Weg in die Stadt hinter einem Traktor hatte herkriechen müssen, waren alle Parkplätze direkt vor dem Eingang zum Collegegebäude belegt. Typisch. Andererseits hatte sie Jay bisher noch nicht in der Nähe des Colleges gesehen. Vielleicht musste sie sich also gar keine Sorgen machen, dass er sie hier verfolgen würde. Auch das dunkle Auto, das ein Stück die Straße runter gestanden hatte, war heute nicht zu sehen.

Während des Kurses schweiften Sophies Gedanken immer wieder ab. Sie war sich im Klaren darüber, dass sie ihre Mutter nicht viel länger davon würde abhalten können, die Polizei einzuschalten. Wie es aussah, hatte sie sich damit abgefunden, dass ihre Untreue, ihre Geheimnisse früher oder später ohnehin ans Tageslicht kommen würden und ihr Leben weiter in einer Abwärtsspirale gefangen bliebe. Eine Spirale, die noch steiler verlaufen würde, als es bisher sowieso schon der Fall war. Das Bedürfnis, sie zu beschützen, würde bei ihrer Mutter immer stärker sein als der Wunsch, die eigenen Geheimnisse zu bewahren. Der Gedanke daran, was ihr Vater tun würde, machte ihr am meisten Sorgen. Sie kamen schon seit Langem nicht mehr gut miteinander aus, aber die Vorstellung, wie verletzt er sein würde, wenn er erfuhr, dass seine Frau ihn nicht nur betrogen, sondern seine Tochter das Geheimnis auch noch für sich behalten hatte, zerriss ihr das Herz. Wenn sie nur einen Weg finden könnte zu verhindern, dass er es jemals herausfand.

Das Vibrieren ihres Handys riss sie aus ihren Gedanken.

Dan.

Was wollte er?

> Ich muss mit dir reden. Allein, sag Amy nichts davon. Scheiße, Sophie, die Dinge sind außer Kontrolle geraten. Triff mich am hinteren Ausgang von Stover Park. Es muss ein abgelegener Ort sein. Ich werde verfolgt.

Konnte es sein, dass er die Wahrheit sagte, dass er tatsächlich verfolgt wurde? Vielleicht hatte sie die falschen Schlüsse gezogen, und er wurde genauso von Jay gestalkt wie sie selbst.

Sie musste sich mit ihm treffen, andernfalls würde sie es sich niemals verzeihen, wenn ihm etwas zustieß. Und ihre Mutter könnte recht behalten – an ihren Händen würde noch mehr Blut kleben. Sie würde sich mit Dan treffen, mit ihm reden, und vielleicht würden sie danach sogar zusammen zur Polizei gehen. Und sie würde einen Weg finden, ihre Mutter aus der ganzen Sache herauszuhalten, sodass niemals jemand von ihrem Geheimnis erfahren musste. Genauso wenig wie von ihrem eigenen.

Sie schrieb ihm zurück, dass sie sich mit ihm treffen würde. Mit dem Argument, dass es ihr noch immer nicht wirklich besser gehe, brachte sie ihre Kursleiterin dazu, sie auch an diesem Tag früher aus dem Kurs zu entlassen.

Nachdem sie das Gebäude verlassen hatte, rannte sie hastig über den Parkplatz, ohne auf die Pfützen zu achten, die sie auf dem Weg hinein noch sorgfältig umrundet hatte. Außer Atem kletterte sie mit nasser Jeans auf den Fahrersitz, rammte den Schlüssel ins Zündschloss und startete den Motor. Rasch legte sie den ersten Gang ein und fuhr mit quietschenden Reifen los. Das Adrenalin, das durch ihre Adern pulsierte, ließ ihre Hände zittern, und sie umklammerte das Lenkrad fester, um nicht die Kontrolle über den Wagen zu verlieren. Zehn Minuten später bog sie durch das Tor des Parks ab. Er hatte ihr geschrieben, dass sie sich auf der anderen Seite, im hinteren Teil treffen sollten. Langsam folgte sie der schmalen Straße zwischen den dicht stehenden Bäumen und starrte angestrengt durch die Windschutzscheibe, auf der sich die Scheibenwischer rhythmisch hin- und herbewegten.

Kein Fahrzeug weit und breit. Keine Menschen. Wo war er?

»Wehe, du hast mich verarscht, Dan«, murmelte sie vor sich hin und zog das Handy aus der Tasche, um ihm eine SMS zu schicken: Wo steckst du?

Wenige Sekunden nachdem sie auf Senden gedrückt hatte, hörte sie ein gedämpftes Piepsen, das vom Rücksitz ihres Wagens zu kommen schien.

Seltsam.

Als sie sich umdrehte, packte von hinten eine Hand nach ihrem Hals.

83

DI Wade

Erin Malones Familienverhältnisse schienen komplex zu sein. Nach ihrer Unterhaltung mit Maria Nickson am vergangenen Tag hatte Lindsay das Gefühl, mehr Fragen als Antworten zu haben. Sie war sich nicht sicher, ob ein Besuch bei Rachel Malone zu diesem Zeitpunkt sinnvoll wäre. Sie könnten versuchen, das Beziehungsgeflecht innerhalb der Familie näher zu beleuchten, eine Einschätzung von Rachel zu Adam und Maria zu bekommen. Andererseits hatten sie bereits Informationen von ihr dazu erhalten, und sie schien ziemlich wütend darüber gewesen zu sein, dass Maria damit geprahlt hatte, Erin habe sich ihr anvertraut. Wenn sie Rachel nach Adam und Maria fragten, dürften sie anstelle einer objektiven Beschreibung eher einen emotionalen Ausbruch erwarten. Das alles würde sie nicht viel weiterbringen, aber da sie gerade ohnehin auf dem Weg zu Erins Mutter waren, konnte ein Versuch nicht schaden.

»Worüber denkst du nach, Boss?« Mack hatte die Knie gegen das Handschuhfach des Volvos gedrückt, als hätte er Angst, Lindsays unberechenbarer Fahrstil könnte ihn bei der nächsten Kurve durch den Wagen schleudern.

»Ich denke: *Was für eine komplette Pleite. Was haben wir bisher schon herausgefunden*?« Als sie an der nächsten Kreuzung links abbog, riss sie das Lenkrad härter herum als notwendig. Der metallische Geschmack von Blut füllte ihren Mund. Sie hatte sich in den letzten zehn Tagen mehr als einmal von innen auf die Wange gebissen; eine schlechte Angewohnheit, die sie sich als Teenager zugelegt hatte. Die Stelle schmerzte.

»Wir werden bestimmt bald einen Durchbruch haben.« Mack tastete nach dem Griff über der Tür und klammerte sich daran fest. »Könntest du mir bis dahin eine Chance geben, die fünfzig zu erreichen?«

»Du bist doch nicht etwa schon so alt, oder?«

»Äh … Ich sehe das eher so, dass ich eine bestimmte Stufe der Reife erreicht habe – und der Rente ein weiteres Jahr näher gekommen bin. Ich bin nicht alt, sondern privilegiert.«

Lindsay brach in prustendes Gelächter aus. »Brillant! So habe ich das noch nie jemanden ausdrücken hören. Oh mein Gott, ich weiß nicht, wann ich das letzte Mal so gelacht habe.« Mit dem Handrücken wischte sie sich die Tränen aus den Augenwinkeln. »Aber im Ernst, ich verliere langsam die Hoffnung – und die Geduld –, dass wir bald den großen Durchbruch erreichen. Wir drehen uns nur noch im Kreis. Lauter Spuren, die nirgendwo hinführen, und Überwachungen, die nichts bringen. Die verarschen uns doch alle.«

»Einige bestimmt. Ich werde das Gefühl nicht los, dass weit mehr Leute in Erins Entführung und Ermordung verwickelt sind, als wir zuerst dachten. Eine oder mehrere Personen verschweigen uns wesentliche Informationen. Und dabei rede ich nicht nur von Sophie Finch.«

»Ich weiß, was du meinst. Aber glauben die im Ernst, dass das nicht rauskommt?«

»Sieht so aus. Aber wir kriegen sie schon noch, Boss. Am Ende kriegen wir sie alle.«

84

Karen

Ein unangenehmes Gefühl drang in ihre Träume.

Sie öffnete die Augen, schloss sie jedoch schnell wieder, als sich das helle Licht schmerzhaft hineinbohrte. Sie fühlte sich benommen. Hatte sie gestern Abend getrunken? Sie konnte sich nicht erinnern. Tastend fuhr sie mit der Hand über Mikes Bettseite. Leer.

Welchen Tag haben wir?

War er zur Arbeit gegangen, ohne sie zu wecken? Sie stützte sich auf einen Ellbogen und griff nach dem Handy auf ihrem Nachttisch, während sie mit heftigem Blinzeln versuchte, ihre Augen scharf zu stellen. *Mi., 18., 11.16 Uhr.* Sie hatte viel länger geschlafen als sonst. Ihr Körper musste sich erst wieder an die Schlaftabletten gewöhnen, nachdem sie so lange keine genommen hatte.

Das kleine blinkende Licht an ihrem Handy signalisierte, dass sie eine ungelesene Nachricht hatte. Ein stechender Schmerz bohrte sich in ihren Magen, ihr wurde schlecht. Sie würde die SMS später lesen. Doch als sie sich würgend über die Toilettenschüssel beugte, kam nur bittere Galle. Sie konnte sich nicht erinnern, jemals solche Nebenwirkungen der Tabletten gespürt zu haben.

Langsam erhob sie sich von den Knien und ging zum Waschbecken hinüber, um sich den Mund auszuspülen und die Zähne zu putzen. Wie aus dem Nichts schoss ihr ein plötzlicher Gedanke durch den Kopf – war Sophie ins College gefahren? Sie war gar nicht bei ihr gewesen, um sich zu verabschieden.

Karen ging ins Zimmer ihrer Tochter. Leer. Dann rief sie die Treppe hinab nach ihr. Nichts. Großartig, dann gingen ihr jetzt also ihr Mann *und* ihre Tochter aus dem Weg. Oder war Sophie ins Schlafzimmer gekommen, als sie noch geschlafen hatte, und hatte sie wegen der Tabletten nicht wach bekommen? Karen streifte sich ihren Morgenmantel über und ging ins Erdgeschoss hinunter. Sie brauchte einen Kaffee, Toast – irgendetwas, das ihren Magen füllte und den Schmerz vertrieb.

Erst nachdem sie den Wasserkocher angestellt hatte, fiel ihr die ungewöhnliche Stille auf. Irgendetwas fehlte.

Bailey. Wo war Bailey?

Sie lief durchs Haus und rief seinen Namen, sah in seinen üblichen Verstecken nach, aber er blieb verschwunden. Vielleicht hatte Mike ihn rausgelassen, bevor er gegangen war. Die Tür zur Veranda war unverschlossen, aber als Karen nach ihm rief, kam er nicht wie üblich über den Rasen auf sie zugeschossen. Mike musste ihn zur Arbeit mitgenommen haben. Endlich hatte er ein Einsehen gehabt. Karen schob die Terrassentür zu und schloss ab.

Jetzt war sie ganz allein.

Sie erinnerte sich an das blinkende Licht auf ihrem Handy. Wahrscheinlich nur wieder irgendeine Facebook-Benachrichtigung. Sie holte das Telefon von oben, machte sich einen Kaffee und setzte sich mit dem Becher in der Hand an die Kücheninsel.

Karen entsperrte das Display.

Eine Textnachricht. Von Mike.

Bitte entschuldige, dass ich gestern Nacht nicht nach Hause gekommen bin. Nachdem ich den Hund zurückgebracht und gemerkt hatte, dass du schon im Bett bist, bin ich noch mal los, in der Gegend rumgefahren. Ich brauchte Zeit für mich, um nachzudenken. Ich bin so weit gefahren, dass ich am Ende im Auto übernachtet habe. Ich konnte einfach nicht nach Hause. Ich hoffe, du hast dir keine Sorgen gemacht. Können wir heute Abend reden?

Das Splittern des Porzellans hallte durch das stille Haus, als der Becher auf den Fliesen in der Küche zerschellte. Heißer Kaffee floss über ihre Beine. Sie sprang auf und tränkte ein Küchentuch mit kaltem Wasser, um es auf ihre Haut zu halten. Das Brennen trieb ihr Tränen in die Augen. *Verdammt*.

Mike hatte Bailey nach Hause gebracht. Dann war er weggefahren und die ganze Nacht nicht wiedergekommen. Sie hatte sich also getäuscht, als sie in der vergangenen Nacht geglaubt hatte, dass er neben sie ins Bett geschlüpft war, oder? Aber wenn er Bailey nach Hause gebracht hatte, wo war der Hund jetzt?

85

Ihr Anruf bei Mike landete direkt auf der Mailbox. *Verdammtes Moor.* Es war noch nie vorgekommen, dass er einfach so über Nacht weggeblieben war. Nicht mal nach ihren schlimmsten Auseinandersetzungen. *Ich brauchte Zeit für mich, um nachzudenken.* Warum ausgerechnet jetzt? Ahnte er, dass Sophie und sie Geheimnisse vor ihm hatten, ihn ausschlossen? Und warum in Gottes Namen hatte er im Auto übernachtet? Er hätte genauso gut auf dem Sofa schlafen können.

Sie schüttelte den Kopf. So viele Dinge, die sie anders machen würde, wenn sie noch einmal von vorne starten könnte. Angefangen bei Drew. Wenn sie nach der Geburt nur ein wenig später angefangen hätte zu arbeiten, wäre sie die Dinge sicherlich mit viel mehr Ruhe angegangen. Doch so hatten Stress, Schlafmangel und Schuldgefühle jedes Urteil, das sie gefällt, jede Entscheidung, die sie getroffen, und jede Handlung, die sie umgesetzt hatte, beeinflusst.

Es hatte mit Sophies Geburt begonnen. Was, wenn es mit Sophies Tod endete? Ein Kreis, der sich schloss. War es das, was Jay wollte?

Sie musste Sophie nach Hause holen, wo sie sicher war. Im College hatte sie ihr Handy normalerweise stumm geschaltet, aber vielleicht las sie trotzdem ihre SMS.

Komm nach dem College direkt nach Hause. Ich muss dringend mit dir reden.

Karen hoffte, dass Sophie ihre Nachricht lesen und sich sofort ins Auto setzen würde. Sie musste wissen, dass Sophie in Sicherheit war, hier, zu Hause bei ihr, weit weg von Jay. Und von Dan, wenn Sophie sich nicht geirrt hatte. Sogar von Adams Freundin Maria. Jays Gift hatte sich rasend schnell verbreitet. Irgendwie hatte er es geschafft, es anderen zu injizieren, um seinen eigenen Zirkel des Bösen zu erschaffen; jeder war mit einer eigenen Rolle in dem Spiel beteiligt, das er sich ausgedacht hatte und bei dem nur er die Mitspieler kannte. Bisher war sich Karen bloß einer Sache sicher – es konnte nicht gut enden.

Ein kalter Schauer lief ihr über den Rücken, als ihr ein Gedanke kam. War Mike am vergangenen Abend absichtlich so lange draußen geblieben? Und hatte er die Nachricht an sie wirklich freiwillig geschrieben? Was, wenn er von seinem Spaziergang mit Bailey nicht zurückgekehrt war? Im ganzen Haus fand sich keine Spur von ihrem Hund. Hatte Jay ihm etwas angetan?

Karen stürzte zum Fenster, das auf die Straße hinausging, und zerrte die Vorhänge beiseite. Kein Auto. Sie stieß erleichtert den angehaltenen Atem aus und entspannte sich ein wenig. Er war also tatsächlich weggefahren, wie er gesagt hatte. Sie rief noch einmal nach Bailey. Doch es blieb still im Haus. Sie ging zur Terrassentür, schob sie einen Spaltbreit auf und pfiff ein paarmal. Nichts.

Die Tür des Schuppens war nur angelehnt, der Wind ließ sie sanft gegen den Rahmen stoßen. Mike schloss sie normalerweise immer ab.

Sie fuhr sich mit der Zunge über die trockenen Lippen, schluckte schwer. »Bailey!« Ihre Stimme zitterte, klang schwach, verloren. Sie rief noch einmal, diesmal mit mehr Kraft. Dann neigte sie den Kopf, um besser hören zu können, hoffte auf irgendeinen Laut, irgendein Zeichen von ihrem Hund. Als sie mit der schweißnassen Hand am Türrahmen abrutschte, wäre sie beinahe nach draußen gefallen. In letzter Sekunde konnte sie sich fangen und zog hastig die Tür zu. Die Finger gegen die kühle Scheibe gepresst, stand sie dort und atmete tief ein und aus. Dann drehte sie den Schlüssel herum.

Wusste Jay, wo sie wohnte? Würde er hierherkommen, zu ihrem Haus? Der Gedanke an das Gefühl, wie gestern Nacht jemand neben ihr ins Bett geschlüpft war, blitzte in ihrer Erinnerung auf. Augenblicklich war wieder der Geschmack von bitterer Galle in ihrem Mund. Vergeblich versuchte sie zu schlucken. Nein. Das war unmöglich.

Ihre Beine fühlten sich taub an. Sie schleppte sich in die Küche hinüber, zog sich an den Möbeln entlang, um nicht umzukippen.

Ich muss die Tüte finden.

Mit zitternden Fingern tastete sie in der Schublade umher. Dann ließ sie sich langsam auf den Boden sinken, den Rücken gegen einen der Einbauschränke gelehnt, und atmete in die kleine Papiertüte. Was sollte sie als Nächstes tun? Jay eine Mail schreiben, ihn fragen, was vor sich ging? Ihr Blick landete auf dem Katalog, der von der Arbeitsfläche gefallen war, als sie sich aufgestützt hatte.

Oh mein Gott.

Das Gesicht des Mannes, der ihn vorbeigebracht hatte, blitzte in ihrer Erinnerung auf. Es war Jay gewesen. Er hatte in der Einfahrt gestanden, mit einem Rucksack voller Kataloge. Deswegen war er ihr so bekannt vorgekommen. Diese intensiven grünen Augen, aus denen er sie in der Stadt angestarrt hatte, als sie Sophie zur Arbeit gefolgt war. Er wusste, wo sie lebten.

Karen ließ den Kopf in den Nacken fallen, sodass er gegen den Schrank knallte. Eine schreckliche Ahnung bahnte sich einen Weg in ihren Verstand. War es Jay gewesen, der gestern Nacht zu ihr ins Bett gekrochen war? Und wenn ja, war er immer noch hier?

Der Gedanke reichte aus, um genug Adrenalin durch ihren Körper zu pumpen, dass ihre wackeligen Beine ihr wieder gehorchten. Mit einem Satz kam sie auf die Füße und riss das größte Messer, das sie besaßen, aus dem hölzernen Messerblock. Panisch umklammerte sie den Griff. Das hier war nicht fair. Hier war ihre Sicherheitszone. Draußen ist es gefährlich, drinnen ist es sicher – seit zwei Jahren war das ihr Mantra. Wie hatte sie sich nur so irren können?

Atme. Bleib ruhig.

Ihr Herz klopfte so laut, dass sie Mühe hatte, etwas anderes zu hören. Sie schlich in den Flur und blieb auf der untersten Treppenstufe stehen, um sich gegen die Wand zu lehnen. Wo würde er sich verstecken? Im Kleiderschrank? Ihrem oder Sophies? Im Bad, in der Dusche? Im großen oder in dem, das sich an ihr Schlafzimmer anschloss?

Bitte, sei nicht hier. Mach, dass ich mich irre.

Jede einzelne Stufe knarzte. Er würde wissen, dass sie auf dem Weg nach oben war. Er würde darauf vorbereitet sein.

Durch die Nase einatmen, durch den Mund ausatmen. Langsam. Gleichmäßig.

Auf der Hälfte der Treppe.

Ein Tropfen. Irgendwo konnte sie es tropfen hören. Badezimmer? Er war im großen Bad.

Sie hob den Fuß, stellte ihn auf der nächsten Stufe ab. Gleich war sie oben. Sie reckte den Hals, war jedoch nicht groß genug, um über den obersten Treppenabsatz hinwegzusehen. Die Badezimmertür war angelehnt.

Tropf, tropf.

Vielleicht war Sophie am Morgen duschen gegangen und hatte das Wasser nicht richtig abgedreht. Sie kämpfte sich weiter vor, erreichte den Treppenabsatz. Auf dem Flur war niemand zu sehen. Ein leises Seufzen kam ihr über die Lippen. Bildete sie sich das alles nur ein?

Das Messer ausgestreckt vor sich, tippte sie mit der Spitze gegen die Badezimmertür. Was sollte sie tun, wenn er tatsächlich dort drin war? Ihn erstechen? Ja. Auf jeden Fall.

Die Tür schwang nach innen auf, bis sie gegen die Wand stieß. Niemand konnte dahinter stehen. Erleichtert stieß sie den Atem aus.

Er ist nicht hier. Du bist sicher.

Sie streckte den Kopf hinein und schaute um die Ecke. Der Duschvorhang war vor die Badewanne gezogen.

Ihr stockte der Atem.

Sie streckte die linke Hand aus, umfasste den Rand des glänzenden Stoffs. Das Messer in der Rechten nach schräg unten gerichtet.

Ist das die beste Art, es zu halten?

Konnte sie so schnell genug damit zustoßen, oder würde er ihr die Waffe aus der Hand schlagen, noch bevor sie eine Chance zum Angriff hatte? Sollte es besser nach oben zeigen?

Keine Ahnung. Tu es einfach.

Mit einer schnellen Bewegung riss Karen den Duschvorhang beiseite und stieß das Messer mit der rechten Hand vor.

Der Schrei hallte von den gekachelten Wänden wider, vibrierte, schien mit seinem Echo jeden Winkel des Badezimmers auszufüllen.

Sie ließ das Messer fallen und sank, die Hände auf die Ohren gepresst, zu Boden.

86

Sophie

Sein plötzlicher Angriff von hinten überraschte sie so sehr, dass sie nicht einmal schrie. Er hielt etwas in den Händen. Einen Lappen? Er fühlte sich feucht auf ihrem Mund, ihrer Nase an. Sie wehrte sich, fuchtelte mit den Händen in der Luft, zog an seinen Armen.

Er packte sie noch fester.

Sie schnappte nach Luft.

Er flüsterte ihr ins Ohr: »Sch-sch. Wehr dich nicht dagegen. Entspann dich, Sophie.«

Er war im Auto gewesen. Hatte gewartet. Wie lange? Warum hatte sie nichts gemerkt? Sie war so dumm. Wie hatte sie der SMS trauen können? Ihre Mutter würde wahnsinnig wütend auf sie sein. Sie hätte ihr sagen sollen, wohin sie fuhr.

Zu spät.

Ihr Herz klopfte so laut, dass sie glaubte, es müsste ihr aus der Brust springen. Würde es stehen bleiben? Würde sie sterben, so wie Erin?

87

Karen

»Nein, nein, nein, nein.«

Karen lag auf dem Boden, unfähig, sich zu bewegen. Es war, als wäre jegliche Kraft aus ihrem Körper entwichen. Ihre Kehle fühlte sich trocken, kratzig an. Ihr Schrei hallte noch immer in ihren Ohren wider, obwohl sie inzwischen still war.

Er war hier gewesen. In ihrem Haus. In ihrem Bett. Er hatte ihren Hund getötet. Der Bastard. Baileys lebloser Körper lag in der Badewanne. Braunes Fell, verfilzt von dunklem Blut.

Warum?

Wie hatte eine einzelne Entscheidung in ihrem Leben zu diesem Moment führen können? Warum sollte sie dafür bestraft werden, dass sie ihre Arbeit getan hatte? War sie die einzige Person in Drews und Jays Leben, die ihnen je Unrecht angetan hatte? Warum ausgerechnet sie? Und was hatte ihn angetrieben, so weit zu gehen?

Was war der nächste Schritt? Sie musste etwas tun, DS Mack anrufen. Damit der Mörder gefasst und eingesperrt wurde.

Schwerfällig stützte sie sich auf den Rand der Badewanne und kam auf die Beine, ohne den Blick vom Fußboden zu lösen. Sie wollte ihn auf keinen Fall noch einmal so sehen. Seine toten, glasigen Augen. Armer Bailey. Sie riss ein Handtuch vom Haken und warf es über seinen kleinen Körper.

Was war mit dem restlichen ersten Stock? Vielleicht war

er noch immer hier, beobachtete, wartete auf den richtigen Moment, um sie dann anzugreifen. Bevor sie irgendetwas anderes tat, musste sie nachsehen.

Mit dem Rücken an der Wand, das Messer vor sich erhoben, schlich sie auf Zehenspitzen aus dem Bad. Sie würde mit dem Zimmer am Ende des Flurs beginnen und sich von dort vorarbeiten, bis sie zuletzt ihr eigenes Schlafzimmer erreichte. In Sophies großem, chaotischem Zimmer könnten sich problemlos mehrere Personen gleichzeitig verstecken, ganz zu schweigen von einer einzelnen. Mit dem Messer stach sie auf die auf dem Boden verteilten Kleiderhaufen ein, die Vorhänge, das Bett. Jeder Stich hinterließ ein Mal, ein kleines Loch oder einen Riss im Material. Zimmer für Zimmer arbeitete sie sich auf diese Weise den Flur entlang. Jay war nicht hier.

Der Schuppen. Die Tür war nur angelehnt gewesen.

Sie rannte die Treppe hinunter, ließ das Messer im Vorbeilaufen auf die Kücheninsel fallen und stürzte zum Fenster. Die Schuppentür klapperte noch immer im leichten Wind, wobei der herausgeschobene Riegel jedes Mal mit einem metallischen Geräusch gegen die Außenwand schlug. Wenn sich Jay dort drin versteckt hatte, dann war er inzwischen verschwunden, da war sie sich sicher. Die Türen und Fenster des Hauses waren verschlossen. Es gab keine Möglichkeit für ihn, noch einmal einzudringen. Er hatte auch keinen Grund dazu. Er hatte getan, wofür er gekommen war.

Karen sank auf den Küchenboden. Den Kopf in die Hände gestützt, begann sie zu weinen. Verzweifelte Schluchzer erschütterten ihren ganzen Körper. Nie im Leben hatte sie sich so allein gefühlt wie in diesem Augenblick. Und die einzige Person, mit der sie jetzt reden wollte – mit der sie in jeder Krise redete –, war Rachel. Noch vor ein paar Minuten hatte sie sich die Frage gestellt: *Warum ich?* Dabei war die Antwort offensichtlich. Sie hatte es verdient.

Ein Klingeln. Wie aus weiter Ferne.

Karen lauschte angestrengt. Ihr Handy? Wo hatte sie es hingelegt?

Sie ging ins Wohnzimmer hinüber, um sich nach der Quelle des Geräuschs umzusehen. Das war nicht der Signalton für eine eingegangene SMS, jemand rief sie an.

Bitte, lass es Mike oder Sophie sein.

Sie warf einen Blick auf das Display. Amy. Warum rief sie an?

»Hey, Amy. Geht es dir gut?« Sie versuchte, die Tränen zurückzuhalten, die Panik zu unterdrücken.

»Es tut mir leid, dass ich Sie störe, Karen.« Ihre Stimme war leise.

»Nein, nein, kein Problem. Was ist los?« Sie wischte sich die Wangen mit dem Ärmel trocken.

»Sophie und ich hatten uns für heute Nachmittag, nach dem College, bei Ihnen zu Hause verabredet.« Sie hielt inne. »Aber ich wollte vorher mit Ihnen sprechen. Hätten Sie Zeit?«

»Natürlich, Amy. Das ist eine gute Idee. In den letzten Tagen ist ziemlich viel passiert.«

»Wie meinen Sie das?«

»Wir reden darüber, wenn du hier bist. Am besten kommst du sofort vorbei.«

»Bin schon auf dem Weg.«

Wenn Amy reden wollte, dann musste sie etwas wissen.

Danach würde sie die Polizei anrufen.

88

Sophie

Ein seltsamer Druck hinter den Augen, ein Pulsieren im Nacken, ihre Wangen waren heiß. Ihr Kopf schmerzte. Es dauerte viel zu lange, ihn zu heben, sich umzusehen.

Sie befand sich in einem Gebäude. Hatte man sie hier zurückgelassen? Zersplittertes Glas, eine Ansammlung heruntergekommener Möbelstücke. Einige Stühle. Sie selbst war auf einem gefesselt, mit einem Seil, das um ihre Mitte geschlungen war. Sie trug ihre Jeans und das Top, aber keine Jacke mehr. Ihre Hände und Füße waren frei. Die nasse Hose schlackerte um ihre Knöchel, als sie die Beine bewegte, um sicherzugehen. Sie könnte sich befreien, abhauen. Mit ein bisschen Hin- und Herwackeln würde sich das Seil um ihren Bauch lockern, und sie könnte es mit den Händen über den Kopf ziehen. Es wäre leicht. Warum hatte er sie nicht richtig gefesselt? War das eine Falle?

»Was willst du?« Ihre Stimme durchschnitt die Stille.

Ein Schatten. Sie kniff die Augen zusammen, um mehr erkennen zu können. Er wurde größer, trat durch eine Tür in den Raum.

»Hallo, Sophie.« Der Mann verzog die Lippen zu einem amüsierten Lächeln. Dünne Fältchen knitterten die Haut an den Schläfen. Inzwischen kannte sie dieses Lächeln. »Wie schön, dich ganz für mich zu haben.«

»Warum? Was willst du von mir?« Die Tränen lauerten in den

Augenwinkeln. Doch sie drängte sie zurück, wild entschlossen, keine Schwäche zu zeigen.

Jay starrte sie an. Schwieg.

»Antworte mir!«, schrie sie ihn an. »Du Arschloch, antworte mir!«

Er trat näher.

»Wie hast du mich hierhergebracht? Und wo ist Dan? Was hast du mit Dan gemacht?« Die Panik ließ ihre Stimme zu einem hysterischen Kreischen anschwellen.

»Oh, Sophie, Sophie. Dan geht es gut.« Sein Lächeln wurde breiter. »Dein *Freund* war wirklich sehr hilfreich. Ohne ihn wäre ich nicht so weit gekommen. Ohne ihn hätte ich dich niemals hierherbringen können.«

Sie hatte es gewusst. Hatte geahnt, dass er sich seltsam benahm. Ihre Mutter hatte recht gehabt. Mal wieder.

»Wo ist er? Ich will ihn sehen.« Sophie wand sich auf dem Stuhl. »Dan. Dan!« Sie wollte ihm in die Augen sehen, ihm sagen, was für ein verräterischer Idiot er war, diesem Verrückten zu helfen.

»Sch-sch. Leise jetzt.« Jay drückte sanft zwei Finger auf ihre Lippen. »Sei ruhig, sonst muss ich ihm auch wehtun. Er ist nicht weit weg, aber ich fürchte, er ist gerade etwas *gebunden*.« Er lachte.

Sophie zog den Kopf zurück, um seine Berührung nicht länger ertragen zu müssen. »Wenn er dir so behilflich war, warum hast du ihn dann gefesselt?«

»Du und deine erbärmlichen Freunde müsst euch alle mal in Zurückhaltung üben. Der armselige kleine Depp hat nicht mal gemerkt, dass er mir in die Hände gespielt hat, bis es zu spät war. Und dann hat er den Fehler gemacht, die Beherrschung zu verlieren und mir zu drohen, mich zu verletzen.«

»Schade, dass er es nicht geschafft hat.« Sie senkte den Blick.

Dann hatte Dan sie also doch nicht mit Absicht in den Park gelockt. Er war von Jay ausgetrickst worden.

»Ihr alle seid so unglaublich einfach zu manipulieren gewesen. Ich bin in eure Leben eingedrungen wie ein Chamäleon, ohne dass ihr es gemerkt habt. Ich habe alles über euch herausgefunden, wusste genau, wann ich mich wo aufhalten musste. Bei Dan hat es nicht mehr gebraucht als ein bisschen netten Smalltalk vor dem Coffeeshop. Er brauchte jemanden, mit dem er reden konnte, jemand Erfahreneren, den er um Rat fragen konnte, wie er am besten bei dem Mädchen landet, das ihm gefällt. Natürlich hab ich ihm nicht gesagt, wie dumm es ist, seine Zeit mit dir zu verschwenden. Schließlich konnte ich ihm zu dem Zeitpunkt schlecht erzählen, dass du nicht mehr lange auf dieser Erde wandeln wirst.« Er schüttelte amüsiert den Kopf. »Ihr wart alle so leichtgläubig.«

Sophies Kopf schmerzte jetzt noch stärker. Mit jedem Wort, das Jay sagte, wuchs der Druck hinter ihren Schläfen. Sie zitterte am ganzen Körper. Was hatte er vor? »Wenn dein großartiger Plan darin besteht, meine Mutter herzulocken, dann muss ich dich enttäuschen.«

»Ach ja? Du meinst, sie wird nicht kommen, um dich zu retten? Wir wissen beide, dass du ihr Ein und Alles bist.«

»Und wie soll sie bitte herkommen? Ich nehme an, du weißt, dass sie unter Agoraphobie leidet?«

Er lächelte spöttisch.

»Sie kann nicht alleine fahren«, fuhr Sophie fort. »Wenn sie in den letzten Jahren aus dem Haus gegangen ist, dann nur in Begleitung. Ich nehme aber an, die Polizei könnte sie herbringen.«

Er verzog die Lippen, dann das ganze Gesicht. Anscheinend hatte sie einen Nerv getroffen. Hatte er etwa nicht Bescheid gewusst? Sie klammerte sich an den Gedanken, hoffte, dass er ihr einen Vorteil verschaffen würde. »Ha! Plan gescheitert, was?«

»Nicht im Geringsten.« Er beugte sich zu ihr herab und legte beide Hände an ihre Wangen. Drückte fest zu. »Sei nicht so naiv, *Sophie*. Ja, es war mein Plan, sie im entscheidenden Moment mit dabeizuhaben. Ich wollte, dass sie zuschaut. Ich wollte den Ausdruck auf ihrem Gesicht sehen, während ich dich töte.« Er leckte ihr übers Gesicht. »Denselben Ausdruck, den du mir gezeigt hast, als ich Erin vor deinen Augen umgebracht habe.«

Sophie zog ruckartig den Kopf zurück. Sie fühlte sich wie erstarrt. Es war tatsächlich so gewesen. Sie hatte zugesehen, wie Erin gestorben war. Die Starre löste sich. Wild trat sie um sich, fuchtelte mit den Armen, um sich zu befreien.

Jay lachte, als er zurückwich, um einen Sicherheitsabstand zwischen sich und ihre Beine zu bringen. »Na ja, wenn deine Mutter nicht hier ist, um zuzusehen, ist das auch kein Weltuntergang. Glaub bloß nicht, dass es irgendetwas ändert, wenn sie nicht dabei sein kann.« Er warf den Kopf in den Nacken und brach in schallendes Gelächter aus, wobei er einen Mund voller Zahnfüllungen offenbarte. »Ich werde es trotzdem tun, du dummes kleines Mädchen. Das Ergebnis wird dasselbe sein. Ich werde ihr jemanden wegnehmen, der ihr alles bedeutet – so wie sie es bei mir getan hat. Dann sind wir quitt. Und unsere gemeinsame Zukunft kann beginnen.«

»Du bist erbärmlich!« Sie spuckte ihm vor die Füße. »Es war nicht die Schuld meiner Mutter, dass dein Vater ein Krimineller war, der mit der Welt nicht klargekommen ist und deswegen wieder ins Gefängnis musste. Er hat nur bekommen, was er verdient hat.«

Der Schlag ließ ihren Kopf zur Seite fliegen. Tränen strömten ihr die Wangen hinab.

»Halt die Schnauze!«, schrie er. Feine Speicheltropfen

landeten auf ihrem Gesicht. »Wag es nicht noch einmal, über meinen Vater zu sprechen. Du weißt gar nichts über ihn. Deine Mutter hat ihn kaputtgemacht, hat mich kaputtgemacht. Sie ist diejenige, die bestraft werden muss.« Wütend begann er, vor ihr auf und ab zu laufen, raufte sich die Haare.

»Warum hast du dann Erin umgebracht, ein unschuldiges Mädchen?«

»Ach, na ja …« Er blieb wieder vor ihr stehen und leckte sich über die Lippen. »Erin war ein Gefallen, den ich jemandem getan habe. Aber dann habe ich das Potenzial darin gesehen.« Er packte eine Handvoll ihrer Haare und riss ihren Kopf hoch, sodass sie ihn ansehen musste. »Mir war klar, dass sie ins Nachdenken kommen würde. Ich wollte ihr zeigen, wie weit ich bereit bin zu gehen. Ich wollte, dass sie weiß, wie ernst ich es meine, mit ihr zusammen sein zu wollen.«

Er genoss das hier. Sie konnte die freudige Aufregung sehen, die seine Augen zum Funkeln brachte. »Du kannst eine Person nicht zwingen, mit dir zusammen zu sein, indem du ihr Angst machst.«

»Nein, sie wird auch nicht aus *Angst* mit mir zusammen sein. Kapierst du denn immer noch nicht? Sie wird mit mir zusammen sein *wollen*. Ich werde der Einzige sein, der in der Lage ist, ihren Schmerz wirklich zu verstehen; der Einzige, an den sie sich wenden kann.«

»Du bist so dumm. Was ist mit meinem Vater? Er wird verstehen … Er wird ihren Schmerz kennen.«

»Aber, Sophie.« Jetzt klang er herablassend. »Sie liebt deinen Vater nicht. Sie liebt mich. Warum hätte sie sonst nach mir suchen sollen?«

Sophie schüttelte heftig den Kopf. »Nein. Sie war auf der Suche nach ein bisschen Aufregung. Genau das warst du für sie. Nicht mehr. Sie liebt meinen Dad.«

»Du bist nur ein Kind. Du kannst das nicht verstehen. Und das ist auch okay. Du wirst schon sehen. Wenn Karen zu mir kommt, wirst du verstehen, wie groß ihre Liebe ist. Für dich. Und für mich.«

Sophie schloss die Augen. Ihr war schlecht. Dann sprach sie ein stummes Gebet, dass ihre Mutter ihre Wünsche ignoriert und die Polizei angerufen hatte.

89

Karen

Karen erkannte Amy nicht wieder.

Kein Make-up. Die Haare strähnig, ungekämmt.

»Setz dich.« Karen deutete auf das kleinere der beiden Sofas im Wohnzimmer. »Ich mache uns einen Kaffee.«

»Ich möchte keinen.« Ihre Augen waren weit aufgerissen. Sie hatte Angst.

Was wusste sie?

»Okay, schieß los, was wolltest du mir erzählen? Dich scheint etwas zu beschäftigen.« Karen hatte Amys unhöfliche Reaktion nicht vergessen, als sie versucht hatte, etwas über den verhängnisvollen Samstagabend herauszufinden. Sie war sich nicht sicher, ob sie bereit war, ihr das so schnell zu verzeihen.

Ihr Weinen – plötzlich und hysterisch – änderte das.

»Amy?« Karen stürzte zu ihr hinüber und legte ihr einen Arm um die Schultern. »Was ist los? Geht es um Dan? Oder Maria? Sophie hat gesagt, dass du glaubst, sie sei irgendwie in die Sache verwick...«

»Nein. Um sie geht es nicht.« Ihre Stimme hatte trotz des Schluchzens fest geklungen. Sie wischte sich mit dem Ärmel ihres Shirts über das Gesicht und setzte sich gerade hin.

»Okay, was ist dann los?«

»Ich war es, Karen.«

»Du warst *was*?«

»Ich war es. Ich war diejenige, die Sophie unter Drogen gesetzt hat.«

Karen zog ihren Arm zurück. »Was? Ich verstehe nicht …«

»Es tut mir leid. Es tut mir so leid.« Amy wiegte sich rhythmisch vor und zurück, die Augen weit aufgerissen, Tränen glitzerten darin.

Karen spürte einen merkwürdigen Druck in der Brust, eine Enge, die sich immer stärker auszudehnen schien. Ihr Arm schmerzte. Hatte sie gerade einen Herzinfarkt?

»Erzähl mir alles.« Sie musste sicherstellen, dass sie nicht vollkommen die Kontrolle verlor. Wenn Amy jetzt davonrannte, würde sie womöglich niemals die ganze Geschichte erfahren.

»Bitte, glauben Sie mir, ich hatte keine Ahnung … Ich wusste doch nicht, dass so etwas passieren würde. Er hat gesagt, dass es nur darum geht, Ihnen ein bisschen Angst einzujagen.«

Karen vergaß die Zurückhaltung, die sie sich selbst auferlegt hatte, und sprang fassungslos vom Sofa auf. »Ich glaube nicht … dass … ich noch mehr … hören will«, stammelte sie. Dann drehte sie sich um und tastete sich an der Wand entlang in die Küche, um ihre Papiertüte zu holen.

Amy war ihr gefolgt. »Ich weiß, dass Sie mich dafür hassen werden. Das wird jeder tun. Alles ist meine Schuld!«

Karens Atmung beruhigte sich langsam. Sie mussten das alles in Ruhe durchgehen, ohne dass sie panisch in eine Papiertüte atmete.

Reiß dich zusammen.

»Als du gesagt hast, dass *er* mir ein bisschen Angst einjagen wollte, wen hast du da gemeint?«

»Meinen Freund. Oder besser gesagt meinen Ex-Freund – seit gestern. Jonathan.«

»Wo hast du ihn kennengelernt?«

»Online. Über so eine Dating-Website. Dieselbe, auf der Sie angemeldet sind …« Sie senkte den Blick.

»Oh.« Karen war überrascht. Woher wusste Amy, dass sie dort einen Account hatte? Ihr Profilbild war auf privat gesetzt. Doch dies war nicht der richtige Zeitpunkt, um sich damit auseinanderzusetzen. »Okay, verstehe. Wie sieht er aus?«

Amy zog ihr Handy aus der Hosentasche und öffnete die Foto-App. Dann hielt sie das Telefon so, dass Karen auf das Display schauen konnte.

»Das ist Jay. Zumindest die Person, die ich als Jay kenne.« Karens Magen krampfte sich zusammen. Sie schloss die Augen, um ihn nicht länger ansehen zu müssen. Er hatte mit ihnen gespielt, ohne dass sie es gemerkt hatten.

»Er … er hat gesagt, dass Sie seinen Vater ins Gefängnis gebracht haben. Als er mir erzählt hat, wie schrecklich sein Leben seitdem war, hat er geweint. Er tat mir so schrecklich leid. Wir haben uns monatelang geschrieben, und ich habe mit ihm gefühlt. Wissen Sie, was ich meine?« Mit großen Augen sah sie Karen an, suchte in ihrem Gesicht nach einem Anzeichen von Verständnis. »Als er mir von seinem Plan erzählt hat, war ich sofort bereit, ihm zu helfen. Ich dachte, es wird Zeit, dass Sie für das bezahlen, was Sie ihm angetan hatten.« Sie begann wieder zu weinen.

»Und da dachtest du, du könntest es mir am besten heimzahlen, indem du Sophie wehtust?« Karen konnte die Wut nicht länger unterdrücken.

»Nein! Nein, so war das nicht. Es war eigentlich so gedacht, dass er einfach nur ein paar Fotos macht.« Sie rieb sich verzweifelt über das Gesicht. »Sexuelle Bilder, um sie bloßzustellen und damit *Sie* zu verletzen. Der Plan war gewesen, dass er mit Sophie post, es so *aussehen* lässt, als wollte er ihr wehtun. Das alles klingt auf einmal so schrecklich …«

»*Auf einmal*, Amy? Und zu dem Zeitpunkt nicht?«

»Er hat es geschafft, mich davon zu überzeugen, dass … Es tut mir so leid, Karen. Ich dachte, dass Sophie Ihnen die Fotos zeigen und Sie einen Panikanfall kriegen würden. Das war alles. Danach sollte Jay Ihnen schreiben, damit Sie wissen, von wem die Fotos stammen. Damit er mit der Sache abschließen …«

»Du hast deine beste Freundin in Gefahr gebracht, sie unter Drogen gesetzt, in dem Wissen, dass er Gott weiß was mit ihr anstellen würde … Und das alles nur, damit er damit *abschließen* kann?«

»Er hat gesagt, dass er mich liebt. Und ich habe ihm geglaubt. Er ist eigentlich gar nicht so mein Typ, aber ich hatte keine Lust mehr auf diese ganzen kindischen Teenager. Irgendwelche hübschen Jungs, die mehr in sich selbst als in mich verliebt sind. Ich wollte jemanden, der älter ist und echtes Interesse an mir hat. Und dann habe ich Jonathan kennengelernt. Er hat mir immer Geschenke mitgebracht, hatte Zeit für mich. Wir haben uns oft ganz spontan getroffen – er hat mich angerufen und gefragt, ob ich Lust auf ihn hätte. Es war wie ein Rausch. Ich habe mich nicht eine Sekunde gewundert, warum wir uns nie bei ihm zu Hause getroffen haben. Er hat mir nie einen Grund gegeben, ihm zu misstrauen. Ich dachte, er sei der Richtige, also wollte ich ihm helfen. Sophie ist meine beste Freundin, ich hätte nie geglaubt, dass er ihr ernsthaft wehtun könnte. Ich meine, das hat er doch auch nicht getan, oder? Er hat nur Fotos von ihr gemacht.«

Karen antwortete nicht. Sie war so überwältigt, dass ihr die Worte fehlten. Jay hatte sie alle in der Hand.

»Er hat mir versprochen, dass er nur Fotos machen und ihr auf keinen Fall irgendwie wehtun würde. Ich weiß, dass ich mich nicht wie eine Freundin verhalten habe, aber ich habe ihn so geliebt. Mir war jedes Mittel recht, um ihn glücklich zu machen. Ich war so dumm. Er hat nur mit mir gespielt, und ich habe jede seiner Lügen geglaubt.«

»Und warum erzählst du mir ausgerechnet jetzt davon?«

»Mir ist klar geworden, dass hinter seinem Plan viel mehr steckt, als er mich hat glauben lassen. Die ganze Sache ist vollkommen außer Kontrolle geraten. *Er* hat Erin umgebracht. Das hat er mir gestern gesagt. Einfach nur, weil er die Möglichkeit dazu hatte, weil es seine Botschaft unterstreichen würde. Seine Botschaft an Sie. Ich habe das alles nicht gewollt!« Sie schluchzte.

Karen riss ein Stück Küchenrolle ab und reichte es Amy. »Das haben wir beide nicht, Amy. Weder du noch ich.«

»Die ganze Zeit über hat er seine eigenen Pläne verfolgt. Und ich war nur jemand, den er brauchte, um …« Das Ende des Satzes ging in einem weiteren Schluchzen unter. »Er brauchte jemanden, um seinen Plan auszuführen, um Sophie anzulocken. Warum hat es so lange gedauert, bis ich kapiert habe, dass ich ihm absolut nichts bedeute? Er hat mich niemals wirklich geliebt, oder? Später, als sie Erins Leiche gefunden haben, habe ich geahnt, dass das kein Zufall sein kann. Trotzdem habe ich es mir die ganze Zeit eingeredet. Er hat mir immer wieder gesagt, dass er es nicht getan hat, und ich habe ihm das zuerst auch geglaubt, aber irgendwann konnte ich die Alarmglocken in meinem Kopf nicht mehr ignorieren. Nur, da habe ich schon viel zu tief mit dringesteckt. Ich habe Angst gekriegt. Er hat gesagt, dass ich die Klappe halten soll, sonst würde er dafür sorgen, dass ich es tue. Und dann hat er gesagt, dass ich genauso für Erins Tod verantwortlich bin wie er.«

Karen konnte es nicht glauben. Das alles erschien ihr vollkommen unwirklich. »Ich verstehe immer noch nicht, wie Erin in die ganze Sache hineingeraten ist. Du hast gesagt, dass du ihm geholfen hast, Sophie zu entführen, aber was war mit Erin?«

»Das wird jetzt noch schrecklicher klingen … Ich dachte mir, wenn er seine Rache bekommt, was ist dann mit mir? Ich hatte diese Idee, als er nicht mehr aufhörte, über die Fotos zu reden, die er machen wollte. Plötzlich dachte ich, ich könnte Erin dasselbe antun.«

»Aber … warum?« Karen stützte den Kopf in die Hände. Sie konnte kaum glauben, was Amy ihr da erzählte.

»Sie hat mich ständig kopiert, meine Klamotten und Schuhe gekauft, sogar den gleichen Schmuck. Das hat mich wahnsinnig genervt. Ich hatte das Gefühl, keinen Schritt mehr gehen zu können, ohne dass sie ihn nachmachte. Irgendwann habe ich sie darauf angesprochen und sie gebeten, damit aufzuhören, aber sie hat überhaupt nicht kapiert, was mein Problem ist. Hat einfach weitergemacht. Das alles klingt jetzt so wahnsinnig trivial im Vergleich mit … Aber ich wollte ihr einfach eine Lektion erteilen. Er sollte ihr doch nur ein bisschen Angst machen …«

Karen brauchte eine Pause. Die ganze Geschichte auf einmal zu hören, war zu grausam, zu schmerzvoll. Sie spürte, wie sich die nächste Panikattacke wie ein Geschwür in ihrem Magen ausbreitete. Sie ging zum Wasserkocher hinüber und stellte ihn an. »Ich brauche Kaffee.« Sie schnaubte. »Oder eigentlich eher Alkohol, aber Koffein wird ausreichen müssen.«

»Es tut mir so leid, dass ich damit zu Ihnen gekommen bin, wo es Ihnen doch sowieso schon nicht gut geht …«

»Nein, sag das nicht, Amy. Ich bin froh, dass du dich mir anvertraust.«

Während sie den Kaffee kochte, versuchte Karen, ihre Gedanken zu sortieren. Wie würde Sophie reagieren, wenn sie erfuhr, wie tief Amy in die Sache verwickelt war? Dass Amy ihr Drogen gegeben hatte, um sie gefügig zu machen? Bisher hatten sie es mit einem ermordeten Mädchen, widerlichen Fotos, Stalking, Rachedrohungen und einem toten Hund zu tun – und Amy hatte dabei geholfen, diese schreckliche Flut an Grausamkeiten in Gang zu setzen. Hatte sie sich überhaupt von Jay abgewandt, oder war das hier alles noch Teil seines Plans? Woher sollte sie wissen, ob sie ihr vertrauen konnte?

»Wie hast du es geschafft, ihm Erin und Sophie in die Arme zu treiben?«

»Er hat mir K.-o.-Tropfen gegeben, die ich Sophie in den Drink gemischt habe. Er hat gesagt, dass sie für eine Weile außer Gefecht sein muss, damit sie sich nicht erinnert und Ihnen gleich alles erzählt. Sie sollten leiden, schon bevor er die ersten Hinweise streuen wollte, wer hinter der ganzen Sache steckt. Sie sollten selbst herausfinden, dass er es gewesen war, der die Bilder von ihr gemacht hatte. Er wollte diese Macht über Sie spüren; wollte, dass Sie wissen, dass er ihr jederzeit wehtun könnte. Danach sollte es vorbei sein.« Sie lachte bitter auf.

Karen schauderte.

»Er hat immer wieder gesagt, dass Sie es verdient haben, bestraft zu werden. Nach allem, was Sie seinem Vater angetan haben. Sie hätten ihn umgebracht.«

»Was? Aber …« Karen starrte sie fassungslos an. »Was erzählst du da? Ich habe ihn nicht umgebracht.«

»Jonathan hat gesagt, dass es Ihre Schuld gewesen ist, dass er wieder an diesem schrecklichen Ort eingesperrt wurde; dass er dadurch depressiv geworden ist und seinen Lebenswillen verloren hat.«

»Dann hat sich sein Dad umgebracht?« Plötzlich stand er ihr ganz deutlich vor Augen – der Grund für Jays Zorn, der sich in seinen Mails entladen hatte, nachdem sie ihm geschrieben hatte, dass sie den Kontakt zu ihm abbrechen wollte. Jetzt gab es nur eine Erklärung, was er damit gemeint hatte, das Gleichgewicht wiederherstellen zu müssen. Auge um Auge.

Der Raum schien sich auszudehnen, um gleich darauf wieder

zu schrumpfen, sie förmlich zu zerquetschen. Sie konnte immer noch Amys Stimme hören, aber wie aus weiter Ferne, gedämpft.

»Er hat mich manipuliert, inzwischen weiß ich das. Aber damals hat er so ehrlich geklungen, als er gesagt hat, dass er nur diese eine Sache aus der Welt schaffen müsse, damit wir danach unsere gemeinsame Zukunft planen könnten. Er meinte, dass wir uns sogar verloben könnten, wenn ich das wollte. Danach.« Amy ließ den Kopf in die Hände sinken. »Dafür werden sie mich ins Gefängnis sperren, oder?«

Karen hatte keine Kraft mehr, um ihr zu antworten. Die vergangene Nacht, die Ereignisse am Morgen, Amys Geständnis – das alles war zu viel für sie. Es war gerade einmal Mittag. In ein paar Stunden würde Sophie nach Hause kommen. Was sollte sie ihr erzählen? Amy war ihre beste Freundin. Wenn Sophie hörte, was Amy ihr angetan hatte, wäre sie am Boden zerstört. Karen war sich nicht sicher, ob Sophie im Moment stark genug war, damit umzugehen.

Sie zog einen der Barhocker unter der Kücheninsel hervor und bedeutete Amy, sich hinzusetzen. Sie mussten sich einen Plan überlegen, mit dem Jay gefasst werden konnte, ohne dass ihr eigener Betrug oder Amys Beteiligung an seinen Verbrechen ans Tageslicht kam. Nicht zu vergessen Sophies Unterschlagen von Beweisen.

Karen holte tief Luft. Wo sollten sie anfangen?

90

DI Wade

»Und, hat die Ortung von Sophies Handy irgendwas Interessantes ergeben?« Lindsay beugte sich vor, um über Macks Schulter hinweg einen Blick auf den Bildschirm zu werfen.

»Das Signal kommt aus Stover Park. Seit ungefähr …«, er warf einen Blick auf seine Uhr, »fünfzehn Minuten.«

»Sie trifft sich mit jemandem«, murmelte Lindsay.

»Vermutlich. Allerdings gibt es kein Live-Material von den Überwachungskameras dort. Wir können also nicht wissen, mit wem, außer du willst hinfahren?«

»Nein. Die ganze letzte Woche ist nichts passiert. Das wird heute wahrscheinlich nicht anders sein. Wir fahren später vorbei und sehen uns das Videomaterial an. Behalt das Signal aber trotzdem weiter im Auge. Ich will wissen, wo sie dann hinfährt.«

Sie richtete sich auf und ging zum Whiteboard hinüber, das an der rückwärtigen Wand der Ermittlungszentrale befestigt war. Ausdrucke der E-Mails und Fotos, die Sophie erhalten hatte, waren daran befestigt und schienen sie zu verhöhnen, weil sie immer noch nicht weitergekommen waren. Sophie hatte ihnen wichtige Informationen vorenthalten. Lindsay war sich sicher, dass sie Angst hatte, ihnen von den Bildern zu erzählen, auf denen sie in eindeutig sexuellen Posen zu sehen war. Der Mann, der sie ihr geschickt hatte, war mit großer Wahrscheinlichkeit derselbe, der Erin getötet hatte; auch wenn sie bisher keine Beweise dafür hatten, da sie noch immer nicht herausgefunden hatten, wo der Mord stattgefunden hatte. Der Text zu den Fotos klang, als könnte er vom Mörder stammen, aber sicher sein konnten sie nicht. Bisher war es unmöglich für sie zu sagen, inwiefern Sophie oder einer ihrer Freunde in die Sache verwickelt war. Sie mussten geduldig sein, weiter abwarten, ob jemand sie zu den Beweisen führen würde – oder sogar zum Mörder selbst.

Lindsay dachte an den Satz, der Sophie bei ihrem Gespräch im College herausgerutscht war: *Dieses Arschloch hat auf sie eingestochen, sie gewürgt*. Nur dass niemand außerhalb des Polizeipräsidiums wissen konnte, dass Erin Stichverletzungen gehabt hatte. Wie hatte Sophie davon erfahren? Die größten Chancen, das herauszufinden, hatten sie, indem sie Sophie folgten. Lindsay hatte kein gutes Gefühl dabei, ein junges Mädchen zu überwachen, aber ihnen blieb kaum etwas anderes übrig. Leider waren die Ergebnisse der Operation bisher äußerst überschaubar. Ein Treffen mit Daniel Pearce, ein weiteres mit der ganzen Samstagstruppe bei ihm zu Hause. Arbeit. College. Nichts von Interesse.

Lindsay starrte auf eines der Fotos von Erins Leiche in der Gerichtsmedizin. Vielleicht hatte sie kein gutes Gefühl dabei, Sophie auf diese Weise auszuspionieren, aber sie konnte die eine Person sein, die ihnen den entscheidenden Hinweis lieferte, oder sie konnte sogar selbst eine Tatverdächtige sein. Sie wusste mehr, als sie zugab, so viel war Lindsay klar. Und manchmal heiligte der Zweck eben die Mittel.

91

Karen

Wie könnte sie Amy verurteilen? Ihre eigene Naivität, durch die sie Jay mit allen Informationen versorgt hatte, die er brauchte, war kaum zu übertreffen. Amy war gerade mal neunzehn. Nicht siebenundvierzig wie sie selbst. Und vor allem war sie keine ehemalige Bewährungshelferin. *Verdammt!* Wenn selbst sie sich so leicht von Jays Charme hatte blenden lassen, wie hätte Amy da jemals eine Chance haben sollen, sich ihm zu entziehen? Sie traf keine Schuld. Die Frage war nur, ob die Polizei das genauso sehen würde. Sie hatte eine Freundin unter Drogen gesetzt und dafür gesorgt, dass Jay die beiden entführen konnte. Dazu kam, dass sie der Polizei Informationen vorenthalten hatte. Das alles sah nicht gut aus. War das der Grund dafür, dass er sie hatte laufen lassen? Damit er ihr die Schuld an allem geben konnte, sollte er doch irgendwann geschnappt werden?

Letztlich war Karen verantwortlich für das, was geschehen war. Aber vielleicht würde sie noch eine Chance bekommen, es wiedergutzumachen, indem sie dafür sorgte, dass niemand anderes mehr unter den Konsequenzen ihrer Entscheidungen leiden musste. Sie konnte Sophie und Amy beschützen.

»Was willst du jetzt tun, Amy?«

»Ich muss zur Polizei gehen, oder?« Ihre Stimme war matt, leise. Tränen liefen ihr die Wangen hinunter. »Es ist meine Schuld, dass Erin tot ist. Sie werden mich einsperren. Ich muss für den Rest meines Lebens ins Gefängnis. Ich bin genauso böse wie er. Jeder wird mich hassen. Ich werde für immer diese Frau sein, die zugelassen hat, dass ihr Freund ein junges Mädchen umbringt, und ihn dann auch noch gedeckt hat. Scheiße. *Scheiße!* Ich …«

»Amy! Beruhige dich. Ich denke nicht, dass du zur Polizei gehen solltest. Vielleicht muss niemand davon erfahren.«

»Aber *er* wird es ihnen sagen. Wenn sie nicht sowieso schon Bescheid wissen.«

»Lass uns mal kurz nachdenken. Der einzige Beweis dafür, dass du in die Sache verwickelt bist, könnte die Tatsache sein, dass du Sophie die K.-o.-Tropfen gegeben hast, oder?«

»Ich denke schon. Aber auf den Videos der Überwachungskameras bin ich nicht zu sehen, so viel weiß ich.«

»Was ist mit SMS und E-Mails?«

»Na ja, es gibt genug Threads zwischen uns, aber in keinem steht was von seinem Plan. Darüber haben wir nur geredet, wenn wir uns gesehen haben. Glaube ich.«

»Okay. Wenn das tatsächlich der Fall ist, dann besteht eine Chance, dass sie dich niemals mit dem Verbrechen in Verbindung bringen können …«

»Ich hab Erin auch was von dem Rohypnol in ihren Drink getan«, sagte Amy entmutigt.

»Die Droge müsste relativ schnell wieder aus ihrem Blutkreislauf verschwunden sein. Ich bin mir sicher, dass sie bei der Obduktion nichts festgestellt haben. Das ist der Grund, warum Vergewaltiger sie verwenden. Die Polizei hat nichts gegen dich in der Hand.« Karen sah, wie bei ihren Worten ein Schauder durch Amys Körper ging.

»Karen, haben Sie mir nicht zugehört?« Amy starrte sie mit weit aufgerissenen Augen an. »Die Polizei muss gar nichts gegen mich in der Hand haben, weil *er* es ihnen sagen wird. Falls sie ihn kriegen, reißt er mich mit in den Abgrund. Das hat er mir gestern geschworen.«

»Dann müssen wir dafür sorgen, dass er keine Möglichkeit dazu hat.« Karen war auf einmal ganz ruhig. Sie wusste jetzt, was sie zu tun hatte, und die plötzliche Klarheit ließ ihre Panik verschwinden. »Es ist allein meine Schuld, dass Jay seinen Rachefeldzug gestartet hat. Also sollte auch ich diejenige sein, die ihn beendet.«

»Aber wie wollen Sie ihn aufhalten, wenn Sie nicht einmal aus dem Haus gehen können?« Ein hysterischer Unterton hatte sich in Amys Stimme geschlichen. »Sie können nichts tun, nur die Polizei kann das. Machen Sie sich um mich keine Sorgen.«

»Doch, ich kann etwas tun. Ich *muss* es sogar, Amy, denn ich bin mir ziemlich sicher, dass er Sophie benutzen wird, um seine Rache zu bekommen.«

»Dann lassen Sie uns wenigstens warten, bis Sophie nach Hause kommt. Sie hatte nach dem College doch nichts anderes mehr vor, oder?«

»Ich habe ihr eine SMS geschickt und sie gebeten, nach dem letzten Kurs sofort nach Hause zu kommen. Und außerdem seid ihr hier verabredet gewesen, oder?«

»Ja, ich hab ihr geschrieben, dass ich gegen vier herkomme.«

»Okay. Wir erzählen ihr, was wir wissen. Vielleicht schaffen wir es, uns zu dritt einen Plan zu überlegen, bei dem keiner von uns seine Geheimnisse preisgeben muss.« Dabei wusste Karen, dass ihr nur eine Option blieb.

92

»Müsste sie inzwischen nicht hier sein?« Amy warf einen Blick auf ihr Handy. »Es ist schon halb fünf.«

»Ich rufe sie an.«

Die Mailbox sprang an.

Karen stand auf und lief unruhig in der Küche auf und ab. Sophie hätte ihr Handy längst wieder eingeschaltet haben müssen. Ihr letzter Kurs war vor beinahe einer Stunde zu Ende gewesen. Außerhalb des Collegegebäudes hatte sie Empfang – ganz im Gegensatz zu Mike draußen im Moor, der so gut wie nie zu erreichen war. Konnte es sein, dass Sophie zu ihrem Vater gefahren war? Sie probierte es bei Mike, obwohl sie wusste, dass es zwecklos war. Wie sie bereits befürchtet hatte, ging auch bei ihm der Anruf direkt auf die Mailbox. Sie konnte nur hoffen, dass es ihm gut ging, dass er wirklich zur Arbeit gegangen war.

»Wir dürfen jetzt nicht in Panik geraten«, sagte Amy, deren Tonfall das genaue Gegenteil ausdrückte.

Amys Handy klingelte.

Karen hörte, wie sie entsetzt aufkeuchte, als sie den Namen auf dem Display las.

Karen schlug sich die Hand vor den Mund. »Was? Was ist los?«

»Das ist *er*, Karen. Was soll ich machen?« Amy hielt das Telefon mit ausgestrecktem Arm von sich, als würde es sich um eine tickende Bombe handeln.

»Geh ran. Du musst rausfinden, was er will.« Karen hielt die Luft an. *Bitte mach, dass er sie nicht hat.*

Amy nahm den Anruf entgegen. »Ja?« Sie war kreidebleich geworden. »Ja, ich bin bei ihr.« Sie hielt Karen das Handy hin. »Er will mit Ihnen reden.«

Ein scharfer Schmerz bohrte sich in Karens Brust. Er hatte Sophie.

»Wenn du deine kostbare Tochter retten willst, schlage ich vor, du tust, was ich dir sage.«

Der Raum um sie herum schien zu verschwimmen – da waren nur noch sie, seine Stimme und das laute Klopfen ihres Herzens. »Glückwunsch, Jay. Oder Jonathan. Oder was auch immer dein richtiger Name ist.«

»Danke, Karen. Ich wusste, dass du beeindruckt sein würdest.«

Sie ballte die freie Hand zur Faust und schlug damit immer wieder gegen ihre Stirn. Seine Stimme, mit der sie so viele Gefühle, Liebe und Verlangen verbunden hatte, löste jetzt nur noch Angst und Abscheu in ihr aus.

Sie hörte zu, als er sie anwies, sich am alten Steinbruch von Bovey Heath mit ihm zu treffen. Allein. »Wenn du die Polizei einschaltest, ist es vorbei, Karen. Dann werde ich sie sofort töten.«

»Ich … ich kann nicht. Ich kann das nicht tun.«

»Ja, ja. Sophie hat erzählt, dass du irgend so eine erbärmliche Krankheit hast. Zeit, dich zusammenzureißen, würde ich sagen. Du musst kommen. Zu mir.«

Sie konnte auf keinen Fall selbst fahren. Wenn sie es versuchte, würde sie scheitern und Sophie mit sich in den Abgrund reißen. Sie musste Amy dazu bringen, sie hinzufahren. Was sollte sie ihm antworten?

Ihr kam ein Gedanke. Er wollte sie. Würde er also auch alles dafür tun, dass sie zu ihm kam?

»Nein, Jay. Keine Chance.« Sie hatte entschiedener geklungen, als sie sich fühlte.

»Wie bitte? Was hast du da gerade gesagt?« Wut. Schock.

Karens Hände zitterten. »Wenn du willst, dass ich zu dir komme, dann werde ich diejenige sein, die bestimmt, wo wir uns treffen.«

Er brach in schallendes Gelächter aus. »Ich denke nicht, dass du in der Position bist, mir irgendwelche Anweisungen zu erteilen. Ich werde sie umbringen, das weißt du, oder? Ich werde ihr das Leben aus den Lungen pressen, so wie ich es bei ihrer dummen Freundin getan habe.«

Karen lehnte sich gegen die Spüle und starrte durch das Fenster auf das langsam dunkler werdende Moor. »Und ob ich in der Position bin, Jay. Ich lasse dich wissen, wie es weitergeht; wo du *mit Sophie* hinkommen wirst. Lass dein Telefon nicht aus den Augen. Ich melde mich wieder.« Sie legte auf.

»Was tun Sie da?« Amy sah sie entsetzt an. »Er wird sie umbringen.«

Karen zog Amy an sich und schloss sie in eine feste Umarmung. »Alles wird gut. Er wird ihr nicht wehtun. Noch nicht.« Im Stillen betete sie, dass sie gerade nicht den größten Fehler ihres Lebens beging. »Wir treffen uns im abgelegensten Winkel von Dartmoor mit ihm. Du fährst.«

Ihr plötzlich erwachtes Selbstbewusstsein schien Amy Hoffnung zu geben. »Okay. Was genau haben Sie vor?«

93

DI Wade

»Wer ist gerade in der Nähe? Schick einen Streifenwagen nach Stover. Sie ist jetzt schon seit einer Stunde dort«, rief Lindsay über das Stimmengewirr in der Einsatzzentrale hinweg.

»Wird sofort erledigt, Boss.«

Ein anderes Team hatte Sophies Bewegungen aufgezeichnet, während sie selbst eine weitere Spur verfolgt hatten. Die Techniker hatten endlich einen Treffer gelandet und den Absender der E-Mails ermittelt, die Sophie erhalten hatte. Er hatte verschiedene Proxyserver verwendet, um seine Identität zu verschleiern, und sich zudem von einem öffentlichen Netzwerk aus eingeloggt, aber sie hatten ihn trotzdem erwischt. Die IP-Adresse gehörte zu einem Coffeeshop in Torquay.

Und das Glück war ihnen vorerst treu geblieben. Der Abgleich der Uhrzeiten, zu denen die Mails abgeschickt worden waren, mit dem Videomaterial der Kameras vor dem Café hatte ihnen eine Reihe möglicher Verdächtiger beschert. Und Bingo – zusammen mit der Beschreibung der Zeugin aus Coleton, die einen Mann dabei beobachtet hatte, wie er eine Frau verfolgte, hatten sie einen Treffer gelandet. Und sie hatten seine Adresse.

Ein paar rasche Recherchen hatten interessante Fakten zutage gefördert. Ein Blick ins Wählerverzeichnis hatte ergeben, dass die letzte unter dieser Adresse gemeldete Person ein gewisser Andrew Watkins war, der inzwischen jedoch verstorben war.

Ein Kleinkrimineller, dessen Sohn – Jason – siebzehn Jahre alt gewesen war, als sein Vater wegen schweren Einbruchs verurteilt worden war. Drei Jahre später hatte Watkins gegen seine Bewährungsauflagen verstoßen und hatte zurück ins Gefängnis gemusst. Später hatte er Selbstmord begangen. Und die Bewährungshelferin, die seinen Verstoß gegen die Auflagen gemeldet hatte, war keine andere als Karen Finch. Sophies Mutter, die – wie sich herausgestellt hatte – vor zwei Jahren selbst tätlich angegriffen worden war. Von dem Mann, der später als Carey-Park-Vergewaltiger verurteilt worden war. Sie selbst war damals anscheinend noch einmal mit dem Schrecken davongekommen.

»Ein kleines Team soll zu Andrew Watkins' Adresse fahren. Sofort! Ich will wissen, ob Jason immer noch dort lebt.«

»Boss.« DC Sewells alarmierter Tonfall ließ sie aufhorchen. »Die Kollegen haben Sophies letzten bekannten Aufenthaltsort überprüft.«

Letzten bekannten Aufenthaltsort? Das klang nicht gut. »Und?«

»Keine Spur – weder von ihr noch von ihrem Auto.«

»Wie kann es sein, dass wir nicht mitbekommen haben, dass sie weggefahren ist?« Lindsay ging zu Sewell hinüber.

»Die Streife hat ein iPhone an der Stelle gefunden, an der sie anscheinend geparkt hatte.«

»Scheiße! Okay, sieh zu, dass wir das Material der Überwachungskameras an der Straße bekommen. Findet sie!«

Von einer Sekunde auf die andere schien der Raum vor Aktivität nur so zu summen. Dann, ein paar Minuten später, ein Aufschrei. »Ich hab ihr Auto lokalisiert. Sie ist vor einer halben Stunde die Bovey Straights langgefahren.«

»Bovey Straights … Das heißt, sie könnte nach Dartmoor unterwegs sein. Vielleicht, um sich mit ihrem Vater zu treffen?

Ruf ihn an, um zu prüfen, ob sie bei ihm ist.« Lindsay ließ den Blick über ihr Team schweifen. »Okay, Leute, seht zu, dass ihr eine Einheit zum Haus der Watkins' schickt. Und dann statten wir Karen Finch einen Besuch ab.«

94

Karen

Seit gut zehn Minuten atmete sie in ihre Papiertüte.

»Karen, Sie schaffen das. Wir müssen los.« Amy zog sie am Arm in Richtung Haustür.

»Warte.« Die Angst, aus dem Haus zu gehen, gepaart mit dem Wissen, dass ein Mörder ihre Tochter entführt hatte, trug nicht gerade dazu bei, dass sich ihr Zustand verbesserte.

»Die Zeit läuft uns davon.«

»Ja, du hast recht.« Karen schloss die Augen und tastete sich an der Wand entlang nach draußen. »Wo steht dein Auto?«

»Ein Stück die Straße runter. Sie sollten vielleicht besser die Augen aufmachen.«

Karen überhörte Amys Ton. Das Mädchen konnte schließlich nicht wissen, wie schwierig das hier für sie war.

»Sie müssen navigieren, Karen, das ist Ihnen doch klar, oder? Sie müssen mir sagen, wo ich hinfahren soll. Und das bedeutet, dass Sie etwas *sehen* müssen.«

»Okay, okay. Reg dich bitte nicht so auf. Das hilft in meiner Situation nicht gerade weiter.«

Kaum dass sie im Auto saßen, drückte Karen auf den Knopf für die Zentralverriegelung. Taschenlampe und Karte verstaute sie im Fußraum des Beifahrersitzes. »Ich werde die Augen aufmachen, sobald wir näher dran sind. Zuerst musst du einfach in Richtung Bovey fahren.«

Amy schaltete das Radio ein. Laute Bässe wummerten durch den Innenraum des Wagens. Die dumpfe Vibration passte zum Rhythmus von Karens laut klopfendem Herzen.

»Es tut mir so leid … Ich habe dich … in diese Sache hineingezogen … Amy.« Karen atmete wieder in ihre Tüte. Nach dem heutigen Tag würde sie eine neue brauchen.

»Ich musste nicht wirklich hineingezogen werden. Es war meine Entscheidung, mich auf ihn einzulassen.«

»Aber er hat dich ausgewählt. Wegen mir. Du hattest keine Wahl.«

»Gut zu wissen, wie leichtgläubig ich anscheinend bin.«

»Was glaubst du denn, wie ich mich fühle?« Karen ließ die Tüte in den Schoß sinken. »Eine Frau Ende vierzig, die einem Mann verfällt, der zehn Jahre jünger ist als sie. Ich habe tatsächlich geglaubt, dass er sich in mich verliebt hat … *Ich* bin diejenige, die leichtgläubig gewesen ist.«

»Aber er liebt Sie, Karen. Er tut all das hier, um mit Ihnen zusammen zu sein. Er will Sie *und* seine Rache. In seinem wirren Gehirn macht das alles Sinn.« Sie schüttelte ungläubig den Kopf. »Im Nachhinein ist es so offensichtlich – die Art, wie er über Sie gesprochen hat. In der einen Minute war er noch vollkommen fertig wegen seines Vaters und seiner Vergangenheit, und in der nächsten hat er über Sie gesprochen und gelächelt. Das waren die Momente, in denen er richtig glücklich gewirkt hat.«

Karen verzog das Gesicht. »Komisch, dass mich das überhaupt nicht tröstet.«

Eine Weile fuhren sie schweigend, nur die Musik aus dem Radio begleitete Karens Gedanken. Dunkle Gedanken. Wie würden ihre Träume aussehen, wenn das alles vorbei war? Wie würde es enden?

Karen griff in ihre Handtasche und strich über die kühle

Klinge. Sie war sich sicher, dass Jay Sophie gehen lassen würde, sobald er sah, dass sie gekommen war. Sie würde sich selbst gegen ihre Tochter austauschen. Er wollte sie. Karen. Wie in einer Endlosschleife drehten sich seine schrecklichen Worte in ihren Gedanken: *Zuerst müssen wir das Gleichgewicht wiederherstellen … Wir müssen uns auf Augenhöhe befinden, du und ich. Damit unsere gemeinsame Zukunft eine Chance hat.* Die Botschaft war klar und unmissverständlich. Er würde Sophie umbringen.

Das konnte sie nicht zulassen. Doch das Messer in ihrer Hand reichte nicht aus, um sie zu beruhigen. Zuerst musste sie es schaffen, nah genug an ihn heranzukommen, um Sophie nicht in Gefahr zu bringen. Vielleicht war es doch keine so gute Idee gewesen, es alleine mit ihm aufnehmen zu wollen. Aber was für eine Alternative hatte sie? Er hatte darauf bestanden, dass sie allein kam.

Es musste schnell gehen. Und sie musste es richtig machen. Sie hatte keine Skrupel, ihn zu töten. Es war das einzig Richtige und würde diese ganze schreckliche Geschichte ein für alle Mal beenden. Er würde keine Chance bekommen, Sophie oder Amy zu beschuldigen; und ihre eigene Dummheit würde für immer ein Geheimnis bleiben. Wenn sie es schaffte, ihn zu töten.

Ihre Hände zitterten. Die Konsequenzen ihres Handelns – Drew zurück ins Gefängnis zu schicken, sich auf eine Affäre einzulassen, ihre Untreue – betrafen nicht nur sie, sondern auch jeden, den sie liebte. Wenn sie ihren Plan durchzog, wäre sie hinterher eine Mörderin. Würde sie mit *diesen* Konsequenzen leben können? Und was war mit ihrer Familie?

»Wir sind jetzt am Rand von Bovey. Welche Richtung, Karen?«

»Weiter geradeaus und in ein paar Hundert Metern die zweite Ausfahrt. Dann sind wir auf der Straße nach Dartmoor.« Ihr Mund wurde trocken. »Bist du bereit?«

Amy warf einen kurzen Blick zu Karen hinüber und nickte, ohne ein Wort zu sagen.

»Fahr die Straße bis zum Waldrand. Du weißt schon, bis zu der Stelle, die wir uns auf der Karte angesehen haben. Von da gehe ich zu Fuß weiter, du bleibst im Auto. Du wirst mir auf keinen Fall folgen, verstanden?«

»Ja.« Amys leise Stimme war über das Wummern der Musik hinweg kaum zu hören.

Karen beugte sich vor, um das Radio auszuschalten. »Ich habe das Gefühl, wir brauchen für das hier Ruhe.«

Amy holte tief Luft. Karen konnte sehen, wie ihre Knöchel weiß hervortraten, als sie das Lenkrad umklammerte.

Sie hatten den Rand des Moors erreicht.

95

Sophie

Warum hatte ihre Mutter ihm gesagt, dass sie sich hier treffen sollten, in einem Wald im Moor? War sie vollkommen verrückt geworden? Vielleicht glaubte sie, dass Sophie auf dem Gelände eine bessere Chance hatte, wegzulaufen, sich irgendwo zu verstecken. Aber wie wollte ihre Mutter hierherkommen? Es dämmerte bereits; je tiefer sie ins Unterholz eindrangen, desto schwächer wurde das Licht. Die wunderschöne Moorlandschaft, die sie so sehr liebte, wirkte unheimlich, bedrohlich. Die Bäume schienen auf sie zuzukommen, sie mit ihren Ästen einzuschließen, sie zu ersticken.

Er riss an ihrem Arm, zerrte sie weiter.

Sie stolperte, schrie auf.

»Halt die Klappe! Beweg dich.«

Seit dem Anruf ihrer Mutter war sein Zorn von Minute zu Minute größer geworden. Sein vor Wut verzerrtes Gesicht, der Widerhall seiner Schreie in dem leeren Raum, hatten sie an den Rand einer Panikattacke getrieben. Er hatte Erin umgebracht. Und sie war sich sicher, dass sie die Nächste sein würde.

Er ging so schnell, dass sie Mühe hatte, ihm zu folgen; ihr Körper schien ihren Füßen stets zwei Schritte voraus zu sein. Er hatte sie nicht gefesselt. Doch sie wusste, dass er in dem Rucksack, den er auf dem Rücken trug, alles Nötige dabeihatte, um sie bewegungsunfähig zu machen. Sie hatte ihm zugesehen, wie er die Sachen eingepackt hatte.

Ihr war schlecht. Sie konnte sich nicht erinnern, wann sie zum letzten Mal etwas gegessen hatte, aber sie war sich sicher, dass die Übelkeit vor allem auf ihre Angst zurückzuführen war.

Das hier konnte kein gutes Ende nehmen.

96

DI Wade

Michael Finchs Landrover blockierte die komplette Einfahrt. Es wirkte, als hätte er den Wagen in großer Eile abgestellt, um so schnell wie möglich ins Haus zu kommen.

Lindsay quetschte sich an dem Auto vorbei, Mack dicht hinter sich.

»Mr. Finch, ich bin Detective Inspector Wade, und das ist mein Kollege Detective Sergeant Mack«, begrüßte Lindsay Mike, als er an die Tür kam. »Können wir reinkommen?« Ohne seine Antwort abzuwarten, betrat sie den Flur, sodass er ein paar Schritte zurückweichen musste.

Michael Finch sah nicht gut aus. Seine blutunterlaufenen Augen wirkten verquollen, als ob er geweint hätte. Sein Gesicht war fleckig.

»Haben wir Sie zu einem ungünstigen Zeitpunkt erwischt?«

»Kann man so sagen, ja.« Er bedeutete ihnen, ins Haus zu kommen, und führte sie ins Wohnzimmer. Seine Miene war kalt, abweisend, als hätte er etwas zu verbergen.

»Wir müssen mit Ihnen über Sophie sprechen, Mr. Finch.«

Endlich hob er den Blick, um ihr in die Augen zu sehen. »Warum?«

»Wo ist Ihre Frau?« Aufmerksam sah sich Lindsay im Wohnzimmer um und reckte den Hals, um in den Essbereich hinüberzuspähen.

»Ich weiß es nicht. Sie war nicht hier, als ich nach Hause gekommen bin.« Er ließ sich schwer aufs Sofa fallen. »Das sieht ihr gar nicht ähnlich. Sie leidet an Agoraphobie. Es muss schon einiges passieren, damit sie freiwillig das Haus verlässt.« Es war eindeutig, dass er sich Sorgen machte.

»Können Sie sich einen Grund denken, aus dem Karen aufs Moor hinausfahren würde?« Lindsay wollte herausfinden, wie viel er wusste. Doch sein verständnisloser Gesichtsausdruck verriet ihr, dass er tatsächlich keine Ahnung hatte, wo sich seine Frau aufhalten könnte.

»Nein, ich … ich fürchte, ich verstehe nicht ganz. Was ist passiert?«

»Mr. Finch, Ihre Frau hatte in der Vergangenheit Kontakt zu einem gewissen Andrew Watkins. Sie war seine Bewährungshelferin.«

»Ja. Und?«

»Wir waren gerade bei seinem Haus. Er ist inzwischen verstorben, aber sein Sohn – Jason Watkins – lebt noch dort. Sagt Ihnen der Name etwas?«

»Nein, gar nichts.«

Lindsay studierte seinen Gesichtsausdruck. Er schien die Wahrheit zu sagen. »Er arbeitet freiberuflich als Webdesigner. Könnte es sein, dass Sie irgendwann in der Vergangenheit seine Dienste in Anspruch genommen haben? Zum Beispiel für die Website von Dartmoor?«

»Soweit ich mich erinnern kann, nein. Aber ehrlich gesagt habe ich mit der Gestaltung der Homepage auch nicht viel zu tun.«

»Wir haben einen Computer und jede Menge Fotografien in seinem Haus sichergestellt. Alle akribisch kategorisiert und abgelegt. Auf uns hat es den Eindruck gemacht, als würde er unter einer Art Zwangsneurose leiden.« Sie wartete auf eine

Reaktion, doch Mike verzog keine Miene. »Fotografien von Sophie. Und Karen. Es sieht ganz so aus, als hätte er die beiden schon seit einer ganzen Weile beobachtet.«

Jetzt wirkte er schockiert. »Was für Fotos?« Sein Gesicht war rot angelaufen, aufgebracht sprang er vom Sofa auf. »Warum? Wo hat er die her?«

»Beruhigen Sie sich, Mr. Finch«, mischte Mack sich ein und trat einen Schritt auf ihn zu. »Wir brauchen auch ein paar Antworten von Ihnen, aber zuerst müssen wir uns darauf konzentrieren, Sophie und Karen zu finden. Da Sie als Ranger arbeiten und das Moor gut kennen, hatten wir gehofft, dass Sie uns helfen können.«

»Natürlich.« Er drehte sich abrupt herum und schnappte sich seine Jacke, die er über einen Stuhl am Esstisch geworfen hatte. Doch an der Tür zum Flur hielt er plötzlich inne und sah Mack an. »Woher wissen Sie, dass sie ins Moor gefahren sind?«

»Zumindest von Sophie wissen wir es sicher. Wir haben ihren Wagen auf den Überwachungskameras an den Bovey Straights identifiziert«, erklärte Mack. »Eines unserer Teams hat sich auf dem Gelände eines stillgelegten Steinbruchs in der Nähe umgesehen. Sie haben Daniel Pearce gefunden. Gefesselt und geknebelt.«

»Was zum …«

Mack warf Lindsay einen Blick zu. Es war offensichtlich, dass er wollte, dass sie Mike den Rest erzählte. Wahrscheinlich, weil er hoffte, sie würde den richtigen Ton treffen.

»Daniel hat mitbekommen, wie Jason Sophie in das Gebäude gebracht hat.« Sie hielt kurz inne, um Mike die Möglichkeit zu geben zu verdauen, was sie da sagte. »Dann hat er eine Unterhaltung zwischen Jason und einer Frau am Telefon mit angehört. Wir glauben, dass es sich bei der Frau um Karen gehandelt hat. Sie hat sich anscheinend bereit erklärt, sich mit Jason im Moor zu treffen. Daniel konnte nicht verstehen, um welchen Ort es exakt ging. Wir haben unsere Teams und einen Helikopter rausgeschickt, um das Gelände abzusuchen, aber bisher gab es keine Sichtung.« Sie hielt inne. Michael hatte begonnen, nervös im Zimmer auf und ab zu laufen. »Mr. Finch. Michael! Haben Sie gehört, was ich gesagt habe?«

»Ja, Entschuldigung. Ich kann das alles einfach nicht glauben. Das passiert nicht wirklich.«

»Wir hatten gehofft, dass Sie uns helfen könnten, einen besseren Überblick über das Gebiet zu bekommen. Irgendetwas, mit dem wir etwas anfangen können.«

»Wir reden hier von fast tausend Quadratkilometern Fläche, Detective Inspector Wade.« Er starrte sie mit weit aufgerissenen Augen an. Lindsay konnte die Angst darin erkennen.

»Ich weiß, es ist groß. Aber mit Ihrer Hilfe können wir es schaffen.«

Lindsay musste nicht mehr sagen. Michael war bereits aus der Tür gestürmt und in seinen Landrover gesprungen.

»Am besten, Sie fahren mit uns, Mr. Finch«, rief Mack ihm hinterher.

»Nein. In meinem Wagen befindet sich alles, was wir da draußen vielleicht brauchen«, schrie er, dann knallte er die Autotür zu und startete den Motor. Noch bevor Lindsay oder Mack etwas sagen konnten, war er bereits mit quietschenden Reifen aus der Einfahrt gebogen und raste die Straße entlang.

»Wir dürfen ihn nicht aus den Augen verlieren.« Lindsay spurtete zu ihrem Wagen und riss die Fahrertür auf.

»Wie es aussieht, fährst du.« Mack ließ sich außer Atem auf den Beifahrersitz fallen und schloss den Gurt.

»Ich fahre schneller. Wir müssen an ihm dranbleiben. Ich habe keine Lust, ohne ihn durchs Moor zu irren.«

97

Karen

Karen stand neben dem Auto, vornübergebeugt, die Hände auf die Motorhaube gestützt. Ihre Finger kribbelten vor Kälte.

Was mache ich hier, was mache ich hier?

Sie hatten so weit entfernt wie möglich von dem Feldweg geparkt, im Schutz der Bäume, wo der Wagen hoffentlich unentdeckt bleiben würde. Die tief hängenden Äste warfen dunkle Schatten auf die Windschutzscheibe; es war unmöglich, Amys Gesicht dahinter zu sehen. Was vermutlich zu ihrem Besten war – die Angst darin zu sehen, hätte Karen nicht weitergeholfen.

Ihre Beine weigerten sich, auch nur einen Schritt zu tun, jeder Muskel in ihrem Körper schien auf einmal wie gelähmt.

Er würde dort sein. Auf sie warten. Sie musste gehen.

All die Dinge, die sie hätte tun sollen, die sie *nicht* hätte tun sollen, mischten sich in ihrem Kopf, brachten sie vollkommen durcheinander. Jetzt war nicht die Zeit für Reue.

Ein Fuß vor den anderen.

Sie hatte gehofft, dass ihre Angst nachlassen würde, sobald sie hier an diesem vertrauten Ort war. Aber es war lange her, dass sie zum letzten Mal hier gewesen war. Vor ein paar Jahren hatte Mike zu ihrem Jahrestag einen Ausflug mit ihr ins Moor gemacht. Ein Versuch von beiden Seiten, sich an die Personen zu erinnern, die sie damals gewesen waren, als sie sich ineinander verliebt hatten.

Mit jedem Schritt, den sie sich vorwärtsbewegte, schienen die Schuldgefühle in ihrem Innern mehr Raum einzunehmen, drohten, sie langsam zu ersticken. Vielleicht hatte sie den Kontakt mit Jay tatsächlich abgebrochen, weil sie sich wieder auf Mike hatte konzentrieren, ihre Ehe hatte retten wollen, aber sie hatte sich nicht genug angestrengt. Sie musste zugeben: Es war schwierig, eine Beziehung am Leben zu halten, wenn sich einer der Beteiligten den ganzen Tag im Haus verkroch wie ein sterbendes Tier. Sie hatte nicht mehr gewusst, worüber sie mit ihm reden sollte. Ihr einziges gemeinsames Thema war Sophie.

Karen blieb stehen, um einen Blick auf ihr Handy zu werfen. Halb sechs. Nicht ein einziger Balken, der anzeigte, dass sie Empfang hatte.

Mike war inzwischen vermutlich zu Hause. Die plötzliche Erinnerung ließ sie vor Entsetzen aufkeuchen. Bailey. Wenn Mike seinen leblosen Körper in der Badewanne entdeckte und feststellte, dass sie nicht da war, würde er durchdrehen. Sie hatte vergessen, ihm eine Nachricht zu hinterlassen. Er würde keine Ahnung haben, wo sie sich befand. Ihr Plan hing einzig und allein von ihrer Stärke, ihrem Willen ab, Jay zu töten; und von Amy, die im Wagen wartete, um sie sicher nach Hause zu bringen. Niemand wusste, wo sie waren. Niemand würde kommen, um sie zu retten, wenn sie versagte. Auf einmal fühlte sich Karen entsetzlich einsam, klein und unfassbar dumm. Doch es gab keinen Weg zurück. Sie musste das jetzt durchziehen. Für Sophie.

Sie sah die Brücke. Davor zwei Gestalten. Karen zog ihre Jacke fester um sich, doch der beißende Wind schaffte es trotzdem, sich einen Weg durch den Stoff zu bahnen. Ihre Zähne schlugen aufeinander. Sie hätte nicht sagen können, ob vor Angst oder Kälte. Ihre Beine bewegten sich inzwischen wie von selbst vorwärts. Alles, was sie wollte, war, Sophie in Sicherheit zu wissen.

Je näher sie kam, desto besser konnte Karen ihre Tochter sehen. Er hielt sie fest, doch sie schien nicht gefesselt zu sein. Gut. Genau, wie sie es erwartet hatte. Sophie war blass; ein verängstigtes junges Mädchen, das vor den dunklen Bäumen, die hinter ihr aufragten, geradezu winzig wirkte. Ihr kleines Mädchen. Bei ihrem Anblick krampfte sich Karens Magen vor Schmerz zusammen, doch sie hoffte, dass das Lächeln, das sie ihrer Tochter schenkte, nichts davon offenbarte.

Erstaunt stellte Karen fest, dass sie für den Mann, der neben ihr stand, absolut nichts empfand. Nach den Monaten voller Nähe, intimer Unterhaltungen, in denen sie gegenseitig ihre Seelen erkundet und sich ihre verborgensten Wünsche und Sehnsüchte offenbart hatten, hatte sie erwartet, dass sein Anblick irgendetwas in ihr auslösen würde. Doch dies war nicht der Mann, in den sie sich verliebt hatte. Dies war der Mann, der ihre Tochter entführt, sie selbst bedroht hatte. Der Mann, den sie töten würde, um die Dinge wieder in Ordnung zu bringen.

Aber war sie damit überhaupt besser als er? War das nicht genau dasselbe, was er zu tun glaubte – die Dinge wieder in Ordnung bringen?

»Ich wusste, dass du zu mir kommen würdest, Karen.« Sein Lächeln, breit, selbstgefällig. Seine Stimme schnitt durch sie hindurch wie eine kalte Klinge.

Mit einem Schaudern holte sie tief Luft. »Du musst Sophie gehen lassen.«

Das Lachen brach aus ihm heraus wie eine Explosion, fing sich in den Ästen der Bäume, suchte sich einen Weg zwischen den dicken Stämmen hindurch. Ein hasserfülltes Echo.

Sie schloss entsetzt die Augen.

Sieh ihn nicht an. Atme weiter. Versuch, die Geräusche auszublenden.

»Falsch, Karen. Nicht ich muss sie gehen lassen, sondern *du*.« Er hielt Sophies Arm umklammert. Als sie sich in seinem Griff wand, konnte Karen die blauen Hämatome auf ihrer Haut sehen.

Er tat ihr weh. Sie musste es schaffen, näher heranzukommen.

»Das ist nah genug. Bleib, wo du bist.« Er deutete mit der freien Hand auf einen Felsbrocken. »Setz dich!«

Sie versuchte, das Zittern in ihrer Stimme zu unterdrücken. »Hör mir zu, Jay. Ich weiß, dass du mich für den Tod deines Vaters verantwortlich machst. Aber selbst wenn ich Schuld daran tragen sollte, rechtfertigt das nicht den Mord an einem anderen Menschen.«

»Oh doch, durchaus.« Er fummelte in seiner Jackentasche herum. »Siehst du?«

Karen kniff die Augen zusammen, um besser erkennen zu können, was er ihr da zeigte. Eine Rasierklinge. Ein letzter, schwacher Sonnenstrahl fiel durch die Bäume und wurde von der Waffe reflektiert – winzig und doch in der Lage, Sophie mit einer schnellen Bewegung das Leben zu nehmen.

»Bleib stehen!«

Karen sah, wie Sophie vor Schmerz das Gesicht verzog, als Jay einen Arm um ihre Mitte schlang und sie mit Gewalt an sich zog. Ihr Gesicht war leichenblass, beinahe grau. Schwarze Mascaraschlieren zogen sich über ihre Wangen.

Er stand jetzt hinter ihr. Zu weit entfernt, als dass Karen ihn hätte erreichen können.

»Wehr dich nicht dagegen. Es wird schneller gehen, wenn du dich nicht wehrst, Sophie.« Er hob die Hand mit der Klinge an ihren Hals. »Du musst denselben Weg gehen wie mein Dad. Die Klinge wird deine Luftröhre durchschneiden, sodass du an deinem eigenen Blut ertrinken wirst. Genau wie er.«

Die Erkenntnis traf Karen wie ein Schlag ins Gesicht. Sie wusste jetzt, wie sie ihn stoppen konnte.

»Jay. Nein!« Sie sprang auf, stürzte auf die beiden zu. »Du willst mich, oder? Du willst, dass wir eine gemeinsame Zukunft haben? Das wird nicht passieren, wenn du Sophie wehtust. Wenn du sie tötest, werde ich dich nicht mehr wollen. Ich würde dich für immer hassen.« Die Worte sprudelten aus ihr heraus, ohne dass sie Zeit hatte, darüber nachzudenken. Sie war sich nicht sicher, ob das, was sie da sagte, irgendeinen Sinn ergab, aber sie klammerte sich verzweifelt an die Hoffnung, ihn damit zum Nachdenken zu bringen, Zeit zu gewinnen.

Zeit gewinnen? Wofür? Niemand wird kommen.

»Bleib stehen.« Er deutete mit der Klinge auf Karen. »Komm keinen Schritt näher. Du willst mir diesen Moment doch nicht etwa ruinieren, oder?« Er hielt die Klinge wieder an Sophies Hals. »Du und ich, Karen. Den ganzen weiten Weg. Du *wirst* mich wollen. Vielleicht kannst du das jetzt noch nicht erkennen, aber mit der Zeit schon. Ich werde alles sein, was du in dieser Welt hast. Du wirst mich genauso brauchen wie ich dich.«

Ihre Angst wurde langsam von Wut abgelöst. »Du leidest an Wahnvorstellungen, Jay. Ich werde dich niemals wollen oder brauchen. *Niemals!* Du verschwendest nur unsere Zeit.«

»Das werden wir ja sehen.«

Sophie starrte sie aus vor Panik geweiteten Augen an. Flehend. Sie zitterte am ganzen Körper. Glaubte sie, dass Karen zulassen würde, dass er sie tötete?

Sie musste etwas tun. Jetzt. Ihr blieb keine Zeit mehr zum Nachdenken.

Ohne ihn aus den Augen zu lassen, zog sie das Messer aus ihrer Tasche.

Er lachte. »Du kannst mir damit nichts anhaben.«

»Ja, das stimmt. Ich wäre niemals schnell genug. Du hättest sie umgebracht, noch bevor ich einen Schritt gemacht hätte.« Ihre Stimme war immer leiser geworden, bis sie nur noch ein Flüstern war. Sie würde Sophie nicht retten können, indem sie Jay tötete. Sie hatte tatsächlich geglaubt, es mit ihm aufnehmen zu können. Sie war naiv gewesen – einmal mehr.

Er wollte ihre Tochter töten, um das Gleichgewicht wiederherzustellen, um mit ihr zusammen sein zu können. Es gab nur einen Weg, Sophie zu retten – sie musste sich selbst aus der Gleichung herausnehmen.

»Sophie.« Sie sah ihrer wunderschönen Tochter in die Augen und lächelte. Heiße Tränen rannen ihr die Wangen hinab. »Du weißt, wie sehr ich dich liebe. Ich will, dass es dir gut geht, dass dir nichts passiert …« Karen drehte das Messer so, dass sie mit der Spitze auf ihren Bauch zielte. *»Lauf!«*

Jay glitt die Rasierklinge aus der Hand. *»Nein!* Was tust du da?« Er ließ Sophie los und stürzte auf sie zu.

Sie stieß zu, spürte das Stechen, als die Spitze ihre Haut durchtrennte, gefolgt von einem qualvollen, durchdringenden Schmerz, als die Klinge in ihr Fleisch eindrang.

»Neinneinneinneinnein … Karen! Was hast du getan?« Er stand vor ihr, die Augen vor Entsetzen aufgerissen, die Hände hilflos nach ihr ausgestreckt, ohne sie zu berühren.

Karen sank auf die Knie. Glühender Schmerz raubte ihr den Atem, als sie das Messer herauszog. Sie sah zu Jay auf. Sein Gesicht zu einer gequälten Grimasse verzogen, den Mund zu einem stummen Schrei geöffnet. »Es hätte niemals so enden können, wie du es dir gewünscht hast, Jay.« Karen ließ das Messer fallen und presste die Hände auf ihren Bauch. Warmes Blut pulsierte aus der Wunde und lief über ihre Finger.

»Du hast alles kaputt gemacht!«, schrie er und trat einen Schritt auf sie zu.

Eine Explosion. Blut spritzte ihr ins Gesicht.

Jay wurde zurückgeschleudert. Ein dumpfes Geräusch, das Knistern des Laubs, als sein lebloser Körper auf dem Boden aufschlug.

Jemand schrie.

Die Baumkronen senkten sich auf sie herab, kamen immer näher.

Nein, nicht die Äste kamen näher, sondern sie hob sich ihnen entgegen. Leicht wie eine Feder, schwebend.

Ein Geräusch über ihr. Körperlose Stimmen, gedämpft, im Hintergrund.

Mike.

Ihr Körper wurde angehoben. Brennender Schmerz. Ein warmes, klebriges Gefühl an ihrem Bauch.

»Ich hab dich. Ich hab dich.«

»Mike?« Alles um sie herum verschwamm. Ihr Mund, so trocken. »Sophie …«

»Es geht ihr gut, Karen. Sie ist in Sicherheit. Genau wie Amy.«

»Wie bist du … Woher wusstest du, wo wir sind?«

»Zuerst hatte ich keine Ahnung, wo ich anfangen sollte zu suchen, aber dann ist mir dieser Platz eingefallen, an dem wir so oft zusammen waren.«

»Es tut mir so leid.« Die Worte klangen verzerrt, schienen sich in die Länge zu ziehen, als würde sie in Zeitlupe sprechen.

»Ich weiß. Und mir tut es genauso leid.« Er beugte sich über sie, drückte ihr einen zärtlichen Kuss auf die Stirn. Dann flüsterte er ihr ins Ohr. »Ich weiß Bescheid, Karen.«

Die Worte sickerten nur langsam in ihr Bewusstsein. Dann war alles umsonst gewesen. Er hatte es die ganze Zeit über gewusst. »Woher?« Ihre Stimme war nur noch ein Wispern.

»Oh, Karen, ich weiß, dass du denkst, dass ich nicht mitbekomme, was um mich herum passiert. Aber mir war klar, dass wir Probleme haben. Und ich habe gemerkt, wie du dich verändert hast.« Mit dem Daumen wischte er ihr eine Träne von der Wange. »Ich habe mir dein Passwort zusammengereimt und seine Mails gelesen.«

Sie fühlte sich benommen. Ihr Verstand schien losgelöst von ihrem Körper. Dann hatte er womöglich in all den Stunden, die er vor seinem iPad verbracht hatte, ihre E-Mails gelesen. Doch nichts davon spielte jetzt noch eine Rolle.

Karen versuchte, den Kopf zu heben.

Zu schwer.

»Er wird …«, das Atmen fiel ihr schwer, »der Polizei … davon erzählen … Sophie und Amy … sie sind in Schwierigkeiten …«

Ich bekomme keine Luft.

»Mach dir keine Sorgen, er wird niemandem etwas erzählen.«

»Das Geräusch … ein Schuss? Polizei … haben sie ihn getötet?«

Schmerzen. Ich kann nicht atmen.

»Nicht die Polizei. Die müssten jeden Moment hier sein. Ich hab sie abgehängt, um als Erster bei euch zu sein. Ich habe ihn erschossen.«

»Oh, nein, Mike … Nein.«

»Es tut mir so leid, dass ich dich gestern Nacht alleine gelassen habe. Ich hätte bei dir bleiben müssen.«

»Warum … bist du gegangen?«

Hält er mich noch in den Armen? Ich kann ihn nicht spüren.

»Plötzlich war mir alles zu viel. Ich hatte das Gefühl, es nicht länger ertragen zu können. Bescheid zu wissen, über dich und ihn, dass du mich verlassen hättest, wenn deine Krankheit nicht gewesen wäre … Ich wollte nur noch raus. Ich habe meine Pistole mitgenommen und bin hier rausgefahren, um es zu beenden. Aber dann ist mir klar geworden, dass ich Sophie niemals verlassen könnte. Und egal, was war, Karen, auch dich könnte ich nicht verlassen.«

»Mike, es tut mir so leid. Jetzt musst du wegen mir ins …«

Die Augen, so schwer.

»Karen, bleib bei mir. Mach die Augen auf!«

»Wegen mir ins Gefängnis …«

So benommen.

»Mach dir um mich keine Sorgen, hörst du? Aber du musst bei mir bleiben. Karen!«

»Werden die … Mädchen … wird Sophie … damit klarkommen?«

»Ich hoffe es. Ich hätte niemals zugelassen, dass dieser Bastard mir meine Mädchen nimmt. Die Geheimnisse – alles – ist mit ihm gestorben.«

Er weint. Warum weint er?

»Ich … verdiene dich … nicht.«

So müde. Muss schlafen.

»Bleib bei mir, Karen. Mach die Augen auf!«

»Mir ist so kalt.«

Zehen, so kalt, taub. Körper ist taub.

Stimmen. Viele Stimmen. Rufe.

Sie verschwinden.

Stille.

Ich bin frei …

98

DI Wade

»Woher hättest du wissen sollen, dass er eine Waffe hat? Hör auf, dich deswegen fertigzumachen.« Mack reichte Lindsay einen Becher mit dampfend heißem Kaffee.

Sie nahm die Tasse entgegen und umfasste sie mit beiden Händen, dankbar für die Wärme. Die Kälte, die ihr im Moor in die Knochen gekrochen war, wollte einfach nicht weichen.

»So hätte es nicht enden sollen, Mack.«

»Nein. Aber immerhin haben wir den Bösen gestellt. Na ja, genau genommen hat Michael Finch ihn gestellt, aber …«

»Was für eine schreckliche Geschichte.« Sie rieb sich mit der Hand über die Stirn. »Der Böse mag vielleicht tot sein, aber was für einen Preis haben die Finches dafür zahlen müssen? Ich hätte dich früher mit Sophie reden lassen sollen. Ihre Entführung … So etwas hätte niemals passieren dürfen. Und ich hätte Michael nicht ohne Begleitung fahren lassen dürfen. Er hat uns abgehängt. Er wird dafür ins Gefängnis gehen.« Ihr Mund brannte, als sie einen viel zu großen Schluck Kaffee trank.

»Ich glaube, dass er genau dasselbe getan hätte, auch wenn einer von uns mit ihm gefahren wäre, Boss. Wirklich. Du weißt doch, wie es ist – wenn man entschlossen genug ist, findet man immer einen Weg.«

»Ich verstehe trotzdem nicht, warum er es getan hat.«

»Das werden wir herausfinden, sobald er anfängt zu reden.«

»*Falls* er jemals redet. Der arme Kerl steht immer noch unter Schock …« Lindsay starrte abwesend aus dem Fenster. Nicht dass es dort draußen irgendetwas zu sehen gegeben hätte; aber vor dem Hintergrund des schwarzen Himmels fiel es ihr leichter, ihre Gedanken zu ordnen.

»Seltsam, wie sich am Ende plötzlich alles gefügt hat. All die Recherchen, die wir angestellt haben, die Vermutungen … und fast alles davon hat sich als falsch herausgestellt.« Lindsay richtete den Blick wieder auf Mack.

»Das würde ich so nicht sagen. Wir haben die Spuren verfolgt, das ist alles. Und wenn wir die Informationen gehabt hätten, die uns bestimmte Leute die ganze Zeit über vorenthalten haben, wären wir sicherlich schneller ans Ziel gekommen. Maria Nickson hatte Angst, ihre neue Beziehung aufs Spiel zu setzen, nachdem sie gerade erst ihrem gewalttätigen Ehemann entkommen war. Und genauso wenig wussten wir, dass sie danach ihren Namen geändert hatte. Ihr Verhalten hat uns darauf schließen lassen, dass sie etwas zu verbergen versucht. Wenn sie uns von Anfang an die Wahrheit gesagt hätte, wäre sie sofort von unserer Liste mit den Tatverdächtigen geflogen.«

»Ich weiß es zu schätzen, dass du ›uns‹ sagst. Wirklich, das ist sehr nett von dir.«

»Wir haben zusammen an dem Fall gearbeitet. Das ›Uns‹ war keine Nettigkeit, sondern eine Tatsache.«

Lindsay schenkte ihm ein mattes Lächeln. »Und was ist mit Daniel Pearce?«

»Den muss ich auf meine Kappe nehmen, Boss. Er war mir von Anfang an suspekt, dabei war der arme Kerl nicht mehr als eine ahnungslose Schachfigur, die dieser Verrückte für sein widerliches Spiel benutzt hat. Jason Watkins war ein Meister der Manipulation, so viel muss man ihm lassen.«

»Ja, das stimmt wohl.« Lindsay rieb sich die Augen.

»Ich lass dich jetzt in Ruhe«, sagte Mack und drückte leicht ihre Schulter. »Muss sowieso noch einiges an Papierkram erledigen.«

»Klar.« Für einen kurzen Moment legte Lindsay ihre Hand auf seine. »Leg los, Detective Sergeant Mack. Ich will nicht, dass du noch eine Nachtschicht schiebst. Du siehst schon fertig genug aus. Sieh zu, dass du heute deinen Schönheitsschlaf bekommst.« Sie wackelte mit den Augenbrauen und grinste. »Oh, und danke, Mack. Du hast hervorragende Arbeit geleistet.«

Er erwiderte ihr Lächeln, bevor er sich abwandte und ihr Büro verließ.

Sie hätte mehr tun können, das wusste sie. Sie würde sich ein Menge Fragen gefallen lassen müssen, wie dieser Fall ein so katastrophales Ende hatte nehmen können. Immerhin hatten Erin Malones Eltern nun eine Chance, irgendwann eine Art Frieden finden zu können. Das war von Anfang an ihr Ziel gewesen, und sie hatte es erreicht.

Doch alles andere, was diesen Fall betraf, würde sie noch sehr lange beschäftigen.

Epilog

Das Klappern des Briefkastens. Metall auf Metall. Laut. Wie ein Pistolenschuss.

Sie sprang auf, presste eine Hand auf die Brust.

Einatmen … ausatmen. Ein … und aus.

Auf allen vieren kroch sie zum Fenster hinüber und zog eine Ecke des Vorhangs zurück, um hinauszuspähen. Sie blinzelte. Das helle Licht stach in ihren Augen.

Er war wieder da. Das dritte Mal in dieser Woche. Wie lange würde er heute bleiben?

Hatte sie alle Türen und Fenster abgeschlossen?

Die Tüte. Ich muss die Tüte holen.

Sie hockte auf dem Boden, den Rücken gegen das Sofa gelehnt, die Knie angezogen. Sie würde es aussitzen. Sie würde ihn nicht reinlassen. Er würde gehen. Das tat er immer. Irgendwann.

Die Dunkelheit um sie herum beruhigte sie. Das Zittern ließ langsam nach. Sie war okay. Allein. So wie sie es mochte.

Ihre Mum hatte recht gehabt. Das Haus war der einzige Ort, an dem man sicher war.

Das Haus zu verlassen, brachte einen um.

Dank

Ein großes Dankeschön an meine Agentin, Anne Williams, dafür, dass sie mein Potenzial erkannt und meinen Roman mit ihrer Erfahrung und ihrem Rat geformt und ihm ein Zuhause gegeben hat. Dieses Zuhause bildet das wundervolle, enthusiastische Team von Avon, mit dem es eine Freude war, zusammenzuarbeiten. Mein besonderer Dank geht an Natasha, die stets für das Projekt gekämpft und es mit ihrem einfühlsamen Lektorat unterstützt hat, und an Ellie, deren harte Arbeit und Leidenschaft – und nicht zu vergessen Geduld – dazu beigetragen haben, aus meinem Text ein Buch zu machen, auf das man stolz sein kann.

Ich möchte außerdem meinen Freundinnen Tracey und Tara danken, deren Glaube daran, dass ich das hier schaffen kann, mich überzeugt hat, ebenfalls daran zu glauben. Vielen Dank auch an meine Mädels vom Buchclub und an meine ersten Leser (zu viele, um sie an dieser Stelle alle zu nennen, aber ihr wisst, dass ihr gemeint seid) und an meine Online-Schreibgruppe Writers United – eure Kritik und euer Feedback war und ist unbezahlbar.

Ein besonderer Dank geht an Lydia Devadason und Libby Carpenter – ihr beide habt dieses Buch so oft gelesen, dass ihr es inzwischen besser kennt als ich selbst. Es war eine verrückte Reise, die ich ohne euch beide nicht hätte antreten wollen.

Eure Freundschaft bedeutet mir wahnsinnig viel. Die Schreib-Community ist toll, und ich hatte das Glück, Unterstützung und Ermutigung von vielen hervorragenden Autorinnen und Autoren zu erhalten. Ganz besonders möchte ich an dieser Stelle auch meine Dankbarkeit Jane Isaac und Elizabeth Haynes aussprechen.

Nichts hiervon hätte geklappt, wenn ich nicht auf die großartige Unterstützung meiner Familie hätte zählen können – ich weiß, dass ich es euch nicht immer leicht gemacht habe. Danika, ohne dich hätte die Geschichte keinen Anfang gehabt; Louis, ohne dein Nörgeln, das mich immer wieder angespornt hat, tapfer weiterzumachen, hätte sie kein Ende genommen; Nathaniel, ohne dein ehrliches Interesse an meinem Schreiben und meinen Fortschritten hätte die Geschichte keine Mitte gehabt; Doug, ohne deine unermüdliche Unterstützung wäre ich erst gar nicht in der Lage gewesen, mit dem Schreiben anzufangen. Ich danke euch allen für eure Geduld, für euer Verständnis dafür, dass ich nie zuhöre, für eure Versöhnlichkeit, wenn ich vergesse, euch abzuholen, und dafür, dass ihr mich ohne Vorbehalte liebt. Und ich möchte meiner Schwester Celia danken. Die letzten Jahre waren unglaublich schwer. Ohne deine Liebe und Unterstützung hätte ich sie niemals durchgestanden.

15 Tage.
2 Freundinnen.
Ein Mord.

Zehn Jahre ist es her, dass Nic ihre Heimatstadt von einem Tag auf den anderen verließ. Doch die Erinnerungen an die Nacht, in der ihre beste Freundin Corinne spurlos verschwand, haben sie nie losgelassen. Hatte jemand aus ihrem Freundeskreis etwas damit zu tun? Eines Tages erhält sie eine geheimnisvolle Nachricht: »Dieses Mädchen. Ich habe es gesehen.« Nic weiß, dass nur eine damit gemeint sein kann: Corinne. Sie fährt zurück in das von dunklen Wäldern umgebene Städtchen, um herauszufinden, was damals wirklich geschah. Doch schon am selben Abend verschwindet erneut ein Mädchen – das Mädchen, das ihnen allen damals ein Alibi geliefert hatte …

Er schleicht in dein Haus. Er beobachtet dich. Er hat keine Eile. Und du ahnst nichts ...

London wird von einer Hitzewelle lahmgelegt, als Detective Erika Foster in einer drückenden Sommernacht an einen Tatort gerufen wird. Ein angesehener Arzt wurde in seinem eigenen Bett gefesselt und erstickt. Was ihre Kollegen zunächst für ein missglücktes Liebesspiel halten, enttarnt Erika schnell als kaltblütigen Mord. Wenige Tage später wird ein weiteres Opfer gefunden, dann ein drittes. Nur eines haben alle drei gemeinsam: Sie alle waren Männer, sie alle lebten allein. Davon abgesehen, führten sie gänzlich unterschiedliche und völlig unauffällige Leben. Doch irgendetwas muss sie miteinander verbinden – und mit dem Killer.

PENGUIN VERLAG